ヨルガオ殺人事件 上

アンソニー・ホロヴィッツ

『カササギ殺人事件』から2年。クレタ島でホテルを経営する元編集者のわたしを、英国から裕福な夫妻が訪ねてくる。彼らが所有するホテルで8年前に起きた殺人事件の真相をある本で見つけた——そう連絡してきた直後に娘が失踪したというのだ。その本とは名探偵〈アティカス・ピュント〉シリーズの『愚行の代償』。かつてわたしが編集したミステリだった……。巨匠クリスティへの完璧なオマージュ作品×英国のホテルで起きた殺人事件。『カササギ殺人事件』の続編にして、至高の犯人当てミステリ登場！

登場人物

スーザン（スー）・ライランド……ホテルの経営者。元編集者
アンドレアス・パタキス……スーザンのパートナー
ローレンス・トレハーン……《ブランロウ・ホール》の所有者
ポーリーン・トレハーン……ローレンスの妻
セシリー（セス）・マクニール……ローレンスの娘
エイデン（エイド）・マクニール……セシリーの夫
ロクサーナ・マクニール……セシリーの娘
リサ・トレハーン……セシリーの姉
エロイーズ・ラドマニ……ロクサーナの乳母
フランク・パリス……《ブランロウ・ホール》で殺害された宿泊客
ジョアン・ウィリアムズ……フランクの妹
マーティン・ウィリアムズ……ジョアンの夫
ステファン・コドレスク……逮捕された《ブランロウ・ホール》の元従業員

デレク・エンディコット……《ブランロウ・ホール》の夜間責任者
ヘレン……《ブランロウ・ホール》の清掃係の責任者
ナターシャ・メルク……《ブランロウ・ホール》の元メイド
ラース……┐
インガ……┘《ブランロウ・ホール》の従業員
ライオネル・コービー……《ブランロウ・ホール》のジムの元責任者
ジョージ・ソーンダーズ……元中等学校の校長
アラン・コンウェイ……作家
ジェイムズ・テイラー……アランの元恋人
メリッサ・ジョンソン……アランの元妻
クレイグ・アンドリューズ……作家
マイケル・J・ビーリー……《オリオン・ブックス》の幹部
サジッド・カーン……弁護士
ケイト（ケイティ）・リース……スーザンの妹
リチャード・ロック……警視正

ヨルガオ殺人事件　上

アンソニー・ホロヴィッツ
山田　蘭　訳

創元推理文庫

MOONFLOWER MURDERS

by

Anthony Horowitz

ヨルガオ殺人事件 上

エリック・ハムリッシュとジャン・サリンダーに。心からの感謝をこめて。

クレタ島アイオス・ニコラオス

イラクリオンから一時間、活気のあるアイオス・ニコラオスの町からほんのわずか歩いたところにある《ホテル・ポリュドロス》は、家族経営の魅力的なホテルです。掃除のゆきとどいた清潔な客室はすべてＷｉ−Ｆｉおよびエアコン完備、海の眺めを楽しめる部屋もございます。コーヒーと家庭料理を素敵なテラスでお楽しみください。詳しくはホテルの公式サイトをご覧いただくか、または《Ｂｏｏｋｉｎｇ.ｃｏｍ》で検索を。

たったこれだけの文章を書くのにどれだけ時間がかかったか、きっと誰にも想像はつくまい。形容詞をずらずらと並べすぎるのはどうなのだろうと、わたしはさんざん頭をひねった。〝活気のある〟は、アイオス・ニコラオスを形容するのにふさわしい言葉だろうか？　最初は〝賑やかな〟と書いたのだけれど、これでは車の往来の絶えない、騒がしいだけの場所だと思われてしまう。実のところ、うちのホテルは町の中心部から歩いて十五分かかる。これははたして

〝ほんのわずか歩いたところ〟だろうか？　アムディ・ビーチもすぐ目の前と、書き添えておいたほうがいい？

これまでの人生ほとんどを編集者として働いてきて、迷いなくいろいろな作家の原稿に直しを入れてきたというのに、自分は絵はがきの裏に載せるたった五行の広告文の一言一句に苦吟しているのだから、まったくおかしな話ではないか。最終的に書きあげたこの文章を見せると、アンドレアスは五秒で読みおえ、うなり声とともにうなずいただけだった。こんなに苦労したのにと思うと、ほっとしながらも腹が立つ。ギリシャ人というのはえてしてこういう人種なのだと、わたしはしだいに悟りつつあった。とにかく、おそろしく感情に重きを置く人々なのだ。ギリシャ人の作る演劇、詩、音楽は人々の胸を打つ。いっぽう、日々の業務、こまごまとした雑事となると、一転して〝シガ・シガ〟——意訳すると〝そんなこと、誰が気にする？〟だろうか——という態度をとりたがるのも、またギリシャ人なのだ。この決まり文句を、こちらで耳にしない日はない。

タバコを吸い、強いブラック・コーヒーを飲みながら、自分が書いた文章を吟味するうち、ふたつのことが頭をよぎる。うちのホテルでは、この絵はがきを受付デスクのかたわらのカード立てに並べておく予定なのだけれど、このホテルをすでに訪れている客がこの絵はがきを手にとったところで、いまさらどんな意味がある？　さらに本質的な問題として、いったいわたしはこんなところで何をやっているのだろう？　どうしてわたしは自分の人生を、みすみすこんなことに費やしているのだろうか？

五十歳の誕生日まで、あとたった二年しかない。そう悪くないお給料をもらい、ロンドンのこぢんまりしたアパートメントに暮らして、誰かと会う予定が毎日びっしりと詰まっている、そんな快適な生活を満喫する年齢だと想像していたというのに、いまのわたしは、言葉ではとうてい形容できないほど素敵なホテルの共同所有者兼経営者となっている。海辺に建ち、パラソルと糸杉の木立が心地よい日陰を作るふたつのテラスが自慢の《ホテル・ポリュドロス》。客室はたったの十二室、贔屓目《ひいきめ》に見てもいいかげんな仕事ぶりではあるけれど、陽気さだけは失わない若い従業員たちと、ずっと贔屓にしてくれている常連客たち。素朴な料理、《ミソス》のラガー・ビール、専属ミュージシャンの演奏、そして非の打ちどころのない眺めを楽しめるホテルだ。湾の向かいにそそり立つ六階建ての醜悪なホテルをめざし、本来はこんな巨大な車が通るような幅ではない道を、大型の観光バスでじりじりと進む旅はしたくない、そんな客層にぜひお勧めしたい。

もっとも、危険な配線、不具合だらけの水回り、しょっちゅう途切れるWi-Fiといった側面もあることは、残念ながら認めなくては。ギリシャ人は怠けものだなどという、紋切り型の悪口は言いたくないし、ひょっとしたらわたしが不運なだけなのかもしれないけれど、うちで雇う人々がけっして〝確実性〟を目標に掲げていないのはたしかだ。シェフのパノスは料理の腕こそすばらしいものの、妻と喧嘩しただの、子どもたちやバイクが近くに見あたらないだのという事件が起きるたび、厨房はアンドレアスが切りまわすほかはなくなり、客でいっぱいなのにウェイターがいない、あるいはほとんど客がいないのにウェイターたちがたむろして暇をつぶしているバーやレストランは、わたしが一手に引き受けて仕切ることとなる。こうした問題の円満解決は、なかなか実現する気配がない。納入業者が約束の時間きっかりに現れることだって、けっしてないわけではないけれど、そういうときにかぎって、うちの注文とはちがう品を運んできていたりもする。もしも何かが壊れたら――実のところ、いつだって何かしら壊れている――はたして本当に修理屋が来てくれるかどうか、何時間も気を揉むことになるのだ。

おおよそのところ、うちのお客さんは滞在を楽しんでくれているようだ。でも、わたしたちのほうはその間ずっと、何もかもうまくいっているように見せようと、フランスのどたばた喜劇よろしく走りまわりつづけなくてはならない。ようやくベッドにもぐりこむのは真夜中の一時や二時を回ることもめずらしくなく、へとへとに疲れはてたあまり、屍衣に包まれたミイラよろしくかさかさに干からびてしまったような気分になる。一日のうち、いちばん落ちこむのはこの瞬間だ。次に目を開けたときには、同じことを最初からくりかえさなくてはならないと知っていながら、眠りに落ちていくのだから。

どうも悲観的になりすぎてしまったようだ。言うまでもなく、素敵なことだってたくさんある。エーゲ海に沈む夕陽は、世界のどこでもお目にかかれないほどの眺めだけれど、わたしはそれを毎夕うっとりと見つめているのだから。ギリシア人が神々を信じるようになったのも不思議はない――ヘーリオスは黄金の戦車を駆って果てしない大空を征《ゆ》き、ラシティオティカの山々を包む幾重もの薄霞《うすがすみ》はまず薄紅色、そして藤紫色に変わりながら、しだいに暗く色あせていく。毎朝七時には海で泳ぎ、飲みすぎたワインやタバコの煙の残滓《ざんし》を、透きとおった水で洗い流す生活。フォルニやリムネスといった近隣の村々にはこぢんまりした食堂がいくつもある。輝く星空の下、ジャスミンの香りに包まれて、遠慮のない笑い声をあげ、この島の地酒ラキのグラスの触れあう音をたてながら、思い思いに食事を楽しむ人々。わたしはギリシャ語だって習いはじめた。週に一度、自分の娘でもおかしくない年齢の女の子が、不規則どころか理不尽なアクセントや動詞の変化について、どうにか楽しく憶えられるよう、いろいろ工夫を凝らして教えてくれるのだ。

とはいえ、わたしはここで休暇をすごしているわけではない。わたしがギリシャに来たのは、さんざんな結末となった『カササギ殺人事件』のせいなのだ。あれは、わたしが担当した最後の本だというだけでなく、著者の死、わたしが勤務していた出版社の倒産、そしてわたしの編集者人生の終わりという出来事を引き起こした……まさに、このとおりの順番で。〈アティカス・ピュント〉のシリーズは九冊が世に送り出され、そのすべてがベストセラーとなった。さらに何冊も続くはずだと、わたしは疑いもなく信じていたのだ。でも、いまはすべて過去の話。わたしは新たな人生に足を踏み出したものの、率直に言うなら、そのほとんどはひたすら重労働の日々だ。

こんな状況が、わたしとアンドレアスの関係に影を落としているのも当然のなりゆきだろう。わたしたちは実際に喧嘩をするわけではない——どちらも喧嘩は苦手なたちなのだ——とはいえ、日々のやりとりがしだいにそっけなく、奥歯にもののはさまったような口のききかたになっていく。まるで懸賞稼ぎのボクサーどうしが、本当にパンチを当てる気はないまま、にらみあってぐるぐると円を描いているかのような。実のところ、渾身の殴りあいにでもなっていたほうが、お互いずっとすっきりしていたかもしれない。年月を重ねた夫婦にありがちな、実際に口にした言葉よりも言わずに呑みこんだ言葉のほうが深い傷となっていく、そんな怖ろしい闘技場に、いつのまにかわたしたちは迷いこんでしまっていたようだ。とはいえ、実をいうと、わたしたちは結婚しているわけではない。アンドレアスはひざまずいてダイヤモンドの指輪を差し出すという、お定まりの求婚をしてくれてはいたものの、その後はお互い忙しすぎて、こまごまとした手続きをしている暇はなかったし、わたしのギリシャ語も結婚の誓いを立てるには拙《まず》すぎた。それで、しばらく時間をおくことにしたのだ。

でも、わたしたちにとっては、その決断は裏目に出てしまったようだ。ロンドンにいたころ、アンドレアスはいつだってわたしの親友だった。それはきっと、当時はまだいっしょに暮らしておらず、毎回アンドレアスに会うのを楽しみにしていたからかもしれない。あのころ、わたしたちは同じ本を読んでいた。家で食事をするのも大好きだった……とくに、アンドレアスが料理してくれるときには。素敵なセックスもした。でも、クレタ島に来てからは、まるでまったくちがう関係に落としこまれてしまったかのようだ。ふたりで英国を出てまだ二年しか経っていないのに、わたしはもうここから出ることを考えはじめている。まだ、具体的にその方法を探しこそしていないけれど。

自分から探すまでもなかった。出口が早々に向こうからやってきたのは、とある月曜の昼前、瀟洒《しょうしゃ》な身なりのどうやら英国人らしい夫婦が、本道からうちのホテルへ続く坂を、腕を組んで下りてきたときのことだ。ふたりが裕福なこと、ここには休暇をすごしに来たわけではないらしいことを、わたしはすぐに見てとった。男性のほうはジャケットに長ズボン——昼前でもこれだけ暑いのに、とうてい正気とは思えない——、ポロシャツにパナマ帽という恰好だ。女性のほうは、砂浜よりテニス・パーティにふさわしそうなドレスにきちんとしたネックレスを合わせ、素敵なクラッチ・バッグを抱えている。どちらのサングラスも、いかにも高級そうだ。年齢は六十代というところだろうか。

バーに入ってくると、男性は妻をその場に残し、こちらに近づいてきた。わたしをじっくり吟味しているのがわかる。「失礼ですが」やがて、教養のある口調で問いかけてきた。「英語をお話しになりますか？」

「ええ」

「まさかとは思いますが……ひょっとして、スーザン・ライランド？」

「わたしです」

「よかったら、ちょっとお話しできませんか、ミス・ライランド？　わたしの名は、ローレンス・トレハーン。こちらは家内のポーリーンです」

「はじめまして」ポーリーン・トレハーンはこちらに笑顔を向けてきたけれど、けっして心は許していないのがわかる。わたしのことは信頼していないし、そもそもまだちゃんと知りあってもいない、という目だ。

「コーヒーをお持ちしましょうか?」わたしは言葉を選びながら尋ねた。コーヒーをおごるとは、あえて持ちかけずにおく。けちだという印象を与えたくはないけれど、わたしの心には、ほかに重くのしかかっていることがあったのだ。かつて住んでいた北ロンドンのアパートメントは売ってしまったし、貯蓄のほとんどをこの《ホテル・ポリュドロス》に投資したものの、いまだにまったく利益は上がっていない。それどころか、事態はかなり深刻だった。わたしとアンドレアスの方針がどこかでまちがっていたのか、それさえ何も確信は持てないけれど、わたしたちはいまだ一万ユーロ近い借金を抱えこんでいるのだ。手持ちの資金もじわじわと減りつつある。破産までの距離など、もうおごりのカプチーノに浮かんだ泡くらいしかないのではと感じることもしばしばだった。

「いえ、けっこうです。ありがとう」

わたしはバーのテーブル席にふたりを案内した。テラスはもうすでに客でいっぱいだったものの、ギターを弾いていないときにはウェイターをしているヴァンゲリスが、そちらはうまくさばいてくれているようだ。それに、いまは屋内のほうが涼しかった。「それで、どういうご用件ですか、ミスター・トレハーン?」

「ローレンスと呼んでください」帽子を脱ぐと、薄くなりかけた銀髪と、時おりは日射しを浴びているらしい頭皮があらわになる。「あなたの居所を調べたりしたことを、どうか許してください。あなたとは共通の友人がおりましてね——サジッド・カーンです。そうそう、あなたによろしくとのことでしたよ」

サジッド・カーン？　しばし頭をひねり、サフォーク州フラムリンガムに住む弁護士のことだと思い出す。もともとは『カササギ殺人事件』の作者、アラン・コンウェイの友人だった人物だ。アランが亡くなったとき、その遺体を発見したのがサジッド・カーンだった。とはいえ、わたしは二回しか顔を合わせたことはないのだ。共通だかなんだか知らないけれど、これを友人とはとうてい呼べないだろうに。

「サフォークにお住まいなんですか？」わたしは尋ねた。

「ええ。ウッドブリッジの近くに、ホテルを所有していましてね。カーン氏にはこれまでも一度か二度、力を貸してもらったことがありました」ローレンスはふいに困惑した顔になり、言葉を続けるのをためらった。「実はいささか難しい問題について、先週カーン氏に相談したところ、あなたに会いにいくよう勧められたんですよ」

わたしがクレタ島にいることを、どうしてカーンは知っていたのだろう。そんなことを伝えたおぼえはないので、ほかの誰かから聞いたにちがいないけれど。「こんなところまではるばる、わたしに会いにいらっしゃったんですか？」

「はるばるというほど遠くはないし、わたしたちはもともとかなり旅行するほうなのでね。いまは《ミノス・ビーチ》に泊まっているんですよ」うちのホテルのすぐ隣、テニス・コートの向こう側にある自分たちの滞在先を、ローレンスは指さした。トレハーン夫妻が裕福だというわたしの第一印象は、やはりまちがっていなかったようだ。《ミノス・ビーチ》というのは、独立した離れの客室や、いたるところに彫刻を配置した庭園のあるブティック・ホテルで、一泊あたり三百ポンドはする。「お電話することも考えたんですが」ローレンスは続けた。「しかし、どうも電話でお話しできるようなことでもなくてね」

聞くうちに、話はどんどん謎めいて――そして、正直に言わせてもらえば、あまり深入りしたくない気分も強まってくる。ロンドンのスタンステッド空港から飛行機で四時間。そして、イラクリオンから車で一時間。思いつきで気楽に来られるような場所ではないはずだ。「それで、ご用件は？」わたしは尋ねてみた。

「殺人事件に関することです」

その言葉は、しばらく消えないまま宙に漂っているように感じられた。テラスの向こう側には、さんさんと陽光が降りそそいでいる。笑い声をあげ、叫びながらエーゲ海の水をばしゃばしゃとはね飛ばす近所の子どもたち。肩を寄せあってテーブルを囲む何組もの家族。オレンジ・ジュースとコーヒーを載せたトレイを運んでいくヴァンゲリスを、わたしはしばし見つめていた。

「殺人事件というと？」

「フランク・パリスという男が殺された事件ですよ。この名前は聞いたことがないでしょうが、事件の起きたホテルはご存じかもしれません。《ブランロウ・ホール》というんですが」

「そこが、あなたがお持ちのホテルなんですね」

「ええ、そうなの」ポーリーン・トレハーンが初めて口を開いた。ひとことずつ、はさみで容赦なく切り離していくような話しかたは、まるで王室の遠い親戚のようだ。もっとも、この女

性がわたしと同じく中流階級の出であることは、なんとなく伝わってはきたけれど。「そして、

「その男は、うちのホテルに三泊の予約を入れていたんですよ」と、ローレンス。「そして、二泊めに殺されてしまってね」

さまざまな疑問がわたしの脳裏をよぎった。フランク・パリスって、どういう人？ 犯人は誰だったの？ そもそも、なぜわたしにそんなことを？ でも、それは口には出さずにおく。

「事件が起きたのはいつなんですか？」代わりに、こう尋ねた。

「八年ほど前のことです」ローレンス・トレハーンが答える。

ポーリーン・トレハーンはクラッチ・バッグをテーブルの上、パナマ帽の隣に置いた。まるで、ここからは自分が仕切るという合図のように。この女性にはある種の雰囲気があった――沈黙の使いかた、感情がまったく見えないところに――この夫婦が重要な結論を下すときには、いつも妻のほうが決めているのだろうと思わせる。サングラスはあまりに色が濃く、ポーリーンが話している間じゅう、わたしはじっと耳を傾けている自分の姿ふたつをひたすら見つめるはめになった。

「最初からすべてをお話しすれば、わかっていただけるかもしれないわね」どこか神経に障る声だ。「つまり、わたしたちがなぜここに来たのかを。お時間をとらせてしまってもかまわない？」

わたしには、やるべきことが五十も山積みになっていた。

「ええ、まったく」

「ありがとう」ポーリーンは居ずまいを正した。「フランク・パリスというのは、広告業界で働いていた人物でした。そのときは、オーストラリアで何年か暮らした後、また英国に戻ってきたばかりだったの。そして二〇〇八年六月十五日の夜、ホテルの自室で無惨《むざん》な殺されかたをしてね。この日付をけっして忘れられないのは、それがたまたまわたしたちの娘、セシリーが結婚した週末だったからなの」

「結婚式の招待客だったんですか？」

「いいえ。会ったこともなかった人よ。結婚式のために、うちのホテルでは十数室を用意したんです。親戚や友人たちが、それぞれ近くの部屋に泊まれるようにしてね。ホテルの部屋は全部で三十二室あるからといっても、わたしはやめておいたほうがいいと思ったのだけれど――残念ながら、夫の意見が通って――残りの客室は一般に開放することにしたの。パリス氏は親戚を訪ねてサフォーク州に来ていてね。三泊の予約でした。殺されたのは金曜の深夜だったけれど、土曜の午後まで誰も気づかなかったのよ」

「結婚式が終わるまでね」ローレンス・トレハーンがつぶやいた。

「殺されたというと、どんなふうに？」

「ハンマーで何度も殴られて。顔はすっかり見分けのつかない状態で、貴重品用の金庫に入っていた財布とパスポートがなかったら、警察も身元を割り出せなかったでしょうね」

「セシリーはひどく動転していましたよ」ローレンスが口をはさんだ。「まあ、わたしたち全員がそうでしたがね。本当に美しい日でした。庭園で結婚式を挙げて、それから百人ものお客さまに昼食をお出ししてね。これ以上ないというお天気でしたよ。その間じゅう、結婚式のために張った庭園の大テントを見おろせる部屋で、自分の血の海に横たわる死体があるなどと、夢にも知らずにいたというわけです」

「セシリーとエイデンは新婚旅行を延期しなければならなかったの」ポーリーンの口調からは、これだけの年月を経てもいまだ消えない憤《いきどお》りが伝わってきた。「警察が出発を許してくれなかったんです。ふたりが事件とまったく関係ないとわかってはいても、そんなことはとうてい許可できないと言われてしまって」

「エイデンというのは、お嬢さんのご主人？」

「エイデン・マクニール。ええ、わたしたちの義理の息子になります。本来なら、ふたりは日曜の朝にカリブ海のアンティグアへ出発する予定だったのに、二週間も延ばさなくてはならなかったの。結局、二週間がすぎたころにはもう犯人も逮捕されていたんだから、そんなに延ばす必要はなかったのに」

「それじゃ、警察は犯人が誰なのかわかっていたんですね」

「ええ、そうなんですよ。ごく単純な事件でしたからね」ローレンスが答えた。「うちの従業員で、ルーマニア人のステファン・コドレスクという男です。住みこみで用務員をしていたんですがね。実は前科があって——そのことは、雇うときから知っていたんです。こう言っては何ですが、むしろそのために雇ったというか」ふと、視線が下を向く。「家内とわたしは、ホテルの運営を通して、ある社会事業に参加していましてね。犯罪に手を染めてしまった若者たちを雇うんです――厨房や清掃、庭園管理などにね――釈放されてからの話ですが。わたしたちは犯罪者も刑務所で更生できると信じていて、だからこそ、男女問わず過ちを犯した若者たちに、第二の機会を与えたくてね。再犯率の怖ろしいほどの高さは、あなたもきっとご存じでしょう。しかし、それはひとえに、社会復帰できる機会がなかなか与えられないからなんですよ。うちは保護観察所と密接な連携をとっていまして、うちのホテルの更生プログラムにふさわしい人材として、ステファンが推薦されてきたんです」重いため息をつく。「結果として、保護観察所の判断はまちがっていたわけですが」

「セシリーはステファンを信じていたわよ」ポーリーンが口を開いた。

「お嬢さんはその男をご存じだったんですか？」

「うちにはふたり娘がいて、どちらもホテルで働いているの。事件が起きたとき、セシリーは総支配人でね。実のところ、ステファンの面接をして、うちで雇おうと決定したのもあの子だったのよ」

「お嬢さんは、ご自分の職場で結婚式を挙げたんですね」

「そうなの。うちのホテルは一族経営でね。従業員もみな家族のようなものだから。ほかの場所で結婚式を挙げようなんて、セシリーには思いもよらなかったでしょうね」

「それで、お嬢さんはステファンが無実だと信じていたと」

「ええ、最初はね。無実にちがいないと言いはって。そこがセシリーの困ったところなの。あまりに素直で、あまりに人を信じすぎて。人はみな善良なものだと信じているような子なのよ。

とはいえ、ステファンの犯行を示す、動かしようのない証拠がそろっていてね。もう、何から挙げていったらいいのかわからないくらい。ハンマーに指紋は残っていなかったの……拭きとられていて。でも、ステファンの服とお金――被害者から盗んだものよ――に血がべっとりと付着していて、それがステファンの部屋のマットレスの下に押しこんであったの。フランク・パリスの部屋に入っていくところも目撃されていたし。それに、結局は自白したしね。そうなると、さすがのセシリーも自分がまちがっていたと認めるしかなくて、その論争はおしまいとなったわけ。そして、あの子はエイデンとアンティグアへ新婚旅行に出かけました。ホテルもゆっくりといつもの日常に戻っていって――それでも、傷が癒えるには本当に長い時間がかかったし、いまでも十二号室にはお客さまを泊めてはいないのよ。いまは備品置場として使っていてね。そんなわけで、この事件から何年も経って、わたしたちはみな、あれはもう終わったことだと思っていたわけ。でも、どうやらそうじゃなかったの」

「何があったんですか？」不本意ながらも、わたしはしだいに好奇心をそそられはじめていた。

ローレンスが後をひきとる。「ステファンは終身刑を宣告され、いまも刑務所にいましてね。セシリーは二度ほど手紙を書いたらしいが、返事は来なかったそうで。それでもう、あの子もステファンのことは忘れたものと思っていたんですよ。いかにも生き生きと幸せそうにホテルを切りまわしていましたし、もちろんエイデンとも円満でしたしね。結婚したとき、セシリーは二十六歳でした。エイデンよりふたつ年上でね。今年、あの子は三十四歳になります」

「おふたりに、お子さんは？」

「いますよ。女の子がひとり。いまは七歳でね……ロクサーナというんです」

「わたしたちにとっては、初めての孫なの」ポーリーンの声が震えた。「本当に可愛らしい子で、この子さえいれば、もう何もいらないと思うくらい」

「ポーリーンとわたしは、いまはなかば隠居していましてね」ローレンスが続けた。「南仏のイエールの近くに家を持っていて、かなりの時間をそちらですごしているんです。そんなとき、数日前にセシリーが電話をよこしましてね。電話に出たのはわたしでした。フランス時間で、昼の二時ごろだったかな。セシリーがひどく動揺しているのは、すぐにわかりました。動揺というより、怯《おび》えていたといったほうがいいかもしれません。どこからかけてきたのかはわからないんですが、火曜だったことを考えると、おそらくホテルにいたはずです。いつもなら、まずはしばらく軽口を叩きあうんですが、そのときだけは、セシリーはいきなり本題に入りました。あのとき起きたことについて、ずっと考えていたけれど、と——」

「殺人事件のことですね」

「ええ。あの子は、やっぱりずっと思っていたとおり、ステファン・コドレスクは犯人じゃなかった、と言ったんです。いったい何の話かと尋ねると、前にもらった本の中に書いてあった何かを見つけたとかで。〝すぐ目の前にあって——わたしをまっすぐ見つめかえしていたの〟これが、あの子の口にしたとおりの言葉です。本はもうそちらに送ったからと言われてね、たしかにその翌日、これが届いたんですよ」

ローレンスはジャケットのポケットから、一冊のペーパーバックを取り出した。何の本かは、ひと目でわかった――表紙の絵、書体、題名――その瞬間、どうしてこの夫婦がこんな話を始めたのか、たちまち腑に落ちる。

それはアラン・コンウェイによる〈アティカス・ピュント〉シリーズ第三作『愚行の代償』、わたしが編集し、出版された本だった。いろいろな記憶が瞬時によみがえってくる――その物語があるホテルとその周辺を舞台に展開されること、しかし場所はサフォークではなくデヴォンだったこと、現代ではなく一九五三年の設定だったこと。この本の出版記念パーティが行われたのは、ロンドンのドイツ大使館でのことだった。アランはそこで酒を飲みすぎ、大使に無礼な言葉を投げかけたのだ。

「その殺人事件のことは、アランも知っていたんですか？」

「ええ、そうなんですよ。事件の六週間ほど後に、うちのホテルに二、三泊してね。わたしたちのどちらも、コンウェイ氏とは顔を合わせています。被害者のフランク・パリスは自分の友人だったと言って、事件についていろいろなことを訊かれましてね。従業員からも話を聞いたそうです。まさか、それを娯楽小説の材料にするだなんて、こちらは夢にも思わなくてね。正直に話してくれていたら、われわれももっと用心したんですが」

だからこそ、アランは正直に話さなかったんでしょうね、とわたしは思った。

「あなたはその本を読んでいなかったんですか？」

「正直なところ、コンウェイ氏のことはすっかり忘れていましてね。向こうも、わたしたちには本を送ってきませんでしたし」ローレンスは言葉を切った。「しかし、セシリーはこれを読み、

《ブランロウ・ホール》で起きた事件について、何らかの新事実を発見した……少なくとも、あの子自身はそう思いこんでいたんです」これでよかったかと確かめるように、妻のほうをちらりと見る。「ポーリーンとわたしもこの本を読んでみたんですが、関係のありそうなことは何も見つからなくて」

「共通点はあるのよ」と、ポーリーン。「まず、ほとんどすべての登場人物は、明らかにコンウェイ氏がうちのホテルやウッドブリッジで出会った人物をモデルにしています。名前さえ同じ人もいるし……ひどく似た名前をつけられている人もね。わたしにはとうてい理解できないのだけれど、コンウェイ氏はまるで実在の人物をねじ曲げて、悪趣味な風刺画のような姿に変えることを楽しんでいたようなのよ。たとえば、作中のホテル《ヨルガオ館》の支配人である夫妻は、明らかにローレンスとわたしをモデルにしているの。でも、どちらもひどい人間に描かれている。どうしてそんなことをしなきゃならなかったのかしら？　わたしたちはこれまでの人生、曲がったことは何ひとつしてこなかったのに」どうやら、ポーリーンは動揺するというより、憤然としているらしい。こちらを見る目つきときたら、その全責任はわたしにあると非難しているかのようだ。

「あなたのさっきの質問に答えるとしたら、わたしたちはその本が出版されたこと自体、まったく知らずにいたのよ」ポーリーンは続けた。「わたしは人が殺されるような小説は読まないんです。わたしたち、ふたりともね。コンウェイ氏はもう亡くなったと、サジッド・カーンから聞きました。そのほうがよかったかもしれないわね。生きていたら、わたしたちはきっと、法的措置をとることを真剣に考えたでしょうから」

「ここで、ちょっと問題を整理させてもらいますね」ふたりとも次々と新事実を明かしているように見えるものの、まだ何か隠していることがあるのではないかと、わたしには思えてならなかった。「つまり、それだけ証拠がそろっていて、なおかつ自白まであったにもかかわらず、ひょっとしてステファン・コドレスクはフランク・パリスを殺してはおらず、ホテルにやってきたアラン・コンウェイは——ほんの数日のうちに——真犯人を見つけたのかもしれない。そして『愚行の代償』の作中で、真犯人の正体を明かしている、と」

「ええ、そういうことよ」

「でも、それじゃ筋が通りませんよ、ポーリーン。もしも真犯人が野放しになっていて、無実の人間が刑務所にいるのがわかったというのなら、アランだってまっすぐ警察に駆けこむでしょうに！　いったい、どうしてそんなことを小説仕立てにしなきゃいけないんですか？」

「だからこそ、わたしたちはあなたを訪ねてきたのよ、スーザン。サジッド・カーンが話してくれたの、アラン・コンウェイのことを誰よりもよく知っているのはあなただって。そのうえ、あなたはこの本の編集者でもある。もしも何かがこの本に隠されているのなら、それを見つけてくれるのはあなたしかいないと思ったの」

「ちょっと待ってください」どこがおかしいのか、わたしはふいに気がついた。「そもそものきっかけは、お嬢さんが『愚行の代償』を読んでいて、何かに気づいたことでしたよね。お嬢さんがその本を送ってくるまで、ほかに誰も読んだ人はいなかったんですか？」

「さあ、それはわからないけれど」

「じゃ、お嬢さんは何に気づいたんでしょう？　すぐにお嬢さんに電話して、どういう意味なのか確かめてみればいいのでは？」

この問いに答えたのは、ローレンス・トレハーンだった。「もちろん、電話はしましたよ。ふたりとも本を読みおえた後、フランスから何度もかけてみたんです。やっとつながったところで、エイデンが事情を話してくれましてね」言葉を切る。「どうやら、わたしたちの娘は姿を消してしまったらしいんです」

出発

その夜、わたしはアンドレアスにかんしゃくを起こしてしまった。そんなことをするつもりはなかったのに、一日じゅう不運な出来事ばかりが続き、わたしはもう、月かアンドレアスに向かってわめくしかないところまで追いつめられていたのだ。月よりわたしの手近にいたのが、あの人の不運だったのだろう。

そもそもの最初は、マクルズフィールドから来ていたブルースとブレンダという感じのいい夫婦が——といっても、その感じのよさが見かけだけだということは、すぐに明らかになったのだけれど——宿泊代金を半額に割り引かなければ、滞在初日から書きためた苦情の羅列を口コミとして《トリップアドバイザー》に投稿してやる、そうなったら今後このホテルに泊まりにくる客はいないだろうと脅してきたことだった。それでは、いったいその苦情の中身とは？　一時間ばかりWi-Fiが使えなかった。夜にギターの音が聞こえた。ゴキブリを一匹見かけた。何がうんざりするかというと、このふたりは毎朝こわばった薄ら笑いを浮かべつつ、こんな苦情を伝えてきたのだけれど、その間じゅうずっと、この夫婦はいつか何かを仕掛けてくるにちがいないと、こちらもうすうす察していたということだ。楽しい休暇の計画の一環としてゆすりたかりを企《たくら》む客を事前に察知する能力を、わたしはしだいに身につけつつあった。そんな客がどれほど多いか、あなたはきっと想像もつかないことだろう。

そして、パノスは無断欠勤。ヴァンゲリスは遅刻してきた。アンドレアスのコンピュータは調子が悪く——どこが悪いのか見てもらうよう、以前から言っていたのに——二件の予約希望を迷惑メールとして処理してしまっていた。それに気づいたころには、中込客はとっくに別の宿を見つけた後だったというわけだ。ベッドに入る前、わたしたちはこの国で飲んでこそおいしいギリシャのブランデー、メタクサを一杯やることにした。とはいえ、わたしはいまだむっつりと機嫌が悪く、それに気づいたアンドレアスから、いったい何があったのかと尋ねられ、ついに切れてしまったのだった。

「何があったかって、よくもまあ、そんな悠長なことを言えたものね、アンドレアス。うまくいってることなんて、そもそもひとつもないじゃないの！」

わたしはふだん、こんなふうに人を罵《ののし》ったりしない……少なくとも、好きな人に対しては。

ベッドに横たわったわたしは、服を脱ぐアンドレアスを眺めながら、自分自身にうんざりしていた。心の中のどこかでは、自分がクレタ島に来てから起きたすべてのことについて、この人を責めたい気持ちがたしかに蠢《うごめ》いている。でも、心の別の部分では、この人の期待を裏切ってしまった自分を責めてもいるのだ。何よりも腹が立つのは自分の無力さだった——自らの意志ではなく、まるでなりゆきに押し流されるように、こんなところへたどりついてしまったのだから。ほんの何ユーロかの金のために、まったくのあかの他人に屈辱を味わわされたり、たかが一、二件の予約を受けそこなったからといって、こんなにも心の安寧《あんねい》を脅かされたりする人生を、本当にわたしは選んでしまったのだろうか？

英国に戻らなくてはと悟ったのは、そのときだった。懸命に目をそむけようとはしてきたけれど、実のところ、しばらく前からわかっていたことだったのに。

歯を磨きおえたアンドレアスは、全裸で洗面所を出てきた。いつも、このまま何も身につけずに眠るのだ。その姿はまるで、よく古代の壺の側面に描かれている像そのままだった——かつてのアテナイのたくましい若者か、それとも酒と女を愛する精霊サテュロスといったところだろうか。この二年間で、アンドレアスは以前よりいっそうギリシャ人らしくなってきたように思える。黒い髪はいくらかぼさぼさになり、瞳もいくらか暗さを増し、かつてウェストミンスター校の教壇に立っていたころにはけっして見られなかった、ある種の尊大さを感じさせるようになってきたのだ。体重もいくらか増えたらしい——もしかしたら、スーツを着ることがなくなったせいで、前よりお腹に視線が向くようになっただけかもしれないけれど。とはいえ、端整な顔立ちは変わらない。わたしはいまだ、この人に惹かれている。それでも、いまは距離をおくべきだと、そのときふいに悟ったのだ。

アンドレアスがベッドに入るまで待つ。わたしたちは寝室の窓を開けはなち、シーツを一枚だけ掛けて寝ていた。ここまで海ぎわだと、蚊はめったに入ってこないし、エアコンの人工的なひんやりした風よりも、自然の夜気が流れこんでくるほうが、わたしは好きなのだ。

「アンドレアス……」わたしは切り出した。

「えっ？」このまま声をかけなかったら、きっと次の瞬間には眠ってしまっていたのだろう。その声は、すでにまどろみかけているようだった。

「わたし、ロンドンに戻りたいのよ」

「えっ？」アンドレアスは身体をひねると、ひじを突いて半身を起こした。「どういうことなんだ？」

「やらなきゃいけないことがあって」

「ロンドンで？」

「いいえ。サフォークへ行かないと」アンドレアスはわたしをじっと見つめ、いかにも心配げな表情を浮かべている。「そんなに長くは留守にしないつもり。二週間くらいかな」

「きみがここにいてくれないと困るんだ、スーザン」

「お金がないほうが困るでしょ、アンドレアス。いま来ている請求書だって、新たに資金を借りないと払いきれないのに。わたしね、すごい報酬の仕事を依頼されたの。一万ポンドよ。しかも、現金で!」

　それは本当のことだった。

　所有するホテルで起きた殺人事件について語った後、トレハーン夫妻は娘がどんなふうに失踪したかをうちあけた。

「誰にも告げずにいきなりどこかへ行ってしまうなんて、どう考えてもセシリーらしくないんですよ」と、ローレンス。「しかも、幼い娘を置いていくなんて……」

「お孫さんの面倒は誰が見ているんですか?」

「エイデンがいますから。乳母もね」

「〝らしくない〟どころじゃないでしょう」思わず縮みあがってしまいそうなほど怖ろしい目つきで、ポーリーンは夫をにらみつけた。「あの子はこれまで、一度だってそんなことをしたことはないんです。そのうえロクサーナを置いていくなんて、絶対にありえないわ」そう言いきると、こちらに向きなおる。「正直なところ、わたしたちはもう、どうにかなってしまいそうなくらい心配しているの、スーザン。そして、ローレンスはちがう意見かもしれないけれど、これにはまちがいなくこの本がからんでいると、わたしは確信しているのよ」

「わたしだって、そう思っているさ!」ローレンスがつぶやく。

「お嬢さんとこの本の件を、ほかに知っている人は?」わたしは尋ねた。

「さっきもお話ししたとおり、娘はおそらく《ブランロウ・ホール》から電話をかけてきたんです。だとしたら、電話口での会話を小耳にはさんだかもしれない人間はたくさんいますよ」

「そういう意味ではないんです。お嬢さんはこの疑念について、誰かに相談していなかったんですか？」

ポーリーン・トレハーンはかぶりを振った。「わたしたちはフランスから何度も、娘に電話をかけたんです。でも、娘が出てくれなくて、それでエイデンにかけてみたの。エイデンはわたしたちを心配させたくなくて、電話をしなかったんですって。でも、娘が姿を消した日に、警察には相談していたのよ。ただ、残念ながら、あまり真剣にとりあってもらえなくて……少なくとも、最初のうちは。夫婦仲がうまくいってなかったんじゃないか、なんてほのめかされたそうよ」

「実際、そうだったんですか？」

「とんでもない」と、ローレンス。「ふたりはこれまでずっと、いつも仲むつまじくてね。警察はエロイーズからも――乳母です――話を聞いたんですが、やはりそう言っていたそうですよ。ふたりが言いあらそっているのは聞いたことがない、と」

「義理の息子として迎えるなら、エイデンほどの人はいないわよ。頭はいいし、よく働くし。あとは、リサもエイデンのような男性を見つけてくれさえすればいいのだけれど。エイデンも、わたしたちと同じくらい心配してくれていてね！」

その話しかたにはどこか、何か見えないものと闘いつづけているように感じさせるところがある。ポーリーンはふいにタバコの箱を取り出し、一本抜いて火を点《つ》けた。まるでずっと禁煙していた人間が、久々に禁を破ったかのような吸いかただ。煙を深々と吸いこむと、ポーリーンはまた口を開いた。

「わたしたちが英国に戻ったころには、警察もようやく本腰を入れて捜しはじめるところだったのよ。でも、何の成果もなくて。セシリーは犬の散歩に出ていたんですって。ベアという名の、毛の長いゴールデン・レトリーバーでね——うちはいつも、何匹か犬を飼っているから。午後三時ごろホテルを出て、ウッドブリッジ駅に車を駐めたらしいの。娘がよく散歩するのは、川沿いの小径《こみち》でね。デベン川よ。川沿いに歩いて、ぐるっと戻ってくるコースがあるのだけれど、歩きはじめるあたりは人が多いの。でも、進むにつれてだんだん自然が残っているあたりに踏みこんで、どんどん人通りは少なくなるわけ。やがて森を抜けると、マートルシャムを通って元の場所に戻る道に出るのよ」

「だとすると、もしも誰かに襲われたとしたら——」

「そんなこと、サフォークでは起きるはずがないのだけれど。でも、そうね、セシリーの姿が誰からも見えなくなる場所はたくさんあるわね」ポーリーンは深く息をつき、先を続けた。「夕食の時間になってもあの子が帰宅しないので、エイデンは心配してね、当然ながら警察に通報したの。制服警官がふたり訪ねてきて、いくつか質問をしていったそうだけれど、本格的に捜索を始めたのは翌朝になってからで、言うまでもなく、それでは遅すぎたのよ。そのころにはベアも自分で駅まで戻ってきていてね、それで警察はやっと真剣になってくれたというわけ。捜索隊を出して——警察犬もね——マートルシャムからメルトンまでの一帯を捜したの。

でも、無駄だった。あのへんには野原も、森も、泥地もあって……捜さなきゃならない面積が広すぎるのよ。結局、何も見つからなかったの」

「セシリーが姿を消してから、どれくらい経っているんですか？」わたしは尋ねた。

「最後に誰かがあの子を見たのは、先週の水曜のことよ」

沈黙が広がるのがわかった。五日間か。セシリーの落ちこんでしまった迷宮の、あまりに長すぎる時間。

「おふたりはわたしと話すために、こんなところまではるばる足を運ばれたわけですよね。実のところ、わたしに何をお望みなんですか？」

ポーリーンはちらりと夫を見やった。

「この本の中に、探している答えはあるはずなんです」ローレンスが説明する。「『愚行の代償』。あなたほどこの本のことを知っている人間は、ほかにいませんよ」

「正直なところ、最後にこの本を読んだのは、もう二、三年前なんですが」と、わたし。

「でも、あなたは作者のアラン・コンウェイと仕事をしていたでしょう。あの男の考えかたというものを、あなたは知っているんですよ。この本を読みなおしてもらえたら、きっと誰も気づかなかったことがいろいろ見えてくるはずです。そして、もしも実際に《ブランロウ・ホール》に来て、言ってみれば物語の舞台の地でこの本を読みなおしたら、セシリーが何に気づき、どうしてわたしたちに電話せずにいられなかったのか、あなたならきっとわかるんじゃないかと思うんですよ。そうなれば、わたしたちにも見えてくるはずなんです、娘がいまどこにいるのか。娘にいったい何があったのか」

最後のひとことにさしかかって、ローレンスの声が震える。娘にいったい何があったのか。姿を消したのは、ひょっとして何か単純な理由からかもしれないが、おそらくはそうではあるまい。何かを知ってしまったから。誰かにとって、危険な存在となってしまったから。こんな予想は、口に出さずにおくべきだろう。

「一本いただいてかまいません？」そう断って、ポーリーン・トレハーンのタバコの箱に手を伸ばす。自分のタバコは、バー・カウンターの後ろに置いてきてしまった。こうした一連のいつもの動作が——箱から一本を抜き出し、火を点け、最初の一服を吸いこむ——考える時間を稼いでくれる。「英国までは行けません」やがて、わたしは口を開いた。「残念ですが、ここの仕事が多忙すぎて。その本を置いていっていただけるなら、ちゃんと読みます。ただ、何か思いつくかどうかまでは、約束できません。どんな筋書きかは憶えているんですが、さっき聞かせていただいた話と何も結びつかないんですよ。でも、何かあればきっとメールしますし——」

「だめ。それでは意味がないの」ポーリーンはすでに心を決めていたようだ。「あなたには、どうしてもエイデンとリサから話を聞いてみてほしいのよ——そうそう、エロイーズにも。それから、デレクにも会ってみてちょうだい。うちのホテルの夜間責任者でね、フランク・パリスが殺された夜にも勤務についていて、担当刑事に当時の状況を説明したのよ。アラン・コンウェイの本にも登場しているし——エリックという名前でね」身を乗り出し、懇願するような目でわたしを見つめる。「けっして、そんなに時間をとらせるつもりはないの」

「それに、謝礼はちゃんとお支払いしますよ」ローレンスがつけくわえた。「金の用意はあるんです。娘を見つけるためなら、惜しむつもりはありません」言葉を切る。「一万ポンドでどうです?」

ポーリーンが夫に鋭い視線を投げたところを見れば、ふたりが最初に考えていた額より大幅に上乗せした、ひょっとしたら倍額の提示だったのかもしれないとぴんとくる。わたしが渋ったために、報酬を吊りあげてきたのだろう。夫を押しとどめるつもりだろうかと、しばし様子を見ていたものの、ポーリーンはやがて緊張を解き、うなずいた。

一万ポンド。それだけあれば、バルコニーの漆喰《しっくい》の塗りなおしができる。アンドレアスの新しいコンピュータだって買える。そういえば、アイスクリームの陳列ケースはいまにも壊れそうだ。給料を上げてほしいと以前からこぼしているパノスとヴァンゲリスの顔も脳裏に浮かんだ。

「こんな申し出、どうして断れる?」その夜遅く、ふたりの寝室で、わたしはアンドレアスに言ってきかせた。「わたしたちにはお金が必要だし、もしかしたら本当に、その夫婦のお嬢さんを見つけてあげられるかもしれないんだもの」

「その女性、まだ生きているのかな?」

「可能性はあるでしょ。もし亡くなっていたとしても、誰が殺したのかをつきとめることはできるかも」

アンドレアスは起きあがり、ベッドの上に坐った。いまや眠気はどこかへ飛んでしまい、わたしのことが心配でならないようだ。ついさっき、この人に声を荒らげてしまったことに、いまとなっては心が痛む。「前回きみが殺人事件の犯人を追ったときには、ろくな結果にならなかったじゃないか」アンドレアスは指摘した。

「これは事情がちがうじゃない。前のときはわたしも事件にかかわっていたけれど、今回は個人的に何の関係もないんだから」

「それは、むしろ申し出を断る理由になるんじゃないかな」

「たしかにね。でも……」

わたしはもう心を決めていて、アンドレアスにもそれはわかっていた。

「どちらにしろ、わたし、しばらくここから離れて休みをとりたいの。ここでの暮らしが始まって、もう二年になるけれど、サントリーニで週末をすごしたことが一度あっただけで、わたしたち、どこにも行っていないじゃない。ひっきりなしに起きる面倒に対応して、来る日も来る日もホテルを回すために朝から晩まで働いて、もう心底へとへと。あなただってわかってくれるはずよ」

「ホテルから離れたいのか、それともぼくから離れたいということ？」アンドレアスが尋ねる。どう答えたらいいのか、わたしにはわからなかった。

「どこに泊まるんだ？」

「ケイティのところ。それも楽しみ」わたしはアンドレアスの腕に手を置き、伝わってくる温かみ、筋肉の丸みを味わった。「わたしがいなくても、あなたなら完璧にやってのけられるはず。その間は手伝いに来てくれるよう、ネルに頼んでおくから。わたしが向こうにいる間も、毎日だって話せるしね」

「きみに行ってほしくないよ、スーザン」

「でも、止めるつもりはないのね、アンドレアス」

しばらく沈黙が続く。自分の気持ちを抑えようと闘っているのが、わたしには見てとれた。〝わたしのアンドレアス〟対〝ギリシャ人のアンドレアス〟との戦いだ。「そうだな、止めないよ」やがて、そんな答えが返ってくる。「きみにはすべきことがある」


二日後、アンドレアスはわたしをイラクリオン空港まで車で送ってくれた。アイオス・ニコラオスから空港への道は――ネアポリやラツィーダを通るあたりで――息を呑むような景観を楽しむことができる。荒涼とした自然が広がるはるかな山並みは、千年にわたって人間の手が触れていないことをひしひしと感じさせた。マリアから先の新しい高速道路さえ、両側に目もあやな景色が広がり、いまにも落ちそうなくらい海に近づくと、そこには白い砂浜がどこまでも続いている。こうした美しい風景に浸っているうちに、いつしか胸が悲しみにうずいていたのは、自分がここに何を残して旅立っていくのか、あらためて実感させられたからなのかもしれない。《ホテル・ポリュドロス》を切りまわす苦労やこまごまとした雑用などは、いつしか頭からきれいに消え去っていた。代わりに浮かぶのは真夜中の闇、打ちよせる波、そして満《パンセ》月《リノス》。ワイン。笑い声。自然の中で生きる日々。

旅立ちの支度を始めるにあたって、わたしはわざといちばん小さな旅行かばんを選んだ。これはただの短い仕事の旅であって、すぐに帰ってくるのだと、アンドレアスに対して、そしてわたし自身にも宣言するかのように。でも、衣装箪笥《だんす》をひっくり返し、この二年間まったく着ていない服をひとつひとつ吟味していくうち、気がつくと、ベッドの上には持っていくべきものが山積みになっていた。夏の英国に戻るとなると、暑さと寒さ、雨と晴れのすべてが、一日のうちにやってくることを覚悟しなくてはならない。そのうえ、訪ねていくのは英国の田園地帯にある高級ホテルときた。食事をするときには、ドレスコードもあるにちがいない。そもそも、一万ポンドの報酬が約束された仕事なのだ。こちらも、いかにも仕事ができる人間らしく見せる必要がある。

そんなわけで、ついにイラクリオン空港に到着したときには、わたしは年季の入った折りたたみ式カートでスーツケースを引っぱるはめになっていた。コンクリートの床の上を転がすと、車輪が不吉な音をたててきしむ。やがて、情緒のないエアコンのごうごうと吹く風の中、さらに情緒のない出発ラウンジの蛍光灯の光を浴びながら、わたしたちはしばしその場に立ちつくした。

アンドレアスがわたしをつかまえた。「約束だ、くれぐれも気をつけて。向こうに着いたら電話してくれ。ビデオ通話《FaceTime》でもいい」

「ホテルのWi-Fiがつながればね!」

「約束してくれ、スーザン」

「ええ、約束する」

アンドレアスは、わたしの両腕をつかんだ。キスをされ、笑みを返す。それから、がっしりした身体に青い制服をまとい、しかめっつらをしたギリシャ人の女性係員のところへ、わたしはスーツケースを引きずっていった。パスポートと搭乗券を確認された後、手荷物検査場へ向かうよう指示される。わたしはふりむき、最後に手を振った。

でも、アンドレアスはいつのまにか立ち去っていた。

新聞記事

ロンドンに戻るのは、衝撃的な体験だった。しょせんはちょっとばかり発展した漁村にすぎないアイオス・ニコラオスで、あまりに長い時間をすごしすぎたのか、いつのまにか都会にいると消耗する体質になってしまっていたらしい。あまりの刺激の強さ、騒音、道を行き来する人間の多さに、どうやら覚悟ができていなかったようだ。何もかもが記憶よりも灰色がかっていて、空気中に漂う埃《ほこり》やガソリンの臭いがどうにも鼻につく。初めて見る新たな建築物のあまりの多さにも、頭がくらくらするばかりだ。ロンドンで働いている間、ずっと見慣れていた景色は、二年間の不在の間に消え失せてしまっていた。高層建築を愛する歴代のロンドンの市長たちが、さまざまな建築家に自らの頭文字を天空に彫りつけることを許した結果、どれもどこかで見たような、それでいてまったく馴染みのない建物ばかりが立ちならぶようになる、そのことをこの二年間の変化によって思い知らされたというわけだ。空港からテムズ川沿いの道を、黒タクシーの後部座席に乗って走っていると、バタシー発電所の周辺で大量にアパートメントやビルを建設しているあたりは、まるで戦場のように思えてならなかった。赤いライトを点滅させているクレーンの数々が、あたかもこの地を侵略し、地面に横たわる見えない骸《むくろ》をついばんでいる怪鳥のように見えてしまう。

最初の夜はホテルに泊まろうと決めていたものの、正直なところ、これはどうにも奇妙な気分だった。ずっとロンドンっ子だったのに、何の因果かこうしてただの観光客に成り下がってしまったせいか、ホテルもどうにも好きになれなかったのだ。泊まったのはファリンドンの《プレミア・イン》で、何かとりたてて問題があったわけではない——清潔で、申しぶんなく居心地のいいホテルだった——ただ、そこに泊まらざるをえない、そのなりゆきが腹立たしかったのかもしれない。眠っている三日月のロゴが入った紫色のクッションに囲まれ、ベッドに坐ったわたしは、どうしようもなくみじめな気分だった。もう、すでにアンドレアスが恋しくてたまらない。空港に着いたときに、スマホからメッセージは送ったものの、もしもいまＦａｃｅＴｉｍｅなどしようものなら、わたしはまちがいなく泣き出してしまうだろう。そうなると、やはりロンドンになど来るべきではなかった、アンドレアスは正しかったということになってしまう。とにかく、いまはできるだけ早くサフォークへ向かったほうがよさそうだ。とはいえ、まだロンドンを発つわけにはいかない。その前にすべきことが、ひとつふたつ残っている。

途切れ途切れに眠り、朝食——卵、ソーセージ、ベーコン、豆という、割引価格プランを提供しているホテルならではの、どこでも同じ内容——をとってから、わたしはキングズ・クロスの高架下に並ぶ貸倉庫までぶらぶらと歩いていった。クレタ島に引っ越すときには、クラウチ・エンドのアパートメント、そして持ちもののほとんどすべてを売りはらってしまったものの、いよいよという土壇場でただひとつ、たまたま四十歳の誕生日に出来心で買ってしまった真紅のMGBロードスターだけはとっておくことにしたのだ。もう一度これを運転する日が来ようとは思えないのに、そのため月に百五十ポンドを保管料として支払うのは、とうてい正気の沙汰ではない。それでも、わたしはどうしてもこの車を手放す気にはなれなかったのだ。いま、こうしてふたりの若者が表に回してくれた愛車を見ると、まるで旧友とふたたび出会えたような気分になる。いや、それだけではない。かつての自分の人生の一部を、こうしてとりもどすことができたのだ。ひび割れた革のシートに身体を沈め、木製のハンドルを握り、膝のすぐ上のおそろしく古ぼけたラジオに目をやるだけで、胸に自信があふれてくる。クレタ島に戻るとしたら、ギリシャでの車輌登録も、慣れない右側通行もかまいはしない、今度こそこの車に乗って帰ろう。何度かアクセルをふかし、エンジンが歓迎のうなりをあげるのを楽しんでから、わたしは車を発進させ、ユーストン・ロードを走りはじめた。

まだ午前十時ごろで、さほど車は混んでいない——まあどうにか動いている、という程度の話ではあるが。まっすぐホテルに帰るつもりはなかったので、まずはロンドンをぐるっと回り、そのへんを見物しにかかる。ユーストン駅は建てなおしている最中だった。ガウアー・ストリートは以前と変わらずみすぼらしい。大英博物館の裏手、ブルームズベリーについ車を向けてしまったのは、けっしてたまたまではない。気がつくと、わたしはかつて十一年間にわたって勤めたインディペンデント系出版社《クローヴァーリーフ・ブックス》の前にいた。正確には、その残骸とでもいうべきだろうか。建物は見るも無惨《むざん》な状態で、割れた窓には板が打ちつけられ、煤《すす》けたレンガの周りに足場が組み立てられている。おそらく、保険会社がいまだに支払いを拒否しているのだろう。放火と殺人未遂は支払い条項に含まれていなかった、ということだろうか。

せっかく大枚はたいて保管していた車なのだから、かつて住んでいたクラウチ・エンドまで足を延ばすことも考えた――けれど、それでは逆に気分が落ちこんでしまいそうだ。それに、まだやらなくてはならないことがある。わたしは車をファリンドンの時間貸し駐車場に入れ、歩いてホテルに戻った。チェックアウトの時間は正午なので、あと一時間はコーヒー・マシンと無料のビスケット二袋をお伴にインターネットで調べものをすることができる。持ってきたノートパソコンを開き、わたしは検索したい単語を打ちこんだ――ブランロウ・ホール、ステファン・コドレスク、フランク・パリス、殺人。

ここに、わたしが見つけた新聞記事を載せておこう。殺人事件という謎から興味をそそる部分をのぞき、無味乾燥な文章で語った四本の記事だ。

《イースト・アングリアン・デイリー・タイムズ》紙　二〇〇八年六月十八日

一流ホテルで男性殺害

五つ星ホテルに宿泊していた五十三歳の男性が遺体で発見され、警察は殺人事件として捜査している。サフォーク州ウッドブリッジ近郊の《ブランロウ・ホール》は、エグゼクティヴ・スイート一泊あたり三百ポンドの高級ホテルであり、著名人の結婚式やパーティの会場として人気。また、ITVの『新米刑事モース──オックスフォード事件簿』、BBCの『トップ・ギア』や『鑑定します、あなたの骨董《アンティークス・ロードショー》』など、多くのテレビ番組の撮影も行われている。

被害者はフランク・パリス、広告業界では名の知られた存在で、《バークレー銀行》、またLGBTの権利団体《ストーンウォール》の広告で受賞歴がある。ロンドンの《マッキャンエリクソン》でクリエイティヴ・ディレクターを務めた後、オーストラリアへ渡り、自身の広告代理店を設立した。結婚歴はなし。

この事件の捜査を指揮するリチャード・ロック警視はこう語った。「本件はきわめて残忍な犯行であり、強盗を目的とする単独犯によるものと思われる。パリス氏から奪われた所持金はすでに発見されており、犯人の逮捕も間近と考えている」

事件が起きたのは、当ホテルの所有者であるローレンスとポーリーン・トレハーン夫妻の愛娘《まなむすめ》、セシリー・トレハーンとエイデン・マクニールの結婚式前夜のことである。遺体が発見されたのは、ホテルの庭園で行われた結婚式の直後。トレハーン夫妻、およびマクニール夫妻は談話を発表していない。

《イースト・アングリアン・デイリー・タイムズ》紙　二〇〇八年六月二十日

容疑者を逮捕　ウッドブリッジの殺人

サフォーク州の著名なホテル《ブランロウ・ホール》に宿泊していた、元広告代理店経営者の男性を殺害した容疑で、二十二歳の男が逮捕された。この事件の捜査を指揮するリチャード・ロック警視はこう語っている。「躊躇《ちゅうちょ》した形跡さえない、きわめて残忍な犯行である。特捜班が迅速かつ徹底的に捜査を進めた結果、こうして容疑者の逮捕に至ったことを嬉しく思っている。また、せっかくの佳《よ》き日をこの事件によって踏みにじられた新郎新婦には、心からお気の毒でしたと申しあげたい」

容疑者は再勾留され、来週イプスウィッチ刑事法院に出廷する予定。

《デイリー・メール》紙　二〇〇八年十月二十二日

被告人に終身刑判決　サフォーク州〝ハンマーの恐怖〟殺人

サフォーク州ウッドブリッジ近郊にある一泊三百ポンドのホテル《ブランロウ・ホール》の宿泊客フランク・パリス（五十三歳）が殺害された事件で、イプスウィッチ刑事法院は、被告人のルーマニア移民、ステファン・コドレスクに終身刑の判決を下した。広告業界で〝際立つ独創性の持ち主〟と評されたパリス氏は、隠退生活を念頭に、オーストラリアから英国に戻ってきたばかりだった。

罪状認否で自ら罪を認めたコドレスクは、英国に十二歳のとき入国。クレジット・カードの複製、英国旅券の窃盗、身分証明書類の偽造などにかかわるルーマニア人の犯罪組織を捜査していたロンドン警視庁に、当時から目をつけられる存在となっていた。十九歳のとき加重窃盗および暴行罪で逮捕され、二年間にわたって服役している。

《ブランロウ・ホール》を所有するローレンス・トレハーン氏はこの裁判を傍聴し、判決を聞きとどけた。事件までの五ヵ月間、このホテルの従業員だったコドレスクは、若年犯罪者の施設外更生プログラムの一環として、トレハーン氏が雇用したという事情がある。だが、トレハーン氏はこの決断を後悔してはいない。「パリス氏がこのような形で亡くなられたことに、わたしも妻も衝撃を受けています」法廷を出た後、氏はこう語った。「しかし、若者にふたたび機会を与え、社会復帰をめざせる道を開いてやることは正しいと、いまでもわたしは信じています」と。

だが、コドレスクに最低拘禁期間二十五年の終身刑を宣告するにあたり、アズラ・ラシッド裁判官はこう述べた。「こうした前歴がありながら、被告人には更生のための得がたい機会が与えられた。だが、それにもかかわらず、被告人は金銭を目的としてかくも残忍な犯行に手を染め、雇用主の信頼と善意を裏切ったのである」

法廷では、現在二十二歳であるコドレスクが、オンラインのポーカーとスロットマシンに熱中したあまり、債務を抱えていたことが明かされた。コドレスクは現実感を失っていたというのが、弁護人ジョナサン・クラークの主張だ。「仮想世界に溺れ、債務を重ねるうち、被告人は衝動を抑えきれなくなっていきました。あの夜に起きてしまったことは、一種の錯乱であり……心神耗弱の結果なのです」

パリス氏はハンマーにより襲撃され、その顔は識別できないほど損傷していたという。被告人を逮捕したリチャード・ロック警視は「これまで遭遇したうちでもっとも胸の悪くなる現場だった」と述べている。

ノリッジを拠点として活動するチャリティ団体《スクリーン・カウンセリング》は、オンライン賭博におけるクレジット・カードの使用を禁止するよう、賭博規制委員会に求めている。

これが事件の一部始終だ。導入、中盤、そして終章。とはいえ、インターネットをさまよっているうちに、わたしはこの事件の結びにふさわしい記事を見つけた——もっとも、日付はこの事件が起きるより前ではあるけれど。

《キャンペーン》誌　二〇〇八年五月十二日

シドニー拠点の《サンダウナー》社、倒産

かつて《マッキャンエリクソン》の切れ者と謳《うた》われたフランク・パリス氏がシドニーに

開業した広告代理店、《サンダウナー》が倒産した。国内金融界のお目付役であるオーストラリア証券投資委員会によると、開業後たった三年で取引停止に至ったとのこと。

コピーライターとして出発したパリス氏は、二十年以上にわたり、ロンドンの広告業界にその名を轟《とどろ》かせた。《バークレー銀行》や《ドミノ・ピザ》などで広告賞受賞。一九九七年に《ストーンウォール》のため企画し、議論を呼んだ〝ゲイのために立ちあがれキャンペーン〟では、軍隊におけるゲイの権利拡張を訴えた。

パリス氏自身、自らの性的指向をいっさい隠すことなく、奢侈《しゃし》かつ華美なパーティを催すことでも知られている。オーストラリアへ活動の場を移したことも、世間に定着してしまった印象を和《やわ》らげるためとの見かたもあった。

《サンダウナー》は開業後一ヵ月でサングラスの《ボンジッパー》、スナック菓子の《ワゴン・ホイールズ》、靴の《カスタム・フットウェア》などの大口顧客と契約を結んだ。だが、こうした順調な滑り出しからほどなくして、景気の低迷に伴う消費の冷えこみ、広告宣伝費の削減といった逆境に見舞われる。オーストラリアではインターネット広告やオンライン動画といった分野が著しい急成長を見せているにもかかわらず、《サンダウナー》はデジタル・メディアより旧来の宣伝形態に重きを置いており、こうしたことが、あまりにも短期間のうちに瀬戸際へ追いつめられてしまった原因となったのだろう。

さて、これらの情報から何が読みとれるだろうか？

事件を伝える記事のすべてに〝残忍〟という言葉が使われているとは、まるで優しく愛情のこもった殺人が存在するかのようだと思ってしまうけれど、まあ、こんなことが気になるのは、元編集者ならではの習い性というものなのだろう。記者たちは被害者のフランク・パリスについて、手持ちのわずかな情報からその人間像を描き出している——広告賞の受賞者、同性愛者、外向型、とどのつまりは失敗者、と。《デイリー・メール》紙は〝際立つ独創性の持ち主〟とも伝えてはいるけれど、それにしても、まるでこんな人間はどんな目に遭っても仕方がない、といわんばかりではないか。そして、そのフランク・パリスは案の定、ルーマニア人に殺されるという最期を迎えた、というわけだ。しかし、パスポートだのクレジット・カードだのを売りさばく犯罪組織に、ステファン・コドレスクは本当にかかわっていたのだろうか？　両者を結びつける証拠は何も存在しないし、警察が当時ルーマニア人ギャングを捜査していたのは、ただの偶然かもしれないのに。結局、コドレスクが逮捕されたのは加重窃盗および暴行罪によるものだった。

いっぽう、華々《はなばな》しい経歴のフランク・パリス氏はといえば、いきなりサフォーク州のホテルを、それも自分が招待されたわけでもない結婚式直前の夜に訪れたことがどうも奇妙に思える。ポーリーン・トレハーンによると、親戚を訪ねてきたのだという。でも、それならなぜ、その親戚の家に泊まらなかったのだろう？

リチャード・ロック警視の名を記事の中で発見し、わたしは憂鬱《ゆううつ》になっていた。この警視とは、アラン・コンウェイの死をめぐって顔を合わせたことがあるけれど、ひかえめに言っても、まったく折り合えない相手だったのだ。あのときのことはよく憶えている——イプスウィッチ郊外のコーヒー・ショップに、機嫌の悪い大柄な警察官がどすどすと入ってきたと思うと、たっぷり十五分間わたしに向かってまくしたて、またどすどすと出ていったのを。アランに無断で小説の登場人物のモデルにされたことに腹を立て、その憤《いきどお》りをわたしにぶつけてきたのだ。ステファン・コドレスクを犯人と断定し、逮捕して起訴するまで、一週間もかかっていない。この判断がまちがっていた可能性はあるのだろうか？　この一連の記事を読んでも、さらにトレハーン夫妻から聞いた話を考えあわせても、これ以上ないほど単純な事件に思えるのに。

　しかし、それから八年後、セシリー・トレハーンはその結論がまちがっていたと考えるようになった。そして、それきり姿を消してしまったのだ。

　ロンドンではもう、これ以上できることはなさそうだ。ステファン・コドレスクからは、いつかじかに話を聞かなくてはなるまい。そうなると面会に行くしかないけれど、どこの刑務所に入れられているのかさえ、まったく見当がつかない始末だ。この件については、トレハーン夫妻も協力してはくれないだろう。いったいどうやって探せばいいのだろうか？　あらためてインターネットで検索してみたものの、何ひとつ情報は得られなかった。そのときふと、かつて知りあいだった作家が頭に浮かぶ——クレイグ・アンドリューズ。遅咲きの作家で、デビュー作となった、刑務所制度を主題に据えたスリラーを担当したのはわたしだったのだ。初めて読んだとき、その迫力ある暴力描写だけでなく、真実味のある緻密な設定にも感銘を受けたのを憶えている。徹底的に取材を重ねた作品だった。

もちろん、クレイグもいまはもう別の出版社に移ってしまった。《クローヴァーリーフ・ブックス》が倒産し、文字どおり焼け落ちたことで、さぞかし落胆させてしまったにちがいない。とはいえ、クレイグの作品は成功を収め、最新作は《メール・オン・サンデー》紙の書評で高評価だったのを、わたしも目にしたおぼえがある。そんなわけで、わたしは英国にまた戻ってきたけれど、ステファンがどこに収監されているか調べたいので手を貸してもらえないかというメールを、だめでもともと出してみることにした。まあ、返事が来るのは望み薄かもしれないと思っておこう。

メールを送信してしまうと、わたしはノートパソコンを荷物に戻し、スーツケースを引っかんで、MGBを入れておいた駐車場へ向かった。埃《ほこり》くさい一角に駐めておいただけで、すでにとんでもない額に跳ねあがっている料金を払う。それでも、この車の姿を見るだけで、幸せな気分が胸に広がるのは変わらない。運転席に乗りこみ、立体駐車場の出口へ。わたしはそこからファリンドン・ロードに出て、サフォークへ向かった。

《ブランロウ・ホール》

サフォークに滞在している間は妹のところに泊まることもできたけれど、ぜひ無料でうちのホテルに泊まってほしいとトレハーン夫妻から言われており、わたしはその申し出を受けることにした。正直に言うなら、わたしはケイティとあまり長いこといっしょにすごすのが気詰まりだったのだ。愛すべきふたりの子どもたち、素敵な家、成功者の夫、親しい友人の輪に恵まれた二歳下の妹と顔を合わせると、あまりに行き当たりばったりな自分の人生とつい比べては、どうしようもなくだめな人間だと自己嫌悪に駆られてしまう。《クローヴァーリーフ・ブックス》であんなことがあったときも、わたしがクレタ島に移住し、ケイティの目から見てそれなりにまっとうな家庭を築こうとしていることを、妹は心から喜んでくれたものだ。それなのに、どうしていまさら戻ってきたのか、説明するのは気が重かった。これは、けっしてケイティが自分とわたしを比較しているという話ではない。わたしが勝手に比較されているような気分になってしまう、というだけのことなのだ。

それを抜きにしても、いまだ事件当時のことを知っている人間がたくさん残っている現場に拠点を置くのは、より賢い選択というべきだろう。そんなわけで、わたしはイプスウィッチを迂回してA十二号線を走り、右折したらウッドブリッジへ向かう交差点もそのまま直進した。まっすぐ八キロほど進んだところで、いかにも高級そうな看板（黒地に金文字）が目にとまり、そこから生垣とぽつりぽつりと真っ赤に咲く野生のケシの間の細い道をたどる。やがて石造りの門を通りぬけると、その先には、かつてブランロウ一族が代々暮らしてきた屋敷が、昔から変わらないサフォークのみごとな田園風景を背に建っていた。

ここは、わたしがこれから書くことの多くがすでに起きた場所、あるいはこれから起きる場所である。だからこそ、ひときわ丁寧に描写しておかなくては。

《ブランロウ・ホール》は、英国の田舎屋敷とフランスの城《シャトー》のちょうど中間のような、ごく美しい建物だった。真四角な館の周囲の芝生には、ところどころにアクセントとして樹木が配置され、さらにその外側を鬱蒼とした森が囲む。長い歴史のどこかで、ひょっとして館の向きを回転させたことがあったのだろうか、砂利を敷きつめた私道はまったく見当はずれの方向から敷地に入り、いくつか窓はあるものの扉はない、棟の側面になぜか向かっている。いっぽう、実際の表玄関はその角を曲がった先にあり、まるで別の方角を向いているのだ。

正面から向かいあってみると、この建物の壮麗さがよくわかる。アーチ形の屋根に覆われた柱廊のある正面口、天辺に胸壁のあるゴシック様式の塔、掲げられた紋章、それぞれが各部屋の暖炉に通じているであろう無数の石の煙突。二階ぶんの高さのある窓が並び、その両脇には、かつての住人ではありながら、もう誰も憶えていない領主や貴婦人の頭像が顔をのぞかせている。屋根の縁《ふち》には石で作られた無数の鳥がとまっており、角にはそれぞれ鷲の像。表玄関の上にはなかなか精巧なフクロウの像が、翼を大きく広げていた。そういえば、来る途中で見かけた看板にも、フクロウの絵が描いてあったことを思い出す。これはレストランのメニューにも、備えつけのメモ帳にも印刷してある、このホテルのロゴマークなのだ。

建物の周囲にめぐらせた低い塀は、外側の地面が一段低く掘り下げてあって、この内側は現実から切り離された世界であり、何があろうと揺らがないのだという演出のように見える。建物の左、つまり私道の走っていない側には、ひかえめな、やや現代ふうのフランス窓が、バーから美しく手入れされた平らな芝生に向かって開いていた。この芝生こそは、いまから八年前、結婚式の午餐《ごさん》が開かれた場所なのだ。いっぽう右側には、やや引っこんだところに、本館の形を模したふたつの小さな建物がある。ひとつは礼拝堂、もうひとつはもともと穀倉《こくそう》だったところを、サンルームと屋内プールのあるフィットネス・クラブに改装したものだ。

格式ある田舎屋敷を舞台とした殺人事件を描きたいミステリ作家にとって、ここにはすべての材料がそろっていると、まだ砂利の上にMGBを駐めている段階で、わたしはすでに悟っていた。いっぽう、死体を隠したい殺人犯にとっては、この周囲には何百エーカーもの土地が広がっているわけだ。この敷地のどこかにセシリー・トレハーンが埋められていないかどうか、警察は捜してみたのだろうか。犬の散歩にいくと言って家を出て、車はウッドブリッジ駅に駐めてあったという話だけれど、そこまで車を運転していったのが、本当にセシリー本人だという確証はどこに?

わたしがエンジンを切るより早く、どこからともなくひとりの青年が現れて、車のトランクから荷物を出してくれる。青年の案内でロビーに足を踏み入れると、そこは実際には四角形にもかかわらず、丸テーブル、丸い絨毯《じゅうたん》、そして華麗なスタッコ細工が円を描く天井を円形に並んだ大理石の柱が支えているせいで、まるで円形の空間のような錯覚を起こす場所だった。五つの扉が――そのうちひとつは現代的なエレベーターだ――それぞれ別の方向へ通じている。でも、青年がわたしを案内したのは二本めの廊下だった。そこにはどっしりとした石造りの階段の下に、フロントのデスクが据えてある。

曲線を描いて上っていく階段を見あげると、三階の丸屋根の天井画が見えた。まるで大聖堂の中にいるような気分だ。もっとも、目の前にははるか高くまで続く巨大な窓があり、ところどころには色つきのガラスもはめられているけれど、けっして宗教的な雰囲気はない。歴史のある校舎、あるいは駅舎で見かけるような窓というところだろうか。巨大な円を描く階段は、窓に沿った半円で次の階まで上り、手前の半円は端から端まで踊り場となっている。踊り場は部分的に壁で隠されてはいるものの、その壁に半円の開口部を設けてあるため、そこを通る客の姿は下から見えるのだ。踊り場の両端は、それぞれホテルの両側面を貫く廊下に続いている――言ってみればこの踊り場は、巨大なHの文字の横棒というわけだ。

フロントのデスクの向こうには、鋭い切れこみのある黒いドレスを着た女性が坐っていた。デスクは磨きあげられた黒っぽい木材で作られていて、縁にはぐるりと鏡のようになめらかな金属が貼ってある。これは、この場所にはいささか不釣り合いな備品に見えた。《ブランロウ・ホール》は十八世紀初頭に建てられており、ほかの備品はみな、それに合わせて伝統的で古めかしいデザインのものを選んであるのに。反対側の壁に立てかけてある揺り木馬は、塗料が剝げたまま虚空をにらみつけている。その姿は、D・H・ロレンスの有名な怖ろしい短篇「木馬を駆る少年」を思わせた。フロントの奥には、左右にひとつずつ小部屋がある。後になってわかったことだが、これは片方がリサ・トレハーン、そしてもう片方が妹のセシリーの執務室だった。どちらもドアが開いていて、まったく同じ机にそれぞれ電話機が置いてあるのが見える。セシリーはここからフランスの両親に電話をかけたのだろうか。

「ミズ・ライランドですか？」フロントの女性は、わたしが来ることを知っていたようだ。そういえば、ホテルに無料で滞在してほしいと申し出たポーリーンが、あることについてわたしに力を貸してもらっていると従業員にも話しておく、具体的な内容は秘密にしておくけれど、と言っていたのを思い出す。女性の年恰好は、ここまで案内してくれた青年と同じくらいだろうか。実のところ、血を分けたきょうだいでも不思議はない。どちらも金髪で、どこか無機質だ。北欧出身のようにも見える。

「ええ、こんにちは」わたしは女性との間にハンドバッグを置き、求められたらクレジット・カードを出せるようにした。

「ロンドンからは車でいらしたんですね。いいご旅行でした?」

「そうね、ありがとう」

「トレハーン夫人から、ヨルガオ棟のお部屋にご案内するよう言われています。快適にすごしていただけると思いますよ」

ヨルガオ。アラン・コンウェイが、例の本に登場するホテルの名に使った花だ。

「このすぐ上の階まで階段か、あるいはエレベーターを使っていただくことになります」

「ありがとう、階段を使おうかな」

「ラースがお部屋までご案内して、荷物もお持ちします」

その名を聞けば、まちがいなく北欧出身だ。わたしはラースに案内され、二階まで階段を上った。壁には油彩画がいくつも飾られている——二世紀以上にわたってこの屋敷で暮らしていた一族の肖像だろうけれど、誰ひとりとして笑みを浮かべてはいない。ラースは踊り場を右に曲がり、さっき下から見えた壁の開口部の前を、わたしたちは通りすぎた。ふと壁にもたれたところで、そこに据えられたテーブルに、グラスに入ったキャンドルがふたつ置かれているのに気がつく。キャンドルの間には小さな台があり、大ぶりな銀のブローチのようなものが飾られていた。円形の枠と、その真ん中を貫くような長い銀のピンからできていて、タイプで打たれたカードには、〝十八世紀、フィギーン〟と説明がある。見たこともない言葉に、わたしは興味を惹かれた。テーブルの下には犬用のかごとタータン・チェックの膝掛けがある。そういえば、セシリー・トレハーンはベアという名のゴールデン・レトリーバーを飼っていたはずだ。

「犬はどこ?」わたしは尋ねてみた。

「散歩に出てますよ」いきなりそんなことを訊かれて驚いたらしく、ラースは曖昧な答えを返した。

ここまで描写してきたものは、ほとんどどれも骨董品《こっとうひん》ばかりだったけれど、客室の並ぶ廊下にたどりつくと、並ぶドアにはすべてカード・キーの読みとり機が取り付けてあり、天井の片隅からは防犯カメラが、わたしたちをじっと見はっていた。これはおそらく殺人事件よりも後、ひょっとするとその事件を理由に、ここに設置されたものにちがいない――事件当時にこんなものがあれば、犯人の姿もとらえられていただろうから。最初のドアには〝10〟の文字があった。その隣は十一号室だ。しかし、十二号室だったはずのドアには何の表示もなく、おそらくは縁起が悪いという理由だろうけれど、十三号室も存在しなかった。ラースの足どりが速くなったように思えたのは、わたしの気のせいだろうか? 青年の歩調に合わせ、床板がきしむのが聞こえる。スーツケースを載せたわたしのカートの車輪も、板の継ぎ目を乗りこえるたびに小さな悲鳴をあげていた。

　十四号室の前を通りすぎ、防火扉を抜けると、その先の廊下は明らかに新しく増築した部分で、そのまままっすぐ建物の裏側まで続いている。まるで、後からもうひとつ作った今出来のホテルを、最初のホテルに継ぎ足したかのようだ。八年前も、このホテルはこんな構造だったのだろうか――フランク・パリスが泊まりにきて、そして……あんな形で出ていったときにも。新しい廊下に敷かれた絨毯には、個人の住宅にはけっして使われないたぐいの、けばけばしい模様が入っていた。こちらの客室のドアも木製ではあるものの、さっきまでよりも新しく、いささか安っぽいうえ、それぞれの間隔も狭まっているところを見ると、客室もこちらのほうが狭いのだろう。明かりは間接照明だ。ここがヨルガオ棟なのだろうか？　車輪のきしむ音をたてながらわたしのスーツケースを引きずり、かなり前を歩いているラースに、あえてそれを尋ねることはせずにおく。

　わたしに割り当てられたのは、普通の客室ではなく、廊下の突きあたりにあるスイート・ルームだった。ラースがカード・キーを読みとり機に通し、わたしを部屋に入れてくれる。そこは濃淡さまざまなクリーム色とベージュに彩られた居心地のいい空間で、壁には大画面テレビが掛けてあった。ベッドを覆うシーツも、すばらしく高級なのがわかる。テーブルには、無料のワイン・ボトルとフルーツの盛り合わせ。窓に歩みよると、ホテルの裏側に中庭が広がり、その向こうにはかつての厩舎《きゅうしゃ》、いまは別の用途に転用しているらしい建物の列が並んでいた。

屋内プール付きのフィットネス・ジムは、右側の少し離れたところにある。敷地内の車道が延びた先を目で追うと、ホテルから少し引っこんだところに、現代ふうの大きな邸宅が建っていた。門には《ブランロウ・コテージ》と、屋号が記されている。

ラースはわたしのスーツケースを折りたたみ式の荷物台に載せた。あまりに場所をとって馬鹿馬鹿しいので、《ホテル・ポリュドロス》には置いていない備品だ。

「こちらが冷蔵庫です。これがエアコン。ここにミニバー。コーヒーメーカーは……」わたしが必要なものを自分で探せない場合に備えて、ラースは室内の設備をひととおり説明していった。熱意あふれるというより、礼儀正しい態度だ。「Ｗｉ－Ｆｉのパスワードはテーブルの上にあります。何かご入用の際は、ゼロをダイヤルしていただければフロントにつながりますから」

「ありがとう、ラース」

「ほかに何かご希望は？」

「実をいうと、十二号室の中に入ってみたいの。鍵を貸してもらえる？」

ラースは一瞬いぶかしげな目をこちらに向けたものの、トレハーン夫妻から話は聞いていたらしい。「じゃ、ぼくが開けておきますよ」

そう言いおいて部屋を出ようとする青年を見送りながら、わたしはなんとも気まずい瞬間を味わっていた。ここでチップを渡すべきなのか、はたしてそれを期待されているのか、どうにも判断がつかなかったからだ。クレタ島のうちのホテルでは、バーに麦わら帽子を置いておき、客から自由に余った小銭をそこに入れてもらって、それを従業員で公平に分けあうようにしている。原則として、わたしはチップという習慣があまり好きではない。ウェイターやホテルの従業員たちが下層階級と見なされていた時代に逆行するかのような、現代の感覚にそぐわない行為に思えてしまうからだ。でも、どうやらラースは別の意見の持ち主だったらしい。がっかりしたように顔をしかめると、きびすを返して部屋を出ていった。

スーツケースの荷ほどきをするうち、わたしはなんとも居心地の悪い気分に苛《さいな》まれはじめていた。こうして上質な調度に囲まれた部屋で、上質な衣装箪笥《だんす》に移してみると、わたしが持ってきた服は、どれもひどくくたびれて見えるのだ。この二年間、ほとんど新しい服を買っていなかったことを、いまさらながら思い知らされてしまう。

窓の外では、黒いレンジローバーが厩舎の前を通りすぎ、砂利を踏む音をたてながら《ブランロウ・コテージ》の敷地に入っていった。車のドアが閉まる音が聞こえ、窓に歩みよってみると、キルティングのベストに縁なし帽という恰好の青年が、ちょうど車から降りたところだった。かたわらに、犬を連れている。そのとき邸宅の扉が開き、黒髪の幼い女の子が青年に向かって駆けよった。その後ろから、手提げ袋を手にした浅黒い肌の華奢《きゃしゃ》な女性が続く。青年は、女の子を抱きあげた。顔はほとんど見えないけれど、これがエイデン・マクニールにちがいない。幼い女の子は、娘のロクサーナ。後ろの女性は乳母のエロイーズだろう。エイデンが乳母に何か手短に言葉をかけ、やがて三人はこちらに背を向けると、邸宅に入っていった。

そんな光景を眺めているうち、自分がのぞき屋のような気がして、ふいに気がとがめてくる。

わたしは窓に背を向け、財布とメモ帳、タバコをハンドバッグに入れて部屋を出た。廊下を戻って防火扉を抜け、ふたたびホテルの旧棟に足を踏み入れると、十二号室の前に立つ。まず、この場所から始めるべきだろう。ラースはくずかごを突っ支いにして、ドアを開けはなしておいてくれたけれど、中を見ている途中で邪魔が入ってほしくはない。十二号室に入ってくずかごをどかすと、ドアはばたんと閉じた。

周囲を見わたすと、ここはわたしの客室のほぼ半分くらいの広さしかなかった。ベッドも絨毯も見あたらない。おそらくは事件後、血まみれのままここから運び出されたのだろう。犯罪を描いた本を読んでいると、残虐な事件の現場には、その犯行の残響のようなものがとどまっているという記述をよく目にする。これまで、わたしはそんなものを信じてはいなかったけれど、この部屋には、たしかにある種の空気が漂っているのが感じられた……本来なら家具が置いてあるはずのがらんとした空間、かつては絵が掛けてあったことを示す、壁の塗料の剝げた跡、二度と開かれることのないカーテン。置いてあるものといえば、タオルや掃除用具を積んだ台車が二台、積み重ねられた段ボール箱、ずらりと並んだ器具類――トースター、コーヒーメーカーなど――、モップにバケツといった、お洒落なホテルの客にとっては、できれば目にしないでおきたい品ばかりだ。

ここで、フランク・パリスは殺されたのか。このドアが開き、誰かが忍びこんでくるところを、わたしは思いうかべた。フランクが寝ているところを襲われたのなら、犯人はカード・キーを持っていたことになる。ステファン・コドレスクなら、当然それは手もとに用意していただろう。電源のコンセントが枕の両側にあるはずと考えると、ベッドがどう置かれていたかは想像がついた。闇の中、ベッドに横たわるフランク・パリスの姿を想像する。ふと耐えられなくなり、わたしはまたドアを開けはなった。蝶番《ちょうつがい》は何の音もたてなかったものの、電子ロックが解除されるとき、電子音やかちりという音はたしかに響いたはずだ。それでも、フランクは目をさまさなかったのだろうか？　犯行の詳しい状況について、新聞記事にはほとんど報じられていなかったし、それ以上のことは、トレハーン夫妻もたいして聞かされてはいないのだろう。襲われたときフランクは立っていたのか、それとも横たわっていたのか、何を身に着けていたのか、正確には何時ごろ死を迎えたのか、そうしたことが記載されている警察の調書が、きっとどこかに存在するはずなのに。でも、この雑然としてくたびれた物置部屋からは、ほとんど何も見えてこない。

その場に立ちつくしたまま、わたしはふいに気持ちが沈むのをおぼえていた。どうしてわたしはアンドレアスを残して、こんなところに来てしまったのだろう？　われながら、いったい何をするつもりだったのやら。《ブランロウ・ホール》を訪れたのがアティカス・ピュントだったなら、きっといまごろは事件を解決しているにちがいない。十二号室の位置やら、犬のかごやら、そんなものから手がかりを見つけて。あるいは、あのフィギーンから？　あれは、いかにもアガサ・クリスティの小説に登場しそうな小道具ではなかった？

でも、わたしは探偵ではない。いまはもう、編集者でさえないのだ。そんなわたしに、真実は何も見えてこなかった。

リサ・トレハーン

ポーリーンとローレンスのトレハーン夫妻は、滞在初日の夕食をいっしょにどうかと誘ってくれていた。しかし、ホテルのレストランに行ってみると、テーブルについていたのはローレンスひとりだった。「残念ながら、ポーリーンは頭痛を起こしてしまってね」それでも、テーブルには三人ぶんの席が設けられている。「代わりに、リサがごいっしょするそうです。とりあえず、先に始めましょうか」

チェックのシャツに赤いコーデュロイのズボンという恰好のローレンスは、クレタ島で会ったときよりも老けて見えた。目の下のしわが増え、頬には病気や加齢を思わせる黒っぽい染みが目立つ。娘の失踪がひどくこたえているのは明らかだった。たぶん、ポーリーンが〝頭痛〟に苦しんでいるのも、同じ理由からなのだろう。

わたしはローレンスの向かいに坐った。ロングドレスにウェッジ・ヒールの靴という服装を選んだものの、どうにも居心地が悪い。こんな靴はさっさと蹴り飛ばして、裸足で砂を踏みしめたくてたまらなかった。

「来てくださって本当に嬉しいですよ、ミス・ライランド」ローレンスが切り出す。

「その……スーザンと呼んでもらえますか」たしか、このやりとりは前回済ませておいたはずなのに。

テーブルに来たウェイターに、飲みものを注文する。ローレンスはジン・トニック。わたしは白ワインを。

「部屋はお気に召しましたか？」

「ええ、とっても。ありがとう。素敵なホテルをお持ちなんですね」

ローレンスはため息をついた。「いまとなっては、わたしのものというわけでもないんです。切りまわしているのは娘たちですからね。それに、こういう状況になってしまっては、嬉しいことなど何もありませんよ。ここをホテルに作りかえ、軌道に乗せることは、わたしとポーリーンが生涯かけて打ちこんできた事業でした。しかし、こんなことが起きてしまうくらいなら、いっそホテルなどやめておけばよかったのではと、ただただ自問自答するばかりでね」

「ここを建て増ししたのはいつごろ？」

奇妙なことを訊かれたといわんばかりに、ローレンスはいぶかしげな顔をした。

「フランク・パリスが殺されたときも、ホテルはいまの大きさだったんですか？」

「ああ……そういうことですか」質問の意図をわかってもらえたようだ。「二〇〇五年に改修しましてね。そのときに、棟をふたつ増築しました。ヨルガオ棟とメンフクロウ《バーン・アウル》棟です」うっすらと笑みを浮かべる。「この名前はセシリーが考えたんですよ。ヨルガオは日没後に開くでしょう。メンフクロウはもちろん、真夜中に姿を現しますからね」また笑み。「お気づきかもしれませんが、うちはそこらじゅうにフクロウがあるんです」ローレンスはメニューを手にとり、表紙に印刷された金色のロゴマークをこちらに見せた。「これもセシリーの思いつきでね。バーン・アウル（barn owl）がブランロウ（Branlow）のアナグラムだと気づいて、これはぜひロゴ・マークにすべきだとひらめいたんだとか」

わたしは暗い気分になった。一例を挙げるなら、アラン・コンウェイもアナグラムを愛していたことを思い出さずにはいられなかったからだ。アランが書いた本の中には、すべての登場人物に、ロンドンの地下鉄の駅名の文字を組みかえた名をつけた作品もある。アランにとってアナグラムは、作家として読者に仕掛けた奇妙なゲームだった。実際には、せっかくの作品の価値を傷つける要素でしかなかったのに。

ローレンスはいまだ話しつづけていた。「そのときの改修で、障害者が利用しやすいエレベーターを設置しましてね。あと、壁をひとつぶち抜いて、ダイニング・ルームを広くしたんです」

わたしたちがいま坐っている、この空間のことだ。わたしはあの円形を思わせる造りのロビーからここに入ってきたけれど、その途中に新しいエレベーターがあるのは目にとめていた。厨房は奥の突きあたりから、ホテルの裏まで広がっているらしい。「厨房からも上の階へ行けるんですか？」わたしは尋ねた。

「行けますよ。従業員用のエレベーターと階段があります。それも、そのときの改修で設置したんですよ。あと、厩舎《きゅうしゃ》を従業員用の寮に改造して、プールとフィットネス・ジムも作りましてね」

わたしはメモ帳を取り出し、ローレンスの話を書きとめた。つまり、フランク・パリスを殺した犯人が二階にある十二号室へたどりつくには、四通りの経路があったことになる。ホテルのロビーにあるエレベーター、裏の従業員用エレベーター、正面の階段、そして従業員用の階段。すでにホテルの中にいる人間なら、三階から下りてくることもできただろう。フロントには夜中もずっと誰かが待機しているものの、気づかれずにその前を通りぬけるのは、さほど難しいことではない。

しかし、クレタ島でポーリーン・トレハーンから聞いた話によると、ステファン・コドレスクは十二号室に入るのを誰かに見られていたという。いったい、なぜそんなに不注意な行動をとったのだろう？

「とくに新しい情報は何も入っていないようですね」わたしは言ってみた。「セシリーのことですが」

ローレンスは顔をしかめた。「ノリッジの防犯カメラに映っていた人物が、ひょっとしてセシリーではないかと警察は考えているようですが、どう考えてもおかしいんですよ。あの子はノリッジに知りあいなどいないんですから」

「お嬢さんの失踪事件は、ロック警視が担当しているんですか？」

「ロック警視正のことですね。ええ、そうなんですよ。正直に言わせてもらえば、どうもあの警視正はあまり頼りにならなくてね。捜査にとりかかるのも遅かったし——実のところ、それがいちばん痛かったですね——依然として、何も有効な手を打ててはいないようですしね」ローレンスは暗い顔で視線を落とし、やがて尋ねた。「あの本は読みなおしてもらえましたか？」

なかなか痛いところを突く質問だ。

ここまでの流れを考えれば、わたしはまず最初にあの本を読みかえしたにちがいないと、誰だって思うことだろう——最初のページから最後のページまで、一語も逃さず舐めるように読んだはずだ、と。でも、そもそも、わたしは手もとにあの本を持っていなかった。実のところ、アランの本は一冊もクレタ島に持ってきていない——嫌な思い出がありすぎて、そんな気になれなかったのだ。ロンドンでは書店に立ち寄り、買いなおそうと探してみたけれど、驚いたことに品切れだった。これははたして喜ぶべきことなのか、それとも残念がるべきなのか、出版業界にいたころ、わたしはいつも悩んだものだ。店頭に本がないのは売れている結果なのか、それとも流通がうまくいっていないということなのだろうか？

正直に言うなら、いまはまだ、わたしはあの本を読まずにおきたかった。

話の内容なら、いまでもよく憶えている。トーリー・オン・ザ・ウォーターという村のことも、《クラレンス・キープ》で起きた殺人事件のことも、見つかったさまざまな手がかりも、誰が犯人だったかも。編集者として覚え書きを綴《つづ》ったメモ帳や、編集作業中にアランと交わした〝話しあい〟のメールも、探せばどこかにあるはずだ（話しあいという言葉をわざわざ引用符でくくったのは、アランがけっしてわたしの意見に耳を貸さなかったからだ）。いまさら読みかえしても、何も驚くところはない。わたしはあの物語を、隅から隅まで知りつくしているのだから。

とはいえ、アランがさまざまな事柄を文章の中に隠す習性があったことを忘れてはならない——アナグラムだけではなく、折句《おりく》や頭字語《とうじご》、言葉に埋めこまれた別の言葉。アランはそんな遊びを個人的にただ楽しむだけではなく、自らの隠れた醜い本性を満足させるために使っていたのだ。《ブランロウ・ホール》のさまざまな要素が『愚行の代償』に盛りこまれていることに、わたしはすでに気づいていた。しかし、二〇〇八年六月に起きた事件に重なることは、何ひとつ見あたらない。広告界の大立者《おおだてもの》も、結婚式も、ハンマーも存在しないのだ。アランがこのホテルに滞在したほんの数日の間に、もしもフランク・パリスを殺した真犯人が誰なのか気づいていたとしたなら、そのことを何かの言葉、あるいは名前、それともまったく関係のないものの説明などに、こっそり隠しておいたかもしれない。章題の頭文字をつなぐと、真犯人の名前が現れる、なんてことだって考えられる。セシリー・トレハーンはあの本を読んでいて、ふっとそこに目が惹きつけられたのだ。でも、わたしの目が同じ箇所に惹きつけられる可能性はほとんどないといっていい——セシリー本人、そしてこのホテルをとりまくすべての人々について、いまよりはるかに詳しくなるまでは。

「まだなんです」わたしはローレンスの問いに答えた。「まずは関係者全員に会って、現場の周囲を見てまわるほうが先ではないかと思って。アランがここで何を見つけたのか、わたしにはわかりません。だからこそ、このホテルのことを詳しく知れば知るほど、あの本との関連を探しやすくなると思ったんです」

「なるほど。それは一理ありますね」

「ステファン・コドレスクが暮らしていた部屋を、見せてもらうことはできますか？」

「夕食の後でご案内しますよ。いまは別の従業員が住んでいますがね、あなたに見せても気にはしないでしょう」

ちょうどウェイターが飲みものを運んできたとき、リサ・トレハーンが姿を現した。そう、これがリサにちがいないと、少なくともわたしは直感したのだ。妹のセシリーの写真なら、新聞記事に載っていたのを見た——やや童顔で、すぼめた唇、丸みのある頬の、可愛らしい女性だ。でも、いま目の前に現れた女性のほうは、昔ふうのショートカットにした金髪の色以外、何ひとつ妹とは似ていない。いかにも真面目そうな、にこりともしない顔、あえて選んでいるらしいひたすら実用的な服装に、安っぽい眼鏡、地味な靴。口の脇に傷跡があり、ついそこに視線を向けてしまうのを、わたしは意識せずにいられなかった。長さ一センチあまりの、一直線の傷跡だ——まるで、ナイフで切ってしまったかのような。わたしだったら、きっとカバー化粧品を少しばかり使って、印象を和《やわ》らげたいと思うだろうに、リサはこれも自分の特徴だと受け入れているらしい。いま顔をしかめているのも、傷跡が突っぱって笑えないかのように見える。

どこかリングに上がるボクサーめいた雰囲気で、リサはテーブルに近づいてきた。口を開く前から、この人とは絶対にうまくいかないという予感が頭をよぎる。「あなたがスーザン・ライランドね」社交的な前置きも何もなく、リサはいきなりそう言った。「リサ・トレハーンです」

「お目にかかれて嬉しいです」と、わたし。

「本当に?」

「飲みものでもどうかね?」はらはらしているような口調で、ローレンスが声をかけた。

「もうウェイターに頼んできたから」リサはわたしの目をまっすぐに見すえた。「アラン・コンウェイをここに送りこんだのは、あなたの思いつきだったんですか?」

「わたしは何も知らなくて。もちろん、アランがその本を書いているのは知っていたけれど、見せてもらったのは完成してからだったし。まさか、こちらのホテルに来ていたなんて、あなたのお父さんからクレタ島で話を聞くまで、夢にも思っていなかったんです」

リサははたしてあの本に登場していただろうかと、わたしは記憶をたどった。『愚行の代償』にはひとり、顔に傷跡のある登場人物がいる――美しいハリウッド女優、メリッサ・ジェイムズだ。まちがいない。この、まったく魅力の感じられない女性を、正反対の人物像に生まれ変わらせるのは、アランにとってはこよなく楽しい作業だったことだろう。

わたしの言葉になど、リサはまったく耳を貸すつもりはないらしい。「これで、もしもセスの身に何か起きていたら、あなたはさぞかし満足なんでしょうね」

「さすがに、その言いかたはあんまりだろう――」ローレンスがたしなめにかかった。

でも、これくらいのことなら自分で立ち向かえる。「あなたの見るところ、妹さんはどこにいると思います?」わたしは尋ねてみた。

もしも妹がすでに死んでいて、いまだ父親が抱いているであろう希望が打ち砕かれるようなことになったら、リサはそれを受け入れられるのだろうか。わたしの問いに答えようとして、リサは一瞬、最悪の事態を口に出しそうになったものの、それは寸前で思いとどまったようだ。

「さあ、わかりません。最初にいなくなったと聞いたときは、エイドと喧嘩をしたのかと思ったけれど」

セスとエイド。あまり愛情のこもった呼び名には聞こえない。ちゃんと呼ぶ時間がもったいないとばかり、ばっさりと縮めたかのようだ。

「夫婦喧嘩は多かったんですか？」

「ええ――」

「そんなことはないだろう」ローレンスが口をはさむ。

「しっかりしてよ、父さん。あのふたりが完璧な夫婦だって、父さんが思いこみたがっているのは、わたしだって知ってる。エイデンこそ完璧な夫、完璧な父親、ってね！　でも、わたしの意見を言わせてもらえば、エイドがセスと結婚したのは、見るからにうまい話だったからよ。

きらめくような笑み。青い瞳。でも、その背後に何が隠れているかなんて、誰も尋ねないのよね」

「それはどういう意味なんですか、リサ？」ここまで率直に自分の気持ちを語るのを聞いて、わたしはいささか驚いていた。

また別のウェイターが、銀のトレイにウイスキーのダブルを載せて運んでくる。礼も言わず、リサはそれを受けとった。

「わたしはただ、まるで自分がこのホテルを切りまわしているような顔をして、エイドがそのへんを闊歩《かっぽ》しているのに、もううんざりなんです。それだけのことよ。面倒な部分は、みんなわたしがやっているのに」

「リサは帳簿をつけているんですよ」ローレンスが説明した。

「会計はわたし。契約関係も。保険も、人事も、在庫管理もわたし」ウイスキーのグラスを手にとると、リサは一気に半分ほど喉に流しこんだ。「いっぽう、エイドはお客さまと無駄話をしているだけ、ってわけ」

「じゃ、あなたはエイデンがフランク・パリスを殺したと思っているの？」わたしは尋ねた。

リサがまじまじとこちらを見つめる。わざと挑発的な訊きかたをしてはみたものの、実のところ、論理としては筋が通っているはずだ。もしもセシリーが誰かに殺されたのだとしたら、それは八年前の殺人について、何か知ってはならないことを知ってしまったからだろう。つまり、フランク・パリスを殺した犯人こそが、セシリーをも殺したことになる。

「いいえ」リサはウイスキーを飲みほした。

「どうして？」

哀れむような目で、リサはこちらを見た。「だって、あの事件の犯人はステファンでしょ！本人も認めたんだから。いまは刑務所よ」

ほかの客たちも数人、ちらほらとダイニング・ルームに姿を見せはじめた。あと十五分で七時になるけれど、外はまだかなり明るい。ローレンスはテーブルの上に置いてあったメニューを手にとった。「そろそろ注文しませんか？」

わたしも空腹を感じてはいたものの、リサの話をさえぎりたくはなかった。無言のまま、話の続きを待つ。

「ステファン・コドレスクを雇ったことが、そもそものまちがいだったのよ。こんなことになる前に、さっさと辞めさせておけばよかったのに。あのときだって、わたしはそう言ったのに、誰も耳を貸さなかったのよね。あの男はただ犯罪者というだけじゃない。犯罪者の中で育ってきた人間なのよ。うちで更生の機会を与えたところで、そんなもの、鼻でせせら笑っていただけ。あの男がうちで働いていたのはたったの五ヵ月だけれど——ああ、ぞっとする——ここに来たその瞬間から、うちのものをあれこれとかすめ取っていたんだから」

「そんなこと、何の証拠もないのに」ローレンスが口をはさんだ。

「でも、みんなわかっていたじゃない。少なくとも、わたしにはわかっていたの」リサはわたしに向きなおった。「あの男がここで働きはじめて二、三週間も経たないうちに、いろいろとおかしなことが、わたしの目にとまりはじめたのよ。あなたにはとうてい想像もつかないでしょうね、スーザン、ホテルを切りまわすというのがどんなことか……」

それについては、わたしにも言いたいことがなくはなかったけれど、ここはあえて何も口をはさまずにおいた。

「ホテルというのは、一千もの部品が動いている機械のようなもので、そのうち二、三個がなくなったとしても、誰も気づかないのが困ったところなのよ。何がなくなろうと、機械は止まらない。ワインやウイスキー。シャンパン。フィレ・ステーキの肉。小銭。お客さまの持ちもの――アクセサリー、時計、ブランドもののサングラスとかね。リネンやタオル類。骨董品《こっとうひん》の調度。うちのようなホテルに泥棒を置くのは、薬物中毒者に近所の薬局の鍵を与えるようなものね」

「だが、ステファンはうちに来て、盗みで問題になったことはないじゃないか」そう言いながらも、ローレンスはどこか自信がなさそうだ。

「何を言っているの、父さん？　そもそも、あの男は窃盗と暴行の罪で刑務所に入っていたじゃない」

「だが、それとこれとは……」

「父さんは、けっしてわたしの言葉に耳を傾けないのよね。いつだってそう」父親をきっぱりと切り捨てると、リサは目下の標的をわたしに定めた。「何かがおかしいと、わたしにはわかったの。誰かがホテルのものを盗んでいるんだ、って。でも、ステファンの名を出すたび、みんなに寄ってたかって非難されて」

「だが、おまえも最初はステファンのことを好きだったじゃないか。しょっちゅう、いっしょにいただろう」

「好きになろうとしていたのよ。好きになってほしいと、みんながわたしに望んでいたから。でも、あの男のそばにいた理由はたったひとつ――このことは、父さんにもさんざん話したはずよ――何をするつもりなのかを見はっていたの。結局、正しかったのはわたしでしょ、当然よね！　十二号室で起きてしまった怖ろしい事件は、わたしが最初からずっと正しかったという証明でもあるってこと」

「フランク・パリスの泊まっていた部屋から盗まれたお金は、どれくらいの額だったんですか？」わたしは尋ねた。

「百五十ポンドでしたよ」ローレンスが答える。

「たったそれだけの金額のため、ステファンは相手をハンマーで殴り殺しかねないと、あなたは本当に思っているの？」

「ステファンが誰かを殺すつもりだったとは、わたしは思っていないのよ。真夜中にあそこへ忍びこんだのは、めぼしいものがあったらいただこうと思っていただけでしょ。でも、不運にもパリス氏は目をさましてしまい、あの男に立ち向かった。それで、ステファンはとっさに殴りかかってしまったの」リサはわたしに鼻を鳴らしてみせた。「全部、裁判で明らかになったことばかりよ」

そう言われても、わたしから見るとまったく筋が通らないことばかりだ。フランク・パリスを殺すつもりがなかったのだとしたら、いったいなぜステファンはハンマーを持っていったのだろう？　それに、どうして客が在室している時間をねらったのだろうか？　しかし、わたしは何も言わずにおいた。世の中には、できるだけ議論せずにおきたい相手というものが存在する。まちがいなく、リサはそんなたぐいの人間だ。

近くを通りかかったウェイターを呼びとめ、リサは飲みもののお代わりを頼んだ。わたしも便乗して、食事を注文することにする——といっても、サラダとワインのお代わりだけだ。ローレンスはステーキとワインを頼んだ。

「その夜いったい何があったのか、聞かせてもらってもいい？」そう尋ねながらも、自分の質問がどうにも馬鹿げて聞こえて仕方がない。あまりに古くさく、あまりに紋切り型ではないか。自分の編集している本にこんな台詞《せりふ》を見つけたら、きっと削除していただろうに。

答えてくれたのはローレンスだった。「その週末は、三十人もの親戚や友人たちがここに泊まっていてね。しかし、前にもお話ししたとおり、貸し切りにはしなかったので、一般のお客さまもいたんですよ。その夜、ホテルは満室でした。

フランク・パリスは結婚式の二日前、木曜日にチェックインしました。三泊の予定でね。わたしがどうして憶えているかというと、そもそもの最初から、かなり面倒な客だったんですよ。疲れていて時差ボケもあるので機嫌が悪く、部屋が気に入らないから、別の部屋と交換しろと言われたんです」

「どの部屋だったんですか？」

「十六号室ですよ。ほら、あなたの部屋もある、ヨルガオ棟です」

スイート・ルームへ向かう途中、わたしはたしかに十六号室の前を通っていた。防火扉を越えてすぐ、目の回りそうな絨毯《じゅうたん》が始まったあたりだ。

「パリス氏はね、旧棟に泊まりたかったんですよ」ローレンスは続けた。「幸い、どうにか都合がついて、氏の希望をかなえることができました。ちなみに、こういうことはたいていエイデンの仕事なんですよ、お客さまが気分よくすごせるように手配するのはね。エイデンは、そういうことが本当に得意なんです」

「フランク・パリスと部屋を交換することになった客からは、不平は出なかったんですか？」

「たしか、退職した校長先生で、ひとり旅をしていたかたでしたがね。部屋を交換されたことさえ、気づいていなかったと思いますよ」

「名前はわかります？」

「その元校長先生ですか？　いや。でも、簡単にお調べできますよ」

「そうしていただけると助かります。ありがとう」

「土曜日が結婚式だったので、当日はそれなりにご迷惑をおかけすると、お客さまにはお伝えしておいたんです。たとえば、フィットネス・ジムも金曜の夕方早々に閉めたんですよ、プールの外の芝生で、従業員全員に飲みものをふるまいたかったのでね。うちの従業員たちには、たとえ結婚式自体には参列できなくても、この祝典に参加している気分を味わってほしくて。従業員たちのパーティは夜八時半に始まり、十時に終わりました」

「そのパーティには、ステファンも招かれていたんですか？」

「ええ。参加していましたよ。エイデンとセシリーもね。そして、ポーリーンとわたしも。それから、リサ……」

リサの同伴者、というより同伴者となるべき人物の不在が、沈黙のうちに浮きあがる。

「かなり暑い夜でしたよ。あなたも憶えているかもしれませんが、あれは熱波の到来した夏でね」

「本当に嫌な夜だった。暑くて、べとべとして」と、リサ。「早く家に帰りたくてたまらなかったもの」

「リサはこの敷地内には住んでいないんですよ」ローレンスが説明した。「いくらでも住めるんですがね。地所は三百エーカー近くあるんだから」

「わたしが前に住んでいたところには、いまはエイデンとセシリーがいるから」リサがむっつりとつぶやく。

「《ブランロウ・コテージ》ね」と、わたし。

「それでウッドブリッジに引っ越したんだけれど、わたしにはこっちのほうが合っているみたい。あの夜は、十時よりだいぶ前に引きあげたのよ。車で家に帰って、すぐに寝たの」

「その後のことは、デレクから聞いてください」ローレンスが締めくくった。「うちの夜間責任者でね、ちょうどそれくらいの時間に出勤してきています。パーティには出ていなかったので」

「招かれていなかったんですか?」

「もちろん招きましたよ。ただ、デレクはそういうつきあいが好きじゃなくてね。会ってみればわかりますよ。事件が起きたとき、フロントにいたのはあの男なんです」

「事件が起きたのは何時だったんです?」

「警察によると、パリス氏が殺されたのは金曜の深夜、零時半ごろだったとか」

「ローレンス、あなたもここにいたんですか?」

「いや。ホテルの経営から引退したとき、ポーリーンとわたしはサウスウォルドに家を買ったんですよ。夜はそちらに帰りました」

「でも、翌日はわたしたちもみんな、結婚式に参列したのよ」と、リサ。「本当に気持ちのいい日だった……もちろん、殺人事件に気がつくまで、ということだけれど。エイデンも可哀相にね! こんなつもりでわが家の会員権を買ったわけでもないでしょうに」

「さすがに、リサ、それは口がすぎるというものだよ」ローレンスがたしなめる。

「わたしが言いたいのは、わが妹婿《いもうとむこ》どのにとって、セスは大事な食い扶持《ぶち》だってこと。だって、あの子に会う前に、エイデンがどれほどの仕事をしていたというの? 何もしていないも同じよ! 不動産の仲介業でしょ」

「その仕事を立派にこなしていたじゃないか。それに、おまえがどう言おうと、うちのホテルでもすばらしく働いてくれているよ」娘をなだめるように、ローレンスは舌を鳴らした。「とにかく、いまはそんな口をきくべきときじゃない。みんな、こんなにもセシリーのことを心配しているのだからね」

「わたしだって心配しているのよ!」リサが叫ぶ。その目に涙があふれはじめているのを見て、わたしは驚きながらも、その言葉が真実であるのを悟った。二杯めのウイスキーを、ウェイターが運んでくる。リサはグラスをトレイから引ったくった。「心配しているに決まっているでしょ。あの子はわたしの妹なのよ! もしも、あの子の身に何か起きているのだとしたら――

怖ろしすぎて、とうてい考えられないわ」

リサはじっとグラスの中を見つめている。わたしたち三人は、しばし黙りこくったままでいた。

「結婚式について、何か憶えていることは？」やがて、わたしは尋ねた。

「よくある普通の結婚式よ。うちのホテルでは、しょっちゅう結婚式をやっているから。わたしたちにとっては、それが毎日の仕事ってわけ」リサは息をついた。「結婚式はバラ園で挙げたの。花嫁の付き添いはわたし。イプスウィッチから登記官を呼んで誓いを立てて、それから正面の芝生に立てた大テントで午餐会《ごさんかい》を開いたのよ。わたしの隣の席には、グラスゴーから来たエイデンのお母さんが坐っていたのを憶えてる」

「お父さんも来ていたの？」

「お父さんは、エイデンがまだ小さいころに亡くなったんですって。がんでね。お姉さんがいるそうだけれど、式には招かれていなかった。実のところ、エイデン側の親族はほとんど来ていなかったの。マクニール夫人はちょっとお年寄りだったけれど、とっても感じのいい人だったわよ、いかにもスコットランド人らしくて。何から何まで、本当に退屈だと思っていたら、いきなりテントの外のどこかから悲鳴が聞こえてきてね。数分後に、まるで幽霊を見たばかりのような顔をして、ヘレンが入ってきたの」

「ヘレン？」

「清掃係の責任者よ。メイドのひとりが十二号室に入ったら、フランク・パリスが頭蓋骨を割られて、シーツに脳みそが飛び散っているところを見てしまったんですって」リサはほくそ笑まんばかりだった。さっきはあんなに心配そうだったのに、まるで妹の大切な日がぶちこわしになったのが楽しくて仕方がないかのようだ。その様子を見ていると、リサはどこか頭のたがが外れてしまったのではないかと、つい気を回さずにはいられない。

「そのメイドはナターシャといいましてね」ローレンスが割って入った。「客室の清掃に入って、遺体を見つけてしまったんですよ」

リサはグラスのウイスキーをひと口で飲みほした。「あなたが何を探すつもりで来たのか、わたしにはさっぱりわからないのよね。ステファンは罪を認めて、いまは当然の報いを受けているところ。仮釈放が審議されはじめるまで、まだたっぷり十年はあるけれど、罪の大きさを考えたら、それが妥当なところじゃないの。セスのことなら、どうせ都合のいいときをねらって、ふいにどこからか帰ってくるでしょ。あの子はいつだって、みんなに注目されるのが大好きなんだから。どうせ、また何か芝居がかったお遊びをしているだけよ」

よろめきながら立ちあがったリサを見て、おそらくはここに来る前にすでに酒を飲んでいただろうこと、いま口にしたダブルのウイスキー二杯は、それまでにさんざん重ねたグラスへのちょっとした追加にすぎなかったことを、わたしは悟った。「わたしはこれで失礼するから。あとはふたりで、お好きにどうぞ」リサは言いはなった。

「リサ、おまえも何か食べないと」

「お腹が空いていないの」父親にそう答えると、リサはわたしに顔を近づけた。「セシリーがこんなことになったのは、あなたの責任よ」顔をしかめ、うなるように告げる。「あの罰当たりな本を出したのはあなたなんだから。妹を絶対に探し出してよ」

よろめきながらダイニング・ルームを横切っていく娘の後ろ姿を、ローレンスは見送った。

「申しわけありませんでしたね。リサはあれで、本当によく働いているんです。このホテル全体の経営を、いまはひとりで背負っているんですよ。それで、ちょっと疲れているのかもしれないな」

「妹さんのことは、あまり好きではないようですね」

「あんな話を真に受けないでくださいよ。リサはただ、あんなふうにふるまってみせるのが好きなだけなんです」ローレンスはわたしに信じてもらおうと必死になっていたけれど、はたして本当にそうなのか、自分でも確信が持てずにいるようだ。「あの子たちがごく幼いころから、ふたりの間にはいろいろありましてね。いつだって、相手に負けまいとお互いに張りあってきたんですよ」

「あの傷跡はどうして?」

「ああ、それを訊かれるんじゃないかと思っていたんですがね」話したくなさそうに、ローレンスが言いよどむ。わたしはじっと待ちつづけた。「実をいうと、あれはセシリーがやったんです。まったくの事故だったんですが、ただ……」ローレンスが大きな吐息をつく。「リサが十二歳、セシリーが十歳のとき、ふたりは喧嘩をしましてね。セシリーは姉に調理用ナイフを投げつけたんです。本当に、当てるつもりはなかったんですよ。いくらかんしゃくを起こしたからといって、まったく愚かな、子どもっぽい行為だったんですが、ナイフの刃が実際にリサに刺さってしまって……そう、見てのとおりの結果が残ってしまったわけです。セシリーはひどく動揺していましたよ」

「いったい、なぜ喧嘩になったんですか？」

「理由など、どうでもよくはありませんか？　まあ、たぶん、男の子のことでしょうね。ふたりはいつだって、お互いの男友だちのことで焼きもちを焼いていたんです。ほら、若い女の子どうしなんて、たいていそんなものじゃありませんか。子どものころから、美人なのはセシリーのほうだったから、妹が新しい男の子と出会うたび、リサは腹を立ててね。リサがエイデンを悪く言うのも、つまりはそういうことなんですよ。あの子がエイデンについて言ったことは──単なる嫉妬心にすぎません。実のところ、エイデンには問題など何もないんですよ、まったく。わたしとも、ずっとうまくやっていますし」

ローレンスはワインのグラスを手にとった。

「まったく、女の子ってやつは！」

まるで乾杯の音頭のような口ぶりだったものの、わたしはつきあわなかった。たしかに、女の子にはそんなところがあるかもしれないけれど、みんながみんな人格異常者ぎりぎりのふるまいをするわけではないのだ。リサはセシリーによって、けっして消えない傷をつけられた。それが理由で、エイデンに対しても深刻なまでの恨みを抱いているのだろう。男性がらみの嫉妬心と結びついた恨みは、ひょっとしてステファン・コドレスクにも向けられているということなのだろうか。

深刻なまでの恨みは、殺人にさえ発展しうる？

どうだろう？

夜間責任者

夕食は、あまり食べられないままに終わった。リサの言葉が胸に刺さり、それははたして真実だろうかと、自問自答せずにはいられなかったのだ。わたしはけっして、《ブランロウ・ホール》を訪ねるようアラン・コンウェイをけしかけたりはしていない。でも、アランがあの本を書いたことによって、わたしも利益を得たのは否定しがたい事実だ。受け入れたくはなくても、わたしもやはり、幾分かの責めを負うべきなのだろう。

食後のコーヒーを飲みおわると、ローレンスはわたしを連れて厨房を案内してくれた。二階へ続く従業員用の階段、そしてエレベーターも確認する。ホテルの建物の裏に出て、中庭に目をやると、私道の先に《ブランロウ・コテージ》が見えた。いくつかの窓には、明かりが灯っている。黒のレンジローバーは昼間に見たときのまま、邸宅の前に駐められていた。

「エイデンにとっては、まさに地獄のような日々ですよ」ローレンスが口を開いた。「セシリーが姿を消したと警察に通報した瞬間から、自分がいちばん疑われるはめになったんですから。

こうした事件では、たいてい夫が犯人らしくてね。しかし、わたしにはどうしても、エイデンが娘を傷つけるようなことをするとは思えないんですよ。ふたりがいっしょにいるところを、ずっと見てきましたからね。お互いをどれほど大切に思っているか、わたしはよく知っているんです」

「お子さんはひとりだけ？」

「ええ。それについては、いささか悲しく思ってはいるんですがね。しかし、ロクサーナのときはひどい難産でね、セシリーはもう二度とあんな思いをしたくないんでしょう。それに、ホテルの仕事で忙しい毎日ですしね」

「ロクサーナは七歳というお話でしたね」わたしはすでに、頭の中で日付を計算していた。「お誕生日はいつですか？」

わたしが何を訊きたいのか、ローレンスはすぐに悟った。「結婚したとき、セシリーはすでに妊娠していました――とはいえ、けっして子どもができたから結婚した、というわけではないんですよ。いまの若い人たちは、そういった縛りをさほど重く感じていないんでしょう……われわれの時代とちがってね。エイデンはロクサーナに、身も心もすっかり捧げていますよ。いまのような状況では、可愛い娘がいてくれるからこそ、正気を保っていられるんでしょう」

「直接お話をうかがいたいと言ったら、エイデンにはご迷惑でしょうか？」これは、ずっと気を揉んでいたことだった。わたしがここに来たのは、八年前に起きた殺人事件とかかわりがあるかもしれない本を読みかえしてほしいと頼まれたからだ。これはまあいいとしよう。でも、妻が失踪して嘆き悲しんでいる夫から、その件についていろいろ訊き出すとなると、それはまったく別の話となる。

「喜んでお話しすると思いますよ。よかったら、わたしから伝えておきましょう」

「よろしくお願いします」

そんなことを話しながら、わたしたちはいつしか屋内プールの脇を通りかかっていた。このプールは、ブライトンの王室離宮《ロイヤル・パビリオン》の温室をモデルにしたような、巨大な温室の中に作られている。そのすぐ隣には、ホテルの本館の形をそのまま小さくした、小綺麗な建物があった。前にも紹介したとおり、もともと穀倉《こくそう》だったところを、フィットネス・ジムに改装したものだ。営業時間は夕方までで、ちょうど脇の扉から、整った顔立ちをしたトレーニング・ウェア姿の青年が、スポーツ・バッグを抱えて出てきたところだった。わたしたちに気づき、青年は手を振ってよこした。

「あれはマーカスです」ローレンスが説明する。「ジムの責任者でね——といっても、うちのホテルで働きはじめたのは二年ほど前ですが」

「フランク・パリスが殺されたときは、誰がジムの責任者だったんですか？」

「オーストラリア人でね。ライオネル・コービーという名でしたよ。だが、事件後ほどなくして辞めてしまったんです。ご想像のとおり、あの事件のせいで、けっこうな数の従業員がうちを辞めていってしまいましてね」

「その人が、いまはどこにいるかわかります？」

「オーストラリアへ戻ったんじゃないかな。何か役に立つようなら、最後に聞いておいた電話番号をお教えしますよ」

オーストラリアから来た男。フランク・パリスもそうだった。ひょっとして、何か関係があるのかもしれない。「ええ、お願いします。何かわかるかもしれないので」

やがて、わたしたちはかつての厩舎《きゅうしゃ》の前に立った。ここは、いまは従業員のための寮に改修されている。五つのワンルームが横に並んだ造りで、それぞれの部屋に、ホテルのほうを向いたドアと窓がひとつずつ。いちばん奥にある備品用の物置を、ローレンスは指さした。「ここに、ステファンは自分の工具を置いていたんです。犯行に使われたハンマーもね」

「見てもかまいません?」

自分が何を探しているのかも、わたしにはわからなかった。物置の床はコンクリートで、いくつか並んだ棚には段ボール箱やペンキの缶、さまざまな化学薬品などが積んである。ドアに鍵はない。誰だろうと、ここには勝手に入ってこられるのだ。わたしはそれを指摘してみた。

「たしかに、裁判でも弁護士にさんざんそこを突《つつ》かれましたよ」ローレンスは認めた。「そうなんです、あのハンマーは誰でも持ち出せたでしょう。ステファンにとってはそれが唯一の好材料だったんですがね。ただ、あの男が犯人だと示す証拠がそろいすぎていたので、ハンマーの件は、さほど重要視されなかったんです」

その隣の部屋に、わたしたちは向かった。かつてステファンが暮らしていた部屋だ――五号室。ローレンスはノックをし、返事がないのを確かめると、取り出した鍵をエール錠に差しこんで回した。

「部屋を見せてもらうと、ラースには話しておいたんですよ。いまはインガとパブにいるんじゃないかな。あのふたりは、今年からうちで働きはじめたんです」

フロントにいた、あの洗練された若い女性をわたしは思い出していた。「ふたりはデンマークの出身ですか？」

「ええ。人材紹介会社を通して、うちに来てもらったんですよ」ローレンスはため息をついた。「《若年犯罪者の更生プログラム》は、うちではもうやっていないんです」

ドアが開くと、中は典型的な狭苦しいワンルームだった。ドアの脇にシングル・ベッド、机、衣装簞笥《だんす》、整理簞笥。部屋の片隅にあるもうひとつのドアは浴室に通じていて、奥にはトイレと洗面台、シャワーが備えつけてあった。ここに並んだ五部屋すべてが、おそらくは同じ造りなのだろう。ラースの部屋は、おそろしくきちんとしていた。ベッドは誰もここで眠ったことがないかのように整えられ、浴室のタオルはわずかな歪《ゆが》みすらなく、横木にまっすぐ掛けられている。机の上に二冊の本が置かれている以外、私物はいっさい見えるところに出ていない。

「北欧の人間はすばらしく几帳面でね」わたしの考えを読んだかのように、ローレンスがつぶやいた。「ステファンがここに住んでいたときは、まったくこんなじゃありませんでしたが」

わたしは驚いた。「どうして知っているんですか？」

「さっき話したジムの元責任者、ライオネルがよくこの部屋に遊びにきていたそうでね。ステファンとはかなり親しくしていたんです。警察の調書を読んでみるといいですよ」

「そう簡単に見られるものじゃないでしょう」

「よかったら、ロック警視正に話を通しておきましょうか」

「いえ、だいじょうぶです。あの警視正なら、わたしも知っているので」ロック警視正がわたしに情報提供などするはずはない、まったく相手にしてくれないだろうということも知っている。奥に足を踏み入れるのをはばかって、わたしは戸口から部屋の中を見わたした。「被害者から盗まれた現金は、この部屋で見つかったんでしたね」

「ええ。マットレスの下からね」

「盗んだ金を隠すのに、あまりすばらしい場所とはいえませんね」

ローレンスはうなずいた。「ステファン・コドレスクについて、いろいろ推論を立てるのは自由ですが、ひとつだけたしかなことがあります。あれは、あまり頭の切れる若者ではありませんでしたよ」

「でも、誰か別の人間が、そこにわざと入れたとも考えられますよね」

「ありえなくはないでしょうが、そうなると、いつそんなことができたかを考えないと。日中はほぼ不可能といっていいでしょう。ご覧のとおり、この部屋のドアはホテルのほうを向いていますからね。ドアの見える位置には、つねに何十人もの人間がいたんです。結婚式の招待客も大勢いましたし、フィットネス・ジムも営業中、警備員も立っていて、厨房で働く人間も裏口から出たり入ったりしている、おまけにホテルの窓から庭を眺めているお客さまだっていたでしょう。誰にも見られずに、この部屋に忍びこめたとは思えませんよ。実のところ、警察だって百人以上もの関係者から調書をとっているんですからね。

　それに、見つかったのは現金だけじゃなかったんです。シャワー室の床や、ステファンのベッドのシーツから血痕が検出されましてね。鑑識によると、それらの血痕はみな、付着してから十二時間以上は経過していたということでした。つまり、そこに血が付いたのは夜の間だったわけですよ。こんなに単純な話もないでしょう。金曜の夜に、ステファンはフランク・パリスを殺した。大量の血があたりに飛び散る。ステファンは自室に戻り、シャワーを浴びてベッドに入った。その過程でずっと、とんでもなく目立つ証拠を残しながらね」

「つまり、もしも誰かがステファンに罪を着せようとして証拠を捏造《ねつぞう》したのなら、それは真夜中すぎに行われたということですね」と、わたし。

「ええ。でも、それも可能性は薄いでしょうね。まず、この寮のドアはすべて自動ロックがかかるようになっています——訊かれる前につけくわえておくと、リサの執務室に予備の鍵はありますがね。しかし、この部屋のベッドの位置を見ればわかるでしょう。ドアのすぐ脇ですよ。誰かがここに侵入して、ベッドのシーツやシャワー室の床に血をなすりつけ、また出ていくとなったら、その間にステファンが目をさまさないはずはないんですから」

　ローレンスはドアを閉め、わたしたちはまた、いっしょに歩いてホテルに戻った。

「デレクはそろそろ来ているはずですよ」と、ローレンス。「あなたが話を聞きたいそうだから、早めに出勤してくれと言っておいたのでね」言葉を切り、しばし間を置く。「どうか、デレクにはお手柔らかにお願いしますよ。あいつはもう十年うちで働いていましてね、なかなかいいやつなんです。しかし、実に傷つきやすい男でね。あまり具合のよくない母親がいて、あいつが面倒を見ているんですよ。アラン・コンウェイがデレクに――そして、その母親に――したことを思うと、心底ぞっとしますね」

例の本の中でお抱え運転手、そのほか雑用係として、母親とともに働いているエリック・チャンドラーという名の人物を、わたしは思い出していた。この母子は第二章から登場するものの、その描かれかたはけっして温かいものではない。

「デレクも『愚行の代償』を読んだんですか？」

「幸い、読んでいませんよ。あまり本を読む男ではないのでね。その件については、触れないほうがいいでしょう」

「そうします」

「それでは、いい夜をおすごしください」

「ありがとう。夕食をご馳走さまでした」

ローレンス・トレハーンがそんな警告をするまでもなかった。デレク・エンディコットがひどく傷つきやすい人間で、相手をどうにか喜ばせたいと必死な反面、怒らせたらどうしようと怯《おび》えてもいることは、顔を合わせた瞬間に見てとれたからだ。分厚いレンズの眼鏡ごしにせわしなく瞬《まばた》きをくりかえす目、おずおずとした笑み、形を整えようとする気もないまま、ぼさぼさとだらしなく落ちかかる巻き毛。年齢は四十代くらいだろうけれど、ぽっちゃりした頬、分厚い唇、おそらくひげを剃る必要もなさそうな体毛の薄い肌には、どこか子どもっぽい雰囲気が漂っている。二階へ向かって斜めに上がっていく階段の下、小さな穴蔵《あなぐら》のような場所に置かれたフロントのカウンターの後ろに、デレクはすでに坐っていた。何かタッパーウェアに入った食べものをつまみ、魔法瓶の中身を飲みながら、パズル雑誌に見入っているようだ。

わたしが来ることは知っていたはずだ。何のためにわたしを呼んだか、ローレンスが話したと言っていたから。わたしが近づいていくと、デレクはぎこちなく腰を上げたものの、まっすぐ身体を起こして立ちあがる前に、また腰をおろした。このロビーはかなりひんやりしているというのに、その首もとにも、頬にも、うっすらと汗が噴き出しているのが見える。

「ミスター・エンディコット……」わたしは声をかけた。

「デレクでどうぞ。みんな、そう呼ぶんですよ」ぜいぜいとあえぐような、高い声だ。

「わたしがどうしてここに来たかは聞きました?」

「ええ。トレハーン氏から、今夜は早めに出勤するよう言われました」

最初の質問を待ちながらいかにもびくびくしているデレクを見て、わたしはどうにかおちついてもらおうと念じながら口を開いた。「パリス氏が殺された夜、あなたはフロントにいましたよね。何を見たか、何を聞いたか話してもらえると、とっても助かるんですが」

デレクは眉をひそめた。「あなたが呼ばれたのは、セシリーのためだと思ってたのに」

「ほら、セシリーの件とあの事件は関係があるかもしれないでしょう」

デレクはしばし考えこんだ。何を考えているのか、その目から透けて見えるかのようだった。

「なるほど。そうかもしれませんね」

わたしはカウンターに寄りかかった。「ずいぶん前の話だということはわかっているけれど、あの夜どんなことがあったのか、ひょっとしてあなたは憶えていないかと思って」

「もちろん、憶えてますとも！　怖ろしい事件でしたよね。パリス氏には、おれは会ってないんです。昼勤務に当てられないかぎり、お客さまとは顔を合わせないんですよ。昼に回されるのは、よっぽど人手が足りないときだけだし。とはいえ、パリス氏が二階へ上がってくのは見ましたよ。夕食の後だったけど、口はきいてません」そう言っておいて、またしても訂正する。「いえ。ちがいました。電話で話したことはあります。木曜日にね。部屋からフロントに電話してきたんですよ。金曜の朝いちばんにタクシーを呼んでおいてほしいって。ご希望どおりにしました」

「どこに行こうとしていたの？」

「ウェスルトンの《荒地の家《ヒース・ハウス》》です。日誌に書いておいたんですよ。それで、警察に訊かれたときも思い出せたんです。もともと、その家も知ってて。おれがおふくろと住んでる家のすぐ近くなんです。ここにまで警察が来るの、本当に嫌でした。こんなに美しいホテルなのに。お客さまは安らぎやくつろぎを求めて、ここにいらっしゃるんです。それなのに、あんな……」

言いたいことを表す言葉が見つからず、デレクはしばし沈黙した。

「実をいうと、あの夜は調子が悪くて。あの結婚式の前夜はね」やがて、また口を開く。「どうにもおちつかなくて……」

「何か動揺するようなことがあったの?」

「いいえ、そうじゃなくて……腹がおちつかなかったんですよ。何か悪いものを食べちまったらしくて」

「それで、パーティには出なかったのね」

「ええ。でも、ちゃんと招待してもらってたんですよ! セシリーとマクニール氏の結婚は、すごく嬉しかったんです」このホテルの人間のうち、デレクにとってファースト・ネームで呼ぶ対象は、セシリーひとりだけのようだ。なかなかおもしろい。「お似合いのふたりだと思いました。セシリーが幸せになって、本当によかった。いったいどこへ行ってしまったのか、あなたは知ってるんですか?」

「どうにか探し出したいと思っているのだけれど」

「何も悪いことが起きていないといいですね。セシリーほど優しい人は、そうはいませんよ。これまで、たいした揉めごともなかったし。おれにはいつも、すごく優しくしてくれました」

「パリス氏が殺された夜、何があったか話してもらえる?」

「話せることなんて、あんまりないんですけどね」そう言いながらも、何を話すべきか、デレクはちゃんと予習してきたようだ。息を吸いこむと、一部始終を語りはじめる。「夜の十時には、おれはフロントのデスクにつきました——ここです。そのころ、ちょうど従業員のパーティが終わって。みんな、ずいぶん愉快にすごしたみたいでしたよ。誰もが浮き浮きしてました。おれがここに坐って五分くらい後、パリス氏が部屋に上がっていきました。つまり、十時五分ってことですね。その後も、かなりの数のお客さまが通りすぎてくのを見ましたよ。一般のお客さまも、結婚式に招かれたお客さまもね。でも、まあ、真夜中には誰もいなくなりました――ありがたいことに。おれがこの仕事を好きなのは、ひとりでいるのが気にならないからなんです。おふくろにサンドウィッチを作ってもらって、何か読むものを持ってきて。ラジオを聞くときもあります。パソコンで映画を観ればいいのにって、セシリーに言われたけど、そういうのは嫌なんですよ。おれの仕事は、ちゃんと周囲に気を配っていることだと思うんで」

「それで、その夜は何か聞こえたり、目撃したりしたことはあった？」

「いま、ちょうどその話をしようと思ってたんですよ！」あらためて息を吸いこむ。「十二時をちょっとすぎたころ、ふいにベアが悲鳴をあげたんです」

「ベア？　犬の？」

「ええ、セシリーの犬です。たいていはコテージのほうで寝てるんですが、時たまホテルの二階で寝ることもあるんですよ、専用のかごが置いてあるところで」デレクは円形の吹き抜けの上、二階の美術品が飾ってあるあたりを指さした。ここからでは、犬のかごはまったく見えないけれど、音はまちがいなく聞こえてくるだろう。「結婚式やら何やらで忙しくて、家族はかまってやれなかったんですよ。それで、ベアはこっちで寝てたんです」

「そして、夜中に悲鳴をあげたのね」

「きっと、誰かが尻尾を踏んだか何かしたんだと思って、二階に見にいったんです。でも、誰もいなくて。ベアはけろっとして、かごの中に寝ころんでました。たぶん、悪い夢でも見たんでしょう。しゃがみこんでベアを撫でてやったとき、誰かが通ってったんです」

「通っていったって、どこを?」

「客室の廊下ですよ。新しいエレベーターのほうから、ヨルガオ棟のほうへ」

前にも書いたけれど、《ブランロウ・ホール》の構造は、Hという文字の形をしている。デレクが犬を撫でようとしゃがんでいた場所は、Hの横棒の真ん中付近だ。その両側の二本の縦棒が、客室の並ぶ廊下。十二号室へ向かった人間は、建物の正面側から歩いてきたことになる。

「その人物が、外から入ってきた可能性は?」わたしは尋ねた。

「さあ」

「ほら、正面玄関があるでしょう。鍵はかかっていた?」

デレクはかぶりを振った。「うちのホテルは、扉の鍵をかけないんです。あのころはね。そんな必要はなかったから」顔をしかめ、不吉な口調でつけくわえる。「いまはかけてますけど」

「で、誰なのかは見えなかったのね」これは、あらためて質問するまでもなかった。廊下をちらりと通りすぎていった人影は、デレクのいた位置からでは一秒も視界に入らなかったにちがいない。

「ステファンかと思ったんです」デレクは認めた。苦しげに歪めた口から、次の言葉が矢継ぎ早に飛び出してくる。「誰も面倒に巻きこみたくなんかなかった。だから、見たことだけを警察に話したんです。その男は工具箱を持ってた。ステファンの工具箱を。何度も見たことがあったやつです。そして、毛糸で編んだ帽子をかぶってた」デレクは両手で頭に触れ、どんな帽子だったかを身ぶりで示そうとした。

「つまり……折り返しのない縁《ふち》なし帽ね？」

「ええ。ステファンはよくそんな縁なし帽をかぶってたんです。でも、照明は暗かったし、ほんの一瞬だったし。たしかだとは言えないと、警察にはちゃんと話したんですよ」

「それで、それからどうしたの？　工具箱を手にした男を見た後は？」

「それが誰なのか、あちらの廊下へ確かめにいきました――でも、そこにたどりついたときには、もう遅かった。男はいなくなってたんです」

「つまり、客室のどれかに入ったということね」

「そういうことです」まるですべては自分の責任だといわんばかりに、デレクはみじめな顔をしていた。「男は十二号室に入ってったんだって、警察が言ってました」

中央廊下と客室のある廊下がぶつかる地点から、十二号室までは十メートルもないうえ、そのすぐ先には防火扉がある。デレクがまっすぐ歩いていっても、その侵入者は数秒のうちに姿をくらますことができただろう。

「男が客室の扉をノックする音は聞こえた？」

「いえ」

「誰かが話す声は？」

「いえ」

「そのとき、あなたはどう思ったの？」

「とくに何も思いませんでした。というか、ステファンがどこかの客室へ何か――トイレとか――修理しにいったんだろうとしか思わなかったんですよ。考えてみると、それじゃ筋が通らないんですけどね。だって、どこか修理してほしかったら、お客さまはまずおれに電話しないとステファンを呼べないんだから。でも、そのときは、あたりはしんと静まりかえってました。何の音も聞こえなくて。しばらく様子をうかがって、おれはまたフロントに戻ったんです。それだけですよ」

「ほかに、何も聞いてはいない？」

「ええ」デレクはうなずいた。

「ねえ、デレク……」こんなことを、どう柔らかく言葉にできるだろうか？「フランク・パリスはハンマーで殴られたの。きっと、襲われたときには叫び声をあげたんじゃないかと思うのよ。何も聞こえなかったなんて、とうてい思えないんだけれど」

「本当に、何も聞いてないんです！」デレクの声がうわずる。「廊下を歩いて、一階に戻る間じゅう、ラジオで音楽を聴いてたから……」

「そうだったのね」デレクがおちつくのを待って、また尋ねる。「遺体を発見したのは？」

「ナターシャです。そのときいたメイドのひとりですよ。たしか、ロシアかどこかの出身じゃなかったかな」何かを思い出したように、デレクは目を見ひらいた。「見つけたのは、客室の清掃に入ったときだったそうです。何度も何度も、悲鳴をあげてたって聞きました」

「でも、それはかなり後のことだったんでしょう……翌日よね」

「ええ」身を乗り出し、ささやくような声でデレクは続けた。「十二号室のドアに、誰かが〝起こさないでください〟の札を掛けておいたんですよ！　わざとやったんです。誰にも発見されないように」

「だったら、どうしてナターシャは清掃に入ったの？」

「誰かがまた、その札を外したんですよ」

「いったい、誰がそんなことを？」

「さあ。調べたけど、結局わからなかったんです」

デレクにはもう、話すことは何も残っていないらしい。見ればわかる。ほとほと疲れきった顔だ。

「ありがとう、デレク」

「こんなこと、起きなければよかったのにと思いますよ。このホテルも、事件が起きる前とはどこか変わっちまったし。いつも何か嫌な雰囲気が……おふくろにはよく言ってるんですけどね。まるで、何か邪悪なものがひそんでるみたいな。いまや、セシリーまでいなくなっちまった。セシリーがあの電話をかけてたのを聞いて、どこかおかしいと思ったんですよ。ひどく動揺してたから。あれもこれも、みんな根はひとつなんじゃないかって気がします。こんなことがずっと続いて、もう終わりは来ないんだって」

「誰がフランク・パリスを殺したのか、あなたに心当たりはある？」

わたしの質問に、デレクははっとしたようだ。自分の意見なんて、これまで誰からも訊かれたことがなかった、というように。「あれはステファンじゃありませんよ。たとえ、あのとき客室への廊下を歩いていったのがあいつだったとしても、犯人は別のやつです。ステファンは本当にいいやつだった。いつももの静かでね。ミス・トレハーンが——あ、リサのことです——ステファンを嫌ってて、油断のならない男だと思ってるのは知ってます。でも、おれから見たら、いつもまっとうなやつでしたよ。警察は、無事に見つけてくれるんでしょうか？」

「セシリー・トレハーンのこと？」

「ええ」

「だいじょうぶ、きっと見つかるから。何ごともなく、元気に戻ってくるわよ」

そう言いながらも、わたしは自分が嘘をついているとわかっていた。このホテルに到着して、まだ丸一日も経ってはいない。それでも、わたしは何かに気づいていたのだ。ひょっとしたら、これがデレクの言う〝邪悪なもの〟の雰囲気なのかもしれない。とにかく、セシリーはもはや生きてはいないだろうと、わたしはすでに確信していた。

FaceTime

わたし、老けた？

クレタ島のアンドレアスを呼び出そうとしながら、ノートパソコンの画面を見つめる。マックブックのカメラにかかると、誰だってひどい姿に映るのは知っているけれど、それでも画面に映った自分には、しみじみとがっかりさせられた。なんと疲れた顔だろう。二年間にわたってクレタ島の陽光を浴び、タバコの煙にさらされていたのも、肌にとってはよくない環境だったのはわかっている。ロンドンを離れてから、わたしは髪を染めるのをやめたけれど、いまのこの髪は、魅力的な自然の色と呼ぶべきか、それともぱっとしないくすんだ黄褐色というやつだろうか。わたしはもともと、けっしてお洒落に気を遣うほうではない。クラウチ・エンドのアパートメントでひとり暮らししていたときは、いつだって大きめのTシャツにレギンスという恰好でごろごろしていた。もちろん、出勤するときはきちんとした服を着ていたけれど、心ならずも退職することになったのを機に、わたしは3S――スーツ、ストッキング、そしてピンヒールの靴《スティレット》――から解放されたのだ。ギリシャに降りそそぐ陽光の下では、もっぱら軽い、身体を締めつけないものしか着ていない。アンドレアスはいつだって、ありのままのきみが好きだと言ってくれていたから、いまさら気合の入った恰好をしてみせて感心させるまでもないと思っていたのだ。とはいえ、こうして自分の姿を見てみると、わたしはあまりに自分を甘やかしすぎたのではないかと思わずにはいられない――自己を解放するといったら聞こえはいいけれど、その先に待っているのは精神のゆるみ、そして堕落ではないか。

ヒュッという音とともに、わたしの映像は片隅の小さな枠へ押しやられ、代わりにアンドレアスの顔が画面いっぱいに映し出された。ひょっとして留守なのだろうか、それとも――さらに悪いことに――実際はそこにいるのに居留守を使っているのではないかと、わたしは気を揉んでいたのだ。でも、こうしてあの人はいま、わたしたちのお気に入りのテラスに腰をおちつけている。アンドレアスが椅子の背にもたれかかると、その後ろの鎧戸や、わたしが植えたセージやオレガノがびっしり育つ鉢も見えた。あの人のノートパソコンは、ひびの入ったガラスのテーブルの上に置かれている。早く買い換えなくてはとずっと口にしながらも、いまだに実現していない。

「やあ《ヤースー》、愛する人よ《アガピティ・ムー》！」これはわたしたちの間で毎朝交わされる冗談だ。わたしがギリシャにやってきて、初めてホテルに到着した日、あの人がこんなふうに挨拶をしたのがきっかけだった。でも、いまこんなふうに言われると、わたしをからかっているのではないとしたら、わたしのわがままでこんなにも遠く離れたところまで来てしまったことをあてこすっているのかと、つい気を回したくなってしまう。

「元気？」わたしは尋ねた。

「きみが恋しいよ」

「ホテルはどう？」

「ホテルは……何も変わらないさ！　まだつぶれてはいないよ」

アンドレアスの顔が、画面に輝いている——まさに、文字どおりの意味で。浅黒い肌と真っ黒な髪が、まばゆいほど白い歯を引き立てている。その瞳がきらめいているのは、画面を通してもはっきりと見えた。惚《ほ》れ惚《ぼ》れするような男ぶりのアンドレアスを見て、わたしはいっそこの四角い画面を通りぬけ、あの人の胸に飛びこんでいきたいくらいだった。わたしはあの人を置いて去ったわけではない、と自分に言いきかせる。ただ、一週間こちらに来ているだけなのだ。すべてが終わったら、一万ポンドを持ってクレタ島に帰る。最後には、ここまで重ねた経験のすべてが、わたしたちの固い絆となってくれるだろう。

「いまはどこにいるんだ？」アンドレアスが尋ねる。

「ホテル。《ブランロウ・ホール》よ」

「どんな感じ？」

「とてつもないところ。壁には油彩画が並んでいるし、窓はステンドグラスだし。客室によっては、ベッドが四柱式なの。あなたはきっと気に入ると思うな」

「そのベッドで、きみは誰と眠るの？」

「やめてよ！」

「ぼくのベッドにきみがいなくて寂しいよ。きみがいないと、ここもいつもとはちがうんだ。常連さんたちもみな、ぶつぶつ文句を言っていたよ」

いつしか雰囲気が変わり、わたしたちは真顔になっていた。自分がいなくなったらどうなるか、そんな直接の影響すら考えず、わたしはクレタ島を出てきてしまったのだ。ちゃんとした話しあいも、わたしたちの関係をじわじわと蝕《むしば》むであろう数々の難題を解決しようとする努力もせずに。最後には、とげとげしい会話も交わした。それでも「きみに行ってほしくないよ」と、アンドレアスは言ってくれたではないか。それにもかかわらず、わたしはここに来てしまった。自分がひどいことをしてしまったのではないか、それどころか、自分にとって大切なものをぶちこわしてしまったのではないかと、いまさらながらふりかえらずにはいられない。

「パノスとヴァンゲリスはどう?」

「元気だよ」

「わたしがいなくて寂しいって?」

「もちろん、寂しがっているさ」アンドレアスが広げてみせた両手は、画面から飛び出して見えなくなってしまった。「それでも、どうにかやっているがね」

わたしはしかめっつらをした。「結局、わたしがいなくてもやっていけるってことよね」

「例の金はどうしても必要だからね! あれは、まだもらっていないのかい?」

実のところ、わたしはローレンスから、まだ何も支払ってもらってはいなかった。「獲得に向けて努力中、ってところ」

「その報酬の話がなかったら、きみを行かせはしなかったよ」

こういうことを言うときのアンドレアスは、いかにもギリシャ人っぽい。本気なのか、それとも冗談なのか、わたしにはわからなかった。

「殺人事件の話を聞かせてくれよ」アンドレアスは続けた。「犯人はわかった?」

「まだ、何も」

「夫に決まっているよ」

「えっ?」

「姿を消した女性の夫さ。そいつがやったんだ、まちがいない。こういう事件は、決まって夫が犯人なんだ」

「その女性の夫とは、わたし、まだ話してもいないのよ。そもそも、そんなに単純な事件じゃないの。八年前に起きた事件がかかわっていてね。もしも誰かがセシリーを殺したのなら、動機はその事件がらみってこと」

アンドレアスは画面を指さした。こちらに向けられた指先はやけに大きく、拡大されているかのように見える。「くれぐれも気をつけて。忘れないでくれよ、きみがそっちで危険に巻きこまれても、ぼくは助けてあげられないんだから」

「だったら、あなたもこっちに飛んできたら？」アンドレアスがそばにいてくれたら、どんなにいいか。

「きみがいなくても、《ポリュドロス》はどうにかやっていける。でも、ぼくたちふたりともいなくなったら、さすがに無理だよ」

画面の向こうから、何やら叫び声が聞こえた。こうして話しているテラスの下の階から聞こえてくるようだけれど、何を言っているのかはわからない。アンドレアスは耳をすまし、やがて残念そうに肩をすくめてみせた。「もう行かないと」

「もしも電子レンジが壊れたのなら、いったん電源を切って、もう一度入れなおしてみて」

「それは、このホテルの何もかもに通用する秘訣だな。いや、この国全体に通用するよ！」アンドレアスは身を乗り出した。「きみに会いたいよ、スーザン。きみのことが心配だ。くれぐれも、危険なことはしないでくれ」

「ええ、気をつける」

叫び声は止むどころか、さらに騒がしくなった。

「愛してるよ」

「わたしも」

三千キロ以上の距離を隔て、わたしたちはお互いに向かって手を伸ばした。それぞれの指が、同時に×ボタンに触れる。そして、画面が暗くなった。

ウェスルトン《荒地の家》

翌朝は、不愉快な驚きから幕が開いた。

朝食は自室でとり、階下へ向かおうとしたそのとき、スーツ姿の男が正面玄関から入ってきて、きびきびとした足どりでフロントへ向かうのが見えたのだ。それが誰なのかは、すぐにわかった。その不機嫌な目、黒い肌、筋骨たくましい首と肩、そして歩きかた――なぎ倒す壁を探しているかのような――にさえ、たしかに見おぼえがある。昇進したのかどうかは知らないけれど、あれはまちがいなくリチャード・ロック警視正だ。あんな因縁の相手にまたばったりと顔を合わせてしまう危険を避け、うっかり何か忘れたふりをして自室に戻ろうかと、わたしは一瞬ためらった。前回は、わたしが自分の捜査に首を突っこんできたと、たいそうお怒りだったから。

とはいえ、わたしはもう、この事件にかかわってしまっている。いまさらあの警視正を避けるすべはないのだ。そんなわけで、わたしは足もとに視線を落とし、考えごとに夢中で気がつかないふりをして、早足でそのまま歩きつづけた。ちょうど階段を下りきったところで、ほんの十センチほどの距離をはさんですれちがう。警視正のほうは、わたしをまちがいなく見たはずなのに、誰なのかまったく気づかなかったらしい。仮にも刑事を名乗る人間が、そんなお粗末な観察力で務まるのだろうかと、わたしは思わずにいられなかった。まあ、警視正の身になってみれば、きっとほかのことで頭がいっぱいだったのだろう。エイデン・マクニールに取り次いでほしいと、フロントで告げる声が聞こえたところから考えて、失踪した妻の捜索について、おそらくは何の進展もないことを報告しにきたのだろうから。ロック警視正に気づかれずにすんで、わたしはほっとしていた。こんなときによけいな騒ぎを起こすことなんて、どちらもけっして望んではいないのだ。

おかげで、ずっと憂鬱《ゆううつ》だったエイデンとの対面も先延ばしする口実ができた。アンドレアスの意見には、わたしは賛成できない。セシリーが失踪したからといって、たまたまその夫だったというだけの理由で、自動的にエイデンを最有力容疑者の座に据えるのは、あまりに単純すぎるではないか。それどころか、リサの話さえのぞけば、ふたりは円満な夫婦だったという証言ばかりなのだ。ふたりの間には、子どもまでいる。自分の子どもの母親に危害を加えるなんて、さらに考えにくくはないだろうか？

わが相棒MGBに乗りこみ、加速する感覚を味わいながらホテルを後にすると、ふっと心が軽くなる。すばらしいお天気ではあるけれど、わたしはさっさと公道に出てしまいたかった。ホテルの敷地を出たところでいったん車を停め、ルーフを開く。そこから先はひたすらアクセルを踏み、スピードの限界に挑戦しながら、風を切り、髪が吹き流されるのを楽しんだ。緑豊かな森の一帯を抜け、A十二号線に乗ると、そこから北のウェスルトンをめざす。フランク・パリスは殺された当日、そこにある《荒地の家》という名の場所を訪れていたという。そこが、パリスの親戚の家なのだろうか。だとしたら、その親戚はいまだそこに住んでいるのだろうかと、わたしは思いをめぐらせていた。

ウェスルトンは奇妙な村だ。実際には村というより、道の合流点と呼んだほうがいいかもしれない。ヨックスフォードに向かうヨックスフォード・ロードも、ダニッチに向かうダニッチ・ロードも、ブライズバラに向かうブライズバラ・ロードも、ウェスルトンを通っているのに、なぜかウェスルトン・ロードはウェスルトンに届いていない。まるで、ここをわざわざ訪れようとする人間などいないと、誰かに通告されているような気分になる。ここにあるのは昔ながらの自動車修理場、道標に記されているのにどこにも見あたらないパブ、古本屋くらいで、ほかにたいしたものは存在しない。村の説明によると、ここは美しい国立公園に接しており、徒歩圏内に海もあるという。たしかに、住むにはすばらしい場所だろう。

《荒地の家》はなかなか見つからなかった。なにしろ車が古いので、ナビが搭載されていないのだ。ホテルで地図は印刷してきたものの、わたしは同じところを何度もぐるぐると回るはめになった。やがて、とある農家でトラクターを洗っている男性を見かけ、名前がないために見すごしていた細い小径《こみち》を教えてもらう。その小径をたどるうち、わたしは村の中心からしだいに離れ、いつしか国立公園に分け入っていた。やがて小径が消えてなくなった先に草地が広がり、その向かいに木組みの農家が建っている。これが《荒地の家》だ。門の脇に取り付けられた米国ふうの郵便受けに、その屋号が記されていた。

夏の朝、刈ったばかりの芝生と満開の花々、木立の下で揺れるハンモック、そんなものが似合いそうな雰囲気の家だ。建ててから、もう百年くらいは経っているにちがいない。中に足を踏み入れないうちから、むき出しの梁《はり》、あかあかと燃える暖炉、心地よい部屋の片隅、気をつけないと頭をぶつけそうな天井、そんな情景が目に浮かぶ。とりたてて美しい家というわけではない。屋根は無頓着に補修した結果、半分ほどまで瓦の色が変わってしまっているし、片側には今出来のみっともないサンルームが増築されている。とはいえ、ここがいかにもしっくりとまとまった、居心地のよさそうな家であることには変わりない。寝室はおそらく五つか六つというところで、そのうち二部屋は突き出した軒《のき》の下に並んでいる。木に吊り下げたウィンド・チャイムが、風に吹かれてもの思わしげな音をたてていた。

わたしは車を駐め、外に出た。車の鍵をかける必要も、ルーフを閉じる必要もなさそうだ。門を開けると、紺のつなぎを着た人物が窓枠を塗っているのが目にとまった。小柄で華奢《きゃしゃ》な、顔色の悪い男性で、髪を短く刈りあげ、丸眼鏡をかけている。この家の持ち主だろうか？　それとも、持ち主に雇われて家の手入れをしている？　外見からは、どちらとも判断がつかない。

「やあ」男性は声をかけてきた。わたしを見て、とくに驚いた様子はない。その口もとには笑みが浮かんでいる。

「こちらにお住まいですか？」

「ええ。何かご用ですかね？」

こんなに親しげに声をかけられるとは思っていなかったため、どう自己紹介したものか、わたしはとまどった。「こんなふうに、いきなり押しかけてしまってごめんなさい。ちょっとお話をうかがえないかと思って」男性は、わたしがさらに説明を続けるのを待っている。「《ブランロウ・ホール》のことなんです」

ここで、男性は興味を惹かれたようだ。「ほう？」

「わたし、いまはそこに泊まっているんですけれど」

「それは羨ましい。すばらしいホテルですからね」

「あそこでずっと前に起きた事件について、いくつかお訊きしたいことがあるんです。ひょっとして、フランク・パリスをご存じありませんか？」

「知っていますよ。フランクのことならね」男性はふと、自分がまだペンキの刷毛《はけ》を手にしていることに気づいたようだ。「よかったら、中でお茶でも一杯いかがです？」

男性のあまりの愛想のよさに、わたしはめんくらっていた。喜んで質問に答えてくれるどころか、そのことを話したくて仕方がない、といった様子だ。「ありがとう」わたしは片手を差し出した。「スーザン・ライランドといいます」

男性は自分の手に目をやった。白いペンキの染みがある。「マーティン・ウィリアムズです。申しわけないが、握手は失礼しますよ。さあ、こちらへ……」

男性は先に立ち、家の脇に回って引き戸を開けた。家の中は、わたしが想像していたとおりだった。広々とした温かい雰囲気のキッチンには、アーガのオーヴンと独立した調理台が備えつけられていて、垂木《たるき》には鍋がいくつもぶらさがり、パイン材のテーブルを八脚の椅子が囲んでいる。庭を見わたす窓は現代ふうで、アーチ天井の廊下の先には赤レンガの壁の玄関、骨董《こっとう》品《ひん》らしい丸テーブル、そして二階へ続く階段があった。この家では、高級スーパーの《ウェイトローズ》で買いものをしているらしい。ロゴの入ったエコバッグがふたつ、ウェリントン・ブーツ、猫用トイレ、アイロン台、テニス・ラケット、洗濯かご、自転車の空気入れなどと並んで床に置いてある。生活感はあるけれど、けっして散らかっているわけではない。何もかもが、それなりの意味があってそこに存在しているのがわかる。テーブルに広げられているのは、英国陸地測量部発行の地図とバード・ウォッチングの本、《ガーディアン》紙が一部。そして、そこらじゅうに額に入った写真が飾られていた――赤ちゃんから二十代前半まで、ふたりの女の子が成長していく過程をとらえたものだ。

「濃いお茶《ビルダーズ・ティー》か、それともペパーミント・ティー?」湯沸かしの電源を入れながら、マーティンは尋ねる。

わたしが答えるより先に、女性がキッチンに入ってきた。マーティンよりいくらか背が低く、年齢は同じくらいだろう。夫婦だとすると、ぴったり釣り合いがとれている。その女性にはどこか、リサ・トレハーンを思わせるところがあった――まるで怒っているかのような雰囲気が。ちがいはというと、こちらの女性のほうが、より守りに重点を置いているように感じられることだろうか。ここは自分の縄張りであり、わたしに踏みこんでほしくはない、とでもいうように。

「ジョアンです」マーティンが紹介した。それから、妻のほうを向く。「こちらはスーザン。《ブランロウ・ホール》から訪ねてきたそうだ」

「《ブランロウ・ホール》から？」

「ああ。フランクのことを知りたいそうだよ」

その瞬間、ジョアンの表情が変わる。それまでは、どことなくこちらを拒絶しているような空気を感じるだけだったのに、いまや、その顔にははっきりと怒りが浮かんでいた。ひょっとしたら、怖れも混じっているかもしれない。

「説明するのは難しいんですが……」少しでもジョアンの気持ちを和《やわ》らげようと、わたしは口を開いた。

ガス台の隣で、湯沸かしが音をたてはじめる。「ちょうど、スーザンにお茶を淹れようとしていたんだ」と、マーティン。「お茶はどっちにします？」

「じゃ、ビルダーズ・ティーを」

「わたしがやるわ」ジョアンはマグカップとティーバッグに手を伸ばした。

「いやいや、きみはしなくていいよ。ここに坐って、お客さまのお相手をしてくれ」マーティンはわたしに笑いかけた。「なにしろ辺鄙《へんぴ》なところだから、お客さんが来るのもめずらしくてね。訪ねてきてもらえるのは、いつだって嬉しいもんですよ」

いったいなぜ、この夫婦はまるで何かを演じているように思えてしまうのだろう？　ふたりを見ていると、戯曲『ヴァージニア・ウルフなんかこわくない』に登場する夫と妻を思い出してしまう。若い夫婦を自宅に招き入れておいて、とことん傷つけてやろうと目論むふたりを。

ジョアンとわたしはテーブルについた。マーティンがお茶を淹れている間に、このウェスルトンという村についてジョアンに尋ねる。どんな答えが返ってきたかは、まったく憶えていない。ただ、こちらをにらみつける目に、どれほど激しい敵意が浮かんでいたか、それだけが印象に刻みつけられている。マーティンがようやくテーブルに来て、わたしはほっとした。妻とはちがい、心からくつろいだ態度で、ビスケットを載せた皿さえ運んできてくれた。

「それで、いったいどうしてフランクに興味を？」マーティンが尋ねる。

「おふたりはフランクの親戚ですか？」わたしは尋ねかえした。

「ええ」マーティンのほうは、まったく動じる様子もない。「わたしにとっては義兄です。ジョアンの兄でね」

「では、サフォークに来たのは、あなたがたを訪ねるためだったんですね」

「すみませんがね、スーザン、こちらの質問にまだ答えてもらっていませんよ」マーティンはにっこりした。「いったい、なぜフランクのことを知りたがるんです？」

わたしはうなずいた。「セシリー・トレハーンが失踪したことはお聞きですよね。あのホテルの持ち主のお嬢さんですが」

「ええ、新聞で読みましたよ」

「その件で力を貸してほしいと、ご両親に頼まれたんです。セシリーの失踪は、もしかするとフランクの死とかかわりがあるかもしれないと、ご両親は考えているんですよ」

「力を貸すというと？　ひょっとして、あなたは透視能力者か何か？」

「そうじゃないんです。もともとは出版社で働いていたんですが、担当していた作家のひとりがこの事件について書いたことがあって。トレハーン夫妻は、その本とお嬢さんの件が関係しているんじゃないかと思っているんです」すべてを説明するには、あまりに話がややこしすぎる。わたしはもう、いきなり核心に踏みこむことにした。「事件があった週末、おふたりはフランクに会われたんですか？」

一瞬、ふたりは否定するのではないかという予感が頭をよぎる。ジョアンはわたしの質問にひるんだけれど、マーティンはためらわず口を開いた。「ええ、会いましたよ。事件が起きたまさにその日、ここを訪ねてきたんでね。わたしの記憶が正しけりゃ、たしかフランクは金曜の夜に殺されたんじゃなかったかな。その金曜の午前中、朝食が終わってすぐくらいに、義兄はここに来たんですよ。なあ、おまえ、あれは何時ごろだったかな？」

「十時ごろかしら」ジョアンはそう答えながらも、依然としてこちらをにらみつけている。

「訪問の理由をお訊きしてもかまいません？」

「フランクはオーストラリアから戻ってきたばかりでね。久しぶりに会いにきたんですよ」

「こちらには泊まらなかったんですね」

「ええ。言ってくれれば喜んで泊めたんですが、帰国したことも知らせず、いきなりホテルから電話をよこしたんでね。義兄はそういう人間でした。まったく、こっちは驚かされてばかりですよ」

こんな話は、ひとことだって信じる気にはなれなかった。そして、奇妙な話だけれど、マーティン自身、わたしに信じてほしいとは思っていないようだ。口にするすべての言葉、そしていたずらっぽい笑みまでが……何もかも、演技にしか見えない。まるで、二秒後には何か別のものに変わってしまうと知っていながら、どれでもお好きなカードを選んでくださいと、観客を挑発する手品師のようだ。無惨《むざん》にも殺されてしまった自分の親族について尋ねられ、こんなふるまいを見せるとは、あまりにおかしな展開ではないか。

わたしはジョアンに向きなおった。こちらのほうが、まだしも突破口を見出せそうだ。「立ち入ったことをうかがって、本当に申しわけないと思っているんです」わたしは切り出した。「こんなふうに、何も関係のない人間が鼻を突っこんでしまったりして。でも、さっきもお話ししたように、わたしはただセシリーを探し出したいだけなんです。あの週末に何があったのか、どんなことでも話してもらえれば、それが手がかりになるかもしれないんですよ」

「お話しできることなんて、わたしたちには何も――」ジョアンが口を開いた。

「どうぞどうぞ、何でも訊いてください」マーティンが割りこむ。「隠すことなんて、われわれには何もないんですからね」

アラン・コンウェイの小説なら、こんな台詞《せりふ》を吐く人間は、絶対に何かを隠しているものだけれど。

わたしは周囲を見まわした。「こちらには、もうどれくらい住んでいるんですか?」わざと話題を変えて、別の角度から攻めてみようと思ったのだ。

「ここに越してきたのは……」マーティンは指を折って数えた。「そう、フランクがオーストラリアに移る七年前だから――一九九八年だな。その年に、ジョアンの母親が亡くなったんですよ」

「じゃ、ここはそのかたの家だったんですね?」

「ええ。われわれは、それまではロンドンに住んでいたんです。当時、わたしは保険仲立会社に勤めていてね。《ゲスト・クリーガー》社といって……まあ、ご存じないでしょうがね。美術品保険を専門にとりあつかっているんです」

「わたし、美術品には縁がなくて」

「幸いにも、縁のある裕福なお客さまは大勢いますからね」またしても、マーティンはあの奇妙な笑みをひらめかせた。こちらはもう、その笑みを見るのもうんざりしはじめているというのに。「ジョアンはずっとロンドンを離れたがっていたんです。考えてみれば、わたしの仕事も、ほとんどは電話でことが足りますからね。住むのはどこだってかまわないんです。この家が手に入るとなって、ちょうどうちの娘たちも学校に上がる年ごろでしたからね、ここへ引っ越してきたんですよ」

「お嬢さんたちは、どちらの学校へ？」

「ウッドブリッジ校です」

「妹の子どもたちも、そこに通ってました。わたしの連れあいは、以前そこで教師をしていたんですよ」

「娘たちにとっては、本当にいい学校でした」ほんの少しだけ、ジョアンが態度を和らげた。

「いまはもう、大学に進みましたけど」

「お嬢さんたちも、伯父さんに会えて嬉しかったでしょうね」

「娘たちは会っていないんですよ。義兄が訪ねてきたときは、ちょうど家にいなかったので」

「でも、フランクのほうは姪御さんたちに会いたがらなかったんですか？　ずっとオーストラリアにいて、久しぶりに帰国したのに」

「義兄がここに来たのは、仕事の話があったからでして」その声に、初めてかすかな苛立《いらだ》ちがにじむ。手にしていたビスケットを真っ二つに割ると、両方のかけらを下に置き、マーティンは話を続けた。「実に悲しいことではありますが、オーストラリアで始めた新事業のために、義兄は大金を失いました。そこで、また新たな代理店を設立しようと考えて、われわれに投資をしてほしいと持ちかけてきたんですよ」頭を振り、話を続ける。「わたしにとっては、考えるにも値しない申し出でね。いまはわたしも独立して、それなりに稼いではいますが、義兄といっしょに事業を始めるなど、とうてい考えられませんでしたよ。うまくいくわけがないんだから」

「それは、どうして……？」

「わたしが義兄を嫌いだからですよ。それは、妻も同じです」

ここにきて、いきなりの爆弾発言だ。ある種の告白といってもいい。しかし、いったいこれはどこへつながるのだろう？

ジョアンはカップを受け皿に、がちゃんと音をたてて置いた。「実際のところ、これは兄を好きとか嫌いとか、そういう問題じゃなかったんです。フランクとわたしには、ほとんど共通点がありませんでした。そもそも、年齢も離れていましたしね。それに、歩んできた人生も、お互いまったくちがうんです。ロンドンにいたころは、わたしは国民保健サービスの給付管理部門で働いていました。そして、マーティンと結婚して、娘たちも生まれて。けっして批判するつもりじゃないんですけど、フランクの生きかたはわたしとあまりにちがいすぎて、まったく理解できなかったんです」

「理解できないというと、どういうところが？」

「そりゃ、性的指向のことですよ、当然でしょう。兄がゲイだったことについては、別になんとも思ってはいないんです。でも、どうしてそれを、あんなふうに世間に見せつけなきゃいけなかったんですか？　兄はいつだって乱痴気騒ぎにふけり、薬物に手を出し、おかしな服ばかり着て、大勢の青年たちを引き連れ――」

「まあまあ、おちついて！」憤《いきどお》ってまくしたてるジョアンを見て、マーティンはどうやらおもしろがっているらしい。妻の腕をそっと叩く。「気をつけないと、言葉狩りに遭うぞ！」

「わたしが兄のことをどう思っていたか、あなたも知っているじゃないの、マーティン。わたしはただ、兄のああいうところが嫌でたまらなかっただけ」

「フランクはひけらかすのが好きだったからな」と、マーティン。「それだけのことさ」

「それで、ここでの話しあいはどうなったんですか?」わたしは尋ねた。

「大金を失った話を聞かされましたよ」そこからは、またマーティンが答える。「だから、力を貸してほしいとね。考えてみるとは答えましたが、われわれはもう、援助はしないと心を決めていましてね。そしてタクシーを呼び、義兄をホテルに帰したんです」

「ホテルでの結婚式のことを、フランクは何か言っていませんでしたか?」

「実を言うと、ひどく腹を立てていましたよ。ホテルは人でごった返しているし、庭園には大テントが設営されて、せっかくの眺めがだいなしだとね。こんな状態なら、宿泊料金は割引すべきだと怒っていましたね」

「セシリーについては? あるいは、花婿《はなむこ》のエイデン・マクニールについてでも」

「そのふたりについては、何も言っていませんでしたよ。もっとお話しできることがあったらよかったんですがね、スーザン。ただ、フランクはここに、たった四十五分間しかいなかったんですよ。お茶を飲んで、ちょっと話した。そして、そのまま帰っていったんです」

ジョアンはまちがいなく、わたしにも同じようにしてほしいと願っているようだ。出されたお茶はすでに飲みおえていたけれど、お代わりを勧められる気配はない。わたしは立ちあがった。「おふたりとも、ご親切に感謝します。あと数日はサフォークに滞在する予定なんですが、またお邪魔してもかまいませんか?」

「いつでもいらっしゃい」と、マーティン。「ほかに訊きたいことを思いついたら、何でもお答えしますよ。なあ、ジョアン?」

「そこまでお見送りしますね」ジョアンも立ちあがり、アーチ天井の廊下のほうを手で示した。

さほど礼儀にこだわらない女性なら、入ってきたときと同じ脇の引き戸へふたたび案内してくれたにちがいない。でも、帰りはきちんと正面玄関から出ていってもらおうと、ジョアンは心に決めているようだった。そんなわけで、廊下に向かったわたしは、ガス台の後ろになかば隠れていたコルク板に、ふと目をとめた。片隅に、一枚の名刺がピンで留めてある。

《ウェスリー&カーン法律事務所》
フラムリンガム

これは、トレハーン夫妻にわたしの居場所を教えたというサジッド・カーンの事務所ではないか。かつて、カーンはアラン・コンウェイの代理人を務めていた。いったい、マーティンとジョアンのウィリアムズ夫妻とは、どんなつながりがあるのだろうか?

どうしてカーンを知っているのか、ジョアンに尋ねてみたかったけれど、残念ながらその機会はつかみそこねた。ジョアンは唇を固く引きむすび、先に立ってキッチンを出たところで、ふいにこちらをふりむいたのだ。わたしの目に、信じられないような光景が映った。ジョアンは怒りに燃えている。いまにも殺してやるといわんばかりの目で、こちらをにらみつけているのだ。

「二度とここには戻ってこないで」マーティンに聞こえないよう声をひそめたまま、ジョアンはささやいた。

「何ですって？」

「さっさと出ていってよ。フランクになんか、会いたくなかった。あなたの顔だって、二度と見たくないの。あのホテルで何が起きようと、わたしたちには関係のないことよ。とっとと姿を消して、二度とわたしたちにかまわないでちょうだい」

どんなふうに玄関を出たのかも、はっきりとは憶えていない。記憶に残っているのはただ、わたしが外に出るやいなや、玄関の扉がぴしゃりと閉められたことだけだ。いったい何が起きたのか、わたしにはさっぱりわからなかった。それがどういうことだったにせよ、まったく意味が通らない。

《ブランロウ・コテージ》

ホテルに帰りついたときには、あたりには誰の姿もなかった。警察の車も見あたらないところを見ると、おそらくロック警視正もホテルからは引きあげたのだろう（と、願いたい）。時刻は昼ちょっと前で、エイデン・マクニールから話を聞くにはちょうどいい。セシリーの夫と顔を合わせるのはいまだ憂鬱《ゆううつ》ではあったものの、これ以上ずるずると延ばすわけにもいかないことはわかっている。車からローレンスに電話してみると、受話器をとったのはポーリーンだった。

「ローレンスなら、いまは庭に出ているの。昨夜は失礼してしまってごめんなさい。どうも気分がすぐれなくて」

「どうかお気づかいなく、ポーリーン。わたし、これからエイデンに会いにいくところなんです」

「あら、そう。今朝は、警察の人が会いにきていたみたいよ」

「何か進展はあったんですか?」

「いいえ、何も」

「ローレンスから話が伝わっているかどうか、ちょっと気になって。わたしが話を聞きにいくかもしれないと、エイデンに話しておいてくださると言っていたので」

「どうかしら。ちょっと待っていてね。訊いてみるから」

受話器を脇に置く音。しばらくすると、ちょっと離れた窓から夫を呼ぶ声が聞こえてきた――「あなたぁぁぁ?」一分ほどして、心なしか息を切らしたポーリーンが戻ってくる。「話してあるそうよ。エイデンも、あなたから連絡があるのを待っているって」

「気が進まないようでしたら……」

「だいじょうぶ、心配しないで。セシリーを見つけ出すためなら、どんなことだって……」

わたしにとっては、心強い答えだ。

ホテルに入り、フロントのデスクで《チプスブラーデット》というデンマークのサッカー雑誌を読んでいるラースの前を通りすぎる。ラースは視線を上げさえしなかった。そのまま裏口から出て、フィットネス・ジムとプールの脇を通り、《ブランロウ・コテージ》へ向かう砂利敷きの私道をたどる。

いったい、どうしてここは〝小さい家《コテージ》〟を名乗っているのだろうか？　実際には自らの地所に陣どるがっしりとした三階建ての家で、周りには低い塀をめぐらせ、そこに門が設けられている。庭にはブランコと、いくらか空気の抜けた子ども用プールがあった。レンジローバーは私道に駐められている。砂利を踏みしめ、その脇を通りすぎながら、わたしはある種の奇妙な戦慄、恐怖にさえ近い感覚に襲われていた。とはいえ、けっしてエイデンが怖かったわけではない。わたしが考えていたのはセシリーのことだ。娘であり、妻であり、七歳の女の子の母親でもある女性が、サフォークの田舎を散歩していて、そのまま姿を消してしまった。誰にとっても、これ以上ひどいことがありうるだろうか？　田舎暮らしをしていれば、つねに広大な無に囲まれているのはたしかだ。いま、わたしもそんなふうに感じている。でも、まさか自分がその無に呑みこまれてしまうなんて、夢にも思ってはみないだろうに。

正面玄関に向かって歩いていくと、ふいに扉が開き、エイデンがこちらに近づいてきた。わたしが来るのを窓から見ていたのだろう。エイデンは片手を差し出した。「あなたがスーザン・

ライランドですね」

「ええ」

「ちょうどよかった。ロキシーはエロイーズとお出かけでね。いまのところ、学校は休ませてるんですよ。入ってください」

エイデンと初めて顔を合わせ、わたしは驚いていた。金髪に青い目、均整のとれた身体つきの、すばらしく美しい男性だ。ポロシャツにジーンズという恰好で、ローファーをはいている。トレハーン夫妻からは、たしか三十二歳と聞いていたけれど、それよりも五歳は若く見えるうえ、軽やかな身のこなしにはどこかピーター・パンめいた雰囲気があった。エイデンは先に立ってキッチンに案内し、お茶はどうかとわたしに尋ねるまでもなく、さっさと湯沸かしの電源を入れた。家の中はきれいに整頓され、きっちりと掃除がゆきとどいている。床にもテーブルにも、よけいなものは何ひとつ置かれていなかった。

「こちらには、いつ?」ふりかえり、そう尋ねたエイデンを見て、その目に浮かんだ疲労、不安が刻まれたしわが、ようやく目にとまる。このところ、あまりよく眠れていないのだろう。体重も減ってしまったにちがいない。

「昨日です」どこから話を切り出したものか、わたしにはわからなかった。「本当に、なんと言ったらいいか。さぞかしつらい思いをしているんでしょうね」

「つらい思い?」エイデンはうっすらとした笑みを浮かべ、その言葉を嚙《か》みしめた。「正直に言わせてもらえば、そんな言葉じゃとば口にだってたどりつきませんね。そりゃつらいですよ、あのろくでもないおまわりどもは、ぼくが一枚噛んでると決めこんでるんだから。つらいに決まってるでしょう、あの連中はもう七、八回はここへ押しかけてきてるのに、いまだ手がかりひとつ見つかってないんですからね」

どこかひび割れたような声だ。まるで、喉ががらがらに荒れているかのように。

「ロック警視正なら、わたしも知っています。なかなか徹底した仕事をする人ですよ」

「そう思います？　もしもロック警視正とその取り巻きが、最初からもうちょっと徹底的に捜査してくれてたら、セシリーはもう戻ってきてたかもしれないのに」

エイデンがお茶を淹れるところを、わたしはじっと見まもった。まるでアルコール依存症の人間が自分のグラスにスコッチを注ぐような、張りつめた、奇妙に勢いのある手つきだ。こちらに背を向け、手を動かしながらも、エイデンはずっとしゃべりつづけていた。

「セシリーがいなくなった日の夜八時、ぼくは警察に通報したんです。水曜日でした。遅くとも六時には帰ってきて、ロクサーナを寝かしつける手伝いをするはずだったのに。あいつの携帯には、十回以上もかけてみたんです。でも、あいつは出なかった。何かおかしいとわかってたのに、警察が来たのはそれから一時間も経ってからで――いわゆる〝地域の警察官〟のふたり組がね――しかも、まったく真剣にとりあってもらえなかったんですよ。夫婦喧嘩でもしたんじゃありませんか？　奥さんは気分が沈みがちだったのでは？　ってね。うちの犬が二時間後にウッドブリッジ駅に現れて、やっと警察は動きはじめたんです。あいつの車も、駅にありました」

「あのレンジローバー？」

「いや。あれはぼくの車でね。セシリーはフォルクスワーゲンのゴルフ・エステートに乗ってます」

〝乗ってます〟――現在形だ。迷うことなく、エイデンはその言葉を口にした。妻はまだ生きていると信じているのだ。

「ロック警視正は、きょうは何を伝えにきたんですか？」

「とくに何も――というのが、まさに捜査の進展状況なんですよ」エイデンは冷蔵庫に手を突っこみ、ミルクの紙パックを取り出すと、それを潰さんばかりの勢いでカウンターに叩きつけた。「これがどんな気分のものか、あなたにはとうてい想像がつかないでしょう。セシリーの銀行の出納記録も、病院の診療歴も、写真も警察に持っていかれました――写真の中から、ぼくらが結婚した日に撮った一枚が、そこらじゅうの新聞に載りましたよ。百人編成の捜索隊が、デベン川の周辺を見てまわって。でも、何もみつからなかった。やがて、ぽつぽつと情報提供が始まりました。この女性なら、ロンドンで見かけた。ノリッジにいた。アムステルダムにいた、って――セシリーのパスポートはいまだここの二階にあるってのに、どうやってそんなところまで行けたんだか」

エイデンはミルクを注いだ。

「なんでも、最初の七十二時間が重要なんだそうですよ。その区域に居あわせた人間が、いまだその周囲にいて、何を見たか憶えてる。探せば証拠も見つかる。失踪した人間の八十パーセントが、自宅からたった四十キロ圏内で発見されてるって、あなたは知ってました？」

「いいえ、まったく」

「みんな、ロック警視正から聞いたんですよ。ぼくの気持ちがちょっとでも軽くなると思ったんでしょう。結局、連中はセシリーを見つけられないまま、もう一週間をすぎてしまったわけですけどね」

エイデンがお茶を運んでくる。わたしたちは向かいあってテーブルについたけれど、どちらもお茶には手を触れようとしなかった。どうにもタバコが吸いたかったものの、エイデンが喫煙者ではないことはわかっていた。この家はまったくタバコの臭いがしないし、エイデンの歯はあまりに白すぎる。昨日、アンドレアスがＦａｃｅＴｉｍｅで口にした言葉――〝そいつがやったんだ、まちがいない。こういう事件は、決まって夫が犯人なんだ〟――を、わたしはあらためて噛みしめた。そう、エイデン・マクニールという青年は、わたしがこれまで会ったこともないほどみごとな演技力の持ち主か、さもなければ張りつめていた糸がいまにもぷっつりと切れかけているか、そのどちらかにちがいない。目の前に背中を丸めて坐っている青年を、じっくりと眺める。力の抜けてゆるんだ箇所など、その身体のどこにも見あたらない。エイデンはいま、まさに身を裂かれるような思いを味わっているのだ。

「義理のご両親は、セシリーの読んだ本が、今回の失踪とかかわっているのかもしれないと考えているようですね」わたしは切り出した。「『愚行の代償』ですね。ええ。その話は聞きました」

エイデンはうなずいた。

「あなたも読んだんですか？」

「ええ」長い沈黙。「セシリーにあの本を渡したのはぼくなんです。これを読んでみて、と言って」ふいに、その声に怒りがにじむ。「もしもその推測が当たっているのなら、もしもあの本に書いてあった何かのせいでセシリーが姿を消したのなら、それはぼくのせいだ。あんないまいましい本のことなんて、何も聞かずにおけばよかった」

「誰から聞いたんですか?」

「宿泊したお客さまのひとりが、ふと話に出したんですよ。実のところ、それもぼくの仕事のひとつなんです。お客さまと話をして、いい気分になっていただくのがね。セシリーがこのホテル全体を切りまわし、財務はリサが担当してました。ぼくは単なる広報担当で」エイデンは立ちあがり、話しながら壁ぎわの棚へ歩いていった。「八年前、アラン・コンウェイがホテルに宿泊したときも、ぼくは顔を合わせてるんです。でも、まさか、ぼくたちのことを本に書こうとしてたなんて。それどころか、そんなつもりはないと、ぼくにはっきり言ってたんですよ……あの人でなしが。とにかく、うちに宿泊したお客さまが、その本のことを話しはじめたんです。《ヨルガオ館》というホテルが出てくる、ってね。ほら、うちにもヨルガオ棟があるじゃないですか。それで、さっそく本を買ってきたんですが、読んですぐにわかりましたよ、ぼくたちみんなが登場させられてるのが。ローレンスとポーリーン、デレク——夜間責任者のね——、そしてぼくも……」

こちらに戻ってきたエイデンの手には、真新しいペーパーバックがあった。アティカス・ピユントのシルエットにエンボス加工の題名をあしらった表紙。いちばん上には〝《サンデー・タイムズ》紙ベストセラー〟の文字が誇らしげに躍る。このシリーズのデザインを決めるのに、わたしはどれだけの時間を費やしたことだろう。装幀の制作にあたって、すっきりしすぎた雰囲気にするのは避けなくてはいけないと、念を入れて説明したのを憶えている。いくらこのシリーズの舞台にぴったりだからといって、昔なつかしいイーニッド・ブライトン描くパステル調の英国風景のようなものを引っぱり出してきてはいけないのだと。そんな昔ふうの本を出している出版社は山ほどあり——たとえば《ブリティッシュ・ライブラリー・クライム・クラシックス》のような——《ウォーターストーンズ》書店の入口でぎっしりと平積みにされている。でも、このシリーズはそうした本と一線を画さなくてはいけないと、わたしは考えていた。アランは独自の作風を持つ現代の作家であり、けっしてドロシー・L・セイヤーズやジョン・ディクスン・カーの単なる二番煎《せん》じではないのだから。アランが死ぬと、このシリーズの権利は《オリオン・ブックス》に買いあげられた。そのときに表紙も新たに作りかえられたものの、デザインが大きく変わることはなかったのだ。この装幀は、いまだおおよそわたしが作ったものといっていい。

「セシリーはこの本を読んだんですよね。これについて、何か言ってました？」

「詳しいことは何も。ただ、この本にはどこか奇妙なところがあって、これを読むと、あれはステファンじゃなかったのかもしれないと思うようになった、とだけ。つまり、例の殺人事件の犯人のことですけど。でも、結局のところ、セシリーが言ったのはそれだけだったんです。

いったいどういう意味なのか、ぼくがもっと訊き出しておけばよかったんだ。でも、ぼくとセシリーは、ホテルで起きた問題を山ほど抱えてました。ロクサーナはなかなか寝つかないし。リサだって、いつにも増して底意地が悪くて。そんなこんなで、ふたりとも手いっぱいだったから、その本について腰をおちつけてじっくり語りあう余裕がなかったんですよ」

わたしたちは坐ったまま、じっと目の前のお茶を見つめていた。こんなものは飲みたくないのだと気がついたのは、ふたりとも同時だっただろうか。エイデンは立ちあがり、冷蔵庫からワインのボトルを取り出した。グラスをふたつ出し、それに注ぐ。「ロクサーナのためにしっかりしないといけないと、ずっと自分に言いきかせてるんですがね。いったい何が起きたのか、あの子にはまだよくわかってないんですよ、ただ母さんがどこかに行ってしまったというだけで。いったい、どんなふうに説明したらいいんだか」そして、ワインをごくりと喉に流しこむ。

わたしはしばし時間を置き、アルコールがしみわたって、いくらかでもエイデンがおちつきをとりもどすのを待ってから口を開いた。「結婚したときのこと、いくつか訊いてもかまいません？　あなたとセシリーのことについて」

「もちろん、かまいませんよ。それが役に立つんなら」

「セシリーとは、どうやって出会ったんですか？」

「あいつがロンドンに出てきて、アパートメントの部屋を買おうとしていたときのことでした。ぼく自身はグラスゴーの出でね。あっちで母と暮らしてたんです」

「お母さまは、結婚式にも出席していましたよね」

「いま、こちらには来ていないんですか――その、手を貸しに?」

「ええ」

エイデンはかぶりを振った。「母はアルツハイマーを患《わずら》ってて。姉のジョディが面倒を見てます。どっちにしろ、いまふたりに来てほしいとは思いませんね。こっちにはエロイーズもいるし。母や姉に助けてもらえるようなことはないんです」

「ごめんなさい。さっきの話に戻りましょうか」

「ロンドンに出てきたのは……二〇〇一年ごろだったかな。不動産屋に就職してね。セシリーと会ったのは、その仕事のおかげなんですよ。ホクストンにある寝室ひとつのアパートメントを、ぼくが案内することになってね。あそこならサフォークにも帰りやすいんですが、その物件はとにかく値段が高すぎたのと、屋根にもちょっと問題があって。その日はたまたまぼくの誕生日だったんで、ぼくはもう、さっさと仕事を終わらせてパブに行きたかったんです――友だちが大勢そこに集まる予定になっててね――それで、ぼくはセシリーに言ったんですよ。こんな物件を買うのはやめて、その代わり、いっしょに来ないかって」そのときのことを思い出し、エイデンはふと口もとをほころばせた。「友だちはみんな、セシリーのことを気に入ってね。ぼくたちはお互いのために生まれてきたようなものだって、みんなに言われましたよ」

「婚約したのは、どれくらい経ってから?」

「その一年半後です。ポーリーンとローレンスには早すぎると言われたけど、ぼくたちはもう、だらだらとつきあっていたくはなかったから。だったら、こっちに来てホテルを手伝わないかと言われて、ぼくも承知したんですよ。ロンドンでやってた仕事と、いまここでやってる仕事は……実のところ、かなり近いんです。どっちも接客ですからね」

「じゃ、今度は結婚式の日のことを聞かせてください。起きたことを、何もかも」

ワインのおかげで、さっきよりはずいぶん話しやすい。エイデンはどうかわからないけれど、わたしのほうはたしかに気が楽になっていた。

「あの日のことは忘れられませんよ」エイデンは頭を振った。「セシリーはいつも一日の最初に、新聞で星占いを読むんです。それが、あの土曜の占いには〝いいことと悪いこと、ともにいくつも起きる。覚悟せよ〟とあってね。結婚式の日に、こんな最悪な予言もありませんよね。当然ながら、あいつはひどく動揺してましたよ。ご存じのとおり、結局はその占いがどんぴしゃりだったわけですが。こういうことは言うべきじゃないんでしょうけど、ローレンスとポーリーンがあの日ホテルを休業しなかったのは大まちがいでしたよね。休業してさえいれば、何もかもうまくいってたんです。そもそもフランク・パリスはうちに泊まりにこなかったわけだから、事件そのものが起きずにすんだだろうし」

「パリス氏とはいつ顔を合わせたんですか？」

「木曜の午後、氏が到着したときです。スタンダード・ルームの予約だったんで、うちではヨルガオ棟の部屋をとっておいたんですよ。そこも申しぶんない部屋だったんですが、パリス氏のお気に召さなくて。もっと歴史のある部屋をご希望でね。それで、どうにか部屋を差し替えて、氏を十二号室に泊めたんですよ。そこが、事件の現場となった部屋です」

「どんな人でした？」

エイデンは考えこんだ。「年齢は五十歳、灰色の巻き毛を短く刈りこんでいてね。到着したときには時差ボケだとかで、どうにも機嫌が悪かったですね。でも、翌日はだいぶ愛想がよくなってましたよ」

「じゃ、パリス氏と話したのは二度？」

「まず、到着したときにはぼくが受けつけましたからね。金曜の昼どきには、ぼくはセシリーといっしょにいて、ホテルの外でばったり顔を合わせたんです。あっちは、ちょうどタクシーから降りてきたところでした。新しい部屋が気に入ったと言ってましたね。ぼくたちがこれから結婚するところだと知ると、えらく喜んでくれて。なんというか、一見していかにもゲイみたいな人でしたよ。そういうことをひけらかしたい人間だってことは、誰が見ても明らかでした。この人はあと何時間かで死ぬと聞かされても、ぼくはとうてい信じなかっただろうな。とにかく、生を満喫してるような感じだったから」

「ウェスルトンで何をしてきたとか、そういうことは話していなかった？」

エイデンはしばし記憶をたどっていた。「いや。聞いたおぼえはありませんね。ウェスルトンなんて地名も、話には出ませんでした。ただ、その夜はスネイプ・モルティングズのコンサート・ホールへオペラを聴きにいくと言ってましたよ。モーツァルトの何とかだって。そのためにここに来たのかどうかは知りませんがね。でも、スネイプでのコンサートのために、はるばる遠くから足を運ぶ人は多いんですよ。うちにも、そんなお客さまがたくさん来ます」

「その後、どこかでパリス氏を見かけたことは?」

「見かけたかもしれません。でも、どちらにしろ、こっちは気づかなかったですね。わかってもらえると思いますが、スーザン、あの日のぼくに、とうていそんな余裕はなかったんです」

「金曜の夜にはパーティがあったんでしたね」

「夜といっても、わりと早いうちでしたけど。ええ――あれはローレンスとポーリーンの思いつきでした。従業員みんなに参加してほしいから、って。いい人たちですよね。このホテル全体が、ふたりにとっては家族なんですよ」何か聞こえたかのように、エイデンはふと窓の外に目をやった。しかし、まだロクサーナが帰ってきた様子はない。「パーティは八時半ごろ始まって、だいたい一時間半くらいでした」

「ステファンも参加していた?」

「ええ。みんな出てましたよ。ライオネルも、デレクも、ステファンも、リサも……いや、ちがうな。デレクはいなかった。でも、ほかは全員がそろってました」

「ステファンとは話したんですか?」

エイデンは眉間《みけん》にしわを寄せた。「たぶん。でも、本当に憶えてなくて。どっちにしろ、そんなに時間は割《さ》いてないと思います。ステファンはもう辞めるところだったから」

「辞めるところ?」

「誰も話してないんですか? ステファンは首になってたんですよ。リサがあの男を嫌ってて。小銭とか――そんなちょっとしたものを盗んでるって思いこんでたんです。まあ、誰かを首にするのに、リサにはそんな理由は必要なかったんですけどね。嫌いだってだけで、辞めさせることができるんだから。それは、みんなが知ってました。本当のことを言うなら、ぼくのことだって、けっして好きじゃないんです。たぶん、それはぼくが妹の結婚相手だからでしょうね。自分の持ってないものをセシリーが手に入れるなんて、リサは絶対に我慢できないんですよ」

ステファンを首にしたことを、どうしてリサは話してくれなかったのだろうと、わたしは首をひねった。昨日の夕食のとき、リサはなんと言っていただろう？〝そもそもの最初に、さっさと辞めさせておけばよかったのに〟――ひょっとしたら、これは後で辞めさせたことを含めての言葉かもしれない。でも、どうもそのことを口にするのを避けたような印象があり、わたしにはいかにも奇妙に思えた。そもそも、もうこれで職を失うとわかっていたのなら、それはステファンが客から金を盗もうとする大きな動機となる。だとしたら、リサは当然そのことをわたしに知らせておきたいと思うだろうに。

「その後、フランク・パリスと会いました？」

「いや。ぼくは八時三十分まで、セシリーといっしょにいたんですよ。それからパーティに出席して。それが終わると、ぼくたちはもう寝てしまったので」

ふいに、あることが頭に浮かんだ。「その夜は、セシリーとは別々の部屋で寝なくてはいけないのでは？　だって、結婚式の前夜でしょう？」

「そんなこと、ぼくたちがこだわるはずはないでしょう？　たしかに、ぼくたちの結婚式は、いろんな点で伝統に則《のっと》ったものでした。セシリーがそうしたがったんですよ。でも、前夜の男だけのパーティ、女だけのパーティみたいなものはやらなかった。当然、別の部屋で寝るなんてこともしませんでした」

　さっきエイデンが口にした言葉が、ふと記憶によみがえる。「〝いいこと悪いこと、ともにいくつも起きる〟という占いが大当たりだったと、さっき話していましたよね。具体的にはどんなことがあったんですか？」

「そりゃ、あの殺人はとてつもなく悪いことですよね、わざわざ訊くまでもなく……」

「ほかにも何かあったんでしょう？」

「そんなこと、本当に知りたいんですか？　たいしたことじゃないのに」

「どんなことだって意味はありますよ。何が関係しているか、いまの段階ではまったくわからないんだから」

　エイデンはため息をついた。「まあね、実際ごく些細なことばかりだったんですよ。結婚式にはありがちな出来事ばかりで。まず、大テントの到着が遅れたんです。金曜の昼食後にようやく着いたんで、設営には午後いっぱいかかりました。それから、花嫁の付き添いのひとりが体調を崩して、欠席になってしまって。これは不吉な兆《きざ》しだと、セシリーは受けとめていたようです。さらに、バラ園で式を挙げるときに身につけるはずの万年筆がどこにも見あたらなくて、あいつはひどく動揺していましたよ」

「万年筆？」

「もともとは、あいつの父親の持ちものなんです。ローレンスは骨董《こっとう》の万年筆を蒐集してて。

あの日、ローレンスは失くした万年筆のことをずっとこぼしてましたよ。スネイプの業者から買ったばかりだったそうで――真新しい未使用品だったんです。で、青い万年筆だった」

「何のこと?」わたしには、さっぱりわけがわからなかった。

「つまり、古いものであり、新しいものでもあり、借りものであり、青いものだった、ってことですよ」

「なるほどね」花嫁の縁起もの《サムシング・フォー》か。気づかなかった自分が、わたしは恥ずかしかった。

「とにかく、結局その万年筆は見つからなくてね。あれもステファンが盗んだのかもしれないと、後になって、みんなが言いはじめましたが。ほかにも、まだまだいろんなことがあったんですよ。ワインのグラスがひと箱まるまる割れてしまったり。ケーキが注文とちがってたり。いったい、なんだってぼくは、こんなことをあなたに話してるんだか。こんなこと、どんな結婚式でもよくあるごたごたでしょうに」

「でも、この結婚式では人が殺されているでしょう」

「まあね」エイデンは真顔になった。「あれは、ぼくにとって生涯最良の日になるはずだったんです。式を挙げたのは正午、バラ園でのことでした。宗教的な式じゃなかったんですよ、ぼくたちはどっちも神を信じてはいないので。一時十五分前には、飲みものが配られました。やがて、ようやく午餐《ごさん》の席についたと思ったら、ホテルのメイドのひとりが――ナターシャ・メルクという娘でした――飛び出してきて、誰かが死んでると叫んで。それでもう、すべてが終わりですよ。ぼくの結婚式は、そこで終わったんです」エイデンはグラスを空《から》にすると、もうこれ以上は飲まないという意志を明らかにするかのように、それをかたわらに押しやった。

「あなたには想像もつかないくらい、ぼくはセシリーを愛してました。いまだって愛してる。頭がよくて、美しくて、思慮ぶかくて、こんなぼくを受け入れてくれる女性です。すばらしい娘にも恵まれて。それなのに、こんなことになってしまって、いまやぼくの人生そのものが、ろくでもない悪夢に変わりはてた、ってわけです」

ちょうどそのとき、ホテルの私道から車がコテージの庭に入ってきた。銀色のフォルクスワーゲン・ゴルフ・エステートだ。運転席には、あの乳母が坐っている。ロクサーナは後ろの席で、チャイルドシートに納まっていた。車が停まる。乳母が降り、ゴールデン・レトリーバーのベアも飛び出してきた。言うまでもなく、あれが殺人事件の夜に吠えたという犬だ。当時はまだまだ子犬だったにちがいない。いまはもう年齢を重ね、ゆったりと身体を揺らして歩くさまは、まさに熊《ベア》のようだ。

「この続きは、また今度でもかまいませんか?」エイデンが尋ねた。

「もちろん」

「滞在はいつまで?」

鋭い質問だ。実のところ、わたしにもまったく見当がつかない。「あと一週間くらいかしら」

「ありがとう。力を貸してくださって、本当にありがとうございます」

ここまでのところ、わたしは何もしていないのだけれど。

キッチンにエイデン・マクニールを残し、ひとりで玄関に向かう。扉を開けると、ロクサーナがわたしの脇をすり抜けて中へ駆けこんでいった。父親に早く会いたくて、わたしのことなど目に入らない様子だ。はっとするほど可愛らしい子で、小麦色の肌に焦げ茶色の瞳をしている。エイデンは娘を抱きあげた。

「やあ、おちびちゃんのご機嫌は？」

「父さん！」

「どこに行ってきたのかな？」

「公園よ。母さんは帰ってきた？」

「まだだよ、おちびちゃん。みんなで探してるからね……」

外へ出たとたん、わたしはエロイーズと顔を突きあわせるはめになった。毛布とピクニック用の大きなかごを、腕に抱えている乳母。どちらがどちらに避けたらいいかわからないまま、わたしたちはしばしその場に立ちつくしていた。

エロイーズはひどく怒っているようだ。ある意味では、今朝のジョアン・ウィリアムズとの対決の焼き直しといってもいい——しかし、大きく異なる部分もある。エロイーズが発散している感情はあまりに強く、あまりにあからさまで、わたしは大きな衝撃を受けていた。そもそも、こんなに憎まれる理由などどこにもありはしない。わたしとこの乳母は、これまで顔を合わせたこともないのだから。エロイーズについては、浅黒い肌の華奢《きゃしゃ》な女性だとわたしは前に描写した。目近に顔を合わせてみると、どこか亡霊めいて執念ぶかい、ギリシャ悲劇にでも登場しそうな人物に見える。こうして夏の日射しを浴びていてさえ、身につけているのは濃淡さまざまな灰色だけ。漆黒《しっこく》の髪の片側に銀髪がひと房だけ流れている姿は、子どもの世話をしているからといって、けっしてメアリー・ポピンズではなく、むしろ『101匹わんちゃん』のクルエラ・ド・ヴィルを思わせる。

「あなたは誰なの？」エロイーズは尋ねた。

「ご家族の友人よ。力を貸してほしいと頼まれて」

「あなたの力なんて、貸してもらう必要はないのに。放っておいてくれないかしら」アート映画でよく耳にするようなフランス訛《なま》りだ。その目は、わたしの視線をとらえて放そうとしない。

わたしはその横をすり抜け、ホテルへ向かって歩きはじめた。もうかなり離れただろうというところで、最後にひと目あの家を見ようとふりかえる。エロイーズはまだ玄関の上り口に立ちつくしたまま、じっとこちらをにらみつけていた。二度と戻ってくるなと、わたしに警告するかのように。

連絡

送信者　クレイグ・アンドリューズ〈CAndrews13@aol.com〉
日時　2016/06/20 14:03
宛先　スーザン・ライランド〈S.Ryeland@polydorus.co.gr〉

件名　RE:ステファン・コドレスクについて

やあ、スーザン

きみからメールをもらって驚いたよ。メールアドレスも変わったんだね。ギリシャのアドレスかな？　何があったか聞いて、心から気の毒に思っている。いや、そもそも、本当は何があったんだ？　誰に訊いても、みんなちがう話をしてくるんでね。たしかなのはただ、きみにもう会えなくなって寂しいということだけだ。きみとはいつもプリングルズをつまみ、発泡ワイン《プロセッコ》を飲みながら、えんえんと打ち合わせをしたね。いまとなっては楽しい思い出だよ！

ところで、ぼくの新刊が《サンデー・タイムズ》紙のベストテンに入っていたのは見てくれた？　まあ、たったの一週間だったんだが、それだけでも表紙に箔《はく》がつけられるからね。題名は『雌伏《しふく》の時』（うん――そうなんだ。このシリーズの題名には、いまだに必ず〝時〟を入れているよ。おなじみのあいつ、クリストファー・ショーも登場するしね。《ホッダー》社はぼくに、好きなようにやらせてくれているんだ）。

お尋ねのステファン・コドレスクは、ノーフォークのウェイランド刑務所に収監されている。その男に会いたいなら、本人から許可を得るか、あるいは弁護士に連絡をとる方法もある。インターネットでこの男を検索してみたよ。この殺人事件に興味があるのかな？　いったい何を調べているのか知りたいね。何かあったら、ぜひ声をかけてくれ。

くれぐれも気をつけて。

クレイグ

追伸。もしもロンドンにいて、泊まる場所が必要なら知らせてくれ。ぼくはいまひとり暮らしで、家の広さにも余裕があるから。X《キス》

＊

セットフォード　ＩＰ25　６ＲＬ
グリストン
トンプソン・ロード
ウェイランド刑務所
ステファン・コドレスクさま
二〇一六年六月二十日
親愛なるステファン

初めてご連絡します。わたしはスーザン・ライランド、もともとは出版社で編集をしていた人間です。先日《ブランロウ・ホール》の所有者、ローレンスとポーリーン・トレハーン夫妻から、わたしに連絡がありました。あなたは以前、このホテルで働いていたそうですね。新聞などですでにご存じかもしれませんが、夫妻はお嬢さんのセシリーが失踪したことに、ひどく心を痛めています。そして、わたしに力を貸してもらえないかと声をかけてきたのです。

夫妻がわたしを訪ねてきたのは、わたしがかつて担当したもっとも著名な作家、アラン・コンウェイが、《ブランロウ・ホール》のこと、八年前にそこで起きた事件のことを本にしているからです。アランはすでに亡くなり、本人に話を聞くことはできません。でも、ひょっとしたらその本の中には、セシリー・トレハーンにかかわる情報が隠れているかもしれないのです。また、あなた自身と、あなたに下された有罪判決にかかわることも。

どうか、できるだけ早くお会いできないでしょうか。調べてみたのですが、わたしがウェイランド刑務所を訪問するには、あなたのほうから面会者リストに載せてもらう必要があるのです。ぜひお力を貸してもらえませんか。わたしの携帯の番号は０７７１０－５１４４４、郵便なら《ブランロウ・ホール》気付でお送りください。

ご連絡をお待ちしています。

スーザン・ライランド

*

送信者　スーザン・ライランド〈S.Ryeland@polydorus.co.gr〉
日時　2016/06/20 14:18
宛先　ジェイムズ・テイラー〈JamesTaylor666l@gmail.com〉
件名　アラン・コンウェイのこと

親愛なるジェイムズ

もう長いこと会っていないけれど、どうかメールアドレスが変わっていませんように。どう、元気？　最後に会ったのは、フラムリンガムの《クラウン・ホテル》でさんざん酔っぱらったときだったわね。あのときは、また演劇学校に行こうかなと言っていたけれど、そのとおりになった？　あなたの名前、もう劇場の公演情報に出ていたりする？

わたしがどうしていまごろ連絡してきたのか、きっと不思議に思っているでしょうね。話せば長くなるけれど、わたし、なぜかまたアラン・コンウェイとかかわるはめになっちゃって。

アランの書いた『愚行の代償』という本があるでしょう――あなたたちがいっしょに暮らし

はじめる前の作品で、言うまでもなく、あなたがピュントの助手として登場する前の話！　あれは、サフォークの実在のホテル《ブランロウ・ホール》で起きた、実際の事件を下敷きにしているらしくて。このホテルの名前、聞いたことがある？　ステファン・コドレスクという男が殺人罪で逮捕されたんだけれど、もしかしたら、この男は真犯人じゃないかもしれないの。

アランはたくさん創作ノートを残していたでしょう。『カササギ殺人事件』の情報を探していたとき、あなたといっしょにアランの書斎で見つけたのを憶えてる。アランのノートはすべて、アビー荘園《グレインジ》ごとあなたが相続したのよね。ひょっとしたら、もうすべて処分しちゃったかもしれないけれど、もしも何か残っていたら、それが役に立つかもしれないと思って。

よかったら、このメールに返信するか、あるいはわたしの携帯07710-514444に電話してくれない？　あなたにまた会えるだけでも嬉しいしね。いまは、きっとロンドンにいるんでしょう。わたしはいまサフォークだけれど、連絡をくれたらいつでも行くから。

愛をこめて
スーザン（ライランド）

＊

Fri 6/20　14:30
こんにちは、ライオネル。このメッセージは《ブランロウ・ホール》から送っています。番号はまだ変わっていないでしょうか？　まだ英国にいますか？
セシリー・トレハーンについてお話をうかがいたいのです。非常に重要な用件です。よろしく。
スーザン・ライランド

＊

送信者　スーザン・ライランド〈S.Ryeland@polydorus.co.gr〉
日時　2016/06/20 14:38
宛先　ケイト・リース〈Kate@GordonLeith.com〉
件名　アラン・コンウェイのこと

ケイティ

英国に戻ってきました――ほんのしばらくだけれど――そして、いまはサフォークにいるの！　前もって電話もメールもできなくてごめんなさい。本当に、急に決まったことだったから。残念ながら、またアラン・コンウェイがらみでね。あの男、なかなかわたしを解放してくれないの。

元気だった？　ゴードンも、ジャックとデイジーも？　もう、ずいぶん長いこと会っていないでしょ。あなたはちっともクレタ島に来てくれないし！

今夜か明日（土曜）、夕食をいっしょにどう？　わたしがそちらに行ってもいいし、あなたが来てくれてもかまわない。わたしは《ブランロウ・ホール》に泊まっているの（無料で）。電話かメールをちょうだい。

愛をこめて
スーザン　XX

*

Fri 6/20　14:32

こんにちは、スーザン。ええ、セシリーのことは新聞で読みました。怖ろしいですね。できることなら何でも協力しますよ。いまはロンドンにいるんです。勤務先は《ヴァージン・アクティヴ》のバービカン・ジム。いつでもかまわないので電話かメールをください。アドレスはLCorby@virginactive.co.uk。

それでは。

ライオネル

*

送信者　スーザン・ライランド〈S.Ryeland@polydorus.co.gr〉
日時　2016/06/20 14:45
宛先　ローレンス・トレハーン〈lawrence.treherne@Branlow.com〉
件名　セシリーのこと

親愛なるローレンス

お変わりありませんか。ポーリーンのお加減はいかがでしょうか。

今朝エイデンに会って、じっくり話を聞いてきました。いただいた電話番号から、ライオネル・コービーを探しあてることもできました。いまはロンドンにいるそうで、明日にでも話を聞きにいってくるつもりです。電話もできますが、この件については顔を見て話したほうがいいと思うので。

わたしがここを離れる間、ひとつお願いをしてもかまいませんか？　六月十四日の木曜、十五日の金曜、十六日の土曜、つまり結婚式のあった週末について、あなたの視点から、何があったのかをすべて書いてみていただきたいのです。フランク・パリスと話したかどうか。殺人のあった夜、何か見たり、聞いたりはしていないか。負担の大きなお願いであることはわかっています。でも、いろいろな人たちから話を聞くにつれ、情報は錯綜していくばかりで、おおまかな全体像のようなものを示してもらえると、本当に助かるのです。

もうひとつ、これは心苦しいお願いなのですが、約束した報酬の一部、あるいは全部を送っていただけないでしょうか。わたしの連れあいであるアンドレアスはひとりクレタ島に残っており、わたしの代わりとなる人手を雇わなくてはならなくなるかもしれません。ネットで送金していただけるのなら、後ほど振込先をお知らせします。

感謝をこめて

スーザン

追伸——フランク・パリスを十二号室に入れることになり、部屋を交換した校長先生の名を教えてくださるというお話でしたね。記録は見つかりましたか？

＊

送信者　ケイト・リース〈Kate@GordonLeith.com〉
日時　2016/06/20 15:03
宛先　スーザン・ライランド〈S.Ryeland@polydorus.co.gr〉
件名　RE: アラン・コンウェイのこと

スー！

こっちに戻てきていて、しかも知らせてくれなかったなんて信じられない。わかった。今夜、こっちに来て――七時くらいかな、まあ、何時でも。《ブランロウ・ホール》なんかで、いったい何をしているの？　無料と聞いて安心したけれど――あそこ、とんでもなく高いんだから。

残念ながら、ゴドーンは留守なの。いつものことだけれど、仕事がなかなか終わらなくて。デイジーは旅行中。ジャックは、もしかしたら挨拶くらいはしてくれるかな。

何か別の予定が入ったら知らせて。そうでなかれば、七時ころに待ってる。

ああ、もう、待ちきれない。

ケイティ　XXXX

＊

送信者　スーザン・ライランド〈S.Ryeland@polydorus.co.gr〉
日時　2016/06/20 15:20
宛先　アンドレアス・パタキス〈Andakis@polydorus.co.gr〉
件名　あなたに会いたい

愛するアンドレアス

あなたにメールするなんて変な感じ。考えてみると、わたしたち、お互いにメールしたことなんてなかったものね……少なくとも、この二年間は（あなたがアテネで行方不明になって、もう少しでインターポールに通報しかけたあのときをのぞいて）。でも、ちょうどいま、いろんなところにメールを送りまくっているところだから、あなたにも書いてしまおうと思ったわけ。

まず最初に、あなたに会いたくてたまりません。本気よ。朝、目をさまして最初に気がつくのは、あなたがベッドにいないこと。笑っちゃうほど大量の枕は重ねてあるけれど、そんなものが代わりになるはずもないしね。こちらに戻ってきてまだ二日ほどだけれど、もうずいぶん経ってしまったような気がします。ロンドンでは《クローヴァーリーフ・ブックス》（ちなみに、いまだ足場が組まれたまま）の前も車で通ってみたけれど、自分はここにいるべきじゃないというような、奇妙な感覚に襲われたの。自分がいまどこにいるのか、それさえもわからなくなりつつあるのでした。

セシリー・トレハーンについては、まだたいして進展はないの。今日は夫のエイデン・マクニールに会ってみたけれど、思っていたより感じのいい人だった。あの人が妻の失踪にかかわっていたなんてことになったら、わたしは本気で驚くでしょうね。嘆き悲しんでいる、とまでは言えないかもしれないけれど――ひどく憔悴《しょうすい》しているのはたしかよ。エイデンには七歳の娘がいて、『オーメン』に登場しそうな乳母が付いているの。あと、犬も。この犬は、フランク・パリスが殺された夜、すぐ近くのかごに丸くなっていて、まちがいなく何かを目撃しているはずなのよ。犬に話が聞けたらいいのに！

わたしの見るかぎりでは、警察はもうセシリーを見つけるのを諦めているみたい。捜索を担当しているのはロック警視正でね。この人、アラン・コンウェイが殺された事件も担当していたんだけれど、そのときもまったく役に立たなかったの。いまのところ、まだ警視正と話す機会はなくて。でも、むしろこれで幸運なんだと思う――あなたもたぶん憶えていると思うけれど――あの警視正とは、まったく気が合わないから。

八年前の事件をふりかえってみると、まるでアラン・コンウェイの小説みたいにこんがらがっているうえ、ミステリなら決まって作者が提示してくれるヒントや手がかりも、まったく存在しない状態というわけ。もしも本当にステファン・コドレスクが犯人じゃなかったのなら、またしても事件の最終章が見あたらない、ってことよね！　ステファンがどこの刑務所にいるのかはつきとめて、手紙を書いてみたけれど、会ってもらえるかどうか。

でも、あなたに長々と殺人事件のことを書くつもりはないの。

急なことだったけれど、こうして英国に戻ってくることに決めて、ほんの一週間ほどのことだとわかってはいても、わたしたちのこと、ホテルのこと、クレタ島のこと、あらためていろいろ考えるいい機会になったと思う。アンドレアス、あなたを本当に愛しているし、あなたといっしょにいたいけれど、それでもわたしたち、いまはあまりうまくいっていない気がするの……以前、うまくいっていたときのようには。

いまはお互い仕事のことしか話す余裕がないでしょう。ときどき、わたしたちがホテルを切りまわして《ランニング》いるのか、それともホテルがわたしたちを走りまわらせて《ランニング》いるのか、わからなくなることがあるのよ。わたしは自分の持ち場を守ろうと必死にやってきたけれど、わたしたちふたりともあまりに忙しすぎて、お互いのために割《さ》く時間がほとんどないものね。こんなときだから、わたしの正直な気持ちを言わないと。わたしはこれまでの人生、ずっと出版界で働いてきた。本にまつわるすべてが大好きだったの……原稿を読み、編集し、販売会議をやり、出版記念パーティを開く。あの日々がなつかしい。いまは、どうしても気持ちが満たされなくて。

ああ、こんなふうに書いてしまうと、どうにも嫌な感じよね。こんなこと、すべてわたしの中の問題にすぎないのに！　ううん、やっぱりちがう。これは、わたしたちふたりの問題だから。

やっぱり、わたしたちはじっくり時間をとって話しあうべきだと思うの。自分たちがいま何をしているのか、それはどうしてなのか、わたしたちはそれを本心からこのままふたりで続けていきたいのか。正直に言うと、わたしはあなたが《ホテル・ポリュドロス》で本当に幸せなのかも疑問なの。とりわけ、いまのように何もかもがうまくいっていないときはね。わたしたちがどこかでまちがいを犯してしまったのなら、勇気を持ってそれを認めないと。すべては相手のせいだとお互いを責めるようなことにだけはなりたくないけれど、いまのわたしたちは、まさにそんな終着点に向かっているような気がする。

まあ、この話はこれくらいにしておきます。今夜はケイティのところで夕食をご馳走になる約束だから、そろそろ出発しなくちゃ。何もかも、昔のように戻れたらいいのにと思ってしまう。『カササギ殺人事件』なんて、最初から存在しなければよかったのに。アラン・コンウェイなんか大嫌い。何もかも、あいつのせいなんだから。

心からの愛をこめて

スーザン

＊

送信者　スーザン・ライランド〈S.Ryeland@polydorus.co.gr〉
日時　2016/06/20 15:35
宛先　マイケル・ビーリー〈mbealeyt@orionbooks.com〉
件名　ロンドンにて／お問い合わせ

マイケル

ご無沙汰しています。数日だけロンドンに戻ってきたのですが、《オリオン・ブックス》か《アシェット》で、何か募集はありませんか？　二年ほど前、一度お誘いをいただいたことがありましたよね。《ザ・ウーズレー》でおいしい昼食をご馳走になって、わたしもかなり心が動いたのですが……ご存じのとおり、あんなことになってしまって！

あるいは、どこかで募集がかかっている話を耳にしてはいませんか？　編集主任でも、外部編集者でも？　何でもかまわないのですが。

何もかも順調におすごしですように。アティカス・ピュントのシリーズが、あなたのところで売れているのを見て、嬉しかったです——しかも、昔の装幀のままで!

スーザン X

《三本煙突の家《スリー・チムニーズ》》

わたしが庭にMGBを乗り入れると、ケイティははずむ足どりで迎えに飛び出してきた。きっと、わたしが来るのを耳をすまして待っていたのだろう。顔を合わせるのは二年ぶりだけれど、以前とまったく変わりない、くつろいだ嬉しそうな顔で迎えてくれている。わたしは車を降り、妹と抱きあった。

「あなた、すごく素敵じゃない。その日焼け、とってもきれいよ。ああもう、本当に、英国人っていうよりギリシャ人みたい」

わたしはお土産としてオリーブ・オイル、ハチミツ、丘の上のクリツァ村で栽培している乾燥ハーブ類を持ってきた。ケイティはそれを受けとると、先に立って家に案内する。実のところ、英国に戻ってきて初めて、わたしは心から歓迎されているのを感じていた。

言うまでもなく、ケイティはすでに完璧な夕食を用意し、完璧なキッチンに完璧に並べてあった。いったい、どうしてそんなことができるのだろう? わたしが妹にメールしたのは午後の二時半で、しかもきょうは近所の園芸店で働く日だったというのに、モロッコ風チキンの蒸し焼きにひよこ豆、アーモンドとクスクスを添え、冷やしたロゼ・ワインまで用意してあるのだ。考えてみると、わたしが住んでいたクラウチ・エンドのアパートメントには、こんな材料の半分もそろってはいなかった。クミン・パウダー？　コリアンダーの葉？　わたしの香辛料棚に並ぶほとんどの壜は、封を切らないままべとべとになり、埃《ほこり》をかぶっていたものだ。どんな野菜があるかと冷蔵庫を漁《あさ》ってみても、どれもみなしなびているか、傷がついているか、干からびているか――あるいは、そのすべてに当てはまっているかだろう。

ケイティがホテルを訪ねてきてくれたなら、わたしはテイクアウトを注文していたにちがいない。でも、食事はウッドブリッジのパブかレストランで済ませようと持ちかけても、ケイティは頑として聞かなかったのだ。

「だめよ。レストランじゃおちついて話ができないし、どっちにしろ、後からジャックも帰ってくるし。あの子、きっとあなたに会いたがるもの」

ジャックはケイティの二十一歳になる息子で、いまはブリストル大学の一年生だ。娘のデイジーは十九歳で、つい先日に高校を卒業し、大学に入学するまでの数ヵ月は、北フランスで難民の支援活動をしているのだという。

こんなにもお互いに住む世界がちがうのに、わたしたちがずっと仲のいい姉妹でいられたことは、考えてみると不思議なことかもしれない。でも、幼いころから、わたしたちはずっとこんなふうだったのだ。ケイティとわたしは、北ロンドンのごく普通の家庭に育った。通った学校も同じ。持っている服を交換したり、お互いの彼氏のことを冷やかしたり、という日々だ。でも、両親がわたしたちに当然のこととして見せてきた家庭の形、生きかたというものを、ケイティは何の不満もなく受け入れて、いつか自分もそんな家庭を持つことを夢見ていた。いっぽう、わたしはそうしたものにこっそり背を向け、地元の図書館に入りびたっては、まったく性質の異なる空想の世界に逃げこんでいたのだ。《ジャマイカ館》で悪党どもの一味に加わり、真実に近づきすぎた難破船の船乗りたちを殺したり。エドワード・ロチェスターと熱烈な恋に落ちたあげく、物語とはちがって、わたしがこの手で愛しい人を炎の中から救い出したり。火の柱から永遠の生命を得るために、失われた都コールを旅したり。それでも、わたしたちはトレハーン家の姉妹とは正反対の道をたどった。セシリーとリサはずっと臨戦態勢にあり、実際にナイフを投げつけさえしたではないか。ケイティとわたしは、何ひとつ重なるところはないものの、この年齢にいたるまで、お互いへの愛情だけは変わらず抱きつづけてきたのだ。

自分がもっとケイティのようだったらいいのにと、わたしは何度となく願ったことがある。ケイティの人生は、きちんとしていて心安らぐお手本のように思えたからだ――ふたりの子どもたちは、いまや二十代に足を踏み入れようとしているし、会計士である夫はロンドンで週に三泊する激務ぶりではあるものの、結婚から二十五年をすぎても、あいかわらず妻を大切にしている。そして、非常勤の仕事に、緊密な友だちの輪、地域での活動……何もかもがそろっているのだ。わたしはよく妹のことを、自分より賢く成熟した、わたしの進化版のように感じることがある。

とはいえ、わたしはこんな家に住みたいとは思わない。そもそも、屋号のついた家を買うことはないだろう。わたしの好みとしては、家につけられるのは番地の番号だけで充分なのだ。《三本煙突の家》は、ウッドブリッジの郊外に出てすぐのところに弧を描く、静かな道沿いに建てられている。その名のとおり、屋根には三本の煙突が立っているけれど、この家の暖炉はすべてガス式なので、実際にはただの飾りにすぎない。見まわすと、家の中はどこもかしこもぴかぴかに磨きあげられている。ガラスの引き戸、毛足の長い絨毯《じゅうたん》、趣味のいい美術品。こんなところに住んでいたら、わたしならちょっと逃げ場がなくて息苦しく感じてしまいそうだけれど、ケイティはまったく気にしていないようだ。母親であり、妻であり、主婦である自分。そんな、はっきりとした形に当てはめられるのが好きなのだろう。

といって、わたしの生きかたなどあまりに混乱をきわめていて、とうてい自慢できるようなものではない。子どものころからあんなに愛していた本たちは、あのころ想像したような場所へ、わたしを連れていってくれることはなかった。代わりに連れていかれたのは……本そのもののお膝元だ。わたしは《ハーパーコリンズ》で見習い編集者として仕事を始め、やがて企画編集者、編集長と階段を上っていき、最後にはとある出版社の文芸部門を束ねる責任者となったものの、その会社は文字どおり灰燼《かいじん》に帰してしまった。出版界というのは理想主義者の集まりで、みな自分の仕事をこよなく愛している。だからこそ、わたしたちの多くが薄給に甘んじているのだ。地価が常軌を逸して高騰しはじめる前に、クラウチ・エンドに寝室がふたつあるアパートメントを買えたのは、本当に幸運だったのだろう。とはいえ、結局はローンの完済までたどりつけないまま、売却することになってしまったのだけれど。いろんな男性ともつきあってきたものの、誰ともさほど長続きしなかったのは、わたし自身が本気ではなかったからだ。少なくとも、そこはアンドレアスが前例を破ってくれたことになる。

そして、わたしたちはいま、こうしてここにいる。お互いを隔てる境界線は、年を経るにつれてどんどん幅が広がっていくけれど、わたしたち姉妹は遠く離れながらも心は寄り添って、ずっとお互いを見つめあっているのだ。自分の価値観で相手を値踏みしてしまうこともあるけれど、そんなときに下す評価は、相手よりもむしろ自分自身の姿を浮き彫りにしているのかもしれない。

「ねえ、またしても殺人事件の捜査に首を突っこむなんて、まともな分別のある人間のすること?」

「今回はちゃんと気をつけるつもり」

「お願い、そうしてよ」

「とはいっても、これはもう時間の無駄なんじゃないかって、そろそろ思いはじめたところ」

ケイティは驚いたようだ。「また、どうして?」

「いろんな人にいろんな質問をぶつければぶつけるほど、フランク・パリスを殺したのはやっぱりステファン・コドレスクじゃないかって気がしてくるの。あの男に不利な証拠ばかりがそろっているんだもの。いまのところ、ほかに動機のありそうな人間はふたりしかいないんだけれど、そのふたりさえ、実際にどんな動機なのかははっきりしないってわけ」

「ふたりって、誰?」

「ええと……ウェスルトンに住む夫婦よ。名前はジョアンとマーティン。奥さんのほうが、フランクの妹なの」

ケイティははっとした顔をした。「ジョアンとマーティンって、ウィリアムズ夫妻のこと?」

「知りあいなの?」

「一度だけ会ったことがあってね。正直なところ、あまり好きにはなれなかったかな」ケイティがこんなことを言うなんて。いつだって、他人のいいところにばかり目をやる妹なのに。

「それはなぜ?」

「別に、個人的に何かあったわけじゃないのよ。ただ、わたしとは合わない人たちだな、と思っただけ」もっと詳しく話してほしいというわたしの視線を受けとめ、ケイティはしぶしぶ先を続けた。「あの奥さんは、とにかく気の強い人よね。その場の中心にいないと気がすまなくて……ほかの人には、口をはさむことさえ許さないの。ご主人は見るからに尻に敷かれててね。奥さんにいいように使われて。奥さんのほうは、そうするのが楽しくて仕方ないみたいだった」

わたしはぽかんとした。「夫妻に会ったのはいつごろのこと?」

「どうだったかな……もう、何年も前よ。あの殺人事件よりも前だったかも。どこかの夕食でいっしょになったの。とっくに忘れていてもおかしくないんだけれど、後になってわたしがそのときのことで冗談を言ったから、たまたま憶えていただけなのよ。だって、何が楽しくてあのふたりがいまだ夫婦のままでいるのか、不思議で仕方なかったんだもの!」

「それで、威張りちらしていたのはジョアンのほうだったのね？」

「それだけは確実よ」

「おかしな話。というのはね、今朝わたしがウィリアムズ夫妻に会いにいったときには、どう見てもふたりの関係は逆だったのよ」わたしはもう、あの夫婦の件は頭から追い出すことにした。「とにかく、犯人はどう考えてもステファンだと思う。だって……被害者の血がシーツに付着していて、シャワー室の床にも落ちていたんだから。そもそも、被害者の部屋に入っていくところも目撃されているしね！」

「でも、だったらセシリー・トレハーンはどうなったの？」

「あれはただの偶然だったとも考えられるでしょ。たまたま川に落ちてしまったとか。ひょっとしたら、ひと泳ぎしようとして溺れてしまったのかも。それに、セシリーのお姉さんの話によると、結婚生活もすべて順調というわけでもなかったみたいだし、ひょっとしたら別の男と逃げてしまった可能性もあるかもね」そう言いながらも、そんなことはありえないと、わたしにはわかっていた。セシリーが娘を残して姿を消すはずはない。

「もしも何も見つからなくても、先方は報酬を払ってくれるの？」

そうか、考えてもいなかったけれど、そんな心配もしなくてはいけなかったとは。わたしはタバコに手を伸ばした。「ちょっと外に出てもいい？　どうしても一服したくなっちゃって」

ケイティは横目でじろりとこちらを見た。「禁煙を考えるって言っていたじゃないの」

「考えたのは本当よ」

「それで、どうしたの?」

「禁煙しないことに決めたの」

妹はこちらに灰皿を差し出した。わたしがこれを使うことになると、最初からわかっていたのだろう。それからコーヒーのポット、ミルク、そしてマグカップをふたつトレイに載せ、さらに――ケイティらしくないけれど――ウイスキー用のタンブラーもふたつ用意した。「あなたも飲まない?」こちらに声をかけてくる。

「ほんのちょっとね。車で帰らなきゃいけないから」

庭に出ると、魚の泳ぐ池のほとりで、木のテーブルを囲んで腰をおろす。その夜は暖かく、空には半月がかかり、星がいくつか輝いていた。美しい庭には、ケイティが働いている園芸店から半額で引きとってきた植物がいっぱい並んでいる。跳びはねているカエルの像は、つい先日買ってきたそうだ。そのカエルの口から流れ出す水音のおかげで、あたりはいっそう静まりかえっているかのように感じられた。ふと、灌木《かんぼく》のひとつが枯れているのが目にとまる。芝生の中央に位置する円形の花壇に植えられた、すばらしく目立つ灌木だ。植物の名前はとうてい当てられそうにない――とにかく、丸くきっちりと刈りこんである木だ――けれど、全体がすっかり茶色に変わっている。どうしてか、わたしはその眺めに胸騒ぎがした。いつものケイティなら、最初の葉がしおれてきた時点で、すかさず何らかの手を打つだろうに。

わたしはタバコに火を点《つ》け、ゆったりと煙を吸いこみながら、水音に耳を傾けた。

「あなた、またクレタ島に戻るつもり?」ケイティが尋ねる。

わたしたち姉妹は、お互いに秘密を持たないことにしている。ホテルのことも、わたしの抱える問題も、懸念も、さっき食事をしながらすべてケイティに話したところだった。

「わからない」わたしは答えた。「わたしとアンドレアスの関係が、いまどんな状態なのかさえ、もうよくわからないの。英国を出る前には、あの人はわたしに結婚を申しこんだのに」

「それは前に話してくれたわね。あなたが断ったんでしょ」

「わたしは結婚すると言ったのよ。でも、その後でふたりとも気が変わっちゃって。結婚という形は、わたしたちに向いてないんじゃないかって思えてきたの。指輪は返品してもらっちゃった。あの人が買うには高すぎる品だったし、わたしたちにとっては、とにかくお金を節約しておかなくちゃいけない時期だったから」赤く輝くタバコの先端ごしに、わたしは妹をじっと見つめた。「ときどき思うのよ、わたしもあなたみたいだったらよかったのにって」

「そんなこと、本気じゃないくせに」ケイティは視線をそらした。

「ううん、本気。もう、こんな毎日にほとほと疲れちゃったな、って思うことがときどきあってね。これ以上、アンドレアスといっしょにいたいのかどうかもよくわからない。自分の気持ちがつかめないのよ」

「ねえ、聞いて、スーザン。こんな馬鹿げた殺人事件の捜査なんて、さっさと忘れちゃいなさい」ケイティはこちらに向きなおり、あらためてわたしの目をまっすぐに見つめた。「ギリシャに帰るの。英国はもう、あなたのいるべき場所じゃないのよ。アンドレアスのところに帰って」

「どうしてそんなことを？」

「どうしてって、アンドレアスみたいないい人、あなただって失いたくはないでしょ。正直に言わせてもらえば、あなたがあの人と出会ったときには、わたしも本当に嬉しかったのよ。そもそも、わたしがアンドレアスをあなたに紹介したんだから！」

「ちがうわよ。あれはメリッサが……」

「だって、わたしがジャックとデイジーをウッドブリッジ校に入れなかったら、あなたはアンドレアスに出会っていないでしょ。いい、よく聞いて。人生でアンドレアスみたいな人に出会えたら、あなたはその幸運に感謝すべきなの。でも、あなたって人は、いつだってこんなふうよね。つねに先のことを考えて、未来のための計画を立てて。いま自分が手にしているものを、ゆったりと楽しもうとはしないんだから」

わたしは当惑していた。妹は何か別のことを言いたいのに、それを言葉にできずにいるような気がしたのだ。「ケイティ、何かあったんじゃないの？」

妹はため息をついた。「自分の年齢について、考えてみたことはある？」

「むしろ、考えないようにしてるかな。ほら、わたしのほうが二歳上だしね」

「わかってる。でも、どうしようもないときはあるのよ」ケイティは努めて明るく笑い飛ばそうとしていた。「年をとるのって大嫌い。そういう年齢になってきたってことなんでしょうけど、周囲を見まわしてこの家や庭を眺め、自分自身をふりかえるたび、こう思ってしまうのよ……わたしって、こんなもの？」

「でも、これはみんな、あなたがずっと望んできたものばかりじゃないの、ちがう？」

「ええ。たぶん、そうなのかな。わたしも幸運だったたってことね」

しばし沈黙が広がる。どうしてか、あまり居心地のよくない沈黙が。

「ねえ、わたしの居場所をサジッド・カーンに教えた？」こんなとき、なぜこの質問が口から飛び出してきたのか、自分でもよくわからない。でも、ローレンスとポーリーン・トレハーン夫妻がクレタ島に訪ねてきたときから、心に引っかかっていたのはたしかだ。いったい、どうやってわたしがここにいることをつきとめたのだろう？　カーンから聞いたと夫妻は答えたけれど、わたしはあの弁護士に住所を教えてはいない。知っていたのはケイティだけだ。

「サジッド・カーン？　弁護士の？」ケイティはびっくりしているようだった。「うちの園芸店が不当な立《た》ち退《の》きを強《し》いられたときには、あの弁護士にお世話になったし、ときどき顔を合わせることはあるけれどね。でも、そんなことは何も話していないと思う。あなたをこの事件に引っぱりこんだのは、カーンだったの？」

「どうやら、そうみたい」

「どうか、わたしのせいだと思わないでちょうだい。ひょっとしたらゴードンが話してしまったのかも。あの人、何も秘密にしておけないたちなのよ」

　ふいにバイクが近づいてくる音がして、会話が途切れる。「ジャックよ」と、ケイティ。息子が帰ってきて、ほっとしているようだ。

　ほどなくして、ジャックが庭の門から姿を現した。革のジャケットを着こみ、ヘルメットを手に提げている。最後に会ってからもう二年が経ってはいるものの、わたしはその変貌ぶりにいささか驚いていた。つい眉をひそめたくなってしまうほど、長く伸ばした髪。ひげも剃っていないらしく、まったく似合わない無精ひげが生えている。近づいてきたジャックがわたしの両頬にキスをした瞬間、酒とタバコの臭いが混じった息が鼻をついた。その件については、わたしも口うるさいことを言えた義理ではないものの、それでも驚いたのはたしかだ。十代のころには、タバコになど手を出したことはなかった子なのに。その顔をじっと見つめると、かつての瞳の輝きは、いつのまにか消えている。こんなところでわたしに会うとは思わなかったのか、なんとも気まずそうな様子だ。

「やあ、スーザン」

「こんばんは、ジャック。どう、元気？」

「ああ。クレタ島はどう？」

「まあまあね」

「母さん、冷蔵庫に何か入ってる？」

「チキンがあるわよ。食べたかったら、パスタの残りも全部どうぞ」

「ありがと」ジャックはわたしに薄い笑みを向けた。「会えてよかったよ、スーザン」

そう言うと、足を引きずりながらキッチンへ向かう。その後ろ姿を見送るわたしの脳裏には、少年時代のジャックの姿が次々と浮かんでいた。『指輪物語』に夢中になった十歳のころ、買ったばかりのわたしのＭＧＢの後部座席で、叫んだり笑ったりしていた十二歳のころ、中等教《GC》

育修了試験《SE》をひかえて青息《あおいき》吐息《といき》だった十五歳のころ。これもまた成長の一過程なのか、それとも、わたしは何かを見すごしてしまったのだろうか？

　そんな内心の思いを、ケイティは読みとったらしい。「あの子もいろいろとたいへんだったのよ、ほら、大学に入って最初の一年だもの。家に帰ってきたら、何か食べて、洗濯ものを出して、寝るだけ。夏休みで二週間ものんびりすれば、またいつものジャックに戻るはずよ。いまはちょっと、親に目をかけてほしがってるだけ」

「バイクを買うのを許したなんて、びっくり」わたしが口を出す問題ではないのはよくわかっている。でも、ケイティならどんなに嫌がるか、すぐに想像がついたからだ。これまでずっと――ほとんど神経過敏なまでに――子どもたちがけがをしないよう、つねに目を光らせていたのに。

　どうしようもなかったというように、ケイティは両手を広げてみせた。「あの子はもう二十一歳よ。バイクを買いたくて、自分でお金も貯めてきたの。それなのに、母親が止めたりできると思う？」タンブラーをテーブルに置く。まるで、きょうはこれでお開きにしようとわたしに告げるかのように。「ごめんなさい、スーザン。そろそろ戻って、あの子の面倒を見てやらないと」

「気にしないで。わたしも、あしたはロンドンに行く予定だから。早い時間に出発なの。夕食、ご馳走さま」

「会えて本当に嬉しかった――でも、わたしの言ったこと、ちゃんと考えてみてね。正直に言わせてもらえば、あなたにセシリー・トレハーンを探し出せるとは、とうてい思えなくて。たぶん、誰にも無理かもね。それに、フランク・パリスが殺されたのも、もうずいぶん前のことでしょ。そんなことにかかわらないほうがいいと思うの」

わたしたちはキスをして、それぞれのすべきことへ戻っていった。

ホテルへ帰ろうと車を走らせていたとき、わたしはやっと、今夜はそもそもの初めから何かがおかしかったことに気がついた。ケイティがあまりにはりきりすぎていたこと。チキンの蒸し焼きも、ロゼのワインも、紙ナプキンも何もかも、まるでわたしの目をくらますために並べられたまやかしのように思えてしまう……言ってみれば、屋根に立つ三本の煙突のように。

あの枯れた灌木の姿が、ふと脳裏によみがえる――エニシダかエイジュか、それとも何か別の木か――手をほどこされることもなく、芝生の真ん中にただ残されていたあの枯れ木。さらに、きょうの午後ケイティが送ってよこしたメールには、少なくとも三ヵ所のまちがいがあったことも思い出した。〝残念ながら、ゴドーンは留守なの〟――まあ、誰だって打ちまちがえることはある。きっと、急いでいたのだろう。でも、やはりケイティらしくないと思わずにはいられなかった。いつだって、きっちりと几帳面な子だったのに。

きっと、わたしは探偵の真似ごとをやりすぎたのだろう。一見して礼儀正しく感じのいい人たちに話を聞いてまわりながら、このうちの誰かが冷血な殺人犯かもしれないと、ずっと疑いつづけているのだから。それでも、わたしは考えずにいられなかった。ケイティが何か隠しているのはまちがいない。わたしに言えない秘密があるのだ。

深夜の酒

ホテルに帰りついたころには、もうかなり遅い時間となっていた。そのまま部屋に戻って寝るつもりだったけれど、ホテルのロビーに足を踏み入れたとき、エイデン・マクニールがたったひとりでバーにいるのが目に入る。これは、見すごすにはあまりに惜しい機会ではないか。わたしはバーに向かって歩いていった。

「いっしょに飲んでもかまいません？」

返事を待たずに腰をおろしてしまったけれど、こちらを見たエイデンは嬉しそうな顔をした。

「つきあってもらえるなら、ありがたいですね」

そのバーはいかにも紳士クラブめいた雰囲気ではあったものの、とにかく客がいない。革張りのひじ掛け椅子、ぽつりぽつりと置かれたテーブル、敷物、そして羽目板張りの壁に囲まれて、わたしたちふたりだけがぽつんと坐っている。片隅には木製の大型振り子時計が置かれ、高らかに時を刻みながら、いまは十時二十分だと教えてくれていた。エイデンはカシミアのセーターにジーンズという恰好で、裸足にモカシンをはいている。手にしたタンブラーには無色透明の液体が揺れていたけれど、どう見ても水ではあるまい。かたわらにはペーパーバックが、開いたまま伏せてある。今朝わたしに見せてくれた『愚行の代償』だ。

「何を飲んでいるんですか？」

「ウオツカを」

カウンターの後ろには、ラースが立っていた。この青年とインガには、ホテルじゅうどこに行っても顔を合わせる。まるで、ジョン・ウィンダムの『呪われた村』から臨時雇いで連れてきたかのようだ。「わたしはウイスキーをダブルで、マクニール氏にはウオツカのお代わりをお願い」注文をして、それから本にちらりと目をやる。「読んでいるのね」

「読みなおしてるんですよ。もう、これで十回めくらいかな。もしも、この本からセシリーが何か見つけたのなら、ぼくにだって見つけられるかもしれないと思って」

「それで、見つかった？」

「何も。人が殺されるミステリなんて、ふだんは読まないし、アラン・コンウェイのことはいまだにとんでもないろくでなしだと思ってるけど、それでもたしかに、小説の書きかたは心得てるなと思いましたよ。小さな閉じた人間関係の中で、誰もが本当のことを話さないみたいな話、ぼくは好きでね。それに、ひねりが効いてて——結末なんか、とんでもない不意打ちでしたよ……少なくとも、最初に読んだときはね。ただ、どうしてもわからないのは、どうしてこんなにいけすかない、意地の悪い書きかたができるのかってことで」

「どういうこと？」

「たとえば、ここですよ」とあるページの角が、目印のために折りこんである。エイデンはそこを開き、中の一節を読みはじめた。「〝いろいろ欠点はあるにしても、アルジャーノンの話がうまいことはたしかだ。ウェスト・ケンジントンの小さな私立校を出ているし、その気になれば機知に富んだ魅力的なおしゃべりもできる。短く刈りこんだ金髪、二枚目俳優のような美貌のおかげか、アルジャーノンはいかにも魅力的な青年だった。とくに年輩の婦人客は、ひと目でこの青年を気に入り、過去のことなどうるさく聞き出そうとはしないのだ。ロンドンはサヴィル・ロウの高級紳士服店で初めてのスーツを買ったときのことは、いまでもよく憶えている。本来なら払えるはずもないほど高価ではあったが、これも車と同じく、自分はこういう人間だと、周囲に示してくれるのだ。これを着て、部屋に入っていくと、誰もがこちらを見る。口を開けば、誰もが耳を傾ける、というわけだ〟」

エイデンは本を脇に置いた。

「これはぼくなんだ。この、アルジャーノン・マーシュはね」

「そんなふうに感じるの?」

「こいつは不動産屋でね。ぼくもそうだった。見た目も似てる。名前の頭文字までいっしょなんだ。アラン・コンウェイがどうしてこんな馬鹿げた名前をつけたのか、さっぱりわからない」

鋭い指摘だ。この本を編集しているとき、わたしもアランに、このアルジャーノンという名を変更してほしいと説得したことがある。まるでノエル・カワードの戯曲から借りてきたみたいだから、と。〝たとえアガサ・クリスティだって、自分の作品にはアルジャーノンなんて人物を登場させませんでしたよ〟と、わたしは言ったものだ。もちろん、アランはそんな助言を一顧《いっこ》だにしなかったけれど。

「アランはひねくれたユーモアのセンスの持ち主だったから」と、わたし。「わたしも作品に登場させられたことがあると言ったら、少しは慰めになる?」

「本当に?」

「ええ。『解けぬ毒と美酒《ラム》』に出てくるサラ・ラムよ。ほら、羊の品種にライランドというのがあるでしょ、だから子羊なの。本当にどうしようもない女でね、結末近くで殺されちゃった」注文した飲みものが届く。エイデンは目の前のタンブラーの中身を飲みほし、新しいのを手にとった。「アランがここに泊まりにきたときには、それなりに長く顔を合わせていたの?」

「いや」エイデンはかぶりを振った。「会ったのは二回だけでね——一度は部屋に案内していろいろ説明したときで、その次のときもせいぜい五分くらいだったかな。正直なところ、あまり好きにはなれなかったな。フランク・パリスの友人を名乗って、だからこそ、何が起きたのか知りたいとかで、いろんな人間にあれこれ訊きまわってたけど、そもそもの最初から、あの男には何かほかに企《たくら》んでることがあるにちがいないと思ってましたよ。ぼくよりも、ローレンスやポーリーンと話してる時間のほうが長かったかな。あと、セシリーと。三人とも、うかうかとあんな男を信じてしまって、本当に間抜けな話ですよ。あの男は材料を集めて引きあげて、ぼくたちをネタにあんな本を書いたんだから」しばしの沈黙。「あの男のことを、あなたはどれくらい知ってたんです?」

「わたしはアランの担当編集者だったの——でも、けっして親しい間柄ではなかったけれど」

「作家って連中は、みんなあんなふうなんですか？　身の回りの目についたところから、好き勝手に材料を盗んで」

「作家はみな、ひとりひとりちがうものよ。それに、正確に言うなら、けっして盗むわけじゃないの。自分の中に取り入れるだけ。本当に奇妙な職業よね。自分が属している現実の世界と、自分が作りあげた虚構の世界との、ほの暗い境目に生きているような人たちなのよ。ある意味では、おそろしいほど自己中心的な人種ともいえるかな。自信、自省、はては自己嫌悪……とにかく、意識はすべて自分に向いているわけ。あれだけの長い時間、たったひとりで書きつづけているんだものね！　でも、同時に、心底から利他主義的な人たちでもある。望んでいるのはただひとつ、ほかの人たちを楽しませたいということだけなんだから。何かが欠落している人しか作家になれないんじゃないかって、わたしはよく思うの。人生から何かが失われているからこそ、そこを言葉で埋めようと必死になるんだ、って。真実は神さまにしかわからないことだけれど、わたしだってこんなに本を読むのが好きなのに、書く才能は備わっていないのよ。だからこそ、わたしは編集者になったんだと思う。作家と同じくらいの喜びも、新しい本を作りあげる興奮も感じられるうえ、この仕事のほうが楽しいの」

わたしは飲みものを口に含んだ。ラースはアイル・オブ・ジュラのシングル・モルトを選んでくれていた。ピートの香りが鼻腔《びこう》に広がる。

「ただね、それまでいっしょに仕事をしたどんな作家とも、アラン・コンウェイはちがっていたのよ」わたしは話を続けた。「アランは書くことが好きじゃなかった――少なくとも、自分に富と名声をもたらしてくれた作品についてはね。ミステリという分野を見くだしていたの。あなたやこのホテルを自分の小説に登場させたのも、それが理由のひとつでしょうね。あなたという材料をもてあそび、アルジャーノンという人格を作りあげるのを楽しんでいたんだと思う。こういう小説を書くこと自体、アランにとってはただのお遊びにすぎなかったのよ」

「それが理由のひとつなら、ほかの理由も聞かせてほしいな」

「そうね、これまでは誰にも話したことがなかったんだけれど。アランはもう、書くネタが枯渇してしまっていたの。単純な話よね。四冊めの『羅《ら》紗《しゃ》の幕が上がるとき』は、文芸講座の生徒の作品から筋書きを盗んだものだった。わたしは盗まれた生徒本人から話を聞いて、もともとの原稿も読ませてもらったから、これはたしかよ。アランがここを訪れたのは、もちろん好奇心もあったでしょうね――もともとフランク・パリスは知りあいだったんだし――でも、最大の理由は、次の作品のアイデアを探していたんじゃないかと思うの」

「それなのに、どうしてか本当の犯人に気づいてしまったと。少なくとも、セシリーはそう考えてたんだ。結局、そういうことだったのかな？」

　わたしは頭を振った。「わたしにはわからないの、エイデン。アランは何かを見つけ出したのかもしれない。でも、自分が書いていることの意味を理解せずに、真実をそのまま書いてしまった可能性もある。そして、セシリーがその箇所を読んでいて、たったひとつの言葉、あるいは何気ない描写が、埋もれていた記憶を掘りおこしたり、あるいは自分だけが知っていた別の事実と結びついたりしたのかも。わたしが言いたいのはね、フランク・パリスを殺したのがステファン・コドレスクではなかったと、もしもアランが探りあてたとしたなら、どうしてそれを誰かに話さなかったのか、ってこと。本の売り上げに悪影響が出るわけじゃないし。むしろ、かえって評判になったかもしれないのに。それを黙っておかなくてはいけない理由なんて、いったい何があるっていうの？」

「でも、だとしたら、いったいセシリーは何を読みとったんだろう？　そして、あいつに何が起きてしまったのかな？」

その問いに、わたしは何も答えられなかった。

カウンターの向こうでは、ラースがグラスを拭いていた。それを置くと、わたしたちに声をかける。「あと五分でラスト・オーダーです、ミスター・マクニール」

「もういいよ、ラース。ぼくたちはこれで終わりにするつもりだ。片づけを始めてくれてかまわない」

「まだ、セシリーのことを訊いていなかったわね」これは、わたしが切り出すのをもっともためらっていた話題だけれど、いまのところエイデンはくつろいで話をしてくれていることを思えば、いまが最良の機会なのだろう。「最後の日、いったい何があったのか……」

「水曜日だ」エイデンはたったひとこと、タンブラーの中を見つめながら低い声でつぶやいた。

その場の空気が、一瞬にして変わる。苦痛をもたらす領域に足を踏みこんでしまったことを、わたしは悟っていた。

「このことについては、話したくない？」

エイデンはためらった。「ぼくはもう、同じ話を何度も何度も、警察を相手にくりかえしてるんだ。それが何の役に立つんだか、さっぱりわからないままにね。そもそも、あなたには関係のないことじゃないですか」

「そのとおりよ。わたしが首を突っこむような話じゃないのは、自分でもよくわかっているつもり。それでも、わたしもセシリーのことを心配しているの。もしも、何か些細《ささい》なことでも憶えていたら、たとえまったく関係ないように思えることでも、ひょっとして……」

「わかりましたよ」エイデンはカウンターの向こうに目をやった。「ラース――最後にもう一杯もらうことにするよ」それから、こちらをちらりと見る。「あなたは？」

「ありがとう、わたしはもういいわ」

自分を奮いたたせるようにして、エイデンは口を開いた。「いったい何を話せばいいのか、ぼくにはわからないんだ。あれは、本当にいつもと変わらない一日だった。それが何より腹が立つんだ。いつもと同じ水曜日で、だからこそ、ぼくのこのいまいましい人生がいきなり地獄と化すなんて、こっちは夢にも思わなかったんだから。あの午後は、エロイーズがロキシーを家庭医に連れていったんだ。たいしたことじゃなかったんだけど――ちょっと、お腹をこわしてね」

「エロイーズのことを話して」

「どんなことが聞きたいんです？」

「あなたのところに来たのはいつごろ？」

「そもそもの最初からいましたよ。ロキシーが生まれてすぐにね」

「ロクサーナって、可愛らしい名前ね」

「ああ。セシリーが選んだんです」

「じゃ、エロイーズがサフォークに来たのは、フランク・パリスが殺された翌年？」

「そうなるかな。ロクサーナは二〇〇九年一月に生まれてね。それから二ヵ月くらい後にエロイーズが来たんですよ」

「殺人事件が起きたときには、もう英国にいたの？」

「まさか、あの人が事件に関係してるなんて思ってませんよね？　悪いけど、そいつはさすがに馬鹿げてるな。エロイーズ・ラドマニはマルセイユの出身でね。フランク・パリスのことなんて、知ってるはずがないんだから。それに、うちに来るまでには、ひどく悲しい経緯《いきさつ》があって。もともとは結婚してたんですよ。ロンドンで出会った男性とね——そのときは、どちらも学生だったとか。でも、旦那は亡くなってしまったんです」

「どうして？」

「エイズで。胃潰瘍があって、輸血しなきゃいけなくて。それで感染しちまうなんて、本当に不運ですよね。結局フランスで旦那を亡くして、エロイーズは英国に戻る決心をしたんです。で、乳母《nanny》の斡旋所《あっせんじょ》に登録して」

「どこの斡旋所？」

「《ナイツブリッジ・ナニーズ《Knightsbridge Knannies》》ってところですよ」頭文字をKでそろえるという、ちょっとしたひねりのある名称を、エイデンは綴《つづ》りごと教えてくれた。

でも、わたしはそんなことで笑う気にはなれなかった。あの家を出ようとしたとき、エロイーズがこちらに向けた視線――どこまでも根深い怒りをたたえた目――が、どうしても頭から離れなかったのだ。「じゃ、セシリーが姿を消した日、エロイーズはロクサーナをお医者さんに連れていったのね」

「昼食の後でね。ええ。ぼくは午前中に犬の散歩に出かけて……同じコースですけど。午後の散歩はセシリーの番でね。昼間は、あいつはいつもホテルを出たり入ったりしてるんですよ。ぼくたち、ふたりともね。ここと家は、さほど離れていないから」

「この本のこと、セシリーはあなたに何か話さなかったの？」

「何も」

「南仏に滞在していたご両親のところに、セシリーがこの本を送ったのは知っていた？」

エイデンはかぶりを振った。「そのことは警察にも訊かれてね。娘からこんな電話があったと、ポーリーンがすべて話したんです。そりゃ話しますよ。だって、まさか偶然のわけがないんだ。火曜日にあんな電話を両親にかけて、このくだらない本の話を聞かせて、まさにその翌日――」エイデンはその先の言葉を呑みこみ、氷とタンブラーが触れあう音を響かせながら、ウオツカをいくらか喉に流しこんだ。「ちなみにロック警視正のほうは、あの電話とセシリーの失踪は無関係だと考えてますけどね。もしも誰かに襲われたんだとしたら、それはまったく見知らぬ人間のしわざにちがいない、とね」

「あなたはどう思う？」

「さあ、なんとも。で、さっきの質問の答えですけどね――いや、本を送ったことについては、セシリーは何も言ってなかった。ひょっとしたら、ぼくに話しても信じてもらえないと思ったのかもしれない。あるいは、ぼくがこれまでステファン・コドレスクのために何もしてこなかったから、こんな話をしても興味を持たないだろうと思ったのかな」エイデンは手を伸ばし、伏せてあった本を閉じた。「あいつに信用してもらえなかったと思うと、なんともつらくて。だからこそ、自分の責任かもしれないって気分になるんです」

「最後にセシリーを見たのはいつ？」

「どうしてそんなことをいちいち訊きたがるのか、ぼくにはさっぱりわからないな。いったい何を知りたがってるんだ！」エイデンは自分を抑えた。「すみません。本当にもう、いまにもどうにかなってしまいそうで」手にしたタンブラーをちょうど飲みほしたところへ、ラースが最後の一杯を持ってくる。エイデンはそれをありがたく受けとると、中身をいま空《から》にしたタンブラーに移した。「最後にセシリーを見たのは、午後の三時ごろだったかな。ゴルフに乗って出ていくところをね。ぼくはそれから三十分後に、レンジローバーで出かけました。フラムリンガムに用があって。うちの弁護士のサジッド・カーンって男と会う約束があったんですよ」

サジッド・カーンの名がこうしてところどころに顔を出すのは、なんとも奇妙な話ではないか。もともとは、アラン・コンウェイの弁護士だった人物だ。そして、トレハーン夫妻にわたしの居場所を教えたという。マーティンとジョアンのウィリアムズ夫妻からも依頼を受けているらしい。さらに、妹のケイティも、以前お世話になったとか。そのうえ今度はセシリーが失踪した当日、エイデンが会う約束をしていた相手だったとは。

「ぼくが署名しなきゃならない書類がいくつかあって」エイデンは続けた。「どれもたいしたものじゃなかったけど。それから、いくつかお使いもあったんです。チャリティ・ショップに服を届けてくれって、セシリーに頼まれてて。あいつはEACH《イーチ》を熱心に支援してるんでね」

「それぞれ《イーチ》？」

「東アングリア子ども緩和ケア施設《イースト・アングリアズ・チルドレンズ・ホスピス》。ウッドブリッジには窓口がなくてね。あと、張り替えを頼んであった椅子の受けとりもありました。それから、スーパーマーケットにも寄って。帰ってきたのは五時ごろだったかな。五時半くらいだったかも。セシリーがまだ戻ってなくて、びっくりしましたよ。インガがロキシーに食事を作ってくれてました。あの娘はときどき手伝いにくるんですよ」

「エロイーズは？」

「あの夜はお休みでね」エイデンはタンブラーを口に運び、すべて飲みほした。わたしも同じようにする。「七時になってもセシリーが戻らないんで、ひょっとしてホテルにいるんじゃないかと見にきたんです。あそこの執務室で仕事を始めると、あいつはよく時間を忘れてしまうから。でも、そこにもいなかった。誰に訊いても、見てないって言うんです。それでも、ぼくはまだ心配してなかったんだ。だって、ここはサフォークですからね。物騒なことなんて、ここではめったに起きないんだ」

フランク・パリスも、そしてアラン・コンウェイも、このサフォークで殺されたのにと思ったけれど、あえてそれは口に出さないことにする。

「あいつの友だち二、三人に電話もしてみました。リサにもかけてみたけど、つかまらなくて。そのころには、ひょっとしてベアに何かあったんじゃないかと思いはじめて。あの犬もだんだん年をとってきて、ときどき腰が痛むらしいんです。とはいえ、八時になってもセシリーから何の連絡もなかったんで、ぼくはついに警察に通報したんですよ」

エイデンは黙りこんだ。長い沈黙の始まりだった。

わたしは時系列を整理しようとしていた。エイデンは三時半ごろホテルを出たという。戻ってきたのは五時すぎか、もしかすると五時半ごろ。ウッドブリッジからサジッド・カーンの事務所のあるフラムリンガムは、およそ二十分くらいだろうか。弁護士との面談、そして二、三の用件をこなしたと考えれば、けっして不自然な時間ではない。

「サジッド・カーンと会ったのは何時ごろ？」わたしは尋ねた。

奇妙な目つきで、エイデンがこちらを見る。わたしはついに、この青年の忍耐の限度を超えて踏みこみすぎてしまったようだ。「いったい、どうしてそんなことを知りたいんです？」

「わたしは、ただ――」

わたしの弁解など、エイデンは聞くつもりもないらしい。「ぼくがあいつを殺したと、あなたは思ってるんでしょう？」

「とんでもない」否定はしたものの、われながら説得力がない口調になってしまう。

「いや、そう思ってるね、まちがいない。何時にホテルを出ましたか？　最後にセシリーを見たのは？　そんな質問、自分が初めて訊いたつもりかもしれないけど、こっちは警察に何度となく同じことを訊かれてるんだ。誰もがみんな、ぼくがあいつを殺したと思ってる。ぼくを幸せにしてくれた、たったひとりの女性なのに。これから先、ぼくは死ぬまでみんなにそう思われたままなんだ。娘もやがて大きくなって、もしかしたら父さんが母さんを殺したのかも、って思いはじめる。それでも、ぼくは永遠に自分の無実を証明できないんだ……」

ふらふらと、エイデンは立ちあがる。その頬が涙で濡れているのを見て、わたしは衝撃を受けた。

「よくもまあ、図々しくそんなことを訊けたもんだ」しゃがれた声で、エイデンは続けた。「あんたには、何の権利もありゃしないのに。警察に訊かれるのはかまわない。それが連中の仕事だからな。だけど、あんたはいったい何さまのつもりなんだ？　そもそも、こんな面倒をここに持ちこんだ張本人のくせに。あんたがこの本を世に出した——ここで起きたことを、ある種の娯楽に仕立てあげて。そして、今度は自分がシャーロック・ホームズか、あのろくでもないアティカス・ピュントにでもなったつもりで、訊く権利もない質問をぼくに浴びせる。この本から何か見つけ出せるっていうんなら、さっさと見つけ出してくれよ。金をもらった以上、仕事はちゃんとやれってことさ。だけど、この先はもう、ぼくにはいっさいかまわないでくれ！」

そして、エイデンは去っていった。その後ろ姿を、わたしはただ見送るしかなかった。後ろでは、ラースがけたたましい音をたてながら、バーの金属製のシャッターを閉めている。気がつくと、わたしはひとり取り残されていた。

フラムリンガム

エイデンには本当に申しわけないことをしてしまったと思ったし、自分が踏みこみすぎてしまったことに心を痛めもした。でも、だからといって、せっかく聞き出した話の真偽は翌日さっそく確認しておかないと、すべてが無駄になってしまう。

ふたたびフラムリンガムを訪れるのは、なんとも奇妙な気分だった。アラン・コンウェイが自分の住処《すみか》と決めた、市《いち》の立つ町。おかげで、アランが亡くなってしばらく、わたしはそれなりに長い時間をここですごすはめになったのだ。《クラウン・ホテル》の向かいの大きな広場に車を駐める。ここのホテルにわたしは泊まり、アランの恋人だったジェイムズ・テイラーと楽しく食事をしたあげく、ふたりでさんざん酔っぱらったものだ。そういえば、ジェイムズからはまだ何の連絡もない。こちらから送ったメールは届いたのだろうかと、わたしは思いをめぐらせた。ちょっと歩きたかったので、まずは本通りをたどり、アランの眠る墓地の前を通りすぎる。アランの墓にお参りすることも考えた——二本のイチイの木の間の墓は、通りからも目にとまる——けれど、やはりやめておこう。生前のアランとわたしは何かとぶつかることが多く、つねに緊張をはらんだ関係だったのだ。いま墓前に立って無言の会話などしようものなら、またしても喧嘩が始まりかねない。

　いつにも増して、フラムリンガムは静まりかえっているように思えた。美しい城を擁《よう》し、周囲を豊かな自然に囲まれた町ではあっても、週のなかばにはこんな奇妙な寂寥《せきりょう》に包まれてしまうとは。立ちならぶ店も、一見して開いているのかどうかもわからないけれど、有《あ》り体《てい》に言うなら、別にそれでかまわないのだろう。毎週末、中央広場にはこの地域の市が立つ。でも、それ以外の日には、ここはただの駐車場と変わらないのだ。あの日、エイデンが寄ったというスーパーマーケットも、まさにその広場のすぐ前にあるものの、まるで自らの醜さを自覚し恥じているかのように、ひっそりと物陰に身を隠している。

　チャリティ・ショップ《EACH》は中心街の外れ、不動産屋の並びに建っていた。かつては小さな田舎家だったであろう建物を、壁を共有する四軒のテラスハウスに区切ったうちのひとつに納まる、ごくごく小さな店だ。とはいえ、正面には現代ふうの大きな窓を四枚並べ、ほかの三軒とはまったく異なるたたずまいとなっている。チャリティ・ショップというものは、わたしにとってひどく気の滅入る場所だった。やたらたくさん存在するわりに、結局はどれもみな、事業失敗の文字が浮かぶような姿に落ちぶれて、その町の本通りそのものの衰微さえ感じさせる。でも、ここの店にはステイヴィアという名の陽気なボランティアがいて、本やおもちゃも山ほどそろっているうえ、びっくりするほど高級な服が三本のハンガー・ラックにどっさり掛かっていた。店には他に話し相手もいなかったせいか、ステイヴィアは大喜びでわたしの質問に答えてくれた。いったん話しはじめると、もう止まらないくらいの勢いで。

「エイデン・マクニール？　ええ、そりゃ憶えてますとも。あのときはちょうどあたしが店にいて、後になって警察にも事情を説明したんですから。ねえ、ちょっと、怖ろしいじゃありませんか！　あんなこと、サフォークじゃめったに起きるもんじゃないのに。まあ、もうずっと前にアール・ソハムで嫌な事件があったのはたしかだし、あと、作家が殺された事件もありましたけどね。そう、マクニール氏は水曜の午後、ここに来ましたよ。道の向こうに車を駐めてたのも見ました――ほら、あそこに。

　あのときはドレスを四着か五着、あとセーターとシャツもいくつか持ってきていただいたんです。けっこう年季の入ったのもあったけど、中にバーバリーのドレスが入ってて、ほら、あれは何年経ってもくたびれないでしょ。ラベルもちゃんと付いたままでねえ。店に出すと、すぐさま百ポンドで売れたんですよ。あんなとてつもない値段が付くことなんて、うちじゃめったにないんです。警察は誰が買ったか知りたがってたけど、そればっかりはあたしも力になれなくてねえ。なにしろ、買った人は現金で支払ったもんで、記録が残ってないんですよ。警察はマクニール氏の持ってきたほかの服をみんな持ってっちゃって――まだ売れてなかったぶんですけど――それっきりなんですよ。ずいぶんひどい話だとは思うけど、こんなことが起きた後だから、さすがに文句も言えなくてねえ。そうそう――男ものの服もいくつか交じってましたよ。ジャケットが一着、ネクタイが何本か、古いシャツが一枚、すごく素敵なベストが一枚」

「マクニール氏とは何か話しました？」

「ええ。いろいろとおしゃべりしましたよ。本当に気さくな、感じのいいかたでねえ。これから椅子を受けとりにいくとか言ってました。バネを替えたんだかなんだか、とにかく修理に出してたそうでね。あと、奥さんが《ＥＡＣＨ》の熱心な支援者で、病気の子を持つ家庭を支援するキャンペーンにも、かなりの寄付をしたと話してましたよ。あの人が奥さんの失踪にからんでるなんて、あたしにはとうてい思えませんね。だって、もし本当にあの人のしわざなら、こんなところでのんびり、あたしとおしゃべりなんかしてるはずがないでしょ？」

「マクニール氏が来たのは何時だったか、憶えていますか？」

「四時でしたよ。どうして憶えてるかっていうと、あと三十分でお店を閉めるってときに、ちょうど入ってきたもんでね。それにしても、どうしてこんなことをいちいち知りたがるんです？　あなたは記者さんか何か？　あたし、こんなことをしゃべっちゃって、面倒に巻きこまれたりしたら困るんですけどねえ……」

そんな心配はいらないとどうにかステイヴィアを納得させた後、多少の罪悪感もあって、わたしはサボテンを植えたメキシコの鉢を五ポンドで買ったものの、よく見るとサボテンは作りものだった。後で車に戻る途中、さっさと別のチャリティ・ショップに寄付してしまったけれど。

店を出ると、来た道を歩いて戻り、今度は《ウェスリー＆カーン法律事務所》が入っている芥子色《からしいろ》の建物へ向かう。ここを訪ねるのは二年ぶりだ。わたしは奇妙な既視感をおぼえながら、かつては個人の家だったであろう建物に入っていった。実のところ、カウンターの後ろにいたのはあのときと同じ退屈げな女性で、そればかりか、ひょっとしたら読んでいた雑誌もあのときとまるっきり同じだったかもしれない。まるで、ここでは時間がまったく止まってしまっているかのようだ。鉢植えの植物がなかば枯れかけているのも、あのときと変わらない。記憶にあるとおり、いかにも暇そうな雰囲気だ。

今回はあらかじめ電話で約束をとりつけてあったので、すぐに二階へどうぞと告げられて、わたしはきしむ階段を踏みしめながら上っていった。この《ウェスリー&カーン法律事務所》には謎がふたつある。ウェスリー氏とは、いったいどういう人物なのだろう？　そもそも、はたして実在するのだろうか。そして、誇りたかいインド人であるカーン氏が、どうしてフラムリンガムのような土地におちつくことになったのだろう？　たしかに、サフォークはけっして人種差別主義者の多い土地柄ではない。でも、圧倒的に白人ばかりが目につく場所なのに。

サジッド・カーンは、まさにわたしの記憶に残っているとおりだった——黒い肌、熱意あふれる物腰、額の真ん中でくっついてしまいそうな左右の眉。あのときと同じ巨大な机——骨董《こっとう》品《ひん》を模したもの——の向こうから勢いよく立ちあがり、こちらへ駆けよってくると、わたしの差し出した手を両手で握りしめる。

「ようこそ、ミズ・ライランド、またお目にかかれてこんなに嬉しいことはありませんよ！　たしか、《ブランロウ・ホール》にお泊まりでしたな！　こうしてあなたに、ふたたびサフォークでの不正を糺《ただ》すため立ちあがっていただけるとは、なんとも喜ばしい」わたしに椅子を勧める。「お茶はいかがですかな？」

「ありがとう、けっこうです」

「まあ、そうおっしゃらず」カーンは電話機のボタンを押した。「ティナ、お茶をふたりぶん持ってきてもらえるかな?」そして、こちらに満面の笑みを向ける。「クレタ島の暮らしはいかがです?」

「そうね、楽しんでます」

「わたしはまだ行ったことがないんですよ。うちはたいてい、夏はポルトガルですごしますのでね。だが、あなたがホテルを経営しているというなら、これは一度ぜひ訪ねてみないと」

カーンは机の向こうに腰をおろした。あのデジタル式の写真立てはいまだそこにあり、いまも変わらず次々と画像が入れ替わっていく。この二年間で、少しは新しい画像を追加したのだろうか。見ていると、まるで同じ画像ばかりだとしか思えない。カーンの妻、子どもたち、妻と子どもたち、カーンと妻……けっして止まることのない、記憶のメリーゴーラウンド。

「例のアラン・コンウェイの事件は、まったくとんでもないことになりましたな」いくらか真面目な口調になる。「実際は何があったのか、わたしはよく知らないんですがね、あなたは危うく殺されかけたと聞きましたよ」片方の眉を吊りあげると、もう片方もそちらに引っぱられる。「いまはもう、お身体はなんともないんですか?」

「ええ、すっかり」

「アランの連れあいだった青年とは、しばらく連絡をとっていなくてね。ほら、ジェイムズ・テイラーですよ。結局、あの青年がアランの財産をごっそり相続することになったのは、あなたもよくご存じでしょうが。最後に聞いたところによると、ロンドンに移って、凄まじい勢いで遺産を使いまくっているらしい」カーンはにっこりした。「それで、今回はどんなご用ですかな？　電話では、セシリー・マクニールの件だとおっしゃっていましたね」

セシリーがこう呼ばれるのを、わたしは初めて聞いた。誰もがみな、いまだにセシリー・トレハーンと呼んでいるではないか。まるで、結婚などしていないかのように。

「ええ、そうなんです。ご両親が、クレタ島までわたしを訪ねてきて。奇妙なことに、この事件にもアラン・コンウェイがからんでいるようなんですよ。《ブランロウ・ホール》で起きた事件をいくらか参考にして、アランが書いた作品があるのをご存じですか？」

「ええ。あの本なら読んでいます。しかし、自分の鈍さを白状するようですが、読んだときにはまったく気づきませんでね。まさか《ブランロウ・ホール》のことを書いていたなんて、夢にも思いませんでしたよ。言うまでもなく、あの作品の舞台はサフォークじゃありませんでしたし、結婚式とか、そんな話も出てきませんでしたし。あれは、たしかデヴォン州のどこかが舞台ということになっていましたよね」

「トーリー・オン・ザ・ウォーターでした」

「そうそう。誰ひとり、本名では登場していませんでしたな」

「実在の人物を使うとき、アランはいつも名前を変えていましたね。たぶん、訴えられることを怖れていたんだと思います」そろそろ本題に入らなくては。きょうはこのまま車でロンドンへ向かうことになっている。できるだけ早く、ここを出発したかった。「トレハーン夫妻は、セシリーがあの本を読んで何かに気づいたと考えているんです。失踪にも、そのことがかかわっているかもしれない、と。そんなわけで、いくつか質問してもかまいませんか？」

カーンは両手を広げてみせた。「どうぞ、いくらでも。前回は、残念ながらあまりお役に立てませんでしたからね。今回は、少しは挽回できるといいのですが」

「ありがとう。では、まずはエイデンについてですが、セシリーが失踪した日、こちらに来ていたそうですね」

「ええ、そうでした」

「何時だったか憶えていますか？」

カーンの顔に、驚いたような表情が浮かぶ。まるで、わたしが何か訊いてはいけないことを訊いてしまったかのように。「五時でした。ごく短い面談でね。新しい納入業者との契約があって」言葉を切る。「エイデンが妻の失踪にかかわっているなどと、まさか考えてはおられないでしょうね」

「けっして、そんなふうに決めつけているわけじゃないんです。ただ、失踪する前日、セシリーはご両親に電話しているんですよ。八年前のフランク・パリス殺害事件について、何か新たな証拠を見つけたと確信してね。でも、そのことを夫に話そうとはしなかった――」

「どうか、そのへんにしておいていただきたいですな、ミズ・ライランド。まず何より、マクニール氏はうちの事務所の顧客なんですから。そもそも、氏がフランク・パリスを殺す理由など、何ひとつありはしないんですよ。あなたはまるで、そう考えておられるような口ぶりですがね」

ドアが開き、お茶の入ったマグカップをふたつと砂糖入れを載せたトレイを、受付にいた若い女性が運んできた。白いマグカップの側面には、この弁護士事務所のロゴ・マーク、W&Kという文字が印刷されている。

「ウェスリー氏はどうなさっているんですか？」カップのひとつをカーンから受けとりながら、わたしは尋ねた。

「引退しましてね」カーンは女性に向かってにっこりした。「ありがとう、ティナ」

女性が部屋を出ていくのを待って、さらに注意して言葉を選びながら、わたしは元の話題に戻った。「八年前の殺人事件のとき、あなたはもうフラムリンガムにいたんですか？」

「ええ、おりましたよ。実をいうと、パリス氏とも話していました。短時間ではありましたが、氏が亡くなる前日にね」

「本当に？」これは驚きだ。

「そうなんです。個人的な用件で、パリス氏に連絡してほしいと依頼を受けましてね。相続に関するご相談でした。詳しいことをお話しする必要はないかと思いますが」

「マーティンとジョアン・ウィリアムズ夫妻からの依頼ですよね」わたしは言ってみた。実のところ、ただの当てずっぽうだけれど。ウィリアムズ家のキッチンにカーンの名刺が貼ってあったのを見て、きっとあの夫婦はカーンに何か依頼しているにちがいないと思ったのだ。「わたし、《荒地の家》にもお話を聞きにいったんです。その件について、詳しく聞かせてもらえました」

「夫妻はお元気でしたか？」

「ええ、それはもう。ひょっとして、ご自分の噂をされているような気がしませんでした？　夫妻はあなたに本当にお世話になったと、心から感謝していましたよ」ここはもう、真っ赤な嘘だ。マーティンとジョアンは、わたしには何も話してくれなかった。でも、ここでカーンをたっぷりおだて、いい気分になってもらえば、何か情報が引き出せるかもしれないと思ったのだ。

作戦は当たった。「まあね、結局のところ、わたしはたいしてお役に立てなかったんですが」そう言いながらも、カーンはいかにも満足げな表情を隠そうとはしなかった。「あの家のことも聞きましたか？」

「ええ」

「遺言状には、これ以上ないほど明快に記してあったんですよ。《荒地の家》は子ふたり——フランク・パリスと妹のジョアン——に五〇対五〇で分配するものとする、とね。母親の死後、たしかにパリス氏はウィリアムズ夫妻があの家に住むことを許し、家賃もとっていなかったんですが、だからといってそれが口頭であれ何であれ、合意が成立したとはいえないのではないかと、わたしは心配していたんですよ。いかなる時点においても、パリス氏は自分の権利を放棄してはいなかったわけですから」

わたしはどうにか平静を装ってはいたけれど、いまカーンが口にしたのは、すべての前提を揺るがしかねない情報だった。〝義兄は新たな代理店を設立しようと考えて、われわれに投資をしてほしいと持ちかけてきたんですよ〟――マーティンはそう話していたのを思い出す。肝心なところをぼかし、ぎりぎり嘘とさえ言ってもいい説明だ。フランク・パリスは破産し、あの家の自分の分け前をもらいに帰ってきた。それが、サフォークを訪れた理由だったのだ。ひょっとしたら、殺されたのもそれが理由だったのかもしれない。

「ウィリアムズ夫妻は、本当にあの家を愛しているようですね」と、わたし。

「いや、まったく。ジョアンはあそこで育ちましたしね。なんとも素敵な家ですよ」

デジタル式の写真立てに、カーン夫人の画像が現れた。水着姿で、プラスティックのシャベルを手にしている。

「それで、フランク・パリスと話すことになったんですね」わたしは先を促した。

「ええ、パリス氏の携帯に電話したんですよ。金曜日、氏がちょうど妹さんの家を訪れた後のことでした。パリス氏はあの家を、フラムリンガムの不動産屋《クラークス》を通して売りに出そうと考えていたんです。正直なところ、氏はずいぶん苛立《いらだ》っていましたが、オーストラリアでの事業がどうなったかは、わたしも知っていましたからね。それで、こうした処置を受け入れ、言うならば引っ越し先を探すだけの時間を、少しでもウィリアムズ夫妻に与えてはもらえないかとお願いしたんですよ。これは、多少なりとも聞き入れてもらえました。《クラークス》には連絡するつもりだが、売却にはある程度の時間をかけてもかまわない、と」

「ウィリアムズ夫妻はきっと、さぞかし動揺したことでしょうね」

「そりゃもう、ジョアンはたいそうおかんむりでしたよ」カーンはスプーンに砂糖を山盛りにすくいあげ、お茶に落とした。

そのときのジョアンの様子は、わたしにもまざまざと目に浮かぶようだった。〝とっとと姿を消して、二度とわたしたちにかまわないでちょうだい〟——別れぎわのあの台詞《せりふ》は、はっきりと耳に残っている。「そういうことなら、フランク・パリスが撲殺されても、夫妻はさほど悲しまなかったんじゃありませんか」聞きたいことは、すべて聞き出した。いまさら言葉を飾っても仕方ないだろう。

こんな場合にふさわしい、いかにも衝撃を受けたという表情が、カーンの顔に浮かぶ。「まさか、そんな。なんといっても血を分けた兄妹ですし、親密なつきあいもあったんですからね。ウィリアムズ夫妻は十年間にわたり、あの家に無償で住みつづけてきたんです。パリス氏に恨みごとなど、とうてい言えた立場ではないんですよ」

出してもらったお茶にはまだ口をつけていなかったけれど、わたしはもう、ひと口だって飲む気は失せていた。もしもあの殺人事件のあった夜、マーティンかジョアンがこっそり《ブランロウ・ホール》に忍びこんでいたとしたら、どうやってそれを証明したらいいのだろう。ひょっとしたら、フランク・パリスはホテルの部屋番号も、夫妻に教えてしまっていたかもしれない。いや、夫妻のどちらにしろ、いったん殺そうと決めたなら、どんな方法を使ってでもどうにか部屋番号をつきとめていたことだろう。ジョアンかマーティン、あるいはふたりがいっしょにホテルに忍びこみ、片手にハンマーを握りしめながら廊下を進んでいて、うっかりベアの尻尾を踏んでしまうところを、わたしは脳裏に思いうかべようとした。どうしてか、その光景にあまり現実味は感じられない。それでも、ここまではっきりとした動機を持った人間が、あの夫妻のほかに存在するだろうか。

「ありがとうございました、ミスター・カーン」話を切りあげ、わたしは椅子から立ちあがった。

カーンも立ちあがり、わたしと握手を交わしながら尋ねた。「妹さんはお元気ですか？」

「ケイティには、昨日ちょうど会ったところなんです。元気にしていました、おかげさまで」

「例の件はウィルコックスがうまくやってくれているといいのですが」そう言いかけて、カーンはわたしが驚いた顔をしたのに気づいた。「いや、どうやら、あのことは妹さんと話しあっておられないようですな」

「話しあうというと、何を？」わたしは尋ねた。

深刻な問題など何も起きていないというふうに、カーンはにっこりしたものの、自分がうっかり口を滑らせてしまったことは自覚したようだ。これ以上は被害が広がらないよう、そろそろと後ずさりで撤退を始める。「いや、まあ、わたしはちょっとした助言をしただけですよ」

「妹はあなたに何か依頼しているんですか？」

カーンの顔には依然として笑みが浮かんではいるものの、そこにはじわじわとためらいの色が混じりつつあった。「それは妹さん本人にお尋ねになってください、ミズ・ライランド。理由はおわかりいただけることと思いますが」

もしもケイティが何も依頼していないのなら、カーンはそのままそう告げただろう。たしかに何かがおかしいと、わたしも昨夜ケイティと会ったときから気づいてはいたのだ。ジャックが何か面倒なことに巻きこまれているのだろうか？　それとも、何かの理由でお金に困っている？　わたしに話せないことというのは、いったい何なのだろう？　歩いて車に戻りながら思いをめぐらすうち、マーティンとジョアンのウィリアムズ夫妻も、フランク・パリスも、《ブランロウ・ホール》も、セシリー・トレハーンさえも、わたしにとってはみるみる重要度が薄れていった。

ほかならぬ妹が、何か困ったことに巻きこまれている。それが何なのか、どうしてもつきとめなくては。

マートルシャム・ヒース

そして、わたしはロンドンへ向かった。

さらに何通ものメールが来ていたけれど……アンドレアスからはまったく音沙汰がない。でも、わたしは驚いてはいなかった。あの人はもともと、けっしてメールの返事が早いほうではないし、個人的なこと、自分の気持ちにかかわることとなると、奇妙なほど口が重くなるのだから。いまは、いろいろな問題についてゆっくり考える時間がほしいのだろう。

とはいえ、ジェイムズ・テイラーはわたしが英国に戻ってきたことを喜んでくれたようだ。返事には、また会えるなんて本当に嬉しい、『愚行の代償』にかかわる資料は見つかったものすべてを持っていくと書いてあった。《ル・カプリス》での夕食に誘ってくれているけれど、あんな高級店に行くとなると、ジェイムズが先に勘定書に手を伸ばしてくれるよう、わたしは祈るしかなさそうだ。ライオネル・コービーとは、いま働いているというジムで会う約束をとりつける。マイケル・ビーリーはグリーク・ストリートの《ソーホー・ハウス》で〝ちょっと一杯〟どうかと誘ってくれた。

メールのやりとりを終えた後、わたしはクレイグ・アンドリューズに電話をかけておいた。ロンドンには数日滞在する可能性があるけれど、あの《プレミア・イン》のおもてなしをもう一度、というのもあまりそそられない。最初にクレイグがくれたメールには、よかったらうちに泊まってくれという申し出があった。そういえば前に一度、ラドブローク・グローヴにあるヴィクトリア様式の美しい家を訪ねたことがあるのを思い出す。ちなみに家の購入資金は本の印税ではなく、小説家になる以前に銀行で働いていたころの貯えだという。クレイグの書く、クリストファー・ショーを主人公とするシリーズは、手堅くそこそこの売り上げを維持しているものの、そこからはなかなか抜け出せない。それでも、その印税のおかげで、これまでの貯えを使って楽しむ生活が送れるのだ。何日か泊めてほしいと頼んでみると、クレイグは大歓迎してくれた。なつかしい友人と久しぶりにおしゃべりするのは楽しかったけれど、電話を切った後に残るこの罪悪感はどういうことなのだろう？　どうにも筋が通らない。これから起きることといったら、空いている部屋を二晩ほど貸してもらい、あとはせいぜい軽い夕食をいっしょにとって、ワインのボトルを一本空けるくらいのものなのに。

Ａ十二号線に乗る前に、わたしはウッドブリッジに寄った。《ブランロウ・ホール》に滞在し、ケイティの家を訪ねるくらいなら、自分がどんなふうに見えるかを気にする必要もなかったから、どうにか人前に出られる程度の恰好でも充分にこと足りた。でも《ル・カプリス》に入っていく自分を想像すると――ついでに言うなら、クレイグの家だって訪ねるわけだし――いまの手持ちの服ではどうしようもない。昔ながらの広場の周りには、何軒かすばらしく素敵なブティックがあった。わたしは黒にも見まがう紺のヴェルヴェットを使った膝丈のカクテル・ドレスと、ラルフ・ローレンのコットン・ジャケット（二十五パーセント引き）を買うことにした。予算より高くついてしまったけれど、ローレンスが約束してくれた報酬もある。あとは、クレジット・カードの引き落としより前にその報酬が振り込まれることを願うしかない。

買いものの袋を車のトランクにしまいこみ、わたしはふたたび南へ向かった。ウッドブリッジを後にしてほんの四、五キロのところで、マートルシャム・ヒースと標識に記された環状交差点に出る。その地名を見て、わたしは衝動的にウィンカーを倒し、三本めの出口を選んだ。気が向くか向かないかはともかく――正直なところ、まったく向かないけれど――避けられない対決が、まだひとつ残っている。これ以上、先延ばししておくわけにいかない。

サフォーク州警察本部は、街道を外れて五分ほどのところに位置する、いかにもみっともない今出来の建物だ。真四角のコンクリートの箱にガラス窓をめぐらせたしろもので、建築としての美点を何ひとつ備えていない。村の片側はこんな野蛮な建物に陣どられ、反対側では通信会社《BT》研究所のぞっとするような塔に美しい空を侵蝕されるはめになるとは、マートルシャム・ヒースの住人がいったい何をした報いだというのか、思わず問いかけたくなってしまう。まあ、少なくとも、どちらの施設も村人たちの仕事の機会を増やしてはいるのだろう。

わたしはロビーに入っていき、受付でロック警視正にお会いしたいと告げた。いえ——約束はしていません。どういうご用件でしょうか？　セシリー・トレハーン失踪事件についてです。制服姿の女性警官はうさんくさげな顔をしたけれど、それでも内線で連絡してはくれた。わたしは椅子に腰をおろし、置いてあった五ヵ月前の《サフォーク・ライフ》誌をぱらぱらとめくる。ロック警視正が会ってくれるという自信はなかったし、受付の警官の様子を見ていても、内線電話に警視正本人が出たかどうかはわからなかった。だからこそ、ほんの二、三分後にエレベーターの扉が開き、いきなり警視正が姿を現したのは驚きだった。迷いのない足どりでずかずかとこちらに近づいてくる様子を見れば、いきなりわたしの首根っこをつかみ、逮捕してそのまま留置場に放りこんでも不思議はない。ロック警視正はそういう人間だ……いつだって、次の瞬間には暴力に訴えかねない空気をまとっている。これは、ふだん対峙している犯罪者たちから、いつしか感染してしまったウイルスのようなものなのかもしれない。警視正がわたしのことを嫌いなのはわかっている。二年前に顔を合わせたときに、はっきりと態度で示されたからだ。

とはいえ、警視正は口を開くと、まるでおもしろがっているような口調で話しはじめた。

「いやいや、これはこれは、ミズ・ライランド。きみをホテルで見かけたときに、おそらく偶然ではあるまいと予感していたんだがね。その後、あちらのご一家からきみが来ていると聞いたときには、当然ながら驚くまでもなかったな。まあ、いい。きみに五分だけ時間をやろう。こっちの部屋で話そうか……」

わたしはこの相手を見くびっていたようだ。《ブランロウ・ホール》のロビーですれちがったとき、警視正はたしかにわたしに気づいていた。気づいていながら、あえて素知らぬふりを装ったのだ。案内されたのはがらんとして味気ない真四角の部屋で、中央にテーブルと四脚の椅子が配置されている。窓からは、周囲に広がる森が見えた。ドアを押さえてもらっている間に、その脇を通りぬける。わたしは椅子に腰をおろし、警視正はドアを閉めた。

「それで、元気かね？」と、警視正。

この質問に、わたしは意表を突かれた。「ええ、おかげさまで」

「アラン・コンウェイの死の真相を探るうち、きみがどんな目に遭ったかは聞いたよ。危うく殺されかけたそうじゃないか」警視正は人さし指を振ってみせた。「こんな事件にかかわってはいかんと、きみには警告したはずだ」

そんな警告をされたおぼえはなかったけれど、あえて異議は唱えずにおく。

「またしてもサフォークに戻ってきて、今度は《ブランロウ・ホール》で何をしているのかね？　いや、別に説明してもらう必要はない。きみについては、エイデン・マクニールから電話でさんざん苦情を聞かされたからな。まったくおかしな話じゃないか、ええ？　きみはもう、アラン・コンウェイにさんざんな目に遭わされているというのに、どうしてあの男を放っておけないんだ」

「むしろ、アランのほうがわたしを放っておいてくれないんですよ、警視正」

「生前のコンウェイは、まったく鼻持ちならないいちびのくそったれだった。死んでなお、あの男は鼻持ちならないいちびのくそったれというわけだ。コンウェイが作品に何か隠していたとかいう話を、きみは本気で信じているのかね？　またしても、何やら秘密の手がかりを……今回は、フランク・パリスの事件についてだって？」

「あの本、読みました？」

「ああ」

「それで、どう思ったんですか？」

ロック警視正は脚を伸ばし、じっと考えこむ。いつになく当たりが柔らかい、親身といってもいいくらいの応対に、わたしは驚いていた。とはいえ、考えてみると、警視正の怒りはいつだってわたしではなく、アラン・コンウェイに向けられていたのだ。それも、けっして理由のない怒りではない。アランはロック警視正に小説の取材に協力してもらっておきながら、そのお返しとして、警視正をどこか滑稽《こっけい》な登場人物に仕立てあげた――レイモンド・チャブ警部補に。チャブというのは、十九世紀の有名な錠前屋《ロック》の名で――そう、つまり、そういうことだ。それればかりか、ロック警視正の妻までも――わたしは会ったことがないけれど――二作めの『慰めなき道を行くもの』に登場させていたという。きっと、アランが死んだことにより、警視正はこの件に関して、わたしについては許してくれる気になったのかもしれない。また、今回の『愚行の代償』には自分の分身が登場していないため、新たな怒りをかきたてられずに済んだということもあるだろう。

「あの男のほかの本と同じく、くだらんたわごとの寄せあつめだと思ったよ」穏やかな口調で、警視正は答えた。「およそ探偵小説というものをわたしがどう思っているか、きみはよく知っているはずだ」

「たしかに、それについての意見はたっぷり聞かせてもらいました」

いまさら思い出させてもらう必要もなかったけれど、警視正はあらためておさらいにかかった。「アラン・コンウェイのような人間の書くミステリなどというものには、これっぽっちも現実が反映されてはおらんのだ。そんなことはないと思っている人間がいたら、それはただの大馬鹿ものさ。この世に私立探偵などというものも存在しない——十代の息子の素行を調べたり、旦那の浮気相手が誰なのかつきとめたりしてくれる連中をのぞけばな。現実の殺人事件は、藁葺《わらぶ》き屋根の田舎家や立派なお屋敷などで起きることなどめったにない——それを言うなら、海辺のひなびた村でもな。やれやれ、『愚行の代償』か！　あの中に一ヵ所でも——そう、ほんの一ヵ所でいい——くだらんたわごと以外の文章があったら教えてほしいものだな。何もない田舎のお屋敷を買うハリウッドの女優。ダイヤモンドをめぐる騒動。玄関のテーブルに置かれた短剣。つまり——まったく、勘弁してくれ！　ああいう本の中じゃ、テーブルに短剣が置いてあったら、それは絶対に誰かの胸に突きたてられることになるんだからな」

「それ、チェーホフも同じことを言っていましたよ」

「誰だって？」

「ロシアの劇作家です。もし第一幕で壁に拳銃を掛けておくのなら、第二幕では誰かがそれを撃たなくてはいけない、とね。つまり、物語に登場する要素には、すべてそれなりの意味がなくてはならないということなんです」

「その劇作家とやらは、物語はすべて荒唐無稽《こうとうむけい》で、突拍子もない結末を迎えなくてはならない、とも書いているのかね？」

「つまり、警視正は『愚行の代償』の犯人を当てられなかったと」

「当てようとも思わなかったがね。わたしがあの本を読んだのは、ひょっとしてセシリー・トレハーンの失踪にかかわる何かが見つからないかと思ったからにすぎんのだ。結局は、ただの時間の無駄でしかなかったが」

「でも、あの本は世界じゅうで五十万部も売れたんですよ」いったいなぜこんなにもむきになってアラン・コンウェイをかばっているのか、自分でもさっぱりわからなかった。わたしはただ、自分自身を守ろうとしていただけなのかもしれない。

「まあ、こういうたぐいの本についてわたしがどう思っているかは、きみもよく知ってのとおりだ、ミズ・ライランド。殺人事件を娯楽に仕立てあげ、これでいっしょに遊ぼうと人々に呼びかける。『愚行の代償』に登場する警察官の名前は何だった？　ヘアだ。きっと、野うさぎ《ヘア》並みの頭脳の持ち主だから、そう名付けたんだろう。つくづく無能な男だったな、ええ？　何ひとつまともにやってのけられんのだから」警視正は無骨なこぶしでテーブルをこつこつと叩いた。「きみは自慢で仕方ないようだな、犯罪を矮小化《わいしょうか》し、法の番人への信頼を揺るがす、幼稚きわまりないたわごとを五十万部ばらまいたことが」

「いまさら何を言っても、考えは変わらないんでしょうけれど、あなたはミステリというものを誤解しているんじゃないかと思うんです、警視正。ああ、そういえば、警視からの昇進、おめでとうございます。アランの作品は、けっして誰にも害を与えるようなものじゃありません――まあ、わたしだけは別でしたが。読者はみな、これらの作品を楽しんでいますし、自分が何を求めてこういうものを読むのかも、よくわかっているんです。けっして現実がよく描けているものを探しているわけじゃなくて、むしろ一時《いっとき》でも現実から離れたいんですよ――そんなの、誰だって同じじゃありませんか。ニュースは二十四時間ずっと流れています。フェイク・ニュースだって。政治家がやることといえば、相手を嘘つきだとののしるか、そうでなきゃ自分が嘘を垂れ流すか。そんなとき、ちゃんと筋の通った世界が描かれ、最後にはまちがいなく真実にたどりつく本を読むのは、疲れた心をいくらかでも癒してもらえるからじゃないんでしょうか」

警視正のほうは、そんな議論に引きずりこまれるつもりはないようだ。「きみはなぜここに来たのかね、ミズ・ライランド?」

「なぜマートルシャム・ヒースに来たかということなら、それはあなたにステファン・コドレスクに関する警察の調書を見せてもらえないかと思ったからです。あれはもう八年前の事件で

すし、いまさら誰かの利害にかかわるようなことはありませんよね。鑑識の報告書、尋問調書
——すべてを見てみたいんです」

警視正はかぶりを振った。「それは無理だ」

「どうしてですか？」

「非公開の書類だからだ！　これは警察の捜査資料なんだぞ。まさかそんな機密情報を、ひょっこり訪ねてきた一般人にあっさり渡すわけがないだろう？」

「でも、もしステファン・コドレスクが無実だったら？」

ロック警視正の忍耐も、ここでついに限界を迎えてしまったようだ。その声が、にわかに脅しの響きを帯びる。

「いいか、よく聞くんだ。あの事件の捜査を指揮していたのはわたしでね。つまり、いまきみが口にしたことは、わたしに対する侮辱《ぶじょく》にほかならん。あの殺人事件が起きたとき、きみはここにはいなかったじゃないか。呑気《のんき》に椅子に納まって、お抱えの人気作家がこの事件をお伽噺《とぎばなし》に仕立ててあげるにまかせていただけだ。賭けごとの資金ほしさに、コドレスクはフランク・パリスを殺害した。これはどう見ても、揺るぎのない事実でね。この上の階の取調室、ここともまったく同じ造りの部屋で、コドレスクは犯行を自供した。その間ずっと、弁護士も隣に坐っていたよ。つまり、拷問はなし。脅しもなし、ということだ。

コドレスクは前科持ちだった。そもそもあんな男をホテルで雇うなど、正気の沙汰ではなかったな。それほど犯罪に興味があるというのなら、きみにひとつ話してやろう——お伽噺では

なく、現実の犯罪の話を。《ブランロウ・ホール》で殺人が起きるほんの一ヵ月前、わたしはイプスウィッチで暗躍していたルーマニア人犯罪組織の取り締まりに携わっていてね。もの乞い、暴行、押込みなどに手を染める、なんとも魅力的な人々の集まりだ。連中はみな、ルーマニアの犯罪専門学校の出でね。けっして、きみをかつごうとしているわけではない。そこでは独自の教科書まで作って、どうやったら検知装置の裏をかけるかだの、自分のＤＮＡが検出されずにすむかだの、そんなたぐいの知識を教えているのだ。

　さて、その犯罪組織は、レイヴンズウッド地区にある売春宿を主な資金源としていることがわかってね。そこで働かされていた最年少の女性は十四歳だった。十四歳だぞ！　その少女は人身売買によりこの国に送られてきて、一夜あたり三人から四人の客をとることを強《し》いられていたのだ。それを拒めば殴られ、食べるものさえ与えられなかった。さて、きみの読者は、はたしてこんな話を楽しんでくれるかな？　十四歳の子どもが、くりかえし性的暴行を受けるような話を？　こんな事件にこそ、アティカス・ピュントは捜査に乗りこむべきじゃないのかね！」

「正直なところ、どうしてそんな話をわたしに聞かせようと思ったのか、その理由がさっぱりわかりません。もちろん、本当にひどい、胸の痛む話ではありますよね。でも、その件に、ステファン・コドレスクはかかわっていたんですか？」

「いや……」いきなり論点を外されたといわんばかりの顔で、警視正はわたしを見つめた。

「だったら、いまの話は、フランク・パリスを殺した犯人はコドレスクだ、なぜならあの男はルーマニア人だから、と言っているのと同じですよね？」

　ロック警視正はうなるような声を漏らすと、おそろしい剣幕で立ちあがった。椅子が床にねじで留められていなかったら、きっと吹っ飛んでいたにちがいない。「さっさと、ここから出ていってくれ。サフォークからもだ」

「実をいうと、ちょうどロンドンへ車で向かうところだったんです」

「それはよかった。セシリー・トレハーン失踪事件の捜査を、もしもきみが妨害しようというのなら、わたしはきみを逮捕することになるのでね」

　わたしも立ちあがる。でも、まだ出ていくつもりはなかった。「だったら、セシリーにいったい何が起きたんだと思います？」

　警視正はこちらをにらみつけた。それでも、ややあって答えを返す。「どうだかな。ひょっとしたら、もう死んでいるのかもしれん。誰かに殺されて。ひょっとしたら、犯人は夫かもしれんな。夫婦喧嘩のはずみでナイフを突きたててしまったとも考えられる。もっとも、警察でもセシリーのDNAの痕跡を探したんだが、夫の身体にも、そのほか疑わしい場所からも、何も発見されなかったのだ。ひょっとしたら、母親とふたり暮らしだとかいう、あの気味の悪い夜間勤務の男のしわざかもしれん。セシリーに横恋慕《よこれんぼ》していたとかいう理由でな。あるいはまたまたデベン川のほとりを歩いていた見ず知らずの人間が、むらむらと欲情に駆られて凶行におよんだとも考えられる。

　はたして真相が明らかになるかどうか、それはわからん。だが、ひとつだけたしかなことを教えてやろう。真犯人の名は、八年前の馬鹿げた探偵小説になど載ってはいないということだ。それだけは頭に入れて、さっさと帰ってくれ。これ以上、あれこれと話を聞きまわるのはなしだ。これが、最後の警告だぞ」

ローレンス・トレハーン

ロンドンに入ったところのサービス・ステーションに車を駐め、わたしはメールをチェックした。いまだアンドレアスからは返事がない。ジェイムズ・テイラーからは、待ちあわせの確認メール——七時半に、《ル・カプリス》。ローレンス・トレハーンからは長いメールが来ていて、わたしはコーヒーを飲み、クロワッサン——油焼けしていて粉っぽく、フランスで売っているパンとはまったく無関係のしろもの——をつまみながら目を通した。ちょうどいいときに届いてくれたメールだ。あのとき《ブランロウ・ホール》で何が起きたのか、ひとりの視点から順を追ってまとめてくれてある。この事件についてこれまでに得た知識と、ひとつひとつ結びつけながら読んでいくのは興味ぶかい作業だった。明朝に約束しているライオネル・コービーの話も、このメールの証言と突きあわせながら聞いていくことができそうだ。

ここに全文を載せる。

送信者　ローレンス・トレハーン〈lawrence.treherne@Branlow.com〉
日時　2016/06/21 14:35
宛先　スーザン・ライランド〈S.Ryeland@polydorus.co.gr〉
件名　RE: セシリーのこと

親愛なるスーザン

結婚式の週末にどんなことがあったのか、記憶をたどって書いてみてほしいというご依頼でしたね。家内の助けも借りて書いてみましたが、あまり文章がうまくないのは許してください。もともと、文章を書くのはけっして得意なほうではないのでね。アラン・コンウェイの書いた小説の筋書きは、実際に《ブランロウ・ホール》で二〇〇八年に起きたこととはまったく異なっているので、これがどの程度お役に立つものやら。まあ、こうして記憶に残っていることをまとめるだけなら、別に悪いこともありますまい。

エイデンと娘がどんなふうに出会ったか、あなたもきっと知りたいでしょうから、まずはそこから話を始めましょう。これを抜きに、結婚式の話はできないのでね。

二〇〇五年八月初め、セシリーはロンドンにいました。うちのホテルの仕事を辞めようと考えてのことです。前にもお話ししたかもしれませんし、これを言葉にするのはわたし自身つらいのですが、セシリーは姉のリサとずっと、ひどくぎくしゃくした関係にありました。でも、どうか、そこから深読みはしないでください。ふたりの女の子がいっしょに育つ間には、誰しも音楽やら、お洒落やら、男の子やら、そんなことで喧嘩になるものでしょう。うちの娘たちも、けっして例外ではなかった、それだけのことです。リサはいつも、わたしたちがセシリーを贔屓《ひいき》していたと言いますが、そんなことはまったくありません。リサはわたしたちの最初の子でしたし、わたしたちはずっと、ふたりを同じように愛してきたんですから。

そのころ、ふたりはもう大人になり、いっしょに《ブランロウ・ホール》で働いていました。これは、やがてわたしたちが経営から離れ、ふたりにホテルを譲るときのことを考えての措置だったんですが、ふたりはとにかくぶつかってばかりでね。姉妹の間はいつもひどくぴりぴりしていて、まあ、ひとつひとつは他愛もない衝突でしたから、ここでこまごまと説明するのはひかえますが、結局のところセシリーは、独り立ちしてやっていこうと心を決めたというわけです。あの子は生まれてこのかたずっとサフォーク暮らしでしたので、大都会で暮らしてみることに憧れもあったんでしょう。わたしたちはあの子に、ロンドンにアパートメントを買ってやろうかと持ちかけました。ずいぶん贅沢な話に聞こえるかもしれませんが、これは前から考えていたことではあったんです。わたしたちはロンドンに出かけて芝居や音楽会を鑑賞するのが好きだったのでね、ロンドンに拠点があったほうが、長い目で見れば節約になるんですよ。

そんなわけで、あの子はロンドンへ行ったんです。

セシリーは東ロンドンに好みの部屋を見つけたんですが、そのときに案内した不動産屋がエイデンでした。ふたりはすぐに意気投合しましてね。エイデンのほうが二歳下で、なかなか有能な青年でしたよ。稼いだ金を貯えて、マーブル・アーチの近く、エッジウェア・ロードに自分の部屋を買っていたんです。まあ、ワンルームのアパートメントではありましたが、それでも二十代でたいしたものじゃありませんか。話がはずむうち、その日がちょうどエイデンの誕生日だと知ったセシリーは、その後のパーティにもいっしょに行きたい、友人たちにも紹介してほしいとせがんだそうでね。いかにもあの子らしいなと思いましたよ。もの怖じせずに、何にでもぶつかっていく性格なんです。後になってセシリーは話してくれましたよ、あの人とは相性がいいって、わたしには最初からわかっていたの、ってね。

それから間もなく、わたしたちもエイデンに会わせてもらって、あの青年が本当に大好きになりました。実のところ、わたしたちにとっては大恩人のようなものですよ。セシリーがロンドンに出たがっていたのと同じくらい、エイデンはロンドンを離れたがっていましてね。それで、《ブランロウ・ホール》に残ったほうがいいと、あの子を説得してくれたんです。自分は都会が好きではないし、きみもきっと好きにはなれないだろう、ぼくのアパートメントはこのまま残しておいて、都会で息抜きしたくなったときには便利に使えばいい、とね。しかし、蓋を開けてみれば、エイデンが来てくれてからは、セシリーとリサの関係はずいぶん穏やかになったんですよ。まあ、二対一になってしまったわけですしね。エイデンはセシリーに自信を与えてくれたんです。

ところで、セシリーの写真を二枚、このメールに添付しておきました。ひょっとしたら新聞に載っていたあの子の写真をご覧になったかもしれませんが、どうにも写りの悪いものばかりでね。セシリーは美しい娘です。あの年齢のころの家内を、よく思い出しますよ。

エイデンとセシリーは結婚する六ヵ月前、《ブランロウ・コテージ》に引っ越してきました。もともとはリサがあそこに住んでいたんですが、わたしたちがウッドブリッジに持っている別の家に移るよう説きふせたんです。あれは正しい判断だったと思いますよ、なにしろ、その後ロクサーナも生まれましたしね。エイデンは広報部門を担当することになりました。パンフレットを作ったり、マスコミに情報を発信したり、広告を出したり、特別なイベントを企画したり――すばらしい仕事ぶりでしたよ。ポーリーンとわたしが何の心配もなく引退できると思うようになったのは、このころでした。リサもみごとに仕事をこなしていましたしね。先日、リサはあんなことを言ってはいましたが、実際には別にエイデンを嫌っているわけではないと、わたしは見ています。むしろ、刺激を受けて自分も結婚しようと思ってくれればいいんですがね。

そして、問題の日がやってきます。二〇〇八年六月十五日。結婚式の週末です。

木曜日から始まって、ありとあらゆる災難がどっと降りかかってきたあの週末のことを、わたしは何度となく順を追って思いかえしてきました。最初の騒動は、大テントを貸し出す業者からの電話で始まったんです。トラックが故障したので、テントの到着が遅れる、と。あんなお粗末な言いわけは、これまで聞いたこともありませんでしたよ。到着は金曜の昼以降になると言われてね、設営がぎりぎり間に合うかどうかというところでした。セシリーのほうは、花嫁の付き添いのひとりがひどいインフルエンザにかかってしまい、ひどく動揺していましたよ。そのうえ、わたしが貸した万年筆を紛失してしまって。一九五六年製のモンブラン342、ペン先は金でね――実に美しい、箱に入ったままの未使用品でした。正直なところ、セシリーにはひどく腹が立ちましたよ、そのときは何も言いませんでしたがね。それでも、あの子にその万年筆を持たせたいと思ったのはわたしだったんです。古いものであり、新しいものでもあり、借りたものであり、青いものでしたから。

あの万年筆を盗んだのはステファンにちがいないと、リサはずっと信じていました。ステファンはあれこれ運び出すのに家を出入りしていましたし、その間じゅう、万年筆はテーブルの上に置きっぱなしだったのでね。この件は警察にも話したんですが、とうとう見つからなくて。

セシリーは万年筆の代わりに新旧の硬貨を一枚ずつ、ポーリーンから借りたブローチ、そして青いリボンを身につけて、結婚式に臨むことになりました。

ほかにもまだ何かあったかな？　セシリーは式が目前となって緊張したのか、一週間ずっと、あまり眠れずにいました。それで、わたしは睡眠薬のジアゼパムを渡したんです。セシリーは服《の》みたがりませんでしたが、このままだとゾンビみたいな顔で結婚式に臨むことになると、エイデンとポーリーンが言ってきかせましてね。せっかくの晴れの日なんですから、いい顔をして、いい気分で迎えてほしかったんです。少なくとも、天気には恵まれました。金曜は、澄みきった青空が広がっていましてね。天気予報も、たまには当たることがあるというわけです。結婚式の招待客も到着しはじめました。大テントの設営も、なんとか間に合いましたよ。わたしたちはみな、ほっとひと息ついたんです。

フランク・パリスがチェックインしたとき、わたしはその場にいませんでした。木曜の午後のことでしたから、サウスウォルドの自宅にいたんです。金曜の朝早く、車でホテルに着いたとき、その姿をちらりと見かけましたがね。パリス氏はタクシーに乗りこむところでした。淡い黄褐色のブレザーに、白いズボンという恰好でね。波打つ銀髪は、まるでミレーの絵に描かれている少年のようでした、わかってもらえるかどうか。そのときにもう、これは面倒な客だと、わたしは予感していたんです。こんなこと、後から言うのは簡単だと思われるかもしれませんが、パリス氏はちょうどタクシーの運転手と口論していたんですよ。その運転手は、うちのホテルにもう長いこと出入りしている、信用のおける人間なんですが、ほんの二分ばかり遅れたといって文句をつけられていてね。それを見て、なんとなく感じたんです。いまになって思えば、語弊はあるかもしれませんが、パリス氏とアラン・コンウェイは似たものどうしでしたね。

金曜の夜はパーティでした。いつも頑張ってくれているホテルの従業員たちへ感謝のしるしでもあり、言うまでもなく翌日はたいへん忙しくなるでしょうから、その埋め合わせという意味もあったんです。ホテルの庭、ちょうどプールの隣が会場となりました。気持ちのいい夜でしたが、ちょっと暑かったかもしれませんね。テーブルにはスパークリング・ワインやカナッペ、フルーツの入ったカクテルなどが並んでいました。セシリーが、全員に感謝のスピーチをしましてね。みな、とても喜んでくれましたよ。

パーティには誰が出席していたのか、きっと知っておきたいでしょうね。そう、基本的にはホテルの従業員全員が、シェフのアントン、ライオネル、ナターシャ、ウィリアム（庭師です）を含めて参加していました。セシリー、エイデン、リサ、ポーリーンとわたし、そして、もちろんステファンも。親族はほとんど呼ばなかったんですが、ポーリーンの弟が来ていたのは憶えています。あと、エイデンの母親も。眠りにつく十分前とでもいうような風情《ふぜい》の、いかにも可愛らしい老婦人でしたよ。必要なら、あとで参加者の一覧表をお送りします。だいたい二十五人ほどのパーティでした。

ステファンのことを話すなら、まず最初に、これだけのことがあったにもかかわらず、わたしはずっとあの若者が好きだったことをお伝えしておきたいですね。もの静かでよく働き、礼儀正しく、少なくともわたしの見るかぎりでは、うちで与えた機会に感謝していました。セシリーも、わたしとまったく同意見でしたよ。ご存じのとおり、少なくとも最初のうち、あの子は懸命にステファンの無実を訴えていましたし、やがて犯行を自供したと聞かされたときには、可哀相なほど打ちひしがれていました。多少なりともステファンを疑っていたのは、リサだけだったんです。リサはずっと、あの男はこそ泥だと信じこんでいたんですが、結局はそれが正しかったのだと思い知らされるのは、けっして愉快なものではありませんでした。リサの意見に最初から耳を傾けて、ステファンをもっと早く辞めさせていればと悔やまずにはいられません。いまとなっては、そんな愚痴をくりかえしても仕方ないのですがね。

実のところ、リサは前日――木曜――にステファンと会い、解雇を申しわたしていたんです。つまり、金曜の夜のパーティに来たときには、ステファンはもう、ここを辞めるとわかっていたわけですね。うちは離職手当をたっぷり払うことになっていました――三ヵ月ぶんの給料に相当する額をね――だから、解雇されたからってすぐに路頭に迷うわけじゃないんですが、それでも、その後に起きたことは、解雇されたのを前提に考えると筋道が通っているんです。その夜、ステファンはひどく酔っぱらいましてね。ジムの責任者、ライオネルが付き添って、どうにか部屋まで連れていったんです。ひょっとしたら、そのときにはもう、もらいそこなった給料を客から盗んだ金で埋め合わせようと、ステファンはすでに心を決めていたのかもしれません。わたしには、どうにもわかりませんよ。ついでに言うなら、なぜリサが結婚式の二日前などというときを選んで、解雇を通告したのかもわからないんです。もっといい時機を、いくらでも選べたでしょうに。

先に進む前に、あの夜のパーティについてもうひとつだけ。デレク・エンディコットは出席しませんでした。あの夜は、どうも様子が変だったんです。話を聞こうとしたんですが、なぜかひどく動揺していて、まるで悪い知らせを聞かされたかのようでした。このことはもっと早くお話ししておくべきだったんでしょうが、こうしていま、すべてを書きつらねているうちにふと思い出したのでね。デレクは幽霊でも見たような顔をしていたと、ポーリーンは言っていましたよ!

その夜、デレクは夜勤に当たっていましてね。ポーリーンとわたしは十時半にホテルを出て、家に帰りました。警察によると、フランク・パリスは深夜零時をすぎたころ、泊まっていた十二号室でハンマーにより撲殺されたそうです。そのことをわたしたちが知ったのは、しばらく後のことになりますが。

翌日、つまり娘の結婚式の日ですが、ポーリーンとわたしは朝十時にホテルに着きました。まずは招待客にコーヒーとビスケットをふるまいましてね。場所はホテルの南側、塀の外の一段低くなっている側にあるバラ園です。サフォーク州庁から登記官を呼んで、結婚式は十二時に執《と》り行いました。十二時四十五分からは、大テント内に八卓のテーブルを配置し、そこに百十人のお客さまを招いて午餐会《ごさんかい》を開いたんです。すばらしい料理ばかりでしたよ。カシューナッツとキヌアのタイ風サラダ、ポーチドド・サーモン、そして白桃を載せたアーモンド・クリーム入りガレット。わたしはスピーチをすることになっていたので、ひどく緊張していました。もともと、人前で話すのは苦手でしてね。でも、あんなことになってしまって、ひとことも話さないまま終わりました。誰ひとり、スピーチはできなかったんです。

何かがおかしいと気づいたのは、ホテルの外で誰かが叫んでいる声を聞きつけたときでした。大テントの中にいたので、声はくぐもって聞こえたのですが、それでも何かが起きたことはまちがいありません。やがてヘレンがテントの中に入ってきました。ホテルの清掃係の責任者をしていた女性で、ふだんはもの静かで頼りになる、何ごとにも動じない性格なんですが、このときばかりはひどく動揺しているのが見てとれたんです。わたしはとっさに、ホテルが火事になったのかと思いました。なぜって、それ以外にヘレンが大テントに入ってくる理由が思いつかなかったんですよ。いったい何があったのか、ヘレンはすぐには口にしませんでした。ちょっと来ていただけませんかと頼まれて、ちょうど最初の料理が出てくるところだったんですが、わたしもここは言うとおりにするしかないと悟ったんです。

テントの外には、ナターシャが待っていました。どうにもひどいありさまでしたよ、すっかり血の気の失せた顔をして、ぼろぼろ涙を流しているんですから。遺体を発見したのはこの娘だったんですが、ひどくむごたらしい現場でね。フランク・パリスはパジャマ姿で、何も掛けずにベッドに横たわり、誰だかわからないくらいに顔を叩きつぶされていたそうです。そこらじゅう血だらけだったばかりか、骨のかけらやら何やら、いろんなものが飛び散っていたとか。怖ろしい話じゃありませんか。ヘレンはすでに警察に通報していて、それはしごく当然の正しい判断ではあったのですが、言うまでもなく、そこで結婚式はばっさりと打ち切られることになったのはご想像のとおりです。大テントの外でナターシャやヘレンと話していたとき、早くも十二号線をこちらに走ってくるパトカーのサイレンの音が響きはじめました。

そこからの展開がどんなだったか、書きつくすのはほとんど不可能といってもいいでしょう。英国ならではの完璧な結婚式が、ほんの数分のうちに、怖ろしい悪夢に変わりはててしまったんです。結局、警察は四台の車で乗りつけて、たちまち十数人の制服警官、刑事、写真係、鑑識といった連中があたりを右往左往しはじめました。最初に到着したのはジェーン・クリーガンという女性の警部補で、すばらしくみごとに現場を仕切ってくれましたよ。いったい何が起きたのかと、大テントから様子を見に出てきた招待客も何人かいたのですが、クリーガン警部補はみなに大テントへ戻るよう指示し、それから自分も中に入ると、事情を全員に説明してくれたんです。

でも、クリーガン警部補がどれだけ気を遣って言葉を選ぼうと、つまるところパーティは終わった、誰もこの場所を離れてはいけない、ということですからね。ついさっきまで結婚式の招待客だったのが、いきなり容疑者、あるいは何か重要なことを目撃したかもしれない証人に変わり、パーティ会場だった大テントは、巨大な檻《おり》に姿を変えてしまったわけです。言うまでもなく、わたしがいちばん胸を痛めたのはセシリーとエイデンのことでした。その夜、ふたりはロンドンのホテルに一泊し、翌日はアンティグアへ新婚旅行に出かけるはずだったんですよ。わたしはクリーガン警部補に、ふたりを行かせてやってはくれないかと頼んでみました。この殺人事件に、ふたりは何の関係もないんですから。セシリーもエイデンも、フランク・パリスなんて人間とはまったく面識がなかったんですよ。まあ、前日ちらっと顔を合わせてはいますがね。でも、頼むだけ無駄でした。結局、保険のおかげで旅行代金は戻ってきて、二週間後にカリブ海へ出かけることはできましたが、それにしたって、とうてい順調な結婚生活の滑り出しとはいえませんよね。

心のどこかには、あの日、ナターシャが十二号室に入るのがもっと遅かったらよかったのにと思う気持ちもあります。そうなっていたら、エイデンとセシリーは遺体が発見される前に旅立つことができたかもしれないのに。ナターシャは朝八時半に仕事を始め、ヨルガオ棟に向かうとき、いったん十二号室の前を通りすぎているんです。そのときは部屋のドアに〝起こさないでください〟の札が掛かっていたので、掃除を後回しにしたというんですよ。一時すぎに戻ってくると、そのときはもう、札は掛かっていなかったそうです。その札は、後になって廊下の先のゴミ箱の中から見つかりました。捨ててあったんです。

警察はこの件を不審に思ったようです。ドアに札を掛けたのは、犯行の発覚を遅らせようとしたステファン・コドレスクだったかもしれない。でも、考えてみれば、それを後になって外す意味がどこにあるっていうんですか？　その後、ステファンは札にはいっさい触れていないと供述しましたが、警察で札を調べたところ、あの男の指紋とフランク・パリスの血液が微量ながら検出されたそうです――つまり、ステファンは嘘をついていたということですね。

実をいうと、これについては何度となく考えてきましたが、いまだに腑に落ちないんです。九時半にドアに掛かっていた札が、一時にはゴミ箱に放りこんであった。いったい、どんな説明がつけられるというんでしょう？　誰かが遺体を発見し、三時間半ほどの間、それを隠しておかなくてはと思った？　それとも、ステファンがまた十二号室に戻る必要があり、この札を掛けておいたとか？　結局のところ、九時半に札が掛かっていたというのは、ナターシャの勘ちがいだろうというのが、警察の結論でした。残念ながら、ナターシャ本人から当時の話を聞くことはできません。あの娘はエストニアに帰ってしまって、いまは居場所もわからないんです。ヘレンも二年ほど前に亡くなったと聞きました。乳がんを患《わずら》っていたのでね。もしかしたら、クリーガン警部補は何か話してくれるかもしれません。

　ステファンについて思い出すことといえば、結婚式の日はずっと、ひっそりと目立たずにいた姿でしょうか。ひょっとしたら二日酔いに苦しんでいたのかもしれませんが、わたしの見たかぎり、いかにもむっつりとして機嫌が悪そうでした。ロビーを出たところのトイレが詰まってしまい、それを直さなくてはならなかったのも、けっして愉快な仕事ではなかったでしょう。それでも、ステファンはまるで昨夜ほとんど寝ていないようだったと、警察に伝えるのが義務だと思ったわたしの気持ちも理解してもらえるでしょうか。あの日のステファンの目は、いかにも寝不足らしくどんよりしていました。ホテルのすべての客室のドアを開けられるマスターキーも預かっていたわけですから、十二号室に侵入するのも簡単だったはずです。あの日、ステファンはまさに、何か怖ろしい罪を犯してしまい、いまにも断頭台の刃が落ちてくるのを覚悟しているかのように見えたんです。

　こんな話でも役に立つといいのですが。あなたが『愚行の代償』を読みなおしてどう思ったか、それも早く聞かせてもらえればと、ずっとお待ちしています。メールに書かれていたもうひとつの件ですが、もしもあなたのお連れあいの銀行口座を教えてもらえれば、喜んで報酬の一部を前渡しするつもりです。そうですね、二千五百ポンドでどうでしょう？

それでは。

ローレンス・トレハーン

追伸。フランク・パリスと十二号室を交換してもらったお客さまの名は、ジョージ・ソーンダーズでした。かつてブロムズウェル・グローヴ中等学校の校長を務めた人物で、同窓会出席のためサフォークを訪れていたということです。

添付してあったセシリーの二枚の写真は、どちらも結婚式の日に撮影されたものだった。ローレンスは自分の娘を美しいと形容している。もちろん、この特別な日を迎えた愛娘《まなむすめ》に、こうした言葉を使うのは当然だろう。でも、けっして文字どおりの真実というわけではない。セシリーは象牙色《ぞうげいろ》のウェディング・ドレスをまとい、ハートと矢、そして三つの星が刻まれたプラチナか白金のロケットを着けている。生まれながらの金髪がひと筋の乱れもなく整えられた様子は、どこかグレース・ケリーを思わせた。カメラの向こうに視線を投げる表情は、まるで自分を待っている完璧な幸せをちらりと目にとめたかのような希望にあふれている。それでも、どこまでも平凡な女性という印象は拭いがたかった。けっして悪口を言っているつもりはない。まちがいなく、セシリーは魅力的な女性だ。この写真をどの角度から見ても、わたしなら喜んで親しくなりたいし、いまもなお、望みが薄れつつあるにせよ、ぜひ実際に会ってみたいと願ってもいる。

わたしの言いたいのは、こういうことかもしれない。セシリーが税金の申告書に記入したり、お皿を洗ったり、庭いじりをしたりしているところは想像できるけれど、たとえばヘアピン・カーブの連続する一九五〇年代のモナコを、アストンマーティン・コンバーチブルのハンドルを握って飛ばしているところは、とうてい想像できないのだ。

わたしはノートパソコンを閉じ、歩いて車に戻った。これからロンドンへ入り、ノース・サーキュラー・ロード伝いにぐるっと回って、ラドブローク・グローヴへ向かわなくては。クレイグ・アンドリューズは四時までに家に戻っているから、それ以降に来てくれと言っていた。今夜は《ル・カプリス》で食事するのだから、その前にシャワーを浴びて着替えたい。

このとき読んだ内容について、わたしはもっとじっくり考えるべきだったのだろう。ローレンスのメールには、この謎を解く鍵がたくさん隠れていたというのに。そのときのわたしには、何も見えていなかったのだ。

ラドブローク・グローヴ

編集者として働いていたころ、わたしは担当する作家たちがどんな環境で暮らし、仕事をしているかを見るのが好きだった。本棚にはどんな本が並んでいて、壁にはどんな絵が掛かっているのか、机の上はきっちりと整頓されているか、それともメモや没になった案のひしめく戦場となっているのか。いちばんの売れっ子だったアラン・コンウェイが、あの巨大なだけの無様な建物であるアビー荘園（これは、コナン・ドイルの短篇からアランがつけた屋号だ）に、わたしをけっして招いてくれなかったことは、ずっと苛《いら》立《だ》ちの種だった。わたしがあの屋敷を実際に見たのは、アランが亡くなってからのことだったのだ。

作品を鑑賞するために、その作家の人生を知っておくべきかどうか、わたしにはよくわからない。たとえば、チャールズ・ディケンズについて考えてみよう。ディケンズ自身がかつてはロンドンの街をうろつく貧しい少年で、フェイギンと呼ばれる少年とともに靴墨工場で働いていたと知れば、あの名作『オリヴァー・ツイスト』をさらに楽しむことができるだろうか？あるいは逆に、かの作家が最初の妻にどれほどひどい仕打ちをしたかを知っていると、その著作に登場する女性についての記述を読むとき、つい連想してしまって嫌な気分になるのでは？英国では各地で文学祭が開催され、作家たちは人前に出て視線にさらされることに慣れてしまい、私生活をも赤裸々にさらけ出すけれど、それは見せずにおいたほうがいいのにと、折にふれて思わずにはいられない。読者は作品を通じて作家を知るほうが、その逆よりもはるかに楽しめると、わたしは考えているからだ。

とはいえ、本を編集するというのは、ただ読むのとはまったく別種の経験といっていい。編集は、作家との共同作業なのだ。わたしはいつも、自分の仕事は作家の頭の中に入りこみ、創造の過程のある部分を共有することだと思っている。本は作家がたったひとりで書きあげるものかもしれないけれど、作家の創造性は、周囲の環境によってある程度まで形づくられる。だからこそ、作家のことを知れば知るほど、めざしているものにたどりつく手助けが的確にできるようになるのだと、わたしはつねに実感してきたのだ。

クレイグ・アンドリューズの自宅には、わたしがデビュー作の編集を担当したときに、一度だけ訪れたことがある。静かな通りに建つ家で、寝室は三つ、専用の駐車場もあり、周囲は木木に囲まれていた。半地下はクレイグが手を入れて、広々としたキッチンと食事室となり、ガラス戸を開けると中庭に出られる。一階は書斎兼図書室、そして壁掛けワイドテレビとアップライト・ピアノのある居間。寝室は二階と三階だ。クレイグは女友だちこそ多いものの、結婚は一度もしていないので、内装はすべて自分の趣味で統一されている――どれも高価だけれど、華美ではない。どこにいても、本は目につく。ありとあらゆる隅や隙間を埋めるよう設置された棚に、それぞれ何百冊も並んでいるのだ。本を集める人間には、何かしら必ず美点があるなどと、あらためて言うまでもないだろう。ギャングの暴力を目に見えるよう生々しく描写したり、女たちがどうやって刑務所に麻薬を持ちこむかを長々と——詳細にわたって——書きつづったりする作家が、ロマンティックな詩集やフランスの水彩画を好むとは、どこか不思議な気がしないでもない。でも、わたしがクレイグの作品に惚れこんだのは、まさにその優美な文体——そして内容の真実味——だったのだ。

　クレイグという作家を見出したのは、このわたしだ。少なくとも、クレイグを売りこんできた若いエージェントの言葉を信じ、原稿を読んだ。そして、すぐさま二冊の契約をとりつけたのだから。最初に書いた小説の『鏡のない生活』という題名は、マーガレット・アトウッドの詩の胸を打つ一節——〝獄中で暮らすということは、鏡なしで暮らすということ。鏡なしで暮らすということは、自分なしで暮らすということ〟からとったものだった。この題名は、わたしが最初に変えた部分でもある。すばらしい出来の作品ではあるけれど、けっして純文学に分類される小説ではなかった。そして、どうやらクレイグは、純文学だと誤解されることが売り上げにどう影響するか、まったく考えていなかったらしい。それに比べて『囚《とら》われの時』は俗っぽい題名かもしれないけれど、短くて切れ味がよく、表紙に載せたときに映える。そして、メールに書いてあったように、クレイグはいまだに〝時〟を題名に使いつづけているのだ。

　ドアを開けてわたしを迎え入れてくれたクレイグは、おなじみのTシャツとジーンズという恰好で、おまけに裸足だった。まあ、二十年も銀行勤めをしてきた人間には、ネクタイも靴下もなしで暮らす権利があるというものだろう。略歴を思い出してみると、いまは四十四歳というところ。でも、それにしては若く見える。たしか、近所のジムの会員になっていたから、ずっと通っているのだろう。表紙に顔写真を載せると、本の売れ行きが上がるたぐいの作家だ。

「スーザン！　また会えて嬉しいよ」両頰にキス。「荷物はぼくが運ぼう。さあ、こっちへ」

案内されたのは、最上階の居心地のいい部屋だった。窓の外には深い軒《のき》がせり出し、眼下に裏の共有庭の景色が広がっている――《プレミア・イン》より、いちだんと素敵な眺めだ。部屋に付属しているバスルームには、いろいろな方向からお湯が噴き出す豪華なシャワーが備えつけてある。ぼくがお茶を淹れている間にシャワーを浴び、着替えてきたらいいと、クレイグが勧めてくれた。今夜は、お互い予定が入っている。クレイグは観劇、わたしはジェイムズ・テイラーと夕食、というわけだ。

「予備の鍵束を渡しておくよ。冷蔵庫の場所も教えるから、あとは好きにやってくれ」

ふたたびクレイグと顔を合わせるのは、なかなか感慨ぶかい体験だった。アラン・コンウェイとかかわったばかりに失ってしまった、かつての日々の記憶がまざまざとよみがえる。わたしはトランクを開け、持ってきた服、そしてウッドブリッジで買った服を引っぱり出した。買った服は、車を降りてすぐトランクに詰めこんだのだ。いましがたセールでいろいろ買いこんできましたといわんばかりの恰好で、この家の呼鈴を押したくはなかったから。

それでも、ベッドの上にかばんの中身をすべて並べながら、わたしはかすかな居心地の悪さを感じていた。誰かの家に泊めてもらうとき、いつも味わう気分も混じってはいる――境界線を越え、相手の領域に足を踏み入れてしまったというおちつかなさ。ケイティの家に滞在させてもらうのをやめたのは、これも理由のひとつではあった。わたしがここに泊まることにしたのは、安ホテルに二泊ばかりする費用を惜しんだから？　ちがう。さすがに、それはひどすぎる。せっかくクレイグが招いてくれたのに、断る理由は何もないからだ。ひとりですごすより、こっちのほうがきっと楽しいはず。

とはいえ、クレイグに電話をかけたとき、わたしの胸が罪悪感に痛んだのも事実だ。いま、ほかのものと並べてベッドに置いたノートパソコンが目に入った瞬間、その理由を悟る。わたしはアンドレアスと婚約している身だ。結婚は先延ばししたかもしれないけれど、けっしてしないと決めたわけではない。あのときのダイヤモンドの指輪は店に返したけれど、ほかにもダイヤモンドの指輪はもらっている。それなのに、わたしはいったい何をやっているのだろう、こんなふうに、さして近しいわけでもない男性の家で——いや、それだけではない。裕福で、独身で、わたしと近い年齢の男性の家だ。しかも、この件については何ひとつアンドレアスに話していない。もしも誰かアテネの可愛い娘のところへ、アンドレアスがこっそり通っていたとしたら、わたしは何を言うだろうか？　どんなふうに感じるだろう？

もちろん、何も起きるはずがないのはわかっていると、わたしは自分に言いきかせた。クレイグはわたしに気のあるそぶりなど見せたことはないし、わたしのほうもそれは同じだ。でも、そもそもクレイグの家のシャワーを浴びながらそんなことを考えている時点で、どんな言いわけもできないというものだろう。しかも、このシャワーの気持ちのいいこと。これだけの量の湯が肌を打つ感覚は、クレタ島ではけっして味わえない。ありとあらゆる意味で、わたしは自分がひどく無防備に思えてならなかった。いっそ、ＦａｃｅＴｉｍｅでアンドレアスに、いまどこにいるのかを話すべきだろうか。そうすれば、少なくとも裏切りの可能性は打ち消すことができる。わたしはここに、仕事で来ているのだ。報酬の一万ポンドを得たら、それはすべてわたしたちのホテルのために使われるのだから。時差を考えると、いまクレタ島は夜の八時。泊まり客に夕食を出す時間だ。もっとも地元の人間は、ずっと遅くなってから夕食をとりたがるけれど。アンドレアスは厨房の手伝いをしているころだろうか。あるいは、バーを手伝っているかもしれない。いまごろはもう、とっくにわたしのメールを読んでいるはずなのに！　どうして向こうからＦａｃｅＴｉｍｅをかけてこないのだろう？

シャワーから出ると、依然としてノートパソコンが、わたしを責めるかのようにベッドの上に鎮座している。アンドレアスにもう一度メールするのは明日にしようと、わたしは心を決めた。クレイグが下で待っているのだから、さらに待たせるのは申しわけない。それに、考えてみれば、わたしのほうはいまそこまでアンドレアスと話したいわけではないのだ。むしろ、あの人のほうこそわたしと話す必要があるというのに。

わたしは新しいカクテル・ドレスを着て、クレタ島で買った銀のすっきりしたイヤリングを着けた。最後の仕上げとして両手首に香水をつけ、階下へ向かう。

「素敵だね」わたしがキッチンに入ってきたのを見て、クレイグは湯沸かしの電源を切り、いかにも上質な大ぶりの茶葉の入ったガラスのポットに熱湯を注いだ。こちらも、いつのまにか長袖のシャツに着替えている。そして、靴下と靴も。「スリランカのホワイト・ティーだよ。今年の二月に、ゴール文学祭に行ってきたところなんだ」

「どうだった？」

「すばらしかったね。もっとも、何か不穏なことを発言した作家はみな、刑務所に放りこまれそうな気配だったが。それを考えると、行くべきじゃなかったのかもしれない」カップと受け皿をふたりぶん、テーブルに並べる。「刑務所といえば、ステファン・コドレスクに連絡はとってみたかい？」

「いま、ずっと返事を待っているところなの」

「そもそも、これはいったいどういうことなんだ？」

アランの書いた本のこと、ローレンスとポーリーンのトレハーン夫妻がクレタ島を訪ねてきたこと、セシリーが失踪したことについて、わたしはクレイグに話してきかせた。気丈なヒロインが殺人犯を追う、などという冒険物語に聞こえないよう、できるだけ言葉を選んだつもりだ。マートルシャム・ヒースでリチャード・ロックに言われたことが、頭に残っていたせいもあるだろう。幼い子を持つ母親であるセシリー・トレハーンが、犬の散歩に出ていて殺害された可能性があるという事実。そして八年前、フランク・パリスが撲殺されたという疑いようのない事実。話をおもしろくしようとすると、このふたつの事実はあまりに簡単に影が薄れてしまう。そんなことのために、わたしはここに来たのではない。わたしはけっして、アティカス・ピュントではないのだから。自分の仕事はこの『愚行の代償』を読み、何か参考になることを探し出せないか試みるというだけなのだと、わたしは説明した。

「アラン・コンウェイのことを、きみはどれくらいよく知っているの？」クレイグは尋ねた。

「そうね、デビュー作を担当したのはわたしだった。あなたとの関係と同じよ。もっとも、あなたのほうがずっと感じがいいかな」

クレイグはにっこりした。「ありがとう」

「お世辞じゃなくてね。結局、担当したのは全部で九冊だったけれど、どれも大好きだった……少なくとも、最後の真実にたどりつくまでは」

「本当は何があったのか、聞かせてもらえないかな？」

こうなっては、話すしかない。けっきょくのところ、わたしはクレイグの厚意に甘えてここにいるのだから。順を追って何もかもうちあけるうち、いつしか時間がすぎ、わたしたちは白いお茶《ホワイト・ティー》を飲みおえて白ワインを開けていた。

「いや、これは本当にとんでもない話だな」ようやく一部始終を聞いてしまうと、クレイグはつぶやいた。「ひとつ尋ねてもかまわない？」

「ええ、どうぞ」

「前回は事件を追ったあげく、きみは危うく殺されかけたんだよね。それなのに、また同じことをしているのか？　きみの話を聞くかぎり、セシリーは何かを知ってしまって殺された可能性もあるわけだ。だとしたら、きみにも同じことが起きる可能性もあるんじゃないかな？」

ケイティも、まさに同じことを言っていたのを思い出す。そして、わたしはまた同じ答えを返すしかなかった。「今回はちゃんと気をつけるつもり」

でも、それは真実だろうか？　わたしはこれまでエイデン・マクニール、デレク・エンディコット、リサ・トレハーン、そしてマーティンとジョアンのウィリアムズ夫妻から話を聞いてきた。いつもこちら側はわたしひとりで、相手と向かいあってきたのだ。この中の誰かが嘘をついていた可能性もある。この中の誰かが、ハンマーで人を殴り殺していた可能性も。乳母は何やら不気味だったし、警視正もどこか脅しにかかっているように聞こえた。もちろん、こうした人たちをすべていっしょくたに考えてしまってはいけない。でも、少なくとも相手をある程度まで信頼しなかったら、どうやって情報を引き出すことができるというのだろう？　つまり、結局わたしは自分を危険にさらしていることになるのかもしれない。

「それで、きみはその本を読みなおしてみた？」

「『愚行の代償』のこと？　まだなの。月曜から読もうと思っていたんだけれど」

「そうだ――よかったら、うちにあるのを持っていけばいいよ」クレイグは本棚に歩みより、新しい版の『愚行の代償』を持ってきた。「誰かが買ってくれたんだが、うちにはもう旧版があって、上に置いてあるんだ。まだ、きみが持っていなかったらだけど……」

「持っていないの。買うつもりだったのよ」

「だったら、無駄な金は使わずにおくといい」クレイグは腕時計に目をやった。「ぼくはもう行かないと。今夜はもう会えないかもしれないな。芝居がはねるのは十時半すぎになりそうなんだ」

「だったら、明日の夜、食事をご馳走させてもらえない？　あなたの仕事のことも、新しい出版社のことも、そのほかいろいろ、まだ何も聞かせてもらっていないもの。えーと、まだ結婚とかはしていないんでしょ？」

「とんでもない！」

「だったら、どこかこの近くのお店に行きましょう。もうひと晩、泊めてもらってもかまわなければ」

「もちろん、かまわないよ。じゃ、楽しみにしてる」

わたしより先に、クレイグは家を出ていった。そのときになってようやく、最初から当然わかっていたはずのことに、わたしは気がついた。あのきれいに刈りこんだあごひげ、浅黒い肌、茶色の瞳。クレイグはアンドレアスによく似ているのだ——何歳か若く、お金にも余裕があって、すべての点でいまより順調だったころのアンドレアスに。気づきたくはなかったけれど、真実なのだから仕方がない。わたしの好みの男性は、昔から変わらないのだ。そう、考えてみれば、アンドレアスが現実で、クレイグが理想ではあるけれど。

でも、わたしがいっしょに暮らしているのはアンドレアスなのだ。

Ｕｂｅｒで車を呼び、ロンドンの中心部へ向かう。あのへんには駐車できる場所はないだろうから、わたしのＭＧＢはラドブローク・グローヴ駅の近くの駐車場に置いておこう。《ル・カプリス》までは、三十分ほどの道程《みちのり》だった。

その間ずっと、わたしはクレイグのことを考えていた。

ロンドン、《ル・カプリス》

前回ジェイムズ・テイラーと食事をしたときには、わたしたちはふたりともさんざんに酔っぱらったものだ。今回はそういうことになるまいと、わたしは心に決めていた——《ル・カプリス》のメニューに書かれている値段を考えたら、あたりまえのことだ。わたしはこれまで、一度だけこの店に来たことがある。上司だったチャールズ・クローヴァーが、わたしの誕生日にご馳走してくれたのだ——まあ、チャールズとはその後、思い出したくもない結末を迎えてしまったけれど。料理はすばらしかったものの、何より記憶に残っているのは、店内を横切るわたしを誰も彼もが見つめていたことだ。誰にも注目されず自分のテーブルにつくなど、この店では不可能といっていい。ここを訪れる客の半数にとっては、それもこの店のすばらしいところなのかもしれないけれど、わたしにとっては何のありがたみもない。誰からも注目されることがなく、お行儀をよくしなくてはと緊張する必要のない店のほうが、わたしは好きなのだ。ジェイムズはどうしてここを選んだのだろうと、わたしはいぶかった。フラムリンガムの《クラウン》からは、たしかにずいぶんな出世ではある。

ジェイムズは十分ほど遅刻し、ひょっとして約束をすっぽかされるのだろうかとわたしが思いはじめたころ、ようやく店に飛びこんできた。テーブルに案内してくれたウェイターの様子を見れば、ジェイムズはすっかりこの店の馴染みらしい。会うのは二年ぶりだったけれど、こちらに向かって店内を歩いてくる姿を見て、ジェイムズはあれからまったく変わっていないというのが、わたしの第一印象だった。長い髪、童顔にそぐわない無精ひげ、何か愉快なことに熱中しているかのような目の輝き、それでいて、その瞳の奥にはかすかなずる賢さも隠れている……アビー荘園で初めて出会ったとき、わたしはすぐにこの青年を好きになった。その印象が、今回も変わらなければいいと願うばかりだ。

でも、道が混んでいたからと詫びながら席についたジェイムズを見て、わたしは何かしっくりこないものを感じていた。どこか疲れ、神経をぴりぴりと張りつめさせているように見える。毎夜のように遅くまでパーティで浮かれ、酒に溺れ、おそらくは薬物にも耽《ふけ》っているのだろう——いかにも金のある遊び人という風情《ふぜい》だ。いわゆる〝バイロンのような色男〟という形容がふさわしいのかもしれないけれど、その言葉を使おうとすると、バイロン卿が三十六歳という若さで、熱病により死んだことを思わずにはいられない。服装はいつもの黒い革ジャンにTシャツながら、どちらも前に会ったときより高級ブランドの品に変わっていた。シャンパンを注文するために挙げた手には、以前はしていなかった金のブレスレットとふたつの指輪がきらめいている。

「スーザン、連絡をもらったときは、本当に驚きましたよ！　今夜はぼくのおごり、反論はなしで。元気でした？　聞いたところによると、アランを殺した犯人を見つけ出そうとして殺されかけたとか。怖ろしい話だな！　アランが実は殺されてただなんて、いまでも信じられませんよ。自分の死がこんな事件になるって、本人が知ったらどう思ったかな。事件のおかげで、本も売れたんでしょうね」

わたしは緊張がほぐれるのを感じた。たしかに見た目はいくらか変わったかもしれないけれど、それでもやはり、ここにいるのは昔のままのジェイムズだ。「そうね、アランはあんまり感心しないんじゃないかな。あの人はミステリが嫌いだったんだもの」

「でも、新聞に載るのは好きでしたよ。ぼくたち、アランの記事はどれくらいの大きさになるだろうって、よく話してたんだ。記事って、死亡記事のことですけどね！」ジェイムズはけたたましく笑うと、メニューをつかんだ。「ぼくはホタテとステーキに、ポテトを添えよう。この料理、大好きなんですよ。いったい何があったのか、洗いざらい聞かせてほしいな。いったい、どんな理由でアランは殺されたのか。誰をそんなに怒らせちゃったんだろう？　あなたはどうして、そんなことに巻きこまれたんですか？」

「そうね、何もかも話してあげる」そうはいっても、ついさっきクレイグにひととおり話したばかりなのに。正直なところ、わたしはもうあの件についてはうんざりしはじめていた。「でも、まずはあなたのことを聞かせて。いまはどうしているのか。俳優か何かをしているの？　最後に会ったときには、演劇学校に入るつもりだって言っていたでしょ」

「王立演劇学校とセントラル・スクールには願書を出したんだけど、どうやらぼくはお呼びじゃないみたいでね。年をとりすぎてて、おまけに遊び人すぎると思われたんじゃないかな。どっちにしろ、ぼくはもう、そんなことに興味はないんです。これだけ金があったら、働く必要なんてないんだから。アビー荘園が二百万ポンドで売れたって話は聞きました？　あんなしみったれたサフォークのど田舎にぽつんと建った屋敷に、誰がそんな大金をはたいたんだか知らないけど、ぼくとしちゃ、ただただありがたいですよ。アランの本はいまだにどんどん売れてて、印税の小切手は送られてくるし。まるで宝くじに当たったみたいなことが、半年ごとに起きるんだ」

アラン・コンウェイには家庭があった。妻のメリッサとの間に子どもがひとりいたにもかかわらず、『愚行の代償』が出版された半年後、自分がゲイであることを公表したのだ。メリッサはアランと別れ、最終的にはウィルトシャーのブラッドフォード・オン・エイヴォンに移り住んだ。結婚生活のうち、少なくとも一年間は、アランは男娼を買っていたという。インターネットがようやく普及しはじめ、電話ボックスにびっしりと貼られたいかがわしいカードのたぐいがゆっくりと廃《すた》れていった時代、ロンドンでそうした相手を漁《あさ》っていたのだ。今夜、わたしが食事をともにしているこの青年も、アランに買われたひとりだった。

アランとのつきあいの一部始終を、ジェイムズはあけすけに何もかも話してくれていた――セックスについても、フランスと米国への秘密の旅行についても。ジェイムズのこうした開けっぴろげなところが、わたしは心から好きなのだ。アランはこの青年を、リサーチャーという名目で雇っていた。払っていた給料はすべて――実際にはセックスの代償だったけれど――税務署に経費として申告していたにちがいない。アランは離婚後、ジェイムズといっしょに暮らしはじめたものの、二十歳という年齢差から、ぎくしゃくすることも多かったという。アティカス・ピュントの助手として四作めから登場するジェイムズ・フレイザーは、このジェイムズがモデルなのだ。わたしがモデルとなった登場人物よりは、いくらか温かい視線で描かれている。この助手は、最後の作品までピュントと行動をともにした。

わたしたちは料理を注文した。シャンパンが運ばれてくると、ジェイムズはロンドンに戻ってからの暮らしについて話してくれた。アランと暮らす前に住んでいたケンジントンに、アパートメントを買ったこと。いろんな土地へ旅行したこと。あれからいろいろな相手と浮き名を流したものの、いまはまた、かなり年上の宝飾デザイナーと真剣につきあっているのだという。

「実をいうと、ちょっとアランに似た男なんですよ。おかしな話ですよね、結局は同じような相手に戻っちゃうんだから」イアンというその男は、何か腰をおちつけてひとつのことにとりくむよう、ジェイムズに勧めているのだという。ただ、自分が何をしたいのか、それはまだ見つかっていない。

「アティカス・ピュントの一作めを原作に、いまテレビの連続ドラマを作ってるのは聞きました?」と、ジェイムズ。

「もう撮影は始まっているの?」

「ええ、とりかかってますよ。アティカス・ピュント役にサー・ケネス・ブラナー、エグゼクティヴ・プロデューサーはぼくでね!」ジェイムズは嬉しそうに顔を輝かせた。「一作めにぼくは出てないんだけど、もしも全作ドラマ化することになったら、誰かがぼくの役を演じるわけですよね。ぼくはベン・ウィショーを推薦したんだ。どう思います?」

最初の料理を食べおえたあたりで――すばらしくおいしかった――わたしはしぶしぶ、アラン・コンウェイのことに話を戻した。結局のところ、今夜ジェイムズと会っているのも、まさにそのためなのだから。そんなわけで、わたしはクレタ島を発つに至った経緯から現在にいたるまで、事情をかいつまんで話してきかせた。セシリー・トレハーンの失踪については、ジェイムズも新聞で読んでいたものの、さほど印象に残っていないという。それよりも、むしろ八年前の殺人とアランとのかかわりに興味があるようだ。八年前の被害者の名前をわたしが出すと、ジェイムズは驚くことを言い出した。

「フランク・パリスなら、ぼくも知ってる」

「どういうふうに？」

「どういうって、ほかに何があると思ってるんですか？　抱かれたんですよ……けっこう何度もね、ぼくの記憶では」

《ル・カプリス》のテーブルは、かなり間隔を詰めて配置されている。隣で食事をしていた男女が、こちらをふりむいたのにわたしは気づいた。

「どこで？」

「ロンドンで！　フランクはシェパード・マーケットにアパートメントを持ってて――ここからも、そんなに遠くないところですよ。ぼくは自分の部屋に客を連れこむのが嫌いでね。たいていはホテルに行くんです。居心地はいいし、誰にも知られずに済むしね。でも、フランクはそういうのを隠したがらなかったから。それどころか、逆だったな！　レストランにもクラブにも連れまわして、友人たちにさんざん見せびらかした後で、家に連れこむんですよ」

「どうしてフランクは男娼を買っていたの？」

「そりゃ、買えるからですよ！　フランクは若い男が好みだったし、買えるだけの金は持ってたし。結婚とか、ひとりの相手とじっくりつきあうとか、そういうことには興味がなかったんじゃないかな……ひょっとしたら、興味がないふりをしてただけかもしれないけど。そもそも、あいつはかなりの変態でね。ああいう趣味に喜んでつきあってくれる特定の相手を見つけるってのは、そう簡単なことじゃなかったかもしれないな」

「ああいう趣味って？」

　思いとどまる間もなく、うっかりぽろっと尋ねてしまったけれど、ジェイムズはたじろぐ様子もなかった。「主に、いわゆる羞恥プレイってやつですよ。あと、いかがわしい服を着せたりとか。縛ったりすることもあったな。ああいう客はよくいるんです。相手が嫌がるのを見て喜ぶっていう……」

　隣のテーブルの客が、興味津々で耳を傾けているのがわかる。

「アランはどうやってフランク・パリスと知りあったの？」わたしはあからさまに声を落とし、ジェイムズもそうしてくれないかと願いながら尋ねた。

「詳しくは知らないけど、そんな難しいことじゃないと思いますよ。ロンドンにはそういうバーもたくさんあるし、《チャリオッツ》みたいな場所だったかもしれないし。ほら――ゲイ向けのサウナですよ。ぼくたち、四人で会ったこともあったな――ぼくとアラン、フランク、レオで。言っとくけど、ただの食事ですからね！　あなたの考えてるようなことじゃなくて！　ぼくが見るに、フランクはアランにとって、いわゆる〝魂の導き手〟みたいな感じだったんじゃないかな。あのころ、アランはまだ自分の生きかた、性的指向なんかについて自信がなかったから。そこで、フランクが背中を押したってわけです」

「レオっていうのは？」

「別の男娼ですよ。ぼくと同じにね」ジェイムズがいっこうに声を落としてくれないので、いまや周囲のテーブルの客たちは、みな静まりかえっているのがわかる。まちがいなく、《ル・カプリス》でこんな会話はめったに聞けるものではないだろう。「ぼくたちはみな、けっこうお互いに顔見知りでね。つるんで遊んでたとかじゃないんだけど、どこそこに変態がいるとか……あいつは男前だけど実は潜入してる警察官だとか、そういう情報交換はありがたいんですよ」

「フランクが殺されたとき、あなたはもうアランといっしょに暮らしていたの？」

「いや、まだでしたね。まあ、けっこう頻繁に会ってはいたし、アランはもう、いっしょに暮らそうって話を持ちかけてきてはいましたけど。あの事件が起きたとき、ぼくたちはロンドンにいなくってね。ニュースはラジオで聞いたんです」ジェイムズは記憶をたどった。「正直に言って、あれはけっこうこたえたな。まあね、もしもフランクがロンドンの自分の部屋にいて、あるいはソーホーの裏道を歩いててハンマーで殴り殺されたっていうんなら、ぼくは眉毛ひとつ動かさないでしょうけど。こういう世界じゃありがちなことですからね——とりわけ、フランクの趣味嗜好を考えると。でも、あんな田舎の高級ホテルで、そんな……！」

「アランも動揺していた？」

こちらは、もっと答えにくい質問だったようだ。「そうだな、動揺してたとはいえないんじゃないかな。うん、動揺はしてませんでしたよ。でも、好奇心をそそられてましたね。あのときは、新作の宣伝でヨーロッパを回ってたんですよ。あなたも憶えてますよね。アランはああいう宣伝回りが嫌いでね。そこがおかしなところだって、ぼくはずっと思ってたんだ。自分の本を好きだっていう読者が嫌いなんだから。ぼくたちはフランス、オランダ、ドイツと回って、終わってからトスカーナの別荘を借り、三週間そこですごしたんですよ。すごくきれいなところだったな」

「それで、フランクが殺されたことを聞いたのはいつだったの？」

「ぼくがラジオで聞いて、アランに知らせたんです。なんだかんだ言って、帰国するとすぐ、アランは例のホテルに出かけていきましたよ――フランク・パリスの死が気になってたからじゃなくて、次の本のネタに使えないかと思ってね」

次の料理が運ばれてきた。ジェイムズにはステーキ、わたしには舌平目。ウェイターが二本のナイフで魚をさばく熟練した手つきを見まもるうち、自分がやっていることもまさにこれと同じなのだという思いが、頭にひらめいた――肉を開き、その下に隠れている骨を探し出す。ちがうのはただ、ウェイターは見つけた骨を捨てるだけだということ。わたしはそれを使って、本当は何があったのかをつきとめなくてはならないのだ。

「つまり、アランは行き詰まっちゃってたんですよ」ジェイムズは続けた。「トスカーナにいるときだって、ずっと機嫌が悪かったんだ。最初の二冊はすばらしい売れ行きでしたよね。アランはもうかなり有名になってて、金だってすごい勢いで転がりこんできてた。まあ、ほら、わかってるでしょうけど、ほとんどはあなたのおかげだったんですけどね。でも、三冊めのアイデアが、どうしても浮かばなかったみたいで」

「それで、《ブランロウ・ホール》に来たら思いついたってわけね」

「そのとおり。実際、あのホテルに二、三泊したんですよ。自宅から二十分しか離れてないんだから、泊まる必要なんかないのにね。そのうえ、メリッサと出くわしたらどうしようって、やたら気を揉んでたし」

「でも、どうして?」わたしはぽかんとした。「メリッサはブラッドフォード・オン・エイヴォンに引っ越したんじゃなかった?」

「いや。それはもうちょっと後の話でね。アランと別れてオーフォードの家を売った後、メリッサはまだしばらくこのへんに住んでいたいって言ったんですよ。どうしてかはわからないけど。きっと、おちついて心の整理をする時間が必要だったのかも。それで家を借りたんだけど、それがたまたま、あのホテルのすぐ隣だったんです。裏庭の門の先が、そのままホテルの敷地って場所で」

つまり、事件当時、メリッサもあの地にいたことになる！　後でじっくり考えようと、わたしはこの事実を記憶にしっかりと書きとめた。

「でもまあ、ばったり出くわすことはなかったんですけどね、ありがたいことに」ジェイムズは続けた。「ほら、そのとき、メリッサはもうアランがゲイだってことを知ってたけど、世間はまだ誰も知らなかったわけでしょう。まだそのことは公表してなくて、ぼくの存在だって、アランは誰にも話してなかったしね！　あなたは知ってました？」

「とんでもない！　新聞記事で読んで、初めて知ったんだから」

「ですよね。アランって、そういうところがあったから。とにかく、あのホテルで三、四日すごすうち、三作めのアイデアが浮かんだのはたしかだな。帰ってきたとき、アランはすごく機嫌がよくてね、いろんな人間から話を聞いたおかげで、何を書くべきかわかったと言ってたから」

わたしはその言葉にすかさず反応した。「誰から話を聞いたかはわかる？」

「そりゃもう、全員からですよ！」《ル・カプリス》に入ってきたとき、ジェイムズはどこかの店のビニール袋を手にしており、それをテーブルの下の床にどさっと置いていた。その袋をあらためて手にとり、中身をわたしに見せる。「見つけたものは、全部ここに放りこんできましたからね。写真も、ノートも、USBメモリも……会話の録音もあるみたいですよ。まだ、探せば何か家に残ってるかもしれないけど。まあ、見つけたらまた連絡しますね」

「すごいじゃない、ジェイムズ。ありがとう」実のところ、わたしは心から驚いていた。「アランの古い資料なんて、みんな捨てちゃったんだろうと思ってた」

ジェイムズはうなずいた。「そのつもりだったんですよ。あの家が売れたら、全部ごっそり処分しよう、ってね。あの家にどれくらいのものがあふれてたか、あなたには想像もつかないだろうな。そもそも、本からして数えきれないくらいあったし。アラン自身の本だって、九作それぞれ三十ヵ国語の訳書があるんですよ！」

「三十四ヵ国ね」すかさず訂正しておく。

「アティカス・ピュントの日本語版なんて、いったいぼくにどうしろっていうんですか？　そのほかにも、手書き原稿やら、ゲラのコピーやら、メモ帳やら、どれもちょっとずつちがう下書きなんかもあるんですよ。ぼくはもう、実際にイプスウィッチの業者に連絡して、トラックでみんな地元のゴミ処理場へ運んでもらう約束になってたんです。でも、そこで、思いもかけないことがふたつ起きて。まず、米国のどっかの大学から電話がかかってきたんですよ。アランの死にお悔やみを述べた後、できれば故人の遺した資料を収蔵したいと考えているのですが、ってね。〝収蔵〟ですよ、〝収蔵〟！　買いとるとは言ってくれなかったんだけど――少なくとも、はっきりとはね――でも、アランの古い手書き原稿やら何やらにも価値があるんだと、ぼくにわからせてくれたんです。

それから――このときはまだ遺言の検認が済む前で、もう手持ちの金がぜんぜんなくてね――ぼくはアランの本を少しばかり売ろうと決めたんですよ。アガサ・クリスティでも売りにいこうかな、って。ほら、クリスティは全作そろってたから。で、本棚から何冊かつかみとって、フィーリックストウの古本屋に持ちこんだんです。そうしたら、ありがたいことに、そこの店主がすごく正直な人間でね、ぼくが持っていった本はすべて初版で、それだけでもちょっとした財産になる、って教えてくれたんですよ。ロジャー・アクロイドがどうとかって本なんて、それだけで二千ポンドになったんだから。ぼくとしては、その日のフィッシュ・アンド・チップス代になればと思って持ちこんだだけだったのに……いまあなたが食べてる、そんな豪華なフィッシュ・アンド・チップスじゃなくてね！」

「じゃ、あなたはいまでも、アランの資料を何も捨てずに持っているのね」

「その大学には、買いとり金額を出してくれと伝えてあるんですよ。まだ、返事を待ってるところでね。でも、何も捨ててません――全部とってありますからね！　どんなものがあるのか、ちゃんと分類しようと思ってたんだけど、なにしろぼくも自堕落だから、つい面倒くさくて。でも、あなたから連絡をもらって、とにかく『愚行の代償』に関係あるものは全部よりわけて持ってきたんです――この本でしたよね？」

「ええ、そうよ」

「みんなちゃんとラベルが貼ってあって助かりましたよ。アランって、そういう人だったでしょう。誰かが自分のことを新聞に書くと、それを切りとってスクラップ・ブックに貼る。自分自身について、誰よりも詳しく研究してたんだ」ジェイムズは陽気な笑い声をあげた。「用がすんだら、返してもらえると助かります。それ、ぼくがじいさんになったときの生活費になるかもしれないし」

ジェイムズ・テイラーがじいさんになるところなど、わたしには想像もつかなかった。

「あの殺人事件について、あなたは何も聞いてない？」

「アランは自分の本について、ぼくにはけっして何も話さなかったんです。たとえ、ぼくを物語に登場させていてもね。でも、さっきも話したけど、ホテルから帰ってきたときには、アランはすごくご機嫌でね、こう言ったのを憶えてますよ――〝連中はまちがった男をつかまえたな〟って。えらく得意げな顔をしてたっけ」

「ステファン・コドレスクのことね」

「それ、ぼくは知らない名前だな」

「あの事件で、犯人として逮捕されたの」

「そうか、じゃ、まちがいなくその男のことですね。なんでも知りあいの刑事が捜査を指揮してたそうで、そいつがやらかしちまったんだって、アランは自信満々でしたよ」

「でも、誰が真犯人なのかは言っていなかったのね」

「そうなんですよ。残念だけど」

「でも、もしも誰がフランク・パリスを殺したのかを本当に知っていたなら、アランは黙っていなかったんじゃない？　だって、フランクはアランの友だちだったんでしょう」

ジェイムズはしかめっつらになった。「そうともかぎらないんじゃないかな。ぼくはアランが好きだったけど、でも、ときとして本当に根性悪《こんじょうわる》だったのもたしかですよね。あんなに自分中心な人間も、そうはいませんよ。フランク・パリスがどうなろうと、誰に殺されようと、アランは気にもしてなかったと思うな」ジェイムズは、こちらにフォークを向けた。「まあ、誰が真犯人なのか、本当にわかってなかった可能性だって充分にありますけどね。あなたには、もうわかってるんですか？」

「いいえ」わたしは認めた。

「でも、あなたなら、いつかきっと探りあてますよ」ジェイムズはにっこりした。「ねえ、スーザン、ぼくたちが、またこんなふうに顔を合わせてるなんて、本当に不思議ですよね。おまけにアランの幽霊も、いつまでもぼくたちの上をふらふらしてる。いつかはぼくたちから離れてくれるのかな？」グラスを手にとる。「アランに乾杯！」

わたしたちはグラスを触れあわせた。

でも、そのグラスに、わたしは口をつけずにおいた。

セシリー・トレハーン

ラドブローク・グローヴに戻ってきたときには、もう夜も更けていたけれど、わたしはまだまだ寝るつもりはなかった。ジェイムズから渡されたビニール袋を逆さまにし、中身をベッドの上にぶちまける。プラスティックの表紙のバインダーに綴《と》じられ、余白に書きこみのある、『愚行の代償』全文の原稿、何冊かのノート、五、六枚の写真、何枚かの図面。《ブランロウ・ホール》の殺人事件を報じる新聞記事の切り抜きの中には、先日わたしが読んだ《イースト・アングリアン・デイリー・タイムズ》紙のものも交じっていた。さらにインターネットのさまざまなサイトのプリントアウト、そして三本のUSBメモリ。この資料の山を見て、探している答えはきっとこの中にあると、わたしはほとんど確信していた。誰がフランク・パリスを殺したのか、いまセシル・トレハーンはどこにいるのか。警察が見出せなかった手がかりが、いまわたしの目の前にある。でも、いったいどこから始めようか？

原稿は、わたしの見るところ二度めの草稿で、目利きの文書館員なら興味を惹かれるかもしれない。たとえば第一章は、最初はこんなふうに始まっていた――〝トーリー・オン・ザ・ウォーターは、港とわずか二本の細い通りからなるちっぽけな村で、周囲を四つの異なる水域に囲まれている〟と。〝わずか〟〝細い〟〝ちっぽけな〟という三つの単語を、アランは丸で囲っていた。たしかに、わたしでも同じことをしたにちがいない。ひとつの文章に、小ささを形容する表現が三つも重なるのは多すぎる。さらにアランは最初の段落全体に×をつけ、第一章のもっと後で使うことにして、最初は《クラレンス・キープ》――草稿の段階では《クラレンス屋敷》と呼ばれていた――の厨房で幕を開けるよう変更していた。

そんなふうに、あれこれと手を入れられた原稿。現実世界に役に立ちそうなものなど、ここからは見つかるまい。ましてや、例の殺人事件と関係のあることなど、存在するはずもないと思われた。

ノート類をめくってみても、どれもみな同じように、純粋に小説にかかわることしか書かれていない。アランの癖のある几帳面な文字も、いつも好んで使っていた、色が薄めの青インクも、記憶に残っているとおりだ。さまざまな疑問点、アイデア、×印、矢印などが、何十ページも書きつらねてある。

アルジャーノンは遺言のことを知っていた
脅迫されていた？
ジェイソンとナンシー、一夜かぎりの関係
六十ポンド
引き出しから盗まれた寝巻

いくつかの名前は変更されているけれど、こうしたアイデアのほとんどは、完成した小説にさまざまな形で顔を出している。《ブランロウ・ホール》の実際の間取り図もアランは詳しく描いており、それを下敷きにして、まるでレンガひとつひとつをサフォークからデヴォンに運んで組み立てなおしたかのように、小説内のホテル《ヨルガオ館》として再現していた。シリーズのほかの作品と同じく、殺人の起きる村は実在しない。もっとも、地図を見ると、おそらくデヴォン州アップルドアから川を少し下ったあたりを思い描いていたのだろう。ネットからのプリントアウトのほとんどは、作家のよき友であるウィキペディアのページだった。さらに、世界の有名なダイヤモンドについて、英国の映画について、サン＝トロペの発展について、一九五七年三月二十一日施行の殺人法について、そのほか物語の筋にどう関係するか、わたしもよく憶えているいくつかのものごとについての記事も交じっている。

USBメモリのうち一本には、アランが顔を合わせた人々の画像が保存されていた。ローレンス・トレハーン、ポーリーン、リサとセシリー、エイデン・マクニール、デレクと、知っている顔が並ぶ。髪を短く刈りこみ、黒いドレスに白いエプロンという恰好の、背が低く、ずんぐりした女性も写っていた。おそらく、これが遺体を発見したエストニア人のメイド、ナターシャ・メルクなのだろう。さらに別の男性——ライオネル・コービーだろうか——は、ジムの外でポーズをとっている。さまざまな場所を写した画像もあった——現場となった十二号室、厩舎《きゅうしゃ》を改造した従業員の寮、バー、結婚式の午餐会《ごさんかい》を開いた芝生。そもそもの最初から、わたしはアランの足跡を追っていたのだと思うと、どこか不気味な気がしてならない。

昔ながらの紙焼きの写真も一枚、ジェイムズは入れてくれていた。その写真にすぐ目を奪われたのは、アラン本人がそこに写っていたからだ。おそらくはロンドンの高級レストランらしい場所で、三人の真ん中に陣どっている。隣に坐るひとりは、いまよりずっと若いジェイムズ。もうひとりは、日焼けした肌に波打つ銀髪の男性で、ヴェルヴェットのジャケットを着ている。これはフランク・パリスにちがいない。この夜、ジェイムズはフランクとすごしたのだろうか、それともアランと？　この写真からは、どちらとも判断がつかない。三人は親しげに身体を寄せあい、笑みを浮かべている。

この写真はウェイターが撮ったのだろうと最初は思ったけれど、よく見てみると、カメラはかなり低い位置から、ごく近距離で三人をとらえている。テーブルには四人ぶんの席が作られており、このカメラはその四人めの人物がかまえていたのだろう。ひょっとして、ジェイムズの話に出てきた男娼のレオだろうか？　ふたりの男、そしてふたりの男娼。いかにもありそうな話だ。

階下で玄関のドアが開く音、そして閉まる音。クレイグが観劇から帰ってきたのだ。この部屋の照明は枕もとのランプがひとつ点《つ》いているだけで、窓のカーテンはベッドに坐りこむ前にきっちりと閉めておいたのを確認しているのに、思わず知らず息をひそめる。誰にも邪魔されたくないあまり、無意識のうちに光が漏れないよう気を配っていたのだと、わたしはいまさらながら自覚していた。そのまま、クレイグが階段を上ってくる足音に耳をすます。やがて、別のドアが開き、また閉まる音が聞こえて、わたしはようやく息を吐き出した。

USBメモリは、ほかにまだ二本ある。次のを、わたしはノートパソコンに差しこんだ。こちらの中身は、ローレンス、ポーリーン、リサに、それぞれ話を聞いたときの録音だ。これはいますぐ聞く必要もないだろう。最後のUSBメモリを手にとり、差しこむ。これだ――わたしの探していたものが、ここに収められている。

セシリー・トレハーン。

持ってきたヘッドフォンを取り出し、手が震えそうになるのをこらえながら、ノートパソコンにつなぐ。セシリーの生死は依然としてわからないままではあるけれど、わたしはサフォークに足を踏み入れた瞬間から、頭上からその魂に見おろされているような気がしていたのだ。わたしは本当に、セシリーの生の声を聞きたいと思っているのだろうか？　こんなことを考えるなんて縁起でもないのはわかっているけれど、もしかすると、この声だけを残して、セシリー本人はもうこの世にいないかもしれないのに。ついでながら、最後にアラン・コンウェイの声を聞いたのも、たっぷり二年は前のことになる。いまさら墓ごしの声など聞かされたくはない。とはいえ、このふたりの面談こそは、わたしが何より聞かなくてはならないものなのだ。朝まで先延ばしになんて、できるはずもなかった。

わたしはカーソルを動かし、再生ボタンを押した。

短い静寂の後、ふたりの声が聞こえはじめる。あと二、三年も待てば、スマートフォンに動画撮影機能が付いていただろうにと思うと、それが残念でならない。声だけでなく、姿も見られたらどんなによかったか。セシリーはどんな服を着ているのだろう？　動いているところを見たら、いったいどんな印象を受けるのだろうか。そもそも、話を聞いている場所はどこ？　聞こえてくる音からは、ホテルの中のような気がするけれど、はっきりとはわからない。

アランはいかにもよそゆきの話しかただった。かすかながらへつらうような響きを聞きとり、思わずにやりとしてしまう。その気になれば、アランも相手のご機嫌をとることくらいできるのは、わたしも経験から知っていた。もっとも、相手がわたしの場合は、続いて苦情を並べたてられるか、あるいはとんでもない要求をつきつけられるのが落ちだったけれど。アランのほうは、姿が見えなくてもまったくかまわない。わたしとの会話は、ほとんどいつも電話ごしだった。声だけというのが、わたしの知っているアランの姿なのだ。セシリーが相手だと、こうも変わるということか。これまでさんざん話を聞いてまわってきたものの、こうして声を聞いて初めて、セシリーはなかば生命を吹きこまれた存在となって、わたしの前に現れた——あくまで、なかばどまりではあるけれど。声は姉のリサに似ている。好感の持てる話しかたで、うちとけて温かい。
この会話が実際は八年前のことだなんて、とうてい信じられなかった。完璧に保存された録音に耳を傾けていると、ふと、両親が亡くなったとき、最初に薄れていった記憶はその声だったことを思い出す。いまはもう、そんな経験をする人はいまい。最新の科学技術は、死というものの性質まで変えてしまったのだ。

アラン：こんにちは、マクニール夫人。お話を聞かせてもらえるとのこと、感謝しますよ。
セシリー：わたし、まだそんなふうに呼ばれるのに慣れていないの。よかったら、セシリーと呼んでください。
アラン：ああ、なるほど。もちろん、喜んで。新婚旅行はいかがでした？
セシリー：そうね、あんなことがあった後だから、やっぱり最初はなかなか楽しめなくて。二週間、出発が遅れたんです。でも、ホテルはとっても素敵だった。アンティグアにいらしたことはあります？
アラン：いや。
セシリー：ネルソン湾にあるホテルだったの。わたしたちふたりとも、もう本当に休まないと、どうにかなってしまいそうだったから。
アラン：いや、それでも、きれいな日焼けだ。

セシリー：ありがとう。
アラン：あまりお時間をとらせては申しわけないですね。
セシリー：だいじょうぶ。きょうは何もかも、とっても平和なんです。あなたのお部屋はどう？
アラン：すばらしいですよ。本当に美しいホテルだ。
セシリー：よかった。
アラン：ところで、わたしの別れた妻が、こちらの不動産を借りているとか。ご存じでしたか？
セシリー：不動産というと？
アラン：《オークランズ・コテージ》です。
セシリー：ああ、メリッサね！　知りませんでした、まさかおふたりが……
アラン：別れたのは昨年でしてね。
セシリー：まあ、お気の毒に。メリッサとは一度か二度お話ししました。ときどきジムでお見かけしますよ。
アラン：いやいや、どうぞお気づかいなく。あれとはごく円満に別れたのでね、ここで幸せに暮らしているというのは、わたしにとっても嬉しいことです。今回の事件についてあらためて話してもらうことで、またつらい思いをされないといいのですが。
セシリー：ええ、だいじょうぶです。あれからもう一ヵ月以上も経って、十二号室もすっかりきれいになりましたし。ホテルって、いろんな怖ろしいことが起きる場所なんですよ……映画の『シャイニング』みたいにね。ご覧になったことあります？　わたし、フランク・パリス氏と顔を合わせたのもわずかな時間だったし、幸い現場は見ていないので、そんなにつらい思いはしてないんです。ごめんなさい。なんだか、冷たい言いかたになってしまって。あなたのお友だちだったんですよね。

アラン：まあ、あの男とは、わたしももう長いこと会っていなくてね。ロンドンで知りあったんですが。

セシリー：あなたは、いまはフラムリンガムにお住まいなのね？

アラン：ええ。

セシリー：エイデンから聞きましたけど、作家でいらっしゃるんですってね。

アラン：ええ。すでに二冊が出版されています。『アティカス・ピュント登場』と、『慰めなき道を行くもの』と。

セシリー：ごめんなさい、読んでいないんです。なかなか本を読む時間がとれなくて。

アラン：二冊とも、かなり売れているんですよ。

セシリー：わたしたちのことを、本に書くんですか？

アラン：そういうつもりはありません。ご両親にもお話ししましたが、わたしがいろいろと苦しんでいた時代、フランクにはずいぶん親切にしてもらいましてね。あの男には、借りがあるような気がしているんです。

セシリー：本に書かれたりするのは嫌なんです。

アラン：わたしは周囲の人々のことを本に書いたりはしませんよ。許可もなくそんなことをするなんて、とんでもない。それに、もともと現実の犯罪はとりあげないんです。

セシリー：そう、だったらかまいませんけど。

アラン：そういえば、警察は犯人を逮捕したそうですね。

セシリー：ステファンをね。ええ。

アラン：その男のことを話してもらえませんか？

セシリー：どんなことを知りたいんですか？

アラン：逮捕されたと聞いて、あなたは驚きましたか？

セシリー：ええ、わたしは。とってもね。実のところ、ひどく衝撃を受けました。両親が以前から犯罪歴のある若者たちをホテルで雇っていたことはご存じですよね。わたし、それはすごくいいことだと思ってるんです。そういう人たちには、わたしたちが手を差しのべないと。ステファンが問題を起こしたことは知ってますけど、それはけっして本人の責任じゃないんです。どんな環境で生まれ育ったかを考えれば、それまではまったく機会に恵まれなかったわけでしょ。それでも、このホテルに来てからは、雇ってもらえたことにいつも感謝してくれていたし、とっても働きもので、心根は優しい人なんだって思ってます。姉がステファンを嫌っているのは知ってますけど、それは自分の思うようにならなかったってだけの理由なんですよ。

アラン：というと、具体的には？
セシリー：そうね、働きぶりが足りないとか。姉はそんなふうに言ってました。あと、ステファンには盗癖があると思いこんでるんですけど、そんなの、ほかの誰かがやったかもしれないのに。たとえばライオネルだったかもしれないし、ナターシャだったかもしれない、結局はわからないままなんです。リサがステファンを泥棒だと名指ししたのは、わたしが目をかけてた従業員だったから。解雇したのはまちがいだったと、わたしは思ってるんです。このことは、リサにもはっきりと言ってやりました。そうでなければ、あなたにもこんなことは言いません。あれは、本当にひどい仕打ちだったと思うの。
アラン：ステファンがフランクの部屋に押し入ったのは、解雇されたからではないかと、警察は考えているようですね……もう、自分がこのホテルを出ていくことがわかっていたからだ、と。
セシリー：警察はそう言ってますけど、それが本当かどうか、わたしにはわかりません。
アラン：犯人は別にいると考えているんですか？
セシリー：本当にわからないんです、ミスター・コンウェイ。最初は、絶対にそんなはずはないと思ってたの。エイデンも、わたしの考えに賛成してくれたんですよ。あの人、そんなにステファンが気に入ってたわけでもないのに。わたし、これまでステファンほど優しい人に会ったことがないんです。わたしに対しても、いつもすごく礼儀正しくて。さっきも言ったように、わたしの両親が与えた機会を得がたいものだと感謝していて、ふたりをけっして後悔させまいと思っててくれたのよ。だから、ステファンが自白したと聞いて、わたしはとうてい信じられませんでした。それなのに、いまはもう起訴するのに充分すぎるほどの証拠まで見つかったって、警察の人から言われてしまって。具体的にどんな証拠なのか、そこまでは教えてもらえませんでしたけど。わたし、もう本当にわからないの。警察は、すごく単純な事件だと考えてるみたいなんです。ステファンの部屋からお金が見つかったって……ごめんなさい。ちょっとだけ、失礼してもいいですか？　こんなの、あんまり怖ろしすぎて、つらすぎて、わたしはもう……誰かが殺されただなんて。

いったん録音が止められ、そしてまた再開する。

セシリー：ごめんなさい。
アラン：いえいえ。お気持ちはわかりますよ。あなたの結婚式の日でしたしね。あなたにとっては、さぞかし怖ろしい出来事だったでしょう。
セシリー：そうなんです。
アラン：何だったら、続きはまた今度ということで。
セシリー：いいんです。いま、済ませてしまいましょう。
アラン：それでは、よかったらフランク・パリスのことをもう少し聞かせてもらえませんか。
セシリー：わたし、ほとんど顔を合わせていないんです。さっきもお話ししましたけど。

アラン：木曜にフランクが到着したとき、あなたもその場にいたんですか？

セシリー：いいえ。お部屋が気に入らなかったって聞きました――でも、エイデンがうまく処理してくれたんです。お客さまへの応対は、あの人、本当に上手なの。みなさん、エイデンのことを好きにならずにいられないみたいで。何か問題が起きても、夫ならどうにか丸く収める道を見つけてくれるんです。

アラン：それで、フランクは十二号室に移ったんでしたね。

セシリー：ええ、エイデンが別のお客さまと部屋を交換するようとりはからったんです。学校の先生か何か、そんなかたと。そのお客さまはまだ到着していなかったから、揉めずにすんだの。

アラン：そして、金曜にはタクシーでウェスルトンを訪ねたとか。

セシリー：デレクがタクシーを手配したんです。デレクとはもう会いました？

アラン：こちらの夜間責任者でしたね？　今夜、話を聞かせてもらうことになっています。

セシリー：わたしがパリス氏と顔を合わせたのは、お昼どきくらいだったかな、氏がホテルに戻ってきたときでした。わたしは大テントの件で、業者と折衝《せっしょう》しなくちゃいけなくて。ほんと、あの業者にはひどい目に遭わされました――もう、うちでは二度と使わないでしょうね――テントの搬入があんなに遅れるなんて。まあ、最終的にはどうにかなったんですけど、とにかく、わたしはそのことで東側の芝生のところにいたんです。そこへパリス氏が別のタクシーで戻ってきて。ちょうどエイデンも外に出てきたところで、ふたりが話しているのが見えました。
アラン：何を話していたのかわかりますか？
セシリー：えーと――ただ、うちのホテルのこととか、お部屋のこととか、そんなことでした。わたしはエイデンに用があったので、ふたりのところへ歩いていったんです。夫がわたしを紹介してくれました。
アラン：フランク・パリスの印象は？
セシリー：正直にお話ししてもかまいません？　ほら、あのかたはあなたのお友だちでしょう、ことによっては気を悪くさせてしまうかも。
アラン：かまいませんよ。何でも話してみてください。
セシリー：それならお話ししますけど、わたし、パリス氏はどうも好きになれませんでした。理由はうまく説明できないんです。もしかしたら、ほかにいろいろ心配ごとがあったせいもあるのかも。でも、パリス氏って、わたしにはどうしても……信用できない人に思えてしまって。なんというか、馴れ馴れしすぎるくらいに気さくに、明るくふるまってはいるけど――部屋を替えろって、エイデンにはうるさく迫ったくせにね――そういう態度がみな、わたしにはどうも作りものくさく感じられてしまったの。このホテルが大好きだと言われても、本当は好きでも何でもないいんじゃないかって。それに、エイデンとわたしがもうすぐ結婚すると聞いて、お祝いを言ってくれたときにも、まるでせせら笑ってるみたいに聞こえたんです。

アラン：フランクにはちょっと……驕慢《きょうまん》なところがあったのでね。
セシリー：そんな言葉、どういう意味なのかさっぱり。
アラン：人を見くだしているということですよ。
セシリー：それだけじゃないんです。嘘もついてたのよ。具体的な例だって、ちゃんとあるんですから。その夜は結婚を祝って従業員たちのパーティを開くから、もしかしたら騒がしくてご迷惑をおかけするかもしれないって、エイデンが言ったんです。そうしたら、それは別にかまわない、その夜は外出する予定だから、ってパリス氏が答えて。スネイプ・モルティングズに『フィガロの結婚』を観にいくんだ、って言ってました。わたし、オペラにはぜんぜん詳しくないんですけど、やたらはっきりと演目の名前を言ってたので、記憶に残ってるんです。それがどれだけお気に入りのオペラで、すばらしい物語をこれまでも楽しんできたか、今回もどれだけ楽しみにしてるか、えんえんと語ってました。
アラン：それが嘘だと思った理由は？
セシリー：その数日後、たまたまスネイプ・モルティングズに行ったんです――食料品の買い出しにね――そこで公演日程を見たら、『フィガロの結婚』なんて、どこにもなかったんですよ。金曜の夜には、ユース・オーケストラがベンジャミン・ブリテンの曲を演《や》ってたんです。
アラン：いったい、どうしてそんな嘘をついたんだと思いますか？
セシリー：それは、さっきお話ししたとおりです。わたしたちのこと、せせら笑ってたのよ。

アラン：それにしても、ずいぶん奇妙な言動ではありますよね。
セシリー：別に、何か理由があってのことじゃないと思うんです。ただ、わたしたちを見くだすのを楽しんでただけなんじゃないかな、って。もしかしたら、パリス氏はゲイで、わたしたちはそうじゃないからだったのかも。こんなこと、言っちゃいけないのかもしれませんけど。あるいは、自分がロンドンに住んでて、わたしたちは田舎に閉じこもってるから、とか。自分は客で、わたしたちはお客さまを迎える側だから、とかね。わたしにはわかりません。別れるときになって、パリス氏は気持ちの悪い握手をしてきたんです。まるで大統領か何かみたいに、エイデンの手を両手で握って放したくないようなそぶりで。それから、今度はわたしの頰にキスをして、それもどうかと思ったんですけど、さらに手をわたしの腰に当ててきたんです。こんなこと、どうしてあなたにこまごまとお話ししてるのかな。とにかく、わたしが言いたいのは、パリス氏はずっとわたしたちをからかってるみたいだったってことなの。わたしはほんの数分ばかり会っただけだし、あなたのほうがずっと氏をよくご存じだったと思いますけど、とにかく、わたしには感じのいい人だとは思えませんでした。ごめんなさい、でも、わたしの正直な気持ちなんです。
アラン：その後、またフランクに会いました？
セシリー：いいえ。金曜の夜にはパーティがあったし、もうパリス氏のことは頭にも浮かびませんでした。どっちにしろ、ホテルも満員で、ほかに気を配らなきゃいけないお客さまはいっぱいいましたしね。その夜は睡眠薬を服んで早く寝たんです。ほら、翌日はわたしの結婚式でしたから。
アラン：ステファン・コドレスクもパーティには出たんですか？
セシリー：ええ。出てくれました。
アラン：どんな様子でした？
セシリー：まあ、リサに解雇されてしまったばかりだったから、当然あまり楽しそうではありませんでした。実のところ、むっつりとして、ほとんど何もしゃべらなかったんです。飲みすぎたんだって、エイデンは言ってました。パーティも、かなり早めに抜けたみたいです。たぶん、ライオネルに連れられて部屋に帰ったんだと思います。
アラン：しかし、それからほんの三時間ほどで、ステファンはまた起き出してきたわけですね。警察によると、ホテルに戻り、十二号室に押し入ったとか。
セシリー：そう聞いてます。
アラン：デレクが目撃しているとか。
セシリー：でも、見まちがいだったのかも。
アラン：あなたはそう思うんですね？
セシリー：わかりません。こんなこと、わたしがいろいろ言えることじゃないんです。ほんと、もうほかに質問がなければ、知ってることはみんなお話ししたと思うんですけど。
アラン：いや、本当に参考になりましたよ、セシリー。それにしても、素敵な日焼けだ。結婚生活を楽しんでいるんでしょうね？

セシリー：（笑い声）そうね、まだ新婚ですしね。でも、アンティグアではすばらしいひとときをすごしましたし、いまはここに戻ってこられて幸せです。わたしたち、《ブランロウ・コテージ》の暮らしが大好きなの。もう、嫌なことは何もかも忘れて、前に進むつもりでいるんです。

アラン：ありがとうございました。

セシリー：こちらこそ。

録音は、ここで終わっている。聞きおえた後の静寂が、わたしにはどうにも重苦しく感じられた。セシリーが姿を消してからもう十日間が経ってしまった事実が胸にのしかかり、この声を誰かがふたたび耳にすることはあるのだろうかと、つい考えずにはいられなかったからだ。

このUSBメモリには、もうひとつ別の録音が保存されていた。アランとは少し言葉を交わしたと、エイデンが話していたことを思い出す。こちらの録音を二度ほど聞いてみてようやく、これはセシリーから話を聞くより前の会話なのだと、わたしは思いあたった。ポーリーン・トレハーンがふたりの男性を引きあわせる場面だ。そして、その前からアランはすでに録音を始めていた。

ポーリーン：ごめんなさい。録音はしてほしくないんです。

アラン：これはわたしがメモ代わりに使うだけなんですよ。いちいち書くより楽なのでね。

ポーリーン：それでも、何があったのかを思うと、どうにもいたたまれなくて。本当に、この事件のことを書くつもりじゃないんでしょうね？

アラン：いえいえ、とんでもない。わたしの次の作品は、そもそもサフォークが舞台でもありませんしね。

ポーリーン：もう題名は決まっているのかしら？

アラン：いや、まだ。

エイデンが登場する。

ポーリーン：エイデン・マクニール。娘婿《むすめむこ》です。

アラン：たしか、もうお会いしていますよ。

エイデン：そうですね。あなたが到着したとき、ぼくがフロントにいましたから。部屋を替えるのをお手伝いしました。新しい部屋が、気に入っていただけたようならいいんですが。

アラン：いや、すばらしい部屋ですよ。ありがとう。

エイデン：ちょっと待ってください。これ、録音してるんですか？

アラン：ええ。ご迷惑ですかね？

エイデン：正直に言わせてもらえば、迷惑です。

ポーリーン：コンウェイ氏はね、例の殺人事件のことについて、いくつか質問したいんですって。
エイデン：なるほど、それについては、できればお話ししたくないんですよ。
アラン：というと……？
エイデン：申しわけありませんが、ミスター・コンウェイ。ぼくの仕事は、このホテルの利益を守ることなんです。ステファン・コドレスクの事件は、うちのホテルにとって災難以外の何ものでもなかったし、そんな事件について、これ以上いろいろ知られたくはないんです。
アラン：この録音の内容を、どこかに公開するつもりはありませんよ。
エイデン：それでも同じですよ。あの日にどんなことがあったのか、ぼくたちはもう、何もかも警察に話したんだ。何も隠したりはしてない。もしも、あの事件について、うちのホテルに何らかの責任があるとほのめかすつもりなら……
アラン：そんなつもりはありませんよ。
エイデン：さあ、どうだか。
ポーリーン：エイデン！
エイデン：すみません、ポーリーン。こんなこと、やめておいたほうがいいと、ローレンスにはもう話したんです。そりゃ、コンウェイ氏はたいそう著名な作家かもしれないけど――
アラン：よかったら、わたしのことはアランと呼んでもらえれば……
エイデン：そんなお遊びにつきあう気はないんです。すみませんが、録音を止めてもらえますか。

アラン：どうしてもというのなら。
エイデン：お願いします。

録音は、ここで終わっていた。

どうやら、そもそも出会った瞬間から、エイデンはアラン・コンウェイのことが嫌いだったらしい――その気持ちは、わたしにもわからないではなかった。事件について話すのを断ったことから、何か深い意味を読みとるべきだろうか？　そんなふうには思えない。エイデンもはっきりと口にしているとおり、それが広報担当の仕事なのだ。

すでに零時をすぎているし、明日の朝は早く起きなくてはならない。それでも、わたしは最後に《アップル・ミュージック》を開き、『フィガロの結婚』をダウンロードした。明日は、この曲をじっくり聴くことにしよう。

ライオネル・コービー（朝食）

翌日、わたしはすでに朝から疲れていた。昨夜はよく眠れなかったうえ、クレイグがまだ起きてもこないうち、夜明けには家を出なくてはならなかったのだ。事件当時《ブランロウ・ホール》のジムの責任者だったライオネル・コービーと朝七時の約束があり、待ちあわせの場所に向かって、ロンドンを端から端まで横断する。果てしなく走りつづける地下鉄の座席で揺られながら、せいぜい二、三駅間の暇つぶしにしかならない無料の新聞に、わたしはとりあえず目を走らせた。

ライオネル・コービーの第一印象は、あまり芳《かんば》しいものではなかった。いかにも高そうな、車輪のおそろしく細い自転車にまたがり、渋滞する車列を縫うように走ってくる。太腿のなかばまでしかないストレッチ素材のパンツは、完璧に鍛えあげた脚の筋肉と、ついでに言うならいかにも立派な形の性器を、まるで誇示しているかのようだった。ふだんなら、わたしはできるだけ他人のいいところを見るようにしている——まあ、殺人事件を追うにあたっては、あまり役に立つ習慣ではないかもしれないけれど。でも、顔を合わせた瞬間から、ライオネルにはどこか鼻につくところがあった……そう、ひけらかし屋とでもいうのだろうか。たしかに、ジムで働いているのは知っている。だからこそ、鍛えた肉体を見せるのも宣伝のうちなのだろうけれど、こんなにも麗々《れいれい》しく見せびらかす必要があるのだろうか？　握手を交わしながら、ライオネルは品定めをするかのように、こちらの全身に視線を走らせる。そして、自分がどうしようもなく野暮ったく思えて身をすくめているわたしをよそに、鼻歌をうたいながら自転車をラックに駐め、チェーンをかけた。

「さてと、スーザン、朝食でもどうです？」大げさなほど典型的な、抑揚のないオーストラリア訛《なま》りだ。「ここ、なかなかのカフェがあって、おれは割引が効くんですよ」

建物の中に入る。《ヴァージン・アクティヴ》は賑やかな大通りに面した、コンクリートのがっちりした建物に入っているジムだ。この角を曲がったところが、アティカス・ピュントの住んでいたとされるアパートメントなのは、いかにも奇妙な偶然だ……まあ、つまり、アラン・コンウェイがこの建物を見て、想像力を働かせたということなのだろう。カフェはちょうど開いたばかりで、まだほかに客はいない。エアコンがすでに稼働していて、中は冷蔵庫のようにに冷えきっていた。ライオネルが注文したのはある種のパワー・ドリンクで、健康にいい果物と野菜を何種類か混ぜあわせた、なんとも食欲の失せるどろっとした緑色の液体だった。椅子に腰をおろしながら、ライオネルがニットの縁《ふち》なし帽をかぶったのを、わたしは見のがさなかった。はっと目を惹く美しい金髪ではあるものの、天辺がいくらか薄くなりかけていて、おそらくそれを気にしているのだろう。わたしはスクランブル・エッグが食べたくて仕方なかったけれど、メニューに載っている品のうち、いちばん近いのは、サワーブレッドをトーストし、その上に潰したアヴォカドとポーチド・エッグを載せたものだろうか。どの要素にもさっぱり惹かれなかったので、わたしは諦めてカプチーノを頼んだ。

窓ぎわのテーブルに、席をとる。

「申しわけないんですが、三十分だけしかいられなくて」と、ライオネル。

「時間をとってくださってありがとう」

「とんでもない、スー。セスのこと、本当にお気の毒です」どこかわざとらしすぎるくらい、心配げな口調だ。「何か進展は？」

「いまのところ、何も」

「怖ろしいことですよね。あなたは、どうしてこの件にかかわってるんですか？　トレハーン家の友人とか？」

「そういうわけじゃないの。ローレンス・トレハーンから頼まれてね」ここまでの経緯を、またしても最初から説明したくはない。三十分しか時間を割《さ》けないと、ライオネルにも釘を刺されているのだから。セシリーの失踪には、八年前のフランク・パリス殺害事件が関係している可能性があると、わたしはできるだけ手短に説明し、さっさと話を進めにかかった。

「フランク・パリスか！」ライオネルは低く口笛を吹いた。「あなたからショート・メッセージをもらったときには、いったいおれに何を訊きたいんだろうと思いましたよ。辞めてからは、《ブランロウ・ホール》には一度も戻ってないんです。いや、正直に言わせてもらいますけどね、スー。あそこはもう、本当にどうしようもありませんでしたよ！　辞めてせいせいしてるんだ」

「でも、それにしては長く勤めていたじゃない。四年間も」

ライオネルはにっこりした。「下調べは充分に済ませてきた、ってわけですね。まあ、実際には三年と九ヵ月なんだけど。新しいジムができたところで、おれがそれを引き継いだんです。そりゃ、ジムはすばらしかったですよ。最先端の設備が調ってて、何もかもぴかぴかで、すごいプールもあって。お客さんもなかなかでした……とくに、ホテルの外から通ってくるお客さんはね。でも、給料は安いし、マンツーマンのトレーニングだってやってたのに、トレハーン家の連中がほとんどかっさらっていって、おれの取り分はたった二十五パーセントだったんだから。あんなにたちの悪い雇用主もいませんよ。それに、正直に言って、あそこはお洒落なホテルってより、やばい連中のたまり場みたいなときもよくありましたからね。ステファンはいいやつでした。厨房のスタッフにも、気の合うやつは何人かいたな。でも、あとの連中とはどうしても合わなくて」

「ジムに来ていたお客さんに、メリッサ・コンウェイという人はいなかった？」どうしてこんなことを訊く気になったのか、自分でもよくわからない。でも、メリッサがウッドブリッジに住んでいたとジェイムズから聞かされたときには、本当に驚いたものだ。USBメモリに保存されていたセシリーの取材でも、ときどきジムに来ていた客として、名前が挙げられていたのを憶えている。

「メリッサ？　ああ、メリッサと呼ばれていた女性はいましたね——しょっちゅう入りびたってましたよ。でも、たしかメリッサ・ジョンソンって名前じゃなかったかな。ホテルの地所にある家を借りてたんです」

まちがいない、あのメリッサだ。離婚してからは、旧姓を使っていたらしい。

「どうしてあの人のことを知りたいんですか？」ライオネルは尋ねた。

「アラン・コンウェイの前の奥さんなの」

「へえ！　なるほどね。そういうことなら、事件前の水曜か木曜の夜、メリッサはたしかにジムに来てましたよ。やたら不機嫌だったから、たまたま憶えてたんだけど。ほんとに、にこりともしてなかったな」

「どうしてそんなに不機嫌だったか、理由はわかる？」

ライオネルは肩をすくめた。「いや、まったく」

「あなたはどうして《ブランロウ・ホール》で働くようになったの？　勤めはじめたきっかけは？」

「まあ、あそこがどんな職場なのか、よくわかってなかったってことですね。十一年前、おれはパースからロンドンにやってきたんです。パースって、もちろんオーストラリアのほうですけど。母親が英国の出でね。おれはアールズ・コートに部屋を借りて、個人のお客さんを相手にトレーナーをやってたんです。まだ二十歳だったけど、パースの大学でCECコースを履修してたし、どうにか運にも恵まれたってことかな。自分の力でやっていけたんだから。二、三人のお客さんを抱えたら、そのお客さんがまた誰かを紹介してくれてね。それでも、ロンドンは生活費がかかるし、どうにかぎりぎり生きてくために、おれはおそろしい量の仕事を抱えてましたよ。どんなことをしなきゃいけなかったか、あなたにはとうてい想像もつかないだろうな！　そんなとき、トレーニングしてたお客さんのひとりが、ちょうど《ブランロウ・ホール》から戻ってきたばかりだけど、あそこでプール付きのジムを切りまわす人間を募集してるって教えてくれたんです。それで、金を稼ぐにはいいかなと思って、面接に行ったら受かってね」

「募集のことを教えてくれたお客さんが誰だったか、憶えている？」

「いや、忘れちゃったな」

「あなたのお客さんは、みな男性？」

「そんなことないですよ。男女半々かな。どうしてそんなことを？」

「理由はないの。続けましょう。トレハーン家がひどい雇用主だったというのは――給料以外の理由もある？」

「そうだな、最大の理由は給料なんだけど、とにかく人使いの荒い連中でね。一日に十時間、一週間に六日は働かされる。こんなの、本当は法律違反じゃないかと思いますよ、ねえ？　そのうえ、何の特典もないんだから。ホテルで何か食べたら、みんな自分で払わなきゃならない。たしかに食べものは安いんだけど、バーでは割引さえないんですよ。しかも、お客さんがひとりでもいたら、従業員は入っちゃいけないことになってるんだ。

　そのうえ、前科者を集めてる、あのやりくちといったら！　《若年犯罪者の更生プログラム》なんて聞こえのいい名前がついてますけど、中身はまったくそんなもんじゃないですからね。ほんと、最低ですよ。ステファンがもらってた給料なんて、最低賃金にも満たない額だったのに、それで文字どおり二十四時間、ずっと待機させられてたんだから。用務員って肩書だったけど、要するに、汚い仕事は全部やれってことですよ。トイレ掃除やら、屋根の樋《とい》の修理やら、ゴミ集めやら……わかるでしょう。あいつは一度、ひどく具合が悪くなったときがあったんだけど、それでもたった一日の休みもとらせてもらえなかった。もう、こき使い放題ですよ。文句を言うなら、いつでも首にできる。だって、あいつはルーマニア人でしょう。前科もある。次の仕事なんか見つかりゃしませんよ――それも、前の雇用主が紹介状さえ書いてくれないんならね。連中はそれをわかってるんだ。まさに、人でなしですよ。それに、リサ・トレハーンのこともあるし」感に堪えたように、ライオネルは頭を振ってみせた。「姉のほうですよ。あの女は、まったくたいしたタマだったな」

「ステファンを泥棒だと責めたんですってね」

「そうじゃないことは、あの女だって知ってたんだ。盗んだのはナターシャだったんだから」

「ナターシャって、メイドの？」

「ええ。そんなこと、誰だって知ってましたよ。もう、根っからの泥棒でね。ナターシャと握手したら、まだ腕時計が手首にはまってるかどうか、確かめなきゃいけないくらいの。だけど、リサは親父さんと同じく、権力を思うように振りまわしてたから。あの女はステファンがほしかったんですよ」

「ほしかったって……どういうふうに？」

「どういうふうにだと思います？」馬鹿にしたような目つきを、ライオネルはわたしに向けた。

「あの女はステファンを見て、むらむらしてたんだ。東欧から来た二十二歳のたくましい肉体をね。もう、目も離せないくらい夢中でしたよ」

ライオネルの話を、このまま信じていいものだろうか？　さっきから聞いていれば、メリッサは不機嫌だし、ローレンスは悪党だし、ステファンは搾取《さくしゅ》されているし、リサはがつがつしている。誰についても、いい話などひとつも出てこない。それでも、わたしは《ブランロウ・ホール》のレストランでリサと話したときのことを思いかえしていた。あのときのリサが、ひどく執念ぶかく見えたのはたしかだ。〝ステファン・コドレスクを雇ったことが、そもそものまちがいだったのよ。あのときだって、わたしはそう言ったのに、誰も耳を貸さなかったのよね〟そして、父親はなんと言っていただろうか？　〝だが、おまえも最初はステファンのことを好きだったじゃないか。しょっちゅう、いっしょにいただろう〟父と娘のこの発言の食いちがいを、わたしはメモに書きとめていた。ライオネルのいまの話が、結局は真相なのかもしれない。

「ついでに言っておくと、リサはおれにもずいぶんまとわりついてきましたよ」ライオネルは続けた。「ジムにしょっちゅう顔を出してね。おれと身体を動かしたかったみたいで。おれがパースで学んだトレーニングとは、何の関係もない動かしかたですけど」

「リサはステファンと関係を持っていたの？」そんなふうに尋ねながらも、その可能性は低いと、わたしは考えていた。もしもふたりが寝ていたのなら、当然その事実は裁判で明らかにされただろうから。

ライオネルはかぶりを振った。「あれは〝関係〟なんて呼べるもんじゃなかったな。おれと同じくらい、ステファンはリサを嫌ってたから」そして、自分の口もとを指さす。「ほら、リサはここに傷跡がありますよね。でも、たとえあれがなくったって、別にミランダ・カー並みの美人ってわけじゃない。まあ、あのふたりが寝てたかって質問なら、たしかに寝てましたね。気の毒に、ステファンのやつはどうしても断れなかったんですよ！　結局のところ、あのホテルを切りまわしてるのはリサなんだから。ステファンなんか、どうしようと思いのままってわけです」

「そのこと、ステファンは何か言っていた？」

「いや。あいつは、そういうことは話さないんです。でも、あの女がそばにいるときはいつだって憂鬱《ゆううつ》そうな顔をしてたし。それに、おれは一度あのふたりを見かけたことがあるんですよ」

ふたりの客が店に入ってくる。ライオネルは身を乗り出し、秘密めかした口調になった。

「殺人事件の二週間前のことだったかな。おれはジムを閉めて、ホテルの敷地を軽くジョギングしてたんですよ。暖かい夜でね。庭園がきれいでしたよ。空には満月がかかってた。ざっと走って、ストレッチをして、ちょっと懸垂もしようかなと思いたったってわけです。懸垂にちょうどいい木があるんですよ。おあつらえ向きの高さに枝が伸びてててね。森の中に生えてて——ほら、メリッサの借りてたコテージ《オークランズ》の近くの森。そっちに向かって歩いてたら、ふと変な音が聞こえたんですよ。目をやったら、あいつがあの女に覆いかぶさってたんだ。草むらで、どちらも真っ裸でね」

「そのふたり、リサとステファンだったのはたしかなの？」

「なかなか鋭いところを突きますね、スー。夜だったし、距離もあったから、最初はエイデンが将来の義姉と一発やってるのかと思ったんだ、それはそれで笑える話でしょう。だけど、エイデンとはいっしょにトレーニングをやったことがあって、肩にでかいタトゥーが入ってるのを知っててね。本人は〝天空のヘビ《コズミック・スネーク》〟とか呼んでたけど、おれから見たら、ただの馬鹿でかいオタマジャクシでね！」ライオネルは声をあげて笑った。「あの男が誰だったにしろ、エイデンじゃなかった。裸だったから——月の光で、タトゥーがあったら見えてたはずですしね。

とにかく、それが誰だろうと、おれはそんな濡れ場のそばをうろうろするつもりはなかったんでね、さっさと離れようとしたんです。でもまあ、そういうときにかぎって、何が起きるかはご想像のとおり。おれは落ちてた枝をうっかり踏んじまって、ばきっと、まるで銃声みたいな音があたりに轟《とどろ》いてね。例のふたりも、ぴたっと動きを止めましたよ。男は顔を上げて、周囲を見まわした。そこでやっと男の顔が、いまあなたの顔を見てるみたいにはっきりと見えたんです。まちがいなくステファンでしたよ」

「向こうもあなたに気がついた？」

「気がつかなかったんじゃないかな」

「それで、その話はそれっきりしなかったの？」

「するわけないでしょう？」

わたしはじっくり考えてみた。「でも、どうしてもわからないんだけれど。それから二週間後、リサはステファンを解雇したわけでしょう。もしも男女の関係だったなら、いったい、どうして解雇なんて？」

「それはおれも不思議でしたよ。でも、たぶん、あいつはリサを振ったんじゃないかな、もうおれにかまうなってね。だって、あの女はただ、ステファンを食いものにしてただけじゃないですか。もしかしたら、あいつは告訴してやるって、リサを脅したのかもしれないな」

ステファン・コドレスクからは、依然として何の連絡もない。こちらから送った手紙が刑務所の中に届くまで、どれくらい日数がかかるものなのだろうと、わたしは思いをめぐらせた。

会って話を聞きたいというわたしの願いを受け入れてくれるかどうか、それはいまだにわからないけれど、それでもステファンに会うのは、いまや事件解決のためにどうしても必要なことといっていい。ステファンとリサ・トレハーンの間にいったい何があったのか、余すところなくすべてを洗い出さなくては。リサのほうは、けっして何も話してはくれないだろう。真実を語ることができるのは、ステファンただひとりなのだ。

「金曜の夜の事件前、あなたはステファンといっしょにいたんでしょう。ステファンはずいぶん酔っぱらっていたって聞いたけれど」

「そうなんですよ」ライオネルは壁の時計にちらりと目をやった。約束した三十分のうち、すでに二十分がすぎてしまっている。プロテイン入りシェイクを飲みほすと、上唇に緑色をした半月形の跡が残った。「あいつらしくもない。いつもなら酒はひかえめにしておくのに。まあ、首になったばかりでしたからね、落ちこんでたのかもしれないけど」

「あなたが部屋に連れて帰ったのよね」

「夜十時ごろだったかな。いっしょに元厩舎棟《きゅうしゃとう》に戻りましたよ、あそこに住まわされてたんでね。おれの部屋は、あいつの隣でした。おやすみを言って、それぞれベッドに入ったんです。おれのほうも、いいかげんくたびれてましたしね」

「あなたが寝たのは何時ごろ？」

「部屋に戻って、十分か十五分後じゃないかな――訊かれる前に言っときますけど、おれは何の音も聞いてませんからね。もともと、ぐっすり眠るたちなんだ。ステファンが起き出してホテルへ向かってたとしても、残念ながら、おれは何も知りません。おれに言えるのは、おれがステファンの部屋を出たとき、あいつはベッドにひっくり返ってた、それだけです」

「翌日はステファンに会った？」

「いや。おれはジムにいましたからね。あいつは結婚式の手伝いに入ってたし」

「あなたはステファンがフランク・パリスを殺したと思う？」

この問いに、ライオネルは考えこんだ。ややあって、うなずく。「ええ。たぶんね。だって、警察は証拠をどっさり見つけてるんだし、あいつが一文なしなのは、おれも知ってましたからね。オンラインのギャンブルにはまってたんです。ああいうルーマニア人のご多分に漏れずね。給料日前には、よく金を貸してくれと頼まれましたよ」

また時計に目をやると、ライオネルは立ちあがった。時間切れだ。

「できることなら、あいつを助けてやってください、スー。なんだかんだ言って、おれはあいつが本当に好きだったし、あいつはずいぶんひどい仕打ちを受けたと思ってるんです。あと、セシリーも見つかるといいですね。セシリーに何があったのか、見当はついてるんですか？」

「まだ、何も」最後にひとつだけ、ライオネルに訊いておきたいことがある。「森の中にリサといたのはエイデンかと思ったって、あなたはさっき言っていたでしょう。それって、エイデンがふだんから乱倫のかぎりを尽くしていたから？」

「乱倫とはおそれいったな！　おかしな言葉を使うんですね。要するに、あの男が誰彼かまわずやりまくってたか、ってことでしょう？」ライオネルは意味ありげな笑みを浮かべた。「あの男の結婚生活がどんなだったかなんて、おれは何も知らないし、森の中で男女を見たとき、どうして男のほうがエイデンかもなんて考えが浮かんだのか、自分でもよくわからないんですよ。ひょっとしたらセシリーと幸せに暮らしてたのかもしれないし、そうでないかもしれない——ただ、ひとつだけは言えるな。セシリーを裏切る度胸なんて、エイデンにはないと思いますよ。だって、あの男はロンドンにいたところをセシリーに拾ってもらって、あれだけのものを手に入れたんだから。それに、ああ見えて、セシリーだって姉に負けず劣らず強い女ですからね。浮気に気づこうもんなら、エイデンのタマを引きちぎって翌朝の食卓に載せかねないんだ」

　わたしたちは握手を交わした。やはりストレッチ素材の服を着た、別のトレーナーがカフェに入ってくる。ふたりがハグをし、胸をぶつけて背中を撫であうのを、わたしはじっと見つめていた。

　自分がライオネル・コービーに好感を抱いているのかどうか、わたしにはいまだわからない。ライオネルの視点から語られたいまの話を、はたして信じていいものだろうか？　それもまた、わたしにはどうにも判断がつかなかった。

マイケル・ビーリー（昼食）

マイケル・J・ビーリーは多忙な人物だ。

最初に約束を交わした後、個人秘書から電話で、《ソーホー・ハウス》で一杯というのは無理になってしまったけれど、代わりに昼食を十二時半にいかがですか？　という提案があった。昼食といっても、キングズ・ロードにあるマイケルのアパートメントからすぐ最初の角を曲がったところにある《プレタ・マンジェ》で、サンドウィッチとコーヒーということだったけれど、わたしにとってもそのほうがありがたい。二品のコース料理を食べながらマイケルと会話が続くかどうか、いまひとつ自信が持てなかったから。これまで何百万語という言葉を本として出版してきたにもかかわらず、本人はいつだってひどく寡黙なのだ。ところで、名刺に記された名前の〝J〟の部分を、マイケルは大切にしているのだという。聞いたところによると、アーサー・C・クラークとフィリップ・K・ディックという著名な作家たちと親交があり、ふたりへの敬意の証《あかし》として名前の形式をそろえたのだとか。ふたりの作品についての権威としても知られていて、SFアンソロジーの『星座《コンステレーションズ》』（これはマイケル本人が《ガーランツ》社で編集に携わった）や《ストレンジ・ホライズンズ》誌に長い解説を発表している。

店に到着してみると、マイケルは先に来ていて、タイプ原稿をiPadで読んでいるところだった。背を丸め、画面にもぐりこもうとしているかのように顔を近づけている様子は、どことなくモグラを思わせる。この人とはほとんど年齢が変わらないのだと、わたしはあらためて自分に言いきかせた。灰色の髪、眼鏡、古風なスーツのおかげで十歳は実年齢より上に見えるけれど、どうやらマイケルはそれを喜んでいるらしい。〝若いころ〟など存在しない、若くありたいとさえ思わない男性も、世の中にはたしかに存在するのだ。

「やあ、スーザン！」そう声をかけてはきたものの、マイケルは立ちあがらない。たとえ頬に軽くであろうと、挨拶にキスをするタイプではないのだ。それでも、iPadのカバーを閉じ、陽光を浴びてまぶしげに瞬《まばた》きながら、わたしに向かってにっこりしてくれた。テーブルにはすでにコーヒーと、入っていた紙袋の上に出したジャム入り焼き菓子《ベイクウェル・タルト》が置いてある。「きみにも、何か買ってこようか？」

「ありがとう、わたしはけっこうです」売られていたマフィンや焼き菓子もいちおう見てみたけれど、どれもあまりぱっとせず、食欲はそそられなかった。そんなことより、とにかくこの面談を無事に終わらせたい。

「そうか、よかったら、これをちょっとつまんでみるといい」マイケルはタルトをこちらに押しやった。「かなりいけるよ」

歯切れのいい早口。この話しかたはよく憶えている。第一次と第二次の世界大戦の間に流行した、みながずっとしゃべりつづけ、ほとんど何も起きない演劇の役者のようだ。

「元気かね？」

「ええ、おかげさまで」

「聞いたところによると、ギリシャにいるそうじゃないか！」

「正確にいうと、クレタ島なんです」

「クレタ島には行ったことがなくてね」

「ぜひ来てくださいな。きれいなところですよ」

日曜でさえ、キングズ・ロードは車の往来が激しい。空気中には、埃《ほこり》とガソリンの臭いが漂っている。

「それで、お仕事はいかがですか？」沈黙を埋めようと、質問で話をつなぐ。

マイケルはため息をつき、何度か目をしばたたかせた。「まあね、わかるだろう、こういう年もときどきはあるんだ」こういう質問をすると、マイケルはいつだってこんなふうだ。憂鬱《ゆううつ》げな受け答えさえ、芸術の域に達している。

「あなたにアティカス・ピュントのシリーズをひきとってもらえて、本当によかった」わたしは明るい面に目を向けることにした。「わたしのときの表紙を、そのまま使っているんですね。先日、ある人からもらったんです。なかなかいいな、と思いましたよ」

「表紙を変える意味もないし、金もかかるしね」

「売れ行きは？」

「売れていたんだがね」

どういう意味なのか、わたしは続きを待ったけれど、マイケルはじっとそこに坐り、カップの中身をすすっているだけだ。「というと、何があったんですか?」ついに耐えかねて、先を促す。

「それが、デイヴィッド・ボイドとの一件があってね」

その名は聞いたことがあるような気もしたけれど、はっきりと思い出せない。「デイヴィッド・ボイドというと?」

「作家だよ」

またしても沈黙。やがて、マイケルは重い口を開き、話を続けた。「あの男をうちの社にかかわらせたのはわたしだから、ある意味ではわたしのせいだったということになるのだろうな。ボイドのデビュー作の版権を、わたしはフランクフルトのブック・フェアで買ったんだ。三社によるオークションとなったんだが、うちの社にとっては幸運なめぐりあわせでね。一社は不参加となり、もう一社もさほど熱心ではなかったので、なかなか悪くない値段でうちが契約することになった。それで、一作めを一年半前、二作めを今年の一月に出版したんだ」

「SFですか?」

「いや、そうじゃない。ネット犯罪ものだよ。なかなかきっちりと調べてあってね。よく書けている作品だったよ。いや、まさに胸躍る展開なんだ。巨大企業、詐欺、政治、中国の犯罪組織。だが、残念ながら売れなかった。何が悪かったのか、一作めは期待を下回ったし、二作めはさらに惨憺《さんたん》たる結果だったよ。いっぽうボイドのほうは、かなり押しの強いエージェントと契約していてね――《カーティス・ブラウン》社のロス・シモンズだよ――そいつが、次の出版契約を結べとせっついてくるんだ。そんなわけで、うちの社としては、ボイドの作品は二作で打ち切りとする決定を下した。悲しいが、仕方がない。ときとして、こういうことも起きるんだ」

まさか、これで終わり？「で、実際に何が起きたんですか？」

「向こうはたいそうご立腹でね。エージェントではないよ。作家のほうだ。うちが最初の約束を反故《ほご》にして、自分を裏切ったと。さんざん不愉快なやりとりがあったが、最悪の出来事は――きみだって、とうてい想像もつかないだろうよ――ボイドが復讐のため、《ヒーリー・ハッチンソン・センター》のコンピュータに侵入したことだった」

起こりうるかぎりのさまざまな怖ろしい可能性が、脳裏にくりひろげられる。《ヒーリー・ハッチンソン・センター》のことは、わたしも《ブックセラー》誌で読んだことがあった。オックスフォードシャー州ディドコット近郊に完成したばかりの、最先端の技術を誇る書籍流通センター。延床面積は二万三千平方メートルを超え、最新鋭のロボットも導入されている。年間六千万冊もの書籍が、ここから送り出されているのだ。

まったく悪夢のようだった、とマイケルは語った。「何もかもが大混乱でね。注文してもいない本が、まちがった書店に送られる。入った注文は無視される。ハーラン・コーベンの同じ本を三十冊送りつけられた顧客もいたよ……毎日一冊、一ヵ月間ずっとね。また、存在そのものが消されてしまった本もあった。見つけようと検索しても、そんな本は存在しませんとしか出てこない。アティカス・ピュントのシリーズ新版も、そうなってしまったんだ」めずらしく、いくつもの文章を続けざまにしゃべってしまったと気がついて、マイケルはいったん口をつぐんだ。「こんなに迷惑な話もないな」

「それ、どれくらい続いたんですか？」

「実をいうと、まだ終わったわけじゃないんだ。いま、あちらの社員に調べてもらっていてね。この二ヵ月が最悪だったよ。この四半期、うちの売り上げと営業利益はいったいどうなってしまうことか！」

「それは本当にたいへんでしたね。警察には行かなかったんですか？」

「警察も、すでに捜査に入っているよ。それ以上のことは何も言えないんだ。マスコミにも漏れないように気をつけているのでね。きみにも、本当はこんな話をするべきではなかったな」

では、いったいどうしてマイケルは、いまこんな話をしたのだろう？　わたしは事情を察した。「つまり、こんなときにお願いなどすべきではないってことですね。お願いというのは、仕事の件なんですが」

「喜んできみの役に立ちたいとは思っているんだ、スーザン。きみはアティカス・ピュントのシリーズですばらしい仕事をしたし——アラン・コンウェイという男が、けっしてやりやすい相手ではなかったことは、わたしにもわかっているからね」

「まだまだ、実際の半分もご存じじゃないと思いますよ」

「実際のところ、いったい何があったんだ？　あの《クローヴァーリーフ・ブックス》で」

「あれは、わたしのせいじゃなかったんです」

「わたしもそう信じているよ」マイケルはベイクウェル・タルトを割り、そのかけらをつまんだ。「だが、知ってのとおり、さまざまな噂が飛び交っていてね」

「噂はみんな、嘘ばかりですよ」

「噂とは、えてしてそういうものだな」タルトのかけらを口に放りこみ、それが溶けるのを待つ。嚙《か》もうとも、飲みこもうともしない。「見てのとおり、いまのわたしは目の前の火事を消すのに追われていてね、きみに力を貸す余裕はないんだ。だが、いろいろなところに声をかけることはできるよ。具体的に、どんな職を探しているんだね？　発行人？　編集長かな？」

「どんな仕事でもやるつもりです」

「フリーランスはどうだろう？　企画ごとに契約して」

「ええ。それもいいかもしれませんね」

「何かいい話があるかもしれないからね」

でも、ないかもしれない。これで話は終わった。

「本当にコーヒーはいらないのかね？」

「ええ。ありがとう」

だからといって、マイケルはすぐにわたしと別れようとはしなかった。そんなことをしては、わたしに恥をかかせることになるからだ。それから十分間ほど、業界の動向について、《クローヴァーリーフ・ブックス》の終焉について、クレタ島について、あれこれとおしゃべりをする。マイケルがコーヒーを飲みほし、タルトを食べおえたところで、わたしたちは握手をせずに別れた。マイケルの指が、タルトの糖衣でべとべとだったからだ。新調したラルフ・ローレンのジャケットも、これで出番はおしまい！　ここまで出かけてきての面談も、すべて時間の無駄だったらしい。

クレイグ・アンドリューズ（夕食）

この日これが三度めの食事となるけれど、わたしはまだ何も食べていなかった。とはいえ、今回は、朝食と昼食の埋め合わせができそうだ。クレイグが連れていってくれたのは、ノッティング・ヒルの昔ながらのトラットリアで、ウェイターは白と黒の制服を身につけ、普通より十五センチは長い胡椒挽きが置いてある。パスタは手打ちだし、素朴な味のワインはお手頃価格で、いささか狭すぎる距離に小ぶりなテーブルがぎっしりと並んでいる。まさに、わたしの好みのレストランだった。

「それで、きみはどう思う？」おいしいガーリック・トーストに熟れたトマトと新鮮なバジルの葉を載せたブルスケッタをつまみながら、クレイグは尋ねた。

「このお料理のこと？　レストランのこと？」

「殺人事件のことだよ！　セシリー・トレハーンは無事に見つかるのかな？」

わたしはかぶりを振った。「もしも姿を現せるのなら、もうとっくに出てきていると思うの」

「つまり、もう死んでいるってことか」

「そうね」わたしはしばし考えこんだ。こんなふうに、可能性を完全に消す言いかたはしたくない。「たぶん」

「誰がセシリーを殺したのか、見当はついている？」

「これ、すごくややこしい事件なのよ、クレイグ」どうにか考えをまとめようとする。「まず、セシリーが両親にかけた電話から考えるとするでしょう。つまり、誰かがそれを聞いていた、ってことよね。わたしは最初、その電話は《ブランロウ・コテージ》からかけたものだと思っていたの。そうなると、聞こえた可能性のあるのはエイデンか乳母のエロイーズだけなのよ。でも、実際には、電話をかけたのはホテルの自分の執務室からだった。つまり、電話を聞いていたかもしれない人の数も、どっと増えてしまうわけ」

「ホテルからかけたというのは、どうしてわかったんだ？」

「夜間責任者のデレクがその場にいて、わたしに話してくれたの。〝セシリーがあの電話をかけてたのを聞いて、どこかおかしいと思ったんですよ。ひどく動揺してたから〟これが、デレクの言ってたことよ」

「つまり、その男は電話を聞いていたわけだ」

「そう。でも、リサとセシリーの執務室は隣りあっているから、リサだって聞いていたかもしれない。その日、ホテルに泊まっていた客だって。あるいは、窓の外を通りかかった誰かかも」わたしはため息をついた。「問題はここなのよ。フランク・パリスの死について、セシリーが何かを知ってしまって口封じされたというなら、つまり、ふたりを殺したのは同一人物ということよね。でも、わたしの知るかぎり、いま挙げた人たちは誰も、事件前はフランクのことを知らなかったの。デレクも、エイデンも、リサもね。動機を持っていた人間がいないってわけ」

「だとしたら、誰かを守るためにセシリーを殺した可能性もあるのかな？」

「まあね。でも、誰を？　フランク・パリスはずっとオーストラリアで暮らしていたのよ。あの結婚式の週末、たまたまその場にいたというだけ。その三日間の予約を自分でとった以外、《ブランロウ・ホール》とは縁もゆかりもなかったんだから」わらで編んだかごに可愛らしく納まり、テーブルに届けられたワインを、わたしは味わった。「おかしいのはね、フランクを殺すちゃんとした動機を持った人を、わたしはふたり見つけたの。そのうえ、ふたりともわたしに嘘をついていたんだから！　でも、残念ながら、ふたりはホテルから離れたところに住んでいて、セシリーの電話を盗み聞きできたはずがないのよ」あらためて、その問題を考えてみる。「たまたま、一杯やりにホテルへ来ていたとかなら別だけれど……」

「そのふたりというのは？」

「ジョアンとマーティンのウィリアムズ夫妻。フランクから見たら、それぞれ妹と義弟にあたるわけ。ふたりの家はウェスルトンにあるんだけれど、その家の半分の権利をフランクが持っていたのよ。フランクがサフォークを訪れたのも、そのためでね。ふたりに家を売らせようとしたの」

「ふたりが嘘をついていたのは、どうしてわかったんだ？」

「ほんの些細《ささい》なことだけれどね」

気づいたきっかけは、エイデンが話してくれたことだった。結婚式の午餐会《ごさんかい》に使われた大テントは、到着が遅れたという。ようやく到着したのは、金曜の昼どきのことだったのだ。でも、マーティン・ウィリアムズのほうは、義兄が結婚式のことを愚痴っていたと話していた。とりわけ、大テントのおかげでせっかくの庭園の眺めがだいなしだとこぼしていた、と。それでいて、義兄が家を訪れたのは午前中の早い時間、朝食のすぐ後だったとも話していたのだ。つまり、その話を突きあわせてみると、フランクが大テントを目にしていたはずはない。

いっぽう、マーティン自身が大テントを目にしていた可能性は大いにある。おそらくマーティンは、金曜の午後以降に《ブランロウ・ホール》を訪れていたにちがいない。なぜか？　マーティンが義兄を殺そうと心を決めていたなら、フランクがどこの部屋に泊まっているのか、その前につきとめておきたいと考えたことだろう。だとすると、別れぎわのジョアンの言葉――〝とっとと姿を消して、二度とわたしたちにかまわないでちょうだい〟――にも納得がいく。夫が何をしたかを知って、ジョアンは怯《おび》えていたのだ。

その話をしてきかせると、クレイグはにっこりした。「それは鋭い推理だな、スーザン。そのマーティン・ウィリアムズという男なら、本当に義兄を殺しかねないと、きみは思っているの？」

「そうね、さっきも話したけれど、ほかに動機らしい動機を持っている人がいないのよ。ただ……」まだ、こんな考えを口に出すつもりはなかった。でも、クレイグがここまでこの話に夢中になっているのなら、わたしとしてもすべてを話さないわけにはいくまい。「その、本当に馬鹿げた思いつきなんだけれど、ふと頭に浮かんだの。ひょっとしたら、ねらわれていたのはフランクじゃなかったのかもしれない、って」

「どういうこと？」

「そもそもの最初にね、フランクはホテルの客室を交換しているの。もともと十六号室に泊まるはずだったけれど、新しく増築した棟は雰囲気がなくて気に入らなかったんですって。で、フロントで十二号室と交換してもらったのよ」

「それで、誰が代わりに十六号室に入ったんだ？」

「元校長で、いまは引退しているジョージ・ソーンダーズという人物。地元の学校で教えていたんですって。ブロムズウェル・グローヴ校よ。でも、犯人は部屋が替わったことを知らなかったとしたら？　真夜中に十二号室をノックして、ドアが開いた瞬間、薄闇の中で相手の頭を殴りつけ、別人だと気づかないまま殺してしまったかもしれない」

「しかし、そんな真夜中にノックされて、はたしてドアを開けるかな？」

「それも一理あるのよね。でも、別の可能性も考えてみたの。もしかしたら、ねらわれたのはフランク・パリスでも、ジョージ・ソーンダーズでも、ほかの泊まり客でもなかったのかもしれない、って。ひょっとしたら、事件の中心にいたのはステファン・コドレスクだったのかも。どうもステファンはリサ・トレハーンと関係を持っていて、男女間の嫉妬やら怒りやら、そういうものが《ブランロウ・ホール》に渦巻いていたらしいの。だとしたら、誰かがステファンを陥れようとしたんじゃない？」

「殺人の濡れ衣を着せて？」

「ありえないことじゃないでしょ？」

「そのために、無関係の泊まり客を殺したのか？」クレイグも、そこまで疑わしげな声を出すまでもなかった。わたし自身、本気でそう信じているわけではないのだから。「きみがなぜステファンから話を聞く必要があるのか、よくわかったよ」と、クレイグ。

「向こうから返事が来ないと始まらないけれどね」

「時間はかかるかもしれないよ。刑務所という組織は、何をするにもできるかぎりの手間をかけさせるんだ――中の人間にも、外の人間にもね。外から見ると、そうとしか思えないんだよ」

メインの料理が運ばれてくる。わたしたちはしばらく、刑務所の話に花を咲かせた。

初めて出会った四年前、クレイグはいかにも駆け出しの作家らしく不安でいっぱいで、何をするにも言いわけを並べずにはいられないかのようだった。ちょうど四十歳になったばかりで、新人作家としてはかなり年齢が高くはあるけれど、それでもアレグザンダー・マコール・スミスが最初のヒット作『№1レディーズ探偵社』を出版した年齢よりはかなり若い。クレイグの本を出そうと決めたとき、そのこともわたしの念頭にあったのはたしかだ。それに、裕福でもあった。けっしてそんなことをひけらかしはしなかったものの、服装や車、ラドブローク・グローヴの家といったものすべてが、雄弁に物語っていた。そのころは、国内株式部門の長を務めていた《ゴールドマン・サックス》を辞めたばかりだったはずだ。そんな情報が、本の裏表紙に麗々《れいれい》しく載ることはなかったけれど。

そんなクレイグに、わたしは『囚《とら》われの時』（という題名に、最終的におちついた）は何の言いわけもいらないすばらしい作品だということ、あなたと仕事ができて楽しかったと伝えた。この作品の主人公、クリストファー・ショーは私服警官で、世に悪名を轟《とどろ》かせた受刑者たちから情報を得るため、このうえなく厳重な警備を誇る刑務所に送りこまれるのだ。この形式はシリーズ三作にわたって踏襲され、好評を博している。

「どうして刑務所に興味を持つようになったの？」いまさらながら、わたしは尋ねてみた。メインの料理も、そろそろ食べおわる。ワインのボトルも、すでに空《から》になっていた。

「話していなかったかな？」クレイグがためらっているのが見てとれる。ロウソクの炎の揺らぎが、その瞳に映っていた。「兄が刑務所にいたんだ」

「ごめんなさい……」これまで、どうして話してくれなかったのだろう。でも、わたしの中の打算的な部分は、それも宣伝に使えたかもしれないのに、と考えていた。

「ジョンはある大手銀行の最高経営責任者だった。そのときは、カタールから投資を集めようとしていたんだ――二〇〇八年、あの金融危機が起きてすぐのころだよ。そのときに賄賂を渡され、きみも想像がつくだろうが、申告をせずにいた。その結果、重大不正捜査局に捜査に入られてね。そして……」クレイグは手をひと振りした。「……三年の刑を食らったんだ」

「こんなこと、訊くべきじゃなかったわね」

「いや。かまわないよ。ジョンは欲に目がくらんだというより、臆病で愚かだったんだ。とはいえ、兄がこんなことになって、ぼくも自分の仕事人生を見つめなおすしかなかった。ぼくにだって、同じことが起きていた可能性は充分にあるからね。それに、まったく、刑務所ときたら！　兄が罰を受けるべきじゃなかったなんて、けっして言うつもりじゃないが、それでも刑務所というところは、あまりにもひどい時間の無駄だ。いつかきっと、人類は二十一世紀をふりかえり、なぜあんな馬鹿げた、ヴィクトリア朝の遺物のような制度に固執していたのかと、不思議に思う日がくるはずだと、ぼくは信じているんだよ。デザートを頼む？」

「もう充分」

「だったら、家でコーヒーでも飲もう」

　その夜も暖かく、わたしたちは歩いて帰ることにした。個人的な事柄に踏みこむような質問をしてしまい、せっかくの夜をだいなしにしたのではないかと不安だったけれど、実のところ、あの会話がわたしたちをさらに近づけてくれたようだ。

「きみは結婚したことはないの？」クレイグが尋ねた。

「ええ」その質問に、意表を突かれる。

「ぼくもだ。二度ほど、結婚する寸前までいったんだが、結局はうまくいかなくてね。いまではもう遅すぎるだろうな」

「どうしてそんなことを？　あなた、まだ五十歳にもなっていないじゃない」

「年齢のことじゃないんだ。作家と結婚しようだなんて、正気の人間が考えるはずはないだろう?」

「幸せな結婚生活を送っている作家だって、世の中にはいっぱいいるのに」

「去年、つきあっていた人がいてね。その女性は離婚していて、年齢はぼくと同じくらいだった。共通の趣味も多くてね。本当に好きだったんだ。それなのに、ぼくはその人にそばにいてほしくなくて……仕事をしているときはね。だが、問題なのは、ぼくがいつだって仕事ばかりしてるってことなんだ。最後には、その人がうんざりしてしまったのも無理はない。本を書いているときは、その本以外のことはすべて、どうでもよくなってしまうものなんだ。それを受け入れられない人もいるってことさ」

わたしたちは家に帰りついた。クレイグが玄関のドアを開け、いっしょに中に入る。

その瞬間、何もかもが変化した。何を隠そう、わたしはこれまでロマンス小説もたっぷりと読んできて、地平線の彼方から思わせぶりなひとことが駆けてきたときには、すぐにそれとわかる。だからこそ、いまクレイグがどんな意味でそう尋ねたのか――というより、その問いの裏にどんな誘いが隠されているのか、即座に見てとったのだ。考えてみれば、この独身男らしいお洒落な住まいに足を踏み入れた瞬間、あるいはロウソクの炎が揺れ、わらのかごでワインが運ばれてくる、昔ながらの趣《おもむき》のあるレストランへ行くことになった瞬間に、この展開が待っていることはすでに決まっていたのかもしれない。

何が怖ろしいかって、いったいどう答えたらいいのか、わたしにはまったくわからなかったのだ。

ここはクレタ島ではない。アンドレアスはそばにいない。そして、わたしは心が揺らいでいる。何を迷うことがあるの？　大都会の生活、パーティ、売れる本……わたしが諦めて別れを告げたすべてを、クレイグは体現しているのに。こんなにも魅力的な顔立ちをし、話の尽きない、洗練された裕福な男性。この家への招待を受け入れたときから、まさにこれが心配だったのだと耳のそばで小さな声がささやき、そしてまた別の声が、本当はこうなることを望んでいたのだから、早くこの機会に飛びつけとわたしをそそのかす。

「いいえ。ある人といっしょに暮らしていたのだけれど、別れちゃったの」

こんなふうに、わたしは答えたかった。こう答えたっていいはずだ。簡単なことなのに。でも、やはり、これは真実ではない。少なくとも、いまはまだ。それに、本当はわたしだってそんなことを望んでいないのかもしれない。

「きみはいま、誰かつきあっている人がいるの、スーザン？」クレイグが尋ねる。

「ええ。前に話さなかった？　わたし、婚約しているの」

クレイグがその答えを理解するのを、わたしはじっと見まもった。「おめでとう。その幸運な男は、どこの誰なんだ？」

「アンドレアスという人。クレタ島で、わたしといっしょにホテルを経営しているの」

「正直なところ、きみがそんな道を選ぶとは完全に予想外だったが、でも、すばらしいじゃないか。さてと——コーヒーはどうする？」

「ありがとう、でも、やめておく。とっても素敵な夜だったけれど、明日サフォークに戻るとなると、朝早く出なくちゃいけないから」

「そうだったね」

「夕食につきあってくれてありがとう、クレイグ」

「どういたしまして」

わたしたちは舞台に立つふたりの役者のように、自分ではない誰かが書いたかのような台詞《せりふ》を暗誦した。クレイグはわたしの頰にキスをし、そして——舞台上手《かみて》へ退場する。わたしはひとり、階上へ向かった。

最初のページへ

ジン&トニックの大きなグラス。小さな星条旗付きの楊枝《ようじ》で留めたクラブハウス・サンドウイッチ。タバコの箱。そして、本。

準備は整った。

今朝はロンドンからサフォークまで車を飛ばし、ちょうど昼どきにホテルに着いた。部屋で荷物を解《ほど》き、さっとシャワーを浴びたところだ。いまはバーのすぐ外にある木製のテーブルに腰をおちつけている。右手は一面に芝が広がっていた——東側の芝生だ——エイデンとセシリーの結婚式の日、ここに大テントが立てられたのだ。角を曲がった先に、ホテルの正面玄関がある。清掃係の責任者だったというヘレン（生真面目な顔をして、びしっと制服を着こなしている年輩の女性が頭に浮かぶ）が、息を切らして砂利の上を突っ切り、ナターシャが十二号室で見たものについて報告しなくてはと、ローレンスを探す姿が目に見える。この場にいた全員にとって、なんとひどい一日になってしまったことか！　美しく着飾った参列客が一堂に会し、エイデンとセシリーが結婚の誓いを立てて一時間もしないうちに、ふいに警察の車やカメラを手にした鑑識課員たちが詰めかけ、あの人好きのしないロック警視から質問攻めにされるはめになったのだから。そして、死体がストレッチャーに載せられ、ホテルから運び出されていく……

暖かい日射しが降りそそいでいるのに、わたしはふと身ぶるいせずにはいられなかった。室内に入ったほうがくつろげるのかもしれないけれど、わたしにとっては読書にタバコはつきものなのだ。唾棄すべき悪癖（言うまでもなく、タバコのほう）なのはわかっているものの、いまは読書に集中しなくては。本はもちろん、『愚行の代償』。ロンドンで、クレイグからもらった一冊だ。この本の文章、そしてこの本を世に送り出したときの記憶と、ついに向きあわなくてはならないときがきた。なんとも奇妙な気分ではある。殺人事件の謎を解こうとしている現場で、別の殺人事件の謎を解く物語を読もうとしているのだから。

この本を読むことを先延ばしにしてきた理由は、これまでも説明したとおりだ。誰が犯人なのかも知りつくしているし、手がかりもすべて記憶にある。文学にさまざまな種類はあるけれど、謎解きミステリほど再読の喜びが少ない形式もないだろう。

　とはいえ、八年前の六月十四日から十五日にかけて《ブランロウ・ホール》で何が起きたのか、いまのわたしはかなりのことを知っている。関係する人物のほとんどから話も聞けた。アラン・コンウェイもこのホテルを訪れたのだ。ひょっとしたら、いまわたしが腰をおちつけているこの場所に、同じように坐ったこともあったかもしれない。そして、たしかにアランは何かを目にした。〝連中はまちがった男をつかまえたな〟と、ジェイムズ・テイラーに漏らしたというのだから。小説の着想を求めてここを訪れたアランは、それ以上のものを得て帰っていった。それなのに、それを警察に伝えることはしなかったのだ。その代わり、自分の小説の中に答えを隠した。セシリー・トレハーンが失踪した理由は、そこにあると考えるほかはない。わたしはこれから、その答えをつきとめるのだ。

　問題のペーパーバックは、いま、わたしの目の前にある。まるで点字を読みとろうとするかのような手つきで、わたしはエンボス加工された題名に指を走らせた。アラン・コンウェイという作家は、作品を書くことによって、いったいどれほどの痛手を周囲に与えていったのだろう。『カササギ殺人事件』のせいで、わたしは危うく殺されかけた。同じシリーズの巻をいくつかさかのぼったこの本のせいで、セシリーもまた生命を奪われてしまったのだろうか？

　タバコに火を点《つ》ける。そして、最初のページをめくる。

　わたしは読みはじめた。

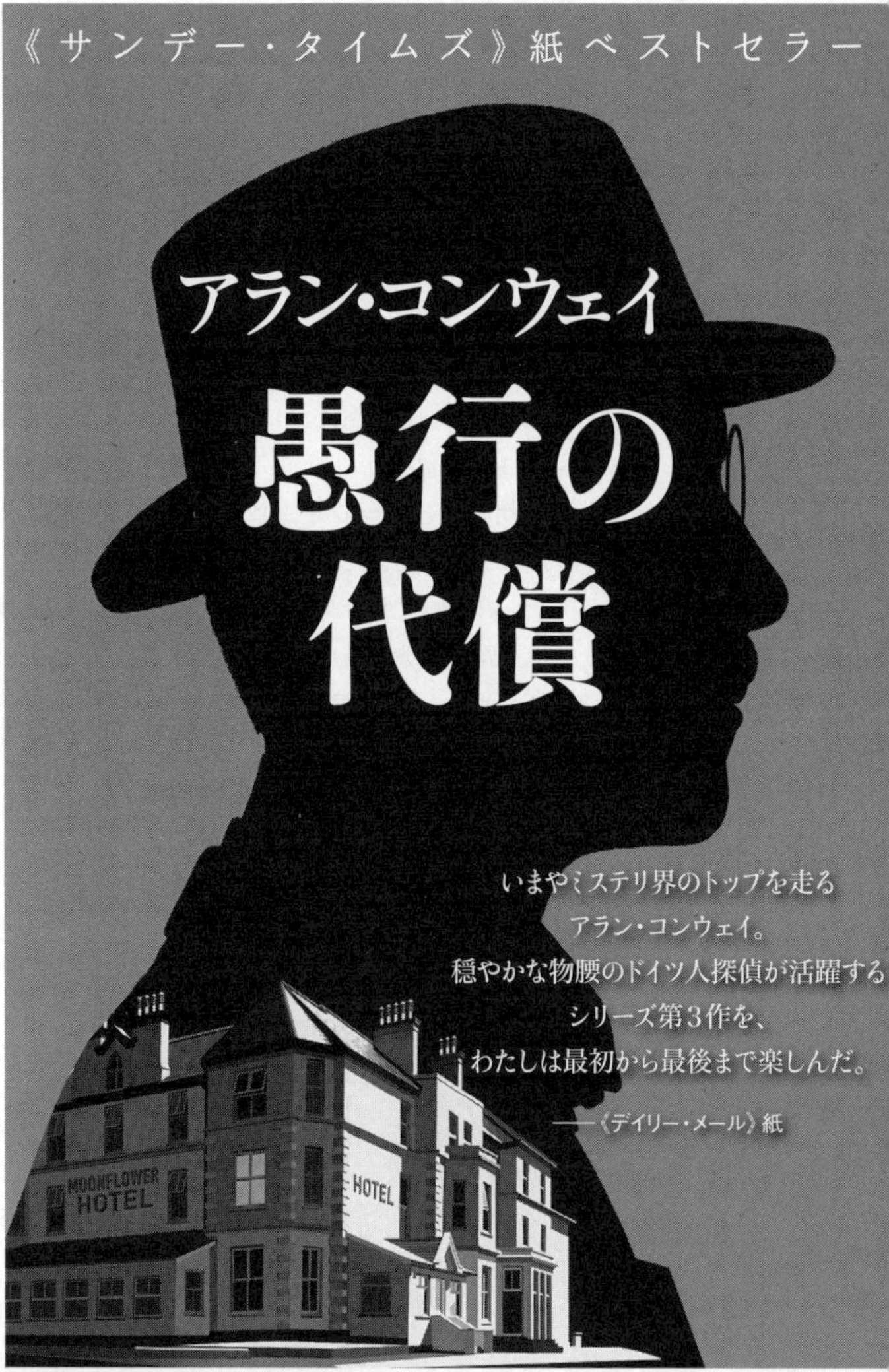
《サンデー・タイムズ》紙ベストセラー
アラン・コンウェイ
愚行の代償
いまやミステリ界のトップを走る
アラン・コンウェイ。
穏やかな物腰のドイツ人探偵が活躍する
シリーズ第3作を、
わたしは最初から最後まで楽しんだ。
――《デイリー・メール》紙
MOONFLOWER
HOTEL
HOTEL

作者について

初めて筆をとった小説『アティカス・ピュント登場』により、アラン・コンウェイは一躍ミステリ界の寵児《ちょうじ》となった。同書は英国推理作家協会のゴールド・ダガーを受賞。ドイツ人探偵を主人公としたシリーズは、これを皮切りとして9作が世に送り出されたが、2014年、サフォーク州フラムリンガムの自宅で作者が急死したことによって幕引きとなる。結婚し、息子ひとりを儲けたが、『愚行の代償』出版から半年、すでに国際的ベストセラー作家としての名声を得た後、ゲイであることを公表。《タイムズ》紙に掲載された死亡記事では、巧みな構想力はアガサ・クリスティにも比する評された。また、〝探偵小説の黄金時代〟の遅れて登場した作家と呼ばれることも多い。累計発行部数はいまや2000万部を超え、『アティカス・ピュント登場』がサー・ケネス・ブラナー主演のテレビドラマとして、BBC1にて近日放送予定。

〈アティカス・ピュント〉シリーズ既刊

アティカス・ピュント登場

慰めなき道を行くもの

愚行の代償

羅紗《らしや》の幕が上がるとき

無垢《むく》なる雪の降り積もる

解けぬ毒と美酒

気高きバラをアティカスに

瑠璃《るり》の海原を越えて

カササギ殺人事件

『愚行の代償』に寄せられた絶賛の声

ドアに鍵をかけ、暖炉の前でくつろいで、アラン・コンウェイの最新作にのめりこむ。あなたの期待に応える一冊。

——《グッド・ハウスキーピング》誌

わたしは謎解き小説の不意打ちが大好きだが、そう、本書はまさにそんな作品だ。次作が待ちきれない!

——ピーター・ジェイムズ

忘れられて久しい、穏やかだったかつての英国の情景を、またしてもコンウェイが鮮やかに描き出す——それも、殺人的な切れ味で。

——《ニュー・ステイツマン》誌

依然として勢いの衰えない、〈アティカス・ピュント〉シリーズ第三作。ひねりの効いた、息をもつかせぬ展開に、読者は最後まではらはらしながら謎解きを楽しめる。

——《オブザーバー》紙

アティカス・ピュントの新刊は、いまや胸躍る年中行事となりつつある。あなたは犯人を当てられるだろうか？　わたしは外した！

——《パブリッシャーズ・ウィークリー》誌

アティカス・ピュントは、いまやアンゲラ・メルケル首相よりも有名なドイツ人となりつつある。首相より多くの人を楽しませているのはまちがいない。

——《デア・ターゲスシュピーゲル》紙

著名な女優が絞殺された。容疑者は？　全員だ！　〈アティカス・ピュント〉シリーズ最新刊は、まさに衝撃の一冊。

——リー・チャイルド

英国の海辺の村で起きた殺人事件、そして卑劣な行為。『愚行の代償』は、わたしにとって最高の作品になりそうだ。

——《ニューヨーカー》誌

名探偵〈アティカス・ピュント〉シリーズ

愚行の代償

アラン・コンウェイ

An Orion paperback

First published in Great Britain in 2009 by Cloverleaf Books
This paperback edition published in 2016 by Orion Fiction,
an imprint of The Orion Publishing Group Ltd,
Carmelite House, 50 Victoria Embankment, London EC4Y 0DZ

An Hachette UK Company

5 7 9 12 8 6 4

A CIP catalogue record for this book is
available from the British Library.

ISBN (Mass Market Paperback) 771 0 5144 4566 6

Printed and bound in Great Britain by Anus & Sons, Appledore

www.orionbooks.co.uk

登場人物

メリッサ・ジェイムズ……………トーリーに住むハリウッド女優
フランシス・ペンドルトン…………メリッサの夫
フィリス・チャンドラー……………メリッサの家のコック兼家政婦
エリック・チャンドラー……………フィリスの息子。運転手兼執事
ランス・ガードナー…………………《ヨルガオ館》支配人
モーリーン・ガードナー……………ランスの妻。夫と《ヨルガオ館》経営に携わる
アルジャーノン(アルジー)・マーシュ……不動産開発業。実業家
サマンサ(サム)・コリンズ…………アルジャーノンの姉。レナードの妻
レナード(レン)・コリンズ…………村の家庭医。サマンサの夫
ジョイス・キャンピオン……………サマンサとアルジャーノンの叔母
ハーラン・グーディス………………米国の大富豪。ジョイスと結婚
ナンシー・ミッチェル………………《ヨルガオ館》のフロント係
ブレンダ・ミッチェル………………ナンシーの母親
ビル・ミッチェル……………………ナンシーの父親

サイモン・コックス……本名シーマニス・チャックス。映画プロデューサー
チャールズ・パージター……ルーデンドルフ・ダイヤモンドの持ち主
エレイン・パージター……チャールズの妻
ギルバート……警部補。ルーデンドルフ・ダイヤモンド事件の担当
ディッキンソン……巡査部長。ギルバート警部補の部下
アティカス・ピュント……世界的に有名な私立探偵
マデレン・ケイン……ピュントの秘書
エドワード・ヘア……主任警部。ヨルガオ殺人事件の担当

目次

愚行の代償

フランクとレオ――思い出に捧ぐ

1　《クラレンス・キープ》

「おまえ、ずっとそこにどっかり腰をおちつけてるつもりかい、エリック？　お皿を洗ってる母さんに手を貸す気はないの？」

ぱらぱらめくっていた《コーニッシュ＆デヴォン・ポスト》紙から顔を上げたエリック・チャンドラーは、口から飛び出しかかっていた返事を呑みこんだ。この二時間というもの、せっせとベントレーを洗車して磨きあげたというのに、天気の急変ですべては水の泡となってしまった。今年の四月は海から突然のどしゃぶりが吹きつけてくる、なんともうんざりする天気が続く。ようやくこの厨房に戻ってきたときには、すっかりずぶ濡れで寒さに震えていたのだから、母親の皿洗いだろうと何だろうと、手伝う気になどなれたものではない。

フィリス・チャンドラーが、かがみこんでいたオーヴンから身体を起こす。両手でつかみあげたトレイには、金茶色に輝く焼きたての丸いフロランタンが並んでいた。カウンターに運び、へらに手を伸ばすと、菓子を皿に移していく。終戦からもう八年近く経つとはいえ、卵と砂糖はいまだ配給制なのに、母親がどうやってこんな菓子を作れるのか、ときどきエリックはいぶかしく思うことがあった。だが、フィリスという人間は、そんなご時世の都合にかまわず、つねに自分のやりたいようにやる。すっかり姿を消していた白パンがようやく初めて店頭に並んだときには、買いもの袋ふたつをいっぱいにして、村から運んできたものだ。一シリング八ペンスぶんの肉の配給も、いつでも大切にちびちびと使って、信じられないほど巧みにやりくりしている。

そんな母親が厨房で忙しく立ち働く姿を見ていると、エリックはいつもハリネズミを思い出した。子どものころ、よく母親から読んでもらっていたあの物語は何だった? 『ティギーおばさんのおはなし』――そう、それだ。湖水地方に暮らす洗濯屋のハリネズミをめぐる冒険……といっても、たいした事件が起きるわけではないのだが。フィリスは、このハリネズミにそっくりなのだ。小柄ででっぷりとしていて、服装まで同じときている――柄ものの服に、まるまるとした腹に巻きつけた白いエプロン。そして、とげだらけ。まさに、フィリスを形容するのにぴったりの言葉だ。

エリックは流しに目をやった。この数日間、母親は週末の準備に忙しい。ゆで卵料理《デヴィルド・エッグ》、乾燥エンドウ豆のスープ、鶏肉のクリーム煮《チキン・ア・ラ・キング》……メリッサ・ジェイムズはこの週末に客を招いており、いつものことだが、食事に何を出すかをきっちりと指定してきたのだ。この天気にはスープや煮込み料理がぴったりだが、それでも食料品室には肥育鶏が二羽、そして仔羊の脚も一本用意してある。朝食には燻製《くんせい》ニシンとオートミール粥。夕方にはトム・コリンズのカクテル。

想像するだけで、エリックは腹が鳴るのを感じた。考えてみれば、昼食から何も口にしていない。母親の様子をうかがうと、またオーヴンのほうへ戻ったようだ。エリックは手を伸ばし、フロランタンをひとつつまんだ。菓子はまだ熱く、あわててもう一方の手に持ちかえる。

「ちゃんと見てるんだからね！」フィリスの叫び声。

いったい、どうやって見えたというのだろう？　母親はこっちに背中を向け、かがみこんで尻を宙に突き出していたというのに。「まだ、いくらだってあるじゃないか」エリックは言いかえした。ドライ・フルーツと糖蜜の香りが立ちのぼってくる。まったく、うちの母親は、どうして料理がこんなに得意なのだろうか？

「おまえのじゃないんだよ！　それはミス・ジェイムズのお客さまに焼いたんだから」

「ミス・ジェイムズのお客さまは、ひとつ減ってたって気づきゃしないよ」

どうにも抜け出せない罠に、自分は生まれた瞬間からはめられていたのではないかと、エリックはよく思うことがある。憶えているかぎりずっと、エリックはいつだって母親にくっついていた。家族としてではなく、まるで付属品か何かのように、エプロンの紐にくくりつけられて。陸軍の大尉だったという父親は、第一次世界大戦が勃発したときにはえらく意気ごんでいたらしい。ドイツ野郎に一泡吹かせ、あわよくばメダルと栄誉をわがものにしよう、と。だが、実際にわがものにしたのは、エリックが綴《つづ》りも知らないどこか遠く離れた地で、頭に食らった弾丸だけだ。電報が届いたとき、エリックは七歳だったが、そのときの気持ちはいまだに憶えている……何も感じなかった、ということを。ほとんど知らない男が死んだからといって、嘆き悲しむことなどできるものか。

そのころ、すでに母親と息子はトーリー・オン・ザ・ウォーターに移ってきていて、すれちがうときには片方が脇に身を引かなくてはいけないほど狭い田舎家に住んでいた。学校での成績が芳《かんば》しくなかったエリックは、卒業してからは村の雑多な仕事をあれこれ請け負っていたものだ。パブ、肉屋、波止場……どれも長くは続かなかったが。第二次世界大戦が始まったころには、徴兵適齢者のひとりとなっていたものの、エリックに召集がかかることはなかった。生まれつき、片脚が変形していたからだ。成長するにしたがい、周囲の少年たちはエリックを〝のろま〟と呼ぶようになった。少女たちは無視したり、脚を引きずって街を歩く姿をあざ笑ったり。戦時中は地域防衛義勇隊に参加していたものの、そこでもお荷物あつかいされるばかりだった。

やがて、戦争も終わる。メリッサ・ジェイムズがトーリーに住むようになり、フィリスはそこで働きはじめた。実際、ほかに選択肢があるはずもなく、エリックも母親についていく。フィリスは家政婦兼コック。エリックは執事であり、運転手であり、庭師でもあり、雑用はなんでも引き受ける下男でもある。だが、皿洗いなどするものか。そんな仕事は、職務内容に入ってはいない。

いまや四十三歳になり、これが人生というものかと、エリックは悟りはじめていた。自分には、こんなカードしか配られなかったのだ。洗車をし、銀器を磨き、「はい、ミス・ジェイムズ」「いいえ、ミス・ジェイムズ」と答え、運転手として街へ車を出すときにはこれを着なくてはならないと、メリッサから買いあたえられたとっておきのスーツを着たところで、自分は変わらず〝のろま〟のままだ。これから先も、死ぬまでずっと。

いくらか冷めたフロランタンをひと口かじり、舌にとろけるバターを味わう。これもまた、罠の一部分だ。母親が料理する。そして、エリックが太っていく。

「お腹が空いてるんなら、ブリキ缶にココナッツ・ビスケットが入ってるよ」いくらか優しい口調で、フィリスが声をかけてきた。

「あれは湿気《しつけ》てるじゃないか」

「じゃ、オーヴンにちょっと入れてあげる。それで、すっかりおいしくなるからね」

こうして優しい言葉をかけてくるときさえ、母親はエリックに屈辱的な思いを味わわせる。メリッサ・ジェイムズとそのご友人たちの食べ残しを下げ渡されたからといって、どうして感謝などしなくてはならない？　テーブルに向かって坐りながら、エリックはじわじわと怒りがこみあげてくるのを感じていた。こんな気持ちは——怒りだけではない、ほかの感情も入り混じって——最近ますますどす黒く、抑えが効かなくなりつつある。ちょっとした風邪や皮膚のたこなどを診てもらっているコリンズ医師に、相談してみたほうがいいのだろうか。コリンズ先生なら、いつも親身になってくれる。

だが、そんなことができるはずもないのはわかっていた。自分がどんな感情を抱えているかなど、誰にも話すわけにはいかない。結局のところ、これはエリックのせいではない、自分ではどうしようもないことなのだから。こんなことは心のうちにとどめ、ずっと秘密にしておくにかぎる。

もっとも、母親が勘づいていたら話は別だ。時おり母親がこちらに向ける視線には、ひょっとして、と思わせるものがあった。

そのとき、戸口で何かが動いた。メリッサ・ジェイムズが厨房へ入ってくる。ハイウェストのパンツにシルクのシャツ、立ち襟に金ボタンのページボーイ・ジャケットという恰好だ。エリックは食べかけのフロランタンをテーブルに置き、あわてて立ちあがった。フィリスもこちらに向きなおり、どれだけ忙しく働いていたかを示すように、エプロンで手を拭いている。

「立たなくていいのよ、エリック」メリッサは英国で生まれたものの、長らくハリウッドで活躍していたため、その口調にははっきりとした米国訛《なま》りがあった。「わたし、ちょっとトーリーに行ってこようと思って……」

「おれが車を出しましょうか、ミス・ジェイムズ？」

「いいのよ、自分で運転するから。ベントレーを使うわ」

「ちょうど洗車したばかりなんです」

「ありがとう。助かるわ！」

「お夕食は何時になさいます？」フィリスが尋ねた。

「それを言おうと思って来たのよ。フランシスは今夜、バーンスタプルに行くんですって。わたしはちょっと頭痛がするから、早く寝るつもり」

ほら、まただ、とエリックは思った。英国の女なら、こんなとき〝早く寝る〟ではなく、

〝早く休む〟と言うだろう。まるで安っぽい宝石を見せびらかすように、メリッサは米国流の言葉づかいを振りまわす。

「でしたら、温かいスープをご用意しておきますよ」フィリスはいかにも心配げな声を出した。スープなら薬に負けない、あるいはさらなる効力があるというのが、つねに変わらぬ信条なのだ。

「よかったらお姉さんを訪ねてきたらどうかしら。ベントレーで、エリックに送ってもらえばいいじゃない」

「お心遣いありがとうございます、ミス・ジェイムズ」

フィリスの姉――エリックの伯母――は、海岸を南へいくらか下ったビュードに住んでいる。最近は体調が優れず、ひょっとしたら手術を受けることになるかもしれない。

「六時までには戻るつもりよ。わたしが帰ってきたら、あなたがたはすぐに出てかまわないから。いい夜をすごしてね」

エリックは黙りこくっていた。メリッサ・ジェイムズがここに入ってくると、いつもこんなふうになってしまう。とにかく、どうにも目が離せないのだ。メリッサがすばらしく魅力的な女性だからというだけではない。これが映画スターというものなのだろうか。どこか少年めいた形に切った金髪、美しく輝く青い瞳、口もとのかすかな傷跡さえも魅力的に見せてしまうほほえみは、英国の誰もが知っている。もう何年もメリッサの下で働いていながら、エリックはいまだに、こんな女性と同じ部屋にいることがとうてい信じられなかった。メリッサを見るたび、まるでここが映画館で、自分より五倍も大きくスクリーンに映し出された姿を眺めているような気分になる。

「それじゃ、また後でね」メリッサはきびすを返し、厨房を出ていった。

「傘をお持ちになったほうがいいですよ！　これから、また雨になりそうですからね」フィリスが後ろから声をかける。

それに応え、メリッサは片手を挙げてみせた。そして、姿が見えなくなる。

数秒の間を置いてから、フィリスは息子に向きなおった。「いったい、どういうつもりなの？」怒った声で問いただす。

「何のことだよ？」エリックは身がまえた。

「奥さまをじっと見つめてたじゃないの」

「そんなこと、してないさ！」

「お皿みたいに、まんまるな目をしてさ！」両手を腰に当てた姿は、まさにハリネズミのティギーおばさんそのものだった。「おまえがそんなじゃ、あたしたちはじきにここから追い出されちまうだろうよ」

「母さん……」エリックは、またしても荒々しいものが胸のうちにたぎるのを感じていた。

「おまえのどこがおかしいのか、ときどきあたしは本当に考えちまうんだよ、エリック。日がな一日そこに坐りこんで、ひとりっきりでさ。そんなの、まともじゃないね」

エリックは目を閉じた。また始まった、と心のうちでつぶやく。

「おまえだって、いまごろはとっくに可愛い女の子を見つけて、いっしょに出歩いてたっていいのにねえ。そりゃ、たいして男前でもないし、脚のことはあるけど――でも、それだって！　ほら、《ヨルガオ館》にも女の子がいるじゃないの。ナンシーだよ。あの娘の母親なら、あたしも知ってる。あそこのうちは、ちゃんとした立派な家庭だよ。どう、あの娘をお茶にでも招んだら？」

母親に言いたいことを言わせておくうち、やがてその声も意識の外に遠ざかっていく。いつかきっと、自分はもう耐えられなくなってしまうだろう。これ以上、自分を抑えていられるとは思えない。だが、だとしたらどうなる？

その先は、エリックにもわからなかった。

メリッサ・ジェイムズは厨房を出ると、ホールを横切って玄関へ向かった。絨毯《じゅうたん》を敷いていない木の床を歩こうとして、無意識のうちについ、できるだけ足音をたてまいと気をつかう。屋敷を出るのに、無駄なごたごたは起こしたくない。それでなくとも、いろいろと心にかかっていることは多いというのに。

フィリスの言うとおりだ。これから、さらに雨が降りそうな空模様に見える――今週は、降っていないときのほうがめずらしい――とはいえ、傘を持っていくつもりはなかった。傘など馬鹿げた発明だと、メリッサはかねがね思っている。傘を差していたところで、どうせ横から雨が吹きこむか、あるいは風で吹き飛ばされそうになるかのどちらかなのに。傘を使うのは撮影中、あるいは映画の初日に車から降りようとして、誰かが横から差しかけてくれるときだけ。こういう場合は、また話が変わってくる。周囲から求められるふるまいというものがあるのだから。でも、きょうのメリッサは玄関脇の帽子掛けに手を伸ばし、レインコートを外してふわりとはおった。

この《クラレンス・キープ》を買ってしまったのは、ほんの一時の気の迷いだった——値段など気にせず何でも買えたあのころのこと。屋敷としては、奇妙な屋号ではある。〝天守〟というのは城の中でもいちばん堅牢な、最後に逃げこむべき場所だ。とはいえ、けっしてそんなことのために買ったわけではない。そもそも、たしかに一目惚れした屋敷ではあるものの、城になどとても似つかないのに。

この《クラレンス・キープ》は、米国独立戦争で軍の司令官を務め、後に総督としてジャマイカに赴任したサー・ジェイムズ・クラレンスという人物が、十九世紀初頭の摂政時代に建てた奇抜な屋敷だ。主として木材を使い、まばゆいほどの白に塗りあげた建物に優美な窓をはめこみ、海に向かって無防備に突き出している。だだっ広く何もない芝生を見晴らすという思いつきは、ひょっとしたらジャマイカでひらめいたものかもしれない。広々とした左右のベランダにはさまれた正面玄関の真上には、主寝室のバルコニーがせり出している。芝生はどこまでも平坦で、まるで熱帯を思わせるような鮮やかな緑だ。足りないものといったら、ヤシの木くらいだろうか。　熱帯にある農園の屋敷にも見えるたたずまいだ。かつて、ここにはヴィクトリア女王が滞在したことがあるという。トラファルガー広場に建つネルソン記念柱を設計した建築家、ウィリアム・レイルトンも、短期間ながらこの屋敷を所有していたことがあるそうだ。だが、メリッサがここを初めて訪れたとき、《クラレンス・キープ》は長らく放置されたままだった。摂政時代のもっとも美しかった状態にまで修復するには、莫大な金がかかることを承知のうえ、購入に踏み切ったのだ。ただ、実際にこれほどまで費用がかさむとは、まさに嬉しくない驚きだった。蒸れ腐れした木材の補修がどうにか終わるやいなや、次なる難題として結露が浮かびあがってくる。浸水の被害、基礎の破損、地盤の沈下、そのほか十を超える問題が、まるでサインをほしがるファンのように、メリッサの前に行列を作った――この場合、ここにサインをと差し出されるのは小切手なのだが。ここは、本当にそれだけの価値があったのだろうか？　美しい屋敷なのはまちがいない。メリッサはここでの暮らしを愛していた。目がさめて真っ先に視界に飛びこんでくる海の眺め、砕ける波音。庭を（天気が悪くなければ）ぶらついたり、週末にはパーティを開いたり。それでも、こうした悪戦苦闘に、いろんな意味で自分がひどく消耗していることを、折にふれて意識せずにはいられない。

とりわけ、金のやりくりに。

どうして事態がこんなにも手に負えなくなっていくのを、手をつかねて見送ってしまったのだろう？　ハリウッドで最後に映画を撮ってから五年、最後に女優として仕事をしてから、すでに三年が経つ。いまや、生活のすべてがトーリー・オン・ザ・ウォーター中心に回っているのだ。屋敷の手入れをし、投資を考え、テニスやブリッジを楽しみ、馬に乗り、友人を増やし……そして、結婚もした。まるで、自分の人生そのものを、これまで演じてきたうちでも最高の役柄に変えようとするかのように。言うまでもなく、銀行の支店長からは忠告も受けた。担当の会計士たちからの手紙も舞いこんだ。ニューヨークのエージェントから、金切り声の電話がかかってきたこともよく憶えている。でも、そんなものに耳を貸すには、あまりにここでの生活が楽しすぎたのだ。メリッサはそれまで英米両国で、続けざまに主演映画を成功させてきた。《ウーマンズ・ウィークリー》誌や《ライフ》誌、はては〈ジェイムズ・キャグニーの相手役を務めた後〉《トゥルー・ディテクティヴ》誌の表紙さえも飾ってきたものだ。必要になれば、いつだって仕事はある。自分はメリッサ・ジェイムズなのだ。いつか仕事に復帰したなら、さらにいっそう人気が高まるにちがいない。

さほど遠くないうちに、その日が来てくれないと。どうしてこうなってしまったのか、いつしか溜まってしまった請求書は、ぎょっとして息が止まりそうな金額にふくれあがっていた。いまや、五人の雇い人に給料を払っている。ヨット一隻、馬二頭を抱えてもいる。メリッサが買った事業──《ヨルガオ館》というホテル──は、少なくとも年の半分は満室なのだから、とうにかなりの収益があるはずなのに、いまだ赤字が続いている。投資先も順調だと聞かされてきたのに、いまのところまったく利益が出ていない。さらにまずいのは、英国と米国のエージェントが口をそろえて説明するところによると、メリッサが演じられそうな映画の役は、期待していたほど多くはないだろうというのだ。年齢が四十を超えたいま、メリッサに求められるものも、以前とは変化している。かつて演じていたような役柄は、もっと若い女優たち──

ジェーン・マンスフィールド、ナタリー・ウッド、エリザベス・テイラーといった面々——が、すでに引き継いでいるという。いつしか、メリッサに回ってくる役割は、そうした女優たちの母親役に変わってしまっていたのだ！　何よりも問題なのは、母親役ではたいした出演料がもらえないということだった。

とはいえ、メリッサはそんなことを気に病むまいと心に決めていた。はるか以前、女優の道を歩みはじめたばかりのころは、英国のプロデューサーたちが必要に迫られて余儀なく作る〝やっつけ作品〟に端役《はやく》として出演しながらも、いつかきっと世界に名を轟《とどろ》かせるスターになると、いつも夢見ていたものだ。この夢は必ず実現すると、メリッサは疑いなく信じていた。それまでも、ほしいと願ったものはすべて手に入れてきたのだから。いまも、まさにあのときと同じ気持ちだ。そのうえ、つい今朝のこと、すばらしい脚本が届いた。メリッサが主演のスリラー映画で、夫に生命をねらわれている女性の役だ。夫のほうは、もしもその企《たくら》みが失敗した場合、罪を妻に着せようと考えている。監督はアルフレッド・ヒッチコックで、つまり、まちがいなく巨額の興行収入を叩き出す作品だ。まあ、実のところ、この役柄はまだ正式にメリッサと決まったわけではない。二週間以内にヒッチコック氏がロンドンに来るので、そこで面談することになっている。とはいえ、メリッサには自信があった。この役柄は、まるで自分のために書かれたかのようではないか。監督のいる部屋へ、脚本家を連れて足を踏み入れた瞬間、きっとこの役はメリッサのものとなるだろう。

玄関の扉に向かって歩いている間、こうした思いが脳裏をよぎる。だが、もうすぐ扉を開けるというところで、背後に足音が聞こえた。夫のフランシス・ペンドルトンが、階段を下りてくる音だ。聞こえなかったふりをして、このまま屋敷を出てしまおうかと、一瞬ふと迷う。でも、そんなことをしてもうまくはいくまい。ここは、ことを荒立てずに穏便な道を選ぼう。

メリッサはふりむき、にっこりした。「ちょっと出かけるところなの」

「どこへ？」

「ホテルよ。ガードナー夫妻に話があって」

「ぼくもいっしょに行こうか？」

「だいじょうぶよ！　たいしたことじゃないから！　ほんの三十分くらいで終わる話なの」

こんなとき、どうして演技はこうも難しいのだろう。カメラが回っていない、照明や五十人ほどのスタッフもいない場所で、自分のために書かれたわけではない台詞《せりふ》を、いかにも自分らしく言ってみせなくてはならない。メリッサは何もかもうまくいっているという顔をして、けっして緊張を見せるまいと努めた。しかし、この共演者は、そんな演技に乗ってきてはくれない。それどころか、とうてい信じられないという目で、じっとこちらを観察している。

フランシスに会ったのは、英国で撮った最後の映画の現場でのことだった。この映画のために、メリッサは故国に戻ってきたのだ。『運命の人質』はジョン・バカンの小説を原作とする、期待外れの出来となったスリラー映画で、メリッサは誘拐された娘を探す若い母親を演じた。いくつかの場面は、デヴォン州のソーントン・サンズという砂浜で撮影されたが、そこで主演女優の付き人としてあてがわれたのがフランシスだったというわけだ。メリッサのほうが十歳年上ではあったものの、この青年とはすぐに意気投合し、このまま進むとどうなるか、予感めいたものも生まれはじめていた。とはいえ、映画撮影中の恋愛沙汰など、メリッサにとってはまったくめずらしいことではない。共演の俳優やスタッフの誰かと恋に落ちなかった映画などあったかどうか、すぐには思い出せないほどだ。だが、このときばかりはこれまでと展開がちがった。最後の場面を撮りおえ、撮影チームが解散してそれぞれ別の道を歩きはじめたときも、フランシスはそばを離れなかったのだ。この人はわたしと人生をともにしたいと考えているのだと、メリッサは悟った。

でも、それも悪くないのでは？　フランシスは巻き毛に整った顔立ちの持ち主で、ヨット《サンダウナー号》のおかげか、美しく陽に焼けた肌と鍛えられた体軀《たいく》も備わっている。聡明でもあり、何よりメリッサを崇拝《すうはい》しきっているのだ。それに、よく考えてみると、一見した印象ほど不釣り合いな組みあわせというわけではない。フランシスの両親は裕福で、父親はコーンウォールに二万エーカーもの領地を持つ子爵であり、本人も本来ならフランシス・ペンドルトン閣下と呼ばれる立場なのだ。実際には領地も爵位もフランシスが相続するわけではないし、そうした尊称も使われるのを拒否してはいるものの、結婚相手としてはこのうえなく望ましい。そんなわけで、ふたりの婚約が発表されたときには、ロンドンの新聞のゴシップ欄すべてがこの話題で賑わった。いつの日かハリウッドに戻り、《ポロ・ラウンジ》や《シャトー・マーモント》といった有名人の社交場へ、容姿《ようし》端麗《たんれい》で洗練された英国の貴公子に付き添われて足を踏み入れたら、それは自分にとって何よりの箔付《はくづ》けになるだろうと、メリッサは考えていたのだ。

《クラレンス・キープ》購入に賛成してくれたのは、フランシスひとりだけだった。それどころか、メリッサの背を押してくれさえしたのだが、いまになってその理由に思いあたる。第一に、ここはフランシスの地元に近い。ペンドルトン家の領地はすぐ隣の州にあり、両親とはいまや音信不通になってしまったものの――新聞のゴシップ欄の記事にほとほとうんざりしてしまったらしい――ここでの生活は、まさにフランシスがずっと望んでいたものだったのだ。蓋を開けてみれば、別にホテルの経営や馬の飼育に手を貸してくれるわけでもない。それどころか、毎朝ベッドから出てくるのは十時すぎという始末。こうしてフランシスは自分自身のお屋敷と、世間に自慢できる美しい妻《トロフィー・ワイフ》を手に入れたというわけだ。

階段を下りきったところに、青いブレザーに白のズボンという、本来ならもはや維持していく余裕もないヨットで出かけんばかりの恰好でたたずむ夫。こぶしを握りしめ、また開くという動作をくりかえしているのは、妻にかける言葉を慎重に選んでいるからだろう。夫の無能さは、メリッサの肩に日一日と重くのしかかりつつある。時おり、いや、しょっちゅうというべきか、メリッサは自分が下した結論について、夫を責めるようになっていた。あなたは自分の縄張りにわたしを取りこもうと、巧みにこんなふうに仕向けたのだ、と。

「きみと話しあうべきなんじゃないかと思うんだ」夫が切り出す。

「いまはだめよ、フランシス。あのうんざりするガードナー夫妻が待っているから」

「そうか、じゃ、きみが戻ってきたら……」

「今夜、あなたは外出の予定があったじゃない」

フランシスは眉をひそめた。「きみといっしょにね」

「それは無理」メリッサは不機嫌に言いはなった。「ごめんなさい、あなた。わたし、頭が痛くて。あなただって許してくれるでしょ、ね？　今夜は早く寝ることにするわ」

「きみが行かないなら、ぼくもやめておくよ」

メリッサはため息をついた。どんなことをしてでも、それだけは避けたい。今夜、夫抜きでどうすごすか、すでに計画はたててあるのだから。「意固地なことを言わないで。何週間も前から、あなたがずっと楽しみにしてきたオペラじゃないの。わたしがいないほうが、あなただって楽しめるはずよ。きみは第二幕にはもう居眠りしているって、あなたはいつも言ってるじゃない」

「だって、本当のことじゃないか」

「わたし、オペラが好きじゃないのよ。話が理解できないの。見ていても、さっぱりわけがわからなくて」こんなことで喧嘩になってしまっては、思うようにことが進まない。メリッサは手を伸ばし、夫の腕に置いた。「ね、あなただけでも楽しんできて、フランシス。わたし、いまはホテルのことや、新しい脚本や、あれこれありすぎて頭がいっぱいなの。明日でも明後日でも、いくらでも話をする機会はあるから」雰囲気を明るくしようと、冗談めかしてつけくわえる。「わたし、どこにも逃げたりしないわよ！」

だが、この言葉はフランシスにとって、あまりに重く響いてしまったらしい。メリッサが引っこめるより早くその手を握り、さらに強く自分の腕に押しつける。「ぼくのそばにいてくれ、メリッサ。いまもずっと愛していると、きみだってわかっているだろう。きみのためなら、どんなことだってするよ」

「ええ、わかってる。そんなこと、わざわざ言うまでもないでしょ」

「きみに捨てられたら、ぼくはいっそ死を選ぶよ。きみなしでは生きていけないんだ」

「馬鹿なことを言わないでよ、フランシス」手を振りほどこうとしても、夫は頑として放そうとしない。「いまは話している時間がないの。そうよ、それに……」メリッサは声を落とした。

「厨房にはエリックと母親がいるのよ」

「聞こえないさ」

「いつ出てくるか、わからないじゃない」

わかっていたとおり、これは効いた。夫が手を放すと、メリッサはすぐに何歩か後ずさり、安全な距離をとる。

「わたしのこと、待たないで出かけちゃってね。トラクターの後ろをえんえん運転するはめになって、第一幕を逃したらもったいないから」

「三十分で終わる話だと、さっきは言っていたじゃないか」

「実際にどれくらいかかるかは、わたしにもわからないの。経理について、話しあわなきゃいけないことがあって。ひょっとしたら、あの夫婦の痛いところを突いてしまうんじゃないかって気がするのよ」

「どういうことなんだ？」

「会ってみてから、あなたにも話すから。明日にでもね」

今度こそ、メリッサは屋敷を出ようとした。だが、そこへはあはあとあえぐ音、木の床を爪で引っかく音が聞こえてくる。どこからか姿を現した小さな犬が、女主人めがけて玄関ホールをまっしぐらに走ってきたのだ。がっちりした体格に赤っぽい被毛、くしゃっとした顔、とがった三角の耳、黒っぽい紫色の舌をしたチャウチャウ。メリッサはつい我慢できなくなり、嬉しそうに甲高い声をあげると、しゃがみこんで首の周りのいちばん毛がふさふさしている部分をかいてやった。

「ちっちゃなキンバ!」そっとささやきかける。「わたしのちびちゃん、元気にしてた?」鼻や唇を舐められるのもかまわず、メリッサは犬に顔を寄せた。「ぼくちゃんのご機嫌は? ママはちょっと町に行くところなの。でも、すぐに戻るから。ね、ベッドで待っていてくれる? ママが帰るのを待っていてくれるわね?」

フランシスが顔をしかめる。ベッドに犬が乗るのが嫌なのだ。だが、何も言おうとはしない。

「さあ、向こうに行って! いい子だから! ママはすぐに帰ってくるわよ」

メリッサは立ちあがった。そして、ちらりとフランシスを見る。「オペラ、楽しんできてね。それじゃ、また明日」そう言いのこし、今度こそメリッサは玄関を出ていった。急ぎ足で飛び出していった後ろで、扉が閉まる。残されたフランシスは、妻が自分よりチャウチャウに向かって、比べものにならないくらい愛情深く語りかけていたという事実を、胸が冷えていくような思いで噛《か》みしめていた。

2　アルジャーノン・マーシュ

メリッサは飼っているチャウチャウを愛しているのと同じように、ベントレーをも愛していた。なんと美しい車なのだろう。うっとりするような快感に浸るひととき。しかも、これはまるまるメリッサひとりだけのものなのだ。誰の所有下にあるのかは、もっとも重要な問題といえる。所有するということは、すなわち力を持つということだから。銀色に輝く革張りの座席に身体を預け、エンジンの低いうなりに耳を傾ける。この車の音なら、一キロ以上離れても聞き分けられるにちがいない。やがて、フランシスとのやりとりで胸にわだかまっていた不安も、車の排気とともに跡形もなく吹き飛ばされていく。この淡い青のベントレー・マークⅥは屋根が電動で開閉するのだが、予想どおり天気がまた崩れ、今度は灰色の霧雨となってあたりを包んでいるため、いまは残念ながら開けるわけにはいかない。四月の終わりにもなって、どうしてこんなにも寒く、陰鬱《いんうつ》な天候が続くのだろう？　エージェントから聞いたところによると、アルフレッド・ヒッチコックは今度の映画をカリフォルニア州バーバンクの《ワーナー・ブラザース・スタジオ》で撮影するという。メリッサにとっては、こんなに嬉しいことはなかった。陽光の降りそそぐ地に戻るのは、きっとすばらしい気分にちがいない。

《クラレンス・キープ》からは、ほんの一キロ足らずで海辺の村、トーリー・オン・ザ・ウォーターに着く。この〝水辺のトーリー《トーリー・オン・ザ・ウォーター》〟というのは、あまりにひかえめにすぎる地名というべきだろう。なにしろこのトーリーは、四つもの異なる水域に囲まれているのだから――右にはブリストル海峡、左にはケルト海、そして後ろにはトー川とトーリッジ川のそれぞれの河口の流れがうねっているというわけだ。この村の小さな港は、天候によっては海に引きずりこまれまいと必死に戦っているようにも見える。海からの風が吹きつけ、波が灰色の泡となってくりかえし叩きつけられるときには、その戦いはひときわ激しい。波に揉まれる漁船は繋留柱《けいりゅうちゅう》を引きちぎろうとするかに暴れ、灯台は周囲を渦巻く雲だけを虚しく照らしながら、ただいつまでも瞬《またた》きつづけるのだ。

　村の人口は、だいたい三百人といったところだろうか。ほとんどの家は、本通りであるマリーン・パレードに沿って並んでおり、その裏にいくらか細いレクトリー・レーンという通りが走っている。そのほかトーリー・オン・ザ・ウォーターを構成する建物というと、聖ダニエル教会、肉屋、パン屋、車の修理工場、そしてさまざまな日用品を並べている雑貨店。長いこと、このあたりの酒場といえば村の《赤獅子》亭一軒だけだった。だが、メリッサは十九世紀の税関の建物を買いとり、ホテルに改装した。《ヨルガオ館》とは、かつて主演した映画のひとつから取った名だ。十二の客室、レストラン、そして居心地のいいバーという造りになっている。

　トーリー・オン・ザ・ウォーターに警察署はない。そもそも、たまに十代の子たちが酔っぱらって浜辺で悪ふざけをする以外、住人たちの記憶をさかのぼっても、この村でこれといった揉めごとが起きたためしはないのだから、そんなものを置くまでもないというわけだ。同様に、郵便局も、銀行も、図書館や映画館もない。こうした場所に用があるときには、インストウからの起伏に富んだ単線を二十分ばかり汽車に揺られてビデフォードに出るか、あるいは車で十五分ほど走り、ビデフォード・ロング・ブリッジを渡ることになる。この村を訪れた人間は、魚屋さえないことに驚くかもしれない。漁師たちはみな、獲れた魚を船からじかに売りさばいてしまうのだ。

夏の数ヵ月間、暑さを避けて海辺でのんびりすごしたいと願い、ロンドンほか各地からこの地を訪れる家族連れはしだいに増えつつある。そんな需要に応えるホテルにしたいと、メリッサは子どもも大人も楽しめるよう工夫を凝らした。宿泊料の高い部屋には、すべて専用の浴室がついている。晩餐《ばんさん》はきっちり夜七時と決められてはいるものの、幼い泊まり客のために、五時半にお茶と軽食をとることもできるのだ。毎週末には芝生でコンサートやお茶会、クロケーやフレンチ・クリケットの試合が催される。泊まり客が連れてきた乳母や召使のためには、庭園の奥の目立たない場所に専用の宿泊棟が用意されていた。

メリッサはホテルの正面玄関に寄せて車を駐めた。いまや雨はかなり激しい降りとなっていて、玄関までは数歩ばかり砂利の上を歩くだけだったのに、ロビーに足を踏み入れたときには、髪もコートの肩もすっかり濡れそぼってしまう。支配人のランス・ガードナーは、メリッサが来たのを見ていながら、傘を持って出迎えることなど思いつきもしなかったという顔で、気どってその場にたたずんでいた。到着した泊まり客を迎えるときも、この支配人はこんなに気が利かないのだろうか？

「こんばんは、ミス・ジェイムズ」すでに相手の機嫌をそこねてしまったことも知らぬげに、支配人は挨拶した。

「こんばんは、ミスター・ガードナー」

ふたりはけっしてファースト・ネームで呼びあうことはなかった。単純に、双方の立場を考えると、それは適切な呼びかたではないからだ。ランスとモーリーンのガードナー夫妻は、メリッサの雇い人であって、友人ではない。メリッサが初めて目をとめたとき、この夫妻はそれぞれ《赤獅子》亭の主人とチーフ・ウェイトレスだった。夫妻を首尾よく引き抜いて、新しいホテルの運営をまかせたときには、うまくいったと喜びさえしたのを憶えている。なんといっても、ガードナー夫妻はこの土地の人間だ。役所にも、警察にも友人がいる。酒類販売免許がらみの問題が起きたり、地元の卸と揉めたりしたときには、きっとうまくすり抜ける手を考えてくれるにちがいない。あのときには本当にぴったりの人選だと思っていたのに、《ヨルガオ館》開業から三年半も経ったいまになってようやく、この夫妻をそこまで無条件に信頼してしまってよかったのかどうか、メリッサの心には疑念が頭をもたげつつあった。考えてみると、自分はこの夫妻のことをほとんど知らない。ふたりが《赤獅子》亭を切りまわしていたころは――どうにかメリッサが調べあげたところによると――それなりに利益を上げていたようだ。もっとも、《赤獅子》亭は大手のビール会社傘下の店ということで、夫妻にはわずかな権限しか与えられていなかったらしい。

ともあれ、《ヨルガオ館》の支配人に納まってからというもの、夫妻がまったく利益を上げていないことはまちがいない。どこに問題があるのか、それを見つけ出さなくては。ホテル自体は人気が高い。どこの新聞にも好意的に書かれているし、とりわけほんもののハリウッド・スター所有のホテルというところが評判となっているようだ。たしかに開業したばかりのころは、ひょっとしてメリッサに会えるのだろうかと期待して、かなりの数の客がこのホテルを訪れたことはわかっている。せめてサインをという願いもかなわず帰るはめになったら、それだけでがっかりしてしまうような客たち。だが、開業してしばらく経ち、メリッサがホテルに顔を出すことも減ってくると、やがて《ヨルガオ館》はそのままの姿——すばらしい砂浜と美しい景観に恵まれた、海辺の魅力的な村でひとときの休暇を楽しめる、洗練された居心地のいい宿泊施設——として受け入れられるようになった。そう、ホテル自体は盛況なのだ——夏期はほとんど満室の日が続いているし、雨の多い季節でもかなりの客は入っているのだから。

それなのに、このホテルは依然として金を食いつぶしつづけている。メリッサの金を。これは誰の責任なのだろう? 真相をつきとめるため、メリッサはすでにいくつか手を打ってきた。きょうの話しあいは、いまや頭の中ではっきりとした形をとりつつある疑念を確かめるためのものなのだ。

「調子はどう?」いかにも何気ない口調で尋ねながら、メリッサはランス・ガードナーに続いて誰もいないロビーを突っ切り、支配人の執務室へ向かった。

「これぱかりは仕方ありませんよ、ミス・ジェイムズ。誰のせいでもありませんからね。きょうは九室しかお客さまが入っていません。こんな天気が続いちゃ、うちはあがったりです。でも、気象台の発表によると、五月はいい気候になるらしいですよ」

戸口を通りぬけ、広々とした真四角の部屋に、ふたりは足を踏み入れた。中には机がふたつ、いくつかの書類戸棚、そして片隅には昔ながらの金庫が置かれている。一方の壁には、すべての客室につながる大がかりな配電盤が取りつけられており、これを検査に通すだけでもかなりの費用がかかったことを、メリッサはあらためて思い出した。モーリーン・ガードナーは自分の机に向かって事務作業をしているところだったが、メリッサが入ってきたのを見て立ちあがる。

「こんばんは、ミス・ジェイムズ」

「さてと、お茶でもいかがです？」ランスが尋ねた。「それとも、いっそお酒でも？」喜んで融通を利かせますよといわんばかりの、馴れ馴れしい笑み。本来なら、バーは六時半にならないと開かないことになっている。

「いいえ、けっこうよ」

「お手紙が来ていました、ミス・ジェイムズ……」モーリーンはすでに開封済みの三通の封書を束ねたものを取り出し、椅子にかけたメリッサに差し出した。いちばん上は、薄紫色の封筒だ。予期していたとおりのラヴェンダーの香りが、すでに鼻腔《びこう》をくすぐっている。これが誰から来たものか、メリッサにはわかっていた。

人気絶頂のころに比べれば、はるかにファン・レターの数は減ったものの、それでもメリッサのファン・クラブはいまだ英米両国に存在するし、連絡先となる《ヨルガオ館》の住所も公開されている。新作の映画を撮る予定はないかと尋ねたり、あなたの姿が見られなくて寂しいと訴えたりする手紙が、このごろでも月に二、三通は届くのだ。この薄紫色の便箋と封筒で手紙をよこす女性は、いつも〝あなたのいちばんのファンより〟とだけ名乗り、力強い几帳面な筆跡で、コンマもピリオドも正しい位置にきっちりと入れてくる。この女性ははたして独身なのか家庭があるのか、幸せなのか不幸なのか、メリッサはしばし思いをめぐらせた。自分を応援してくれる人々の中には、どうにも理解できない情熱を燃やし、必死にこちらの注意を惹こうとしてくるファンもいる——ときに、メリッサが不安になるほどに。文面にちらりと視線をやると、こんな文章が目に飛びこんできた——〝どうしてわたしたちにこんなひどい仕打ちをするんですか、ミス・ジェイムズ？　あなたが映らないスクリーンなんて、何の興味もありません。わたしたちの人生は、光を失ってしまったんです〟こんな文章を書いていて、自分でもいささか気が引けたりはしないものなのだろうか？　この〝ミス薄紫〟からの手紙は、もう何年にもわたり、これが九通か十通めになる。

「ありがとう」モーリーンに礼を言いながら、メリッサはその手紙を封筒に戻した。返事は書くまい。もう、そうしたものを書くのはきっぱりやめてしまったのだ。「二月までの収支報告書を見てきたんだけれど」本来の話に戻るべく、口火を切る。

「クリスマスのころは、なかなか順調だったんですよ」と、モーリーン。

「そうね、十二月の赤字は、その前月よりは少なかったわね。そういうことを言いたいの？」

「うちは値上げすべきじゃないかと思うんですよ、ミス・ジェイムズ」ランスは訴えた。「宿泊料も、レストランの値段も——」

「でも、うちはもう、デヴォン州でいちばん高いホテルのひとつなのよ」

「とはいえ、もう限界までいろいろと切り詰めてますからね。従業員も減らしましたし。当然ながら、サービスの質が低下しないよう、目を光らせていないといけませんしね……」

ときとして、ランス・ガードナーは見かけも口調も、ひどくいかがわしい人物に思えることがある。何もダブルの上着や後ろに撫でつけた髪、とがった口ひげだけのせいではない。立ち居ふるまいそのもの、けっして目を合わせようとしない態度のせいなのだ。その点は、妻のほうも同じだった。モーリーンのほうが、横幅も声も夫より大きい。そして、あまりに濃すぎる化粧。《赤獅子》亭のカウンターの後ろに立つこの女を初めて見たときのことを、メリッサは思い出していた。あそこが、モーリーンのもともとの居場所だったのだ。夫妻の年齢は五十歳ほどで、結婚してずいぶんになるが、子どもはいない。ある意味で、ふたりはお互いの合わせ鏡のようなものなのかもしれない。市《いち》の立つ空き地で風雨にさらされ、表面もすっかり歪《ゆが》んでしまい、何が映っているのかよくわからない鏡。

メリッサは心を決め、罠を作動させにかかった。「わたし、会計監査の専門家たちを呼ぼうかと考えているの」

「なんとおっしゃいました?」ランス・ガードナーの顔に、ごまかしようのない動揺の色が浮かぶ。

「ロンドンから専門家を呼んで、この二年間の帳簿を調べなおしてもらうつもり。収入、経費、改装費……」壁のほうを、手で示す。「……あの新しい配電盤についてもね。徹底的に洗い出してもらおうと思って」

「まさかと思いますが、ひょっとして、わたしとモーリーンをお疑いで――」

「別に、何も疑ってはいないわよ、ミスター・ガードナー。あなたがたは、本当によくやってくれているじゃない。わたしはただ、分別のある措置をとろうとしているだけ。こんなにずっと赤字続きで、原因がわからないわけでしょ。利益が出るようにしたいなら、その原因を探り出さないと」

「このトーリーにはね、トーリーならではのやりかたってものがあるんですよ、ミス・ジェイムズ」ランスが黙りこくってしまったので、妻が代わりに口を開く。「たとえばね、うちは漁師にはいつでも現金で払ってます。向こうがそうしたがるんで、領収証もありません。この前ホッキング氏が来たときには、夕食とスコッチのボトルをご馳走したんですよ。ただで仕事をやってもらったんでね」メリッサはおぼろげな記憶をたどった。ホッキング氏というのは、地元の電気技師だ。「つまり、あたしが言いたいのはね、ロンドンの会計事務所なんか、どんな役に立つんだか、ってことですよ」

「まあ、まずはやってみましょう」ふたりが反対することは、最初からわかっていた。注意ぶかくふたりを観察しながら、その反応を待っていたのだ。「これは、もう決めたことなの。会計士の一行が到着するときまでに、書類を準備しておいてちょうだい」

「到着はいつなんです？」ランスが尋ねた。「もう、依頼のお手紙は出してしまったんですか？」

「手紙は明日書くつもり。たぶん、一週間か二週間後には来てもらえるでしょう。はっきりしたことがわかったら、すぐ知らせるわ」

メリッサは立ちあがった。言おうと思っていたことは、これですべてだ。

ガードナー夫妻は、椅子からまったく動こうとしない。

「それじゃ、ありがとう」もう少しで、さっきのファン・レターを忘れそうになる。メリッサは封筒の束を手にとると、部屋を出ていった。

それきり、長い沈黙が続く。まるで、自分たちふたりだけになるのを待とうと、ガードナー夫妻が慎重を期しているかのように。

「ねえ、どうするの？」モーリーンの顔には、焦りが浮かんでいた。

「何も心配することはないさ。おまえだって、あの女が言《つ》ってたことは聞いただろ」ランスはタバコの箱を机の引き出しから取り出すと、一本に火を点けた。「〝本当によくやってくれている〟だとさ」

「これから来る会計士の連中は、そうは思わないかもよ」

「そもそも、会計士なんか来ないかもしれないしな。まだ、実際に手紙を出したわけじゃないし、このまま出さずに終わるかもしれないだろう」

「どういう意味？」モーリーンは怯《おび》えたような目で夫を見つめた。「いったい、何をするつもりなのよ？」

「まずは、もう一度あの女と話してみるさ。ロンドンのいかさま会計士を雇うなんぞ、無駄金もいいところだ、ってね。おれが地元の人間を推薦してやる。もっと安く雇えるやつを。きっと、うまく納得させられるよ」

「でも、もしもあんたの言うことに耳を貸さなかったら?」

ランス・ガードナーは煙を吐き出した。ふわふわと、煙が周囲を漂う。「それならそれで、何か別の手を考えるまでだ……」

・メリッサが《ヨルガオ館》に向かって車を走らせていたころ、バーンスタプルをぐるっと迂回するブラントン・ロードを、はるかにスピードを出しながら走る別の車があった。フランス製、クリーム色のプジョーで、英国の道路ではそうそうお目にかかれないが、持ち主が熟慮の末に選んだ車だ。ただの移動手段ではない。これは、自分の名刺なのだ。
ハンドルを握っている男はくつろいだ様子で、タバコをくゆらせている。いまや、スピードメーターの針は時速八十キロを指そうとしているが、いっこうに頓着する気配はない。並木道を飛ばすうち、木々の色が溶けあって緑のトンネルとなり、まるで催眠にかけられたかのように、奇妙に頭がぼうっとしてくる。いまだ雨は降りしきっていて、左、右、左、右と動きつづけるワイパーもまた、催眠術師が揺らす懐中時計のような作用をもたらしていた。

まさか、こんなに遅くなってしまったとは。ゴルフ・クラブでゆっくり昼食を楽しんでいただけのはずが、会員専用室にこっそり持ちこまれた酒のせいで、いつしか終わることのない飲み会が始まってしまったのだ。家に戻る前に、どこかでいったん車を駐めて、ペパーミントを買ったほうがいいだろう。呼気にウイスキーの臭いを嗅ぎつけると、姉がいい顔をしないだろうから。姉の家に滞在するのは、この週末までにすぎない。だが、姉の夫である成り上がりのちび医者がこちらを見て、そろそろ出ていってくれと切り出したくてうずうずしているのが、はっきりと伝わってくるのだ。

アルジャーノン・マーシュはため息をついた。あんなに何もかもがうまくいっていたのに、ふいにぎくしゃくしはじめたと思ったら、たちまちすべての潮目が変わってしまった。このままだと面倒なことになるのは、よくわかっている。だが、こうなった原因のどれをとってみても、はたして自分が責められるべきことなのだろうか?

両親はふたりとも、ロンドン大空襲の最初の週に死んでしまった。アルジャーノン自身はそのときロンドンから離れていたのだが、自分もまた両親を殺した爆弾の犠牲者なのだと、折にふれて思わずにはいられない。あの一発は、結局のところ自分の家、いつも寝ていた部屋、持ちもののすべて、子ども時代の思い出すべてを奪い去ってしまったのだ。アルジャーノンと姉のサマンサは、独身だった叔母のジョイスにひきとられた。だが、サマンサは叔母と馬が合った——〝家が燃えるほどの速さで仲よくなる〟という言いまわしがあるが、まさに文字どおりというわけだ——ものの、アルジャーノンのほうは、ついに叔母と最後まで気持ちの通いあう関係にはなれなかった。

こうしたものをすべて背負いこんだまま、大人としての人生が始まる。サマンサは医師と結婚し、新しい人生を築きはじめた。トーリーの家、ふたりの子ども、感じのいい隣人たち、教会の世話役としての活動。だが、よくある家族内の揉めごとの後、アルジャーノンは自分が何ものなのかもわからないまま、たったひとりで世間に放り出されることとなった。ほんのしばらく、南ロンドンの愚連隊に出入りしていたこともある――《エレファント・ボーイズ》や《ブリクストン団》――だが、あまり重い罪に手を染めるのは自分には向かないのではないかとうすうす思っていたところに、ピカデリーのよく知られたクラブ《ナット・ハウス》で喧嘩に巻きこまれ、乱闘罪で三ヵ月の実刑を食らって、ようやく踏ん切りがつく。刑が明けてからは、店員や賭け元《ブックメーカー》、訪問販売などの職を経た後、これぞ天職と思える仕事、不動産業を始めることとなった。

いろいろ欠点はあるにしても、アルジャーノンの話がうまいことはたしかだ。ウェスト・ケンジントンの小さな私立校を出ているし、その気になれば機知に富んだ魅力的なおしゃべりもできる。短く刈りこんだ金髪、二枚目俳優のような美貌のおかげか、アルジャーノンはいかにも魅力的な青年だった。とくに年輩の婦人客は、ひと目でこの青年を気に入り、過去のことなどうるさく聞き出そうとはしないのだ。ロンドンはサヴィル・ロウの高級紳士服店で初めてのスーツを買ったときのことは、いまでもよく憶えている。本来なら払えるはずもないほど高価ではあったが、これも車と同じく、自分はこういう人間だと、周囲に示してくれるのだ。これを着て、部屋に入っていくと、誰もがこちらを見る。口を開けば、誰もが耳を傾ける、というわけだ。

さらに、アルジャーノンは不動産開発にも足を踏み入れた。大戦中に、ロンドンでは十万軒以上もの建物が倒壊している。すなわち、新築や再建の機会もそれだけ増えているはずだ。問題は、大勢の人間が殺到している業界において、アルジャーノンはほんの零細業者にすぎないということだった。

それでも、どうにかメイフェアに自分のアパートメントを買うことはできた。ひとつふたつ、なかなか魅力的な計画を進行させてもいる。そして今回は、南仏にこれまで聞いたこともないサン＝トロペという名の土地を見つけた。そこにはいま、莫大な金が流れこんでいる。その海岸全体が、いまや五つ星ホテルや新しいアパートメント群、レストラン、マリーナやカジノの建ちならぶ、金持ち向けの遊び場に変貌しつつあるのだ。これは、アルジャーノンにとって、まさに絶好の機会だった。南仏は、英国の顧客にとって身近で馴染みがあるものの、実際に腰軽く進行具合を見にいけるほど近くはない。一分とかからずに、アルジャーノンは新しい会社の名をひねり出した——《サン・トラップ・ホールディングズ》。そしてフランスへ足を運び、生かじりのフランス語を身につけたばかりか、運よく右側にハンドルのついている車を見つけて買いこんだ。新しい事業の始まりだ。

最初のうちは、思っていた以上にうまく運んでいたのだ。これまで《サン・トラップ・ホールディングズ》に出資した顧客は三十人、そのうち何人かは複数回にわたって金を出してくれている。そんな顧客たちに、最初の投資はきっと五倍、いや十倍になって返ってくると、アルジャーノンは約束していた。いまはただ、じっと待っていてくださいと。配当金を渡さなくては納得してもらえなかった相手も二、三人はいたものの、ほとんどの顧客は会社の持ち株を増やしてもらい、これで将来の配当はさらに大きくなると説明されて納得していた。

デヴォン州に住む姉の家をときどき訪れるようになったのは、別に姉と仲がいいからという理由ではない。姉の家はなかなか広く、ロンドンをしばらく離れたいときには恰好の避難所になってくれたからだ。ロンドンには決裂してしまった取引先も、できれば顔を合わせずにおきたい昔の馴染みもいる。必要となれば車に飛び乗って南西をめざし、しばらく姿を隠せばいい。トーリー・オン・ザ・ウォーター自体は、さほど好きな場所ではなかった。退屈な土地だ。まさかこんな沈滞した片田舎に、これまでで最高額の投資をしてくれる客がいようとは思えなかったが、人生はときとして思いもかけないことが起きる。

アルジャーノンがメリッサ・ジェイムズに紹介されたのは、かの女優が《ヨルガオ館》となる建物を買いとってすぐのことだった。最初はそんな有名な女優に会うなんてと臆しかけたが、すぐに気をとりなおし、今度の相手もいつもと同じ、喜んで金をばらまきたがっている裕福な女にすぎないのだと自分に言いきかせた。実際、信じられないほどあっさりと、思いどおりにことが運んだ。まずは取引相手として親しくなり、やがて友人どうしに、そしてただの友人よりもちょっと進んだ関係へ。休業して出演できなかった映画より、《サン・トラップ・ホールディングズ》のほうがはるかに大きな利益を生むと、メリッサに信じこませるのは簡単だった。

今回この地を訪れたのも、理由はメリッサだ。ほんの二、三日前、メイフェアの自分のアパートメントにいたとき、電話が鳴った。

「あなたなの、ダーリン？」

「ああ、メリッサ。これは嬉しい驚きだな！　元気かい？」

「会いたいの。こっちに来られる？」

「もちろん。ふたつ返事で飛んでいくよ」アルジャーノンは言葉を切った。「何かまずいことでも？」

「わたしの投資のことで、ちょっと話したくて――」

「あの件なら、すばらしく順調だよ」

「そうよね。本当に、あなたのおかげよ。だからこそ決心したの。わたしの持ち分を売るには、いまがいちばんだって」

　アルジャーノンは、ベッドの上で跳ねおきた。「まさか、本気じゃないよね？」

「もちろん、本気よ」

「でも、あと六ヵ月も待てば、利益はさらにいまの倍にもふくらむんだよ。あそこでは、もうすぐ新しいホテルが開業するんだ。さらに、カップ＝フェラの別荘地が完成したら――」

「ええ、それはわかっているの。でも、わたしはここまでの利益で充分なのよ。だから、必要な書類をこっちまで持ってきてちょうだい。どちらにしろ、あなたに会えるのは嬉しいわ」

「いいとも、ダーリン。仰せのままに」

〝仰せのままに〟とは、聞いてあきれる！　どうにか思いとどまらせないと、メリッサの頭の中にしか存在しない利益を払いもどすため、アルジャーノンは十万ポンド近い金をかき集めなくてはならないというのに。アクセルをぐいと踏みこむと、水たまりを走りぬけた勢いで、片側に大きなしぶきがはね飛ぶ。メリッサに会うのは明日だ。どうか、ふたりだけで話せますように。旦那抜きで話せるなら、説得もかなり楽になる。

いま何時だろう？　ダッシュボードの時計にちらりと目をやって、アルジャーノンは顔をしかめた。《ソーントン・ゴルフ・クラブ》で飲んでいただけなのに、本当にまるまる午後がつぶれてしまったのだろうか？

目を上げた瞬間、フロントガラスいっぱいに広がる男の姿が視界に飛びこんでくる。

道路から目を離したほんの数秒のうちに、どうしてか車がふらふらと路肩に寄っていたことを、遅まきながらアルジャーノンは悟った。道路と生垣を隔てる草地に、前輪が乗りあげるのがわかる。男はこの草地を歩いていたのだ。男の顔が、大きく見ひらかれた目が、恐怖の叫びをあげているにちがいない口が見える。どうにか避けられないかと、アルジャーノンは必死にハンドルを切った。だが、避けられるはずなどない。時速八十キロは出ていたのだから。

男があげたかもしれない声は、エンジンのうなりにかき消されて聞こえなかった。だが、車が男をはねた瞬間、これまで聞いたこともない怖ろしい音が響く。ありえないほど大きな音。アルジャーノンはブレーキを踏みこみながらも、まるで魔法のように男が姿を消してしまったことに気がついていた。ただ、ふっといなくなってしまったのだ。タイヤをきしませて車を停めながら、いま見たのはただの幻だったのだと、アルジャーノンは自分に言いきかせた。人間だったはずはない、きっとウサギか、ひょっとしたらシカだったのだ、と。それでも、何を見てしまったのかはわかっている。吐き気がして、胃の奥から飲んだ酒がせりあがってきそうだった。

車は道路に対し、斜め四十五度の角度で停まった。ワイパーがいまだ動いている音に気づき、手を伸ばしてスイッチを切る。さて、次はどうする？　ギアをつかんでリバースに入れ、アルジャーノンは生垣の脇に車を寄せた。目に涙があふれてきたが、これはいまけがをさせてしまった――ひょっとしたら殺してしまったかもしれない男のための涙ではなかった。考えるのはただ自分のことばかりだ。酒をさんざん飲んでいること、ハイド・パーク・コーナーで警察の車とちょっとした揉めごとを起こした結果、一年間の免許停止を言いわたされており、いまは実際には運転を禁じられている身であること。自分はいったいどうなってしまうのだろう？　いまの男がもしも死んでいたら、刑務所行きはまちがいなしだ！

エンジンを切り、車のドアを開ける。いまだ降りしきっている雨が、あざ笑うようにアルジャーノンの顔に吹きつけてきた。手にはまだタバコがあったが、ふと、もう吸いたい気持ちは消えてしまっていることに気づき、吸殻を草地に放る。ここはどこだ？　車ではねてしまった男は、いったいどこにいるのだろう？　そもそも、このあたりには何もないというのに、どうしてひとり街道を歩いていたりした？　別の車が、かたわらを走りぬけていく。

とにかく、これをどうにかしなくては。アルジャーノンは車を降り、道路をわずかに歩いて戻った。すぐに、さっきの男が見つかる。レインコートを着て、草地にうつ伏せになっていた。

ひどく骨折しているらしく、腕も脚も、それぞれ別の方向へ投げ出されている。まるで、怪物につかみあげられ、八つ裂きにされかけたかのように。呼吸をしている様子はなく、すでに死んでいるのだと、アルジャーノンは見てとった。あんなに激しく衝突されて、生きのびられる人間はいまい。つまり、自分は殺人を犯したということだ。ダッシュボードの時計に目をやった、わずか二秒ほどの間に、名も知らない誰かを殺し、自分自身の人生をも破滅させてしまった。

またしても、かたわらを車が通りすぎる。停まる様子もなく。

これだけ雨が強ければ、運転している人間もアルジャーノンのことが見えなかったにちがいない。車にはねられ、ここに倒れこんでいる男の姿も、おそらく見えなかったはずだ。いまになって、こんなフランス車を英国に持ちこんでしまったことが悔やまれる。国じゅうを探しても、同じ車は一台も見つかるまい。アルジャーノンは後ろをふりかえった。いまは誰も来ない。ここにいるのは、自分ひとりだ。

その瞬間、心が決まる。きびすを返し、車に駆けもどると、ラジエーター・グリルにへこみがあり、銀色のプジョーのロゴマークにべっとりと赤い血がついているのがわかった。思わず身ぶるいしながら、ハンカチを取り出して血を拭いとる。汚れたハンカチはそのまま捨ててしまいたかったが、危ういところで思いとどまった。そのときふと、さっきの吸殻のことを思い出した。あんなふうに投げ捨てるとは、なんと馬鹿なことをしてしまったのか。だが、もう遅い。あの吸殻はもう、風にさらわれてしまっただろう。四つん這いになって草むらを探しまわるつもりはない。いまはただ、ここからできるだけ遠くに離れなくては。

アルジャーノンは車に乗りこみ、ドアを閉めて鍵をひねった。エンジンは咳きこむような音をたてたが、そのまま停まってしまう。雨のせいで、全身がずぶ濡れだ。額に水が伝い落ちてくる。両手でばんとハンドルを叩くと、アルジャーノンはふたたび鍵をひねった。今度は、エンジンもどうにか回りはじめた。

勢いよくギアをドライブに入れ、車を発進する。後ろはふりかえらない。どこにも停まらず走りつづけ、やがてトーリーに着いたものの、まっすぐ姉の家へ向かう気にはなれなかった。雨に濡れそぼり、両手が震えているところを見られたくはない。ひとけのない裏道に車を乗り入れると、そのまま二十分ほど、アルジャーノンはただ車の中に坐っていた。両手で頭を抱え、これからどうしたものかと途方にくれながら。

アルジャーノン・マーシュがみじめな気分で車にこもり、フロントガラスを伝わる雨のしずくをじっと眺めていたころ、その姉もまた、目の前のテーブルに広げた手紙をどこか呆然とした顔で見つめていた。

「わからないわ」サマンサがつぶやく。「どういうことなの？」

「わたしにはごく単純明快な話に思えるがね」と、夫。「きみの叔母さん、名はなんといったかな――」

「ジョイスよ」

「ジョイス・キャンピオンはきみを唯一の相続人に指定していた。そして、悲しいことではあるが、つい先日に亡くなった。そこで、遺産相続についてきみと話しあいたいと、弁護士が連絡してきたというわけだ。どうも、ちょっとした財産らしいじゃないか。いいかい、これはすばらしい知らせなんだよ——われわれふたりにとってね！　わたしはどうやら、億万長者と結婚したらしいな！」

「ああ、レン、そんなふうに言わないで！」

「いや、だが、ありうることだよ」

その手紙は昼前に配達されたものの、ふたりともあれこれと忙しかったため、サマンサはいまになってようやく開封したのだ。ロンドンの弁護士事務所——《パーカー＆ベントレー》——からの手紙、しかも便箋の上にはリンカーン法曹院の住所が黒く浮きあがって印刷されているとなると、どことなく怖ろしく感じられる。サマンサはもともと、法律家にはつい警戒心を抱いてしまうところがあった。自分が理解しきれないものには、心を許さない性格なのだ。

一枚だけの便箋にタイプで打たれた、三つの段落からなる文章に、サマンサは目を走らせた。もう一度、最初から読みなおす。それから夫のレナードを呼び、あなたも読んでみてくれないかと、手紙を渡したところだった。

レナードとサマンサのコリンズ夫妻が坐っているのは、自宅の台所だった。この家には寝室が五つあり、その一部をレナードの診療所として使っている。歴史のある美しい建物ではあるが、そろそろ外壁の塗りなおしが必要だ。海から潮気の混じったしぶきが吹きつけてくるため建材は傷みやすいし、屋根の瓦も風で何枚か飛ばされている。庭もまた、厳しい気候と元気すぎる子どもたちのせいで、ひどく痛めつけられた箇所が目立つ。それでも、ここは家族向けのしっかりとした家で、夏にはラズベリーが何キロも獲れる畑、果樹園、ツリーハウスもある。レクトリー・レーン沿い、聖ダニエル教会のすぐ隣という場所は、サマンサがこの家を選んだ理由のひとつだった。敬虔《けいけん》な信徒であるサマンサは、日曜の礼拝を欠席したことがないばかりか、教会に花を飾り、主な祭日や、さまざまな寄付を募る集まり、木曜に開かれる老齢年金受給者のためのお茶会、墓地の区画の割り当て（教区の住人なら誰でも手ごろな値段で利用できる）までも、骨身を惜しまず牧師を手助けしている。

サマンサは自分の時間をきっちり二等分し、こうした教会の行事のため、そして七歳のマークと五歳のアグネスを含む家族のために使っていた。夫の診療所のほうでも、帳簿やカルテにまちがいがないよう目を配り、日々の雑用に骨身を惜しまない。サマンサのことを、厳格すぎる女性と見る向きもある。外出するときには必ずスカーフを着用し、ハンドバッグを持ち、つねに先を急いでいるような女性。それでも、サマンサはいつも礼儀正しかった。たとえ足をとめて話しこむつもりはなくても、会う人みなににっこりとほほえみかける。

トーリー・オン・ザ・ウォーターの住人について、サマンサほどいろいろなことを知っている人間はいまい。牧師からはもっとも近しい相談相手として信頼されており、信徒たちの心が欲しているもの、不安に思っていること、はては秘められた罪についても、牧師との会話から察することができる。いっぽう夫からは、患者たちの健康状態——ときとしてX線写真まで

——や、その原因についての情報を得ていた。肉屋のドイル氏はあまりに酒を飲みすぎたため、肝硬変に苦しんでいる。《ヨルガオ館》に勤めているナンシー・ミッチェルは、未婚ながら、いま妊娠三ヵ月だ。あのメリッサ・ジェイムズさえも、あれだけの有名人でありながら、ストレスと不眠に薬を処方されている。

ひょっとして、自分が——自分自身にとっても、ほかの住人たちすべてにとっても——不相応なまでにいろいろと知りすぎているのではないかなどと、サマンサはちらりとも考えてみたことはなかった。とはいえ、こんな知識を面白半分に噂として流し、ときとして村の狭さをみなが実感させられるような事態をひきおこすほど、サマンサは愚かな人間ではない。おそらく、告解の秘密を守ることの大切さをよく理解していて、診療所を訪れる患者たちに対しても、日曜に教会を訪れる信徒たちに対するのと同じように接するべきだと考えているからだろうか。たとえばナンシーの母親であるミッチェル夫人は、週に三日この家に通い、子どもたちの世話をまかされているが、娘の妊娠のことは夢にも知らずにいる。レナードとサマンサ双方にとって、これは心苦しいことでもあったが、あらためて口に出すまでもなく、ふたりは〝ヒポクラテスの誓い〟を固く守っているのだ。

ふたりは結婚して八年になる。レナード・コリンズ医師は、もともとスラウのエドワード七世病院で指導医をしていた。ボランティアとして病院で働いていたサマンサと出会い、間もなく婚約。レナードはしなやかで洗練された物腰、浅黒い肌の整った顔立ちの男性で、あごひげをきっちりと刈りこみ、日ごろ好んで身につけているのはツイードのスーツだ。職住一体の環境で、いつもぴったりと息の合う理想的な夫婦だと、村の誰もが口をそろえる。ふたりの意見が異なるのは、たったふたつのことだけだった。レナードはさほど信仰の篤い人間ではない。日曜に妻とともに教会に行くのは、自分自身の信条からというより、むしろ妻への配慮といえるだろう。そして、さらに妻の不興を買っているのは、レナードが愛煙家で、十代のころからスタンウェル製のロイヤル・ブライアーというパイプを大切に使っていることだ。どんなに説得しても、夫に禁煙させることはできなかったものの、せめてもの妥協案として、子どもが同じ部屋にいるときは、喫煙をひかえてもらっている。

「でも、ジョイス叔母とはもう何年も会っていないのよ」弁護士からの手紙を前に、サマンサは夫に訴えた。「連絡だってとっていないのに――せいぜい、クリスマスと誕生日にカードを送るくらいで」

「それでも、叔母さんのほうはきみを忘れていなかったというわけだ」レナードはパイプを手にとり、しばし考えて、またテーブルに置きなおした。

「本当にすばらしい人だったの。叔母が亡くなったと聞いて、わたし、すごく悲しくて」サマンサの顔立ちはもともと――四角く、いかにも真面目そうで――喜びよりも、悲しみを表すのに向いている。「今度の日曜日に、叔母のために特別なお祈りを捧げていただけるよう、牧師さまにお願いしなくちゃ」

「叔母さんも、きっと喜んでくれるよ」

「ああ、どうしようもなく胸が痛むわ。もっとしょっちゅう、叔母に連絡をとっていればよかった」

サマンサはしばらく口をつぐみ、両親が亡くなった後、自分をひきとって育ててくれたジョイス・キャンピオンのことを思った。そもそも、教会に行くよう初めて勧めてくれたのも、ほかならぬジョイス叔母だったのだ。弟のアルジャーノンは、言うまでもなく、教会になど寄りつきもしなかったが。さらに、叔母は秘書養成学校の学費を出してくれ、サマンサに速記やタイプを学ばせた。卒業後はスラウの麦芽乳メーカー《ホーリック》の秘書室に、伝手《つて》を頼んで姪を就職させてくれた。そんな叔母のことを、サマンサはいつも独身女性の典型としてとらえていたので、叔母が婚約したというふいの知らせを聞いたときには、まさに度肝を抜かれた。相手は、ニューヨークの広告代理店で巨万の富を築いたハーラン・グーディスだという。ちょうどそのころ、サマンサ自身もレナードと出会って結婚し、最初は夫が相続したトーリントン近郊の家で新生活を始めたが、その後またトーリーに引っ越した。そんな事情を考えると、サマンサと叔母がしだいに疎遠になっていったのも無理はあるまい。

「叔母のご主人は、二年前に亡くなっているの」と、サマンサ。「子どもはいなかったのよ。わたしの知るかぎり、ふたりともほかに身寄りはいなかったはずだけれど」

「その弁護士の手紙を読むかぎり、きみに全財産がいくようだがね」

「それって……かなりたくさんなのかしら?」

「なんとも言えないな。つまりね、グーディス氏がかなりの財産を築きあげたことはたしかだ。問題は、ご主人が亡くなった後、きみの叔母さんがどれだけ使ったかだな。弁護士に電話してみればいいじゃないか。それとも、わたしがしようか？」

「あなたがしてくれれば助かるわ、レン。わたし、なんだか怖くて」これでもう二十回めくらいになるだろうか、サマンサはまたしても手紙に目をやった。その顔つきといったら、いっそこんな手紙が来なかったほうが幸せだったのに、とでも思っているかのようだ。

「たぶん、わたしたち、あんまり期待しすぎないほうがいいと思うの。そもそも、お金のことなんて何も書いてないしね。叔母が遺してくれたのは、わたしたちにとってはいらないものかもしれないでしょ。絵が何枚かとか、古い装身具とか」

「ピカソが何枚か、あるいはダイヤモンドのティアラというところかな」

「やめてよ！　あなたったら、本当に想像力がたくましいんだから」

「だが、もしも多額の資産じゃないのなら、どうして弁護士たちがきみに会いたがっているんだ？」

「さあ、わからないけれど。だって――」

サマンサが何か言いかけたとき、ふいにドアが開き、お風呂から上がったばかりの幼い少年が、パジャマ姿で飛びこんできた。ふたりの息子、七歳のマークだ。「母さん、上のお部屋で、ぼくに本を読んでくれる？」

サマンサは疲れていた。まだ子どもたちに夕食も出していないし、大人のための食事もこれから料理しなくてはならない。それでも、にっこりして立ちあがる。「もちろんよ、ぼうや。母さんはいますぐ行きますからね」

つい先日から、母親と息子はいっしょにC・S・ルイスを読みはじめたばかりだった。マークは本が好きらしい。昨夜など、マークが自分の部屋の衣装箪笥《いしょうだんす》にもぐりこみ、ナルニアへの道を探しているところをつかまえたほどだ。喜んで部屋を飛び出していった息子の後を追おうとして、サマンサはふとあることに思いあたり、夫をふりかえった。「この手紙、アルジャーノンについては何も書いていないのね」

「ああ。そのことは、わたしも気づいていたよ」レナードは眉をひそめた。「きみが唯一の相続人だと、はっきり言いきっている」

「アルジーが刑務所に入れられたとき、ジョイス叔母はひどくあきれていたから。ほら、憶えているでしょ——ピカデリーで起きた乱闘事件よ」

「きみと出会う以前のことだよ」

「でも、あなたにはちゃんとうちあけたじゃない」上でマークが待っているだろうことを意識しつつも、サマンサはいまだ戸口にたたずんでいた。「叔母はいつも、あの子は信用ならないって言っていたの。悪い仲間とつきあったり——いかがわしい儲け話にばかり夢中になったり。ねえ、叔母はアルジャーノンを相続人から外したのかしら?」

「どうやら、そのようだね」

「だったら、わたしが自分のぶんを分けてやらなくちゃ。何もかも独り占めするわけにはいかないもの。だって、ほら、もしも……」想像するのも怖ろしいとでもいうように、サマンサは口ごもった。「……すごく大金だったら!」

「そうだな。たしかにね」子どもたちに聞かれまいとしてか、レナードは声をひそめた。「ひとつだけ言っておきたいことがあるんだが、かまわないかな？」

「もちろん、あなたの意見ならいつだって聞くわ」それは、心からの言葉だった。サマンサが最初に助言を求めるのは、いつだって夫だ。たとえ、毎回そのとおりにするとはかぎらないにしても。

「だったら言うが、わたしだったら、弟には何も話さずにおくな」

「どういうこと？　アルジーには秘密にしておくの？」

「そうだな、いまはまだ。考えてもごらん――きみの言うとおりじゃないか。結局、財産が総額でどれくらいなのか、いまはまったくわからないんだ。ロンドンに出かけて、この弁護士たちから話を聞くまではな。たいした額じゃないかもしれないのに、大騒ぎしても仕方がないだろう」

「でも、ついいましがた、あなたは――」

「自分が何を言ったかは、よく憶えているよ」レナードは慎重に言葉を選んだ。サマンサとアルジャーノンはそう頻繁に会っているわけではないが、それでも仲のいい姉弟なのはわかっている。戦時中、ふたりがどんな運命をくぐり抜けたかを考えれば、それも当然だろう。両親を突然亡くし、持っていたものすべてを失った姉弟が、お互いを頼りにしないはずはないのだから。「そもそも、アルジャーノンがここに滞在しているときに、こんな話はすべきじゃないかもしれないな。だが、わたしはどうも不安なんだよ」

「どういうこと？」

「けっして、きみを怖がらせたりするつもりはないんだ。しかし、あいつにはわれわれの知らない一面がある。このことを知らせたら、下手をすると……」

「どうなるの？」

「危険なことになるかもしれない。アルジャーノンがどんな途方もない計画を立て、夢を広げているかは、きみも知っているじゃないか。それについては、いまは何も言わずにおこう。何を決めるにしても、まずは財産の総額がどれくらいかを聞いてからだ」レナードがにっこりする。その瞬間、出会ったばかりのころの美青年の面影がよみがえり、なぜこの人と結婚したのか、サマンサはまざまざと思い出していた。「きみにだって、そろそろ何か幸運がめぐってきて当然なんだ。残念ながら、わたしでは充分なことをしてやれなかったからね。とてもとても、この給料では。これは、きみにとって新たな一歩かもしれないよ」

「馬鹿なことを言わないで。わたし、不満なことなんて何もないのに。いまのままで、完璧に幸せなのよ」

「わたしもさ。われながら、実に幸運な男だと思っているよ」

サマンサは小走りにテーブルへ戻り、夫の頬に軽いキスをした。それから、ナルニアの本を読んでやるため二階へ向かう。

3 『王妃の身代金』

ガードナー夫妻との話しあいが終わるとすぐ、メリッサは《ヨルガオ館》を出るつもりだった。だが、支配人執務室を出たところで、フロントにナンシー・ミッチェルが坐っているのが目にとまり、これはちょっと立ち寄って、声をかけていかなくてはと心を決める。ナンシーは《ヨルガオ館》開業のときからここで働いていた。気立てのいい、頼りになる娘で、父親は村の灯台守をしている。従業員とは、つねに気さくに接するのがメリッサの方針なのだ。ちょっとでも油断をすると、あの人はよそよそしいという評判がすぐに立ってしまうものなのだから。

「調子はどう、ナンシー?」にっこりとほほえみかける。

「おかげさまで、元気にしています、ミス・ジェイムズ」

だが、どう見ても、ナンシーはあまり元気そうではなかった。もともと、ちょっと臆病な性格なのはたしかだ。まるで、相手を怒らせてしまうのを怖れてびくびくしているかのように。しかし、この日はもう、見るからに憔悴《しょうすい》しきっている。疲れているのか、それとも泣いていたせいか、両目は真っ赤だし、長い髪はもつれたまま、ちゃんと梳《と》かしていないようだ。これは恋人と何かあったにちがいない——いや、しかし、この娘にはそもそも恋人がいたのだろうか? ナンシーは二十歳をいくつか超えたところで、けっして魅力がないわけではないけれど、その顔立ちはどこかしっくりと調和していないところがある。まるで、才気走りすぎた画家の描く絵のように。こんなふうに考えたところで、メリッサの頭に、ふと別の思いがよぎった。このホテルを訪れるお客さまを迎えるのが、目を泣き腫《は》らした受付だなんて。これは、すぐに手を打たなくては。

「何かあったんじゃないの?」メリッサは尋ねた。

「いいえ、何も、ミス・ジェイムズ」いまや、ナンシーは怯《おび》えた顔をしている。

「ご両親はお元気?」メリッサはどこまでも優しい口調で、娘の気持ちをほぐそうとした。

「ええ、とっても。ありがとうございます、ミス・ジェイムズ」

「よかったわ」メリッサは周囲を見まわした。ほかに誰の姿もないのを確認して、話を切り出す。「いい、もしも何か心配ごとがあるんだったら、わたしに話してちょうだい。これだけ長くうちにいるんだから、どうか、わたしのことを友だちだと思って」

驚いたことに、ナンシーはまるで恐怖におののいているような目をして、こちらを見つめた。「とんでもない!」そう叫んでから、声を落として先を続ける。「つまり、その……ご親切には感謝してるんです、ミス・ジェイムズ。ただ、ちょっと、その……家でいろいろあって。父は膝のことを苦にしてるんです、ほら、あの階段を上ったり下りたりしなきゃいけないでしょう」

ついさっき、両親はとても元気だと答えたばかりだったではないか。自分も女優だからこそ、相手が真実を語っていないときには、すぐにそれと気づいてしまう。目の前の娘に対し、メリッサはしだいに苛立《いらだ》ちがこみあげてくるのを感じていた。「そう、とにかく、あなたはこの

「はっきり言わせてもらうけれどね、ナンシー、そんな状態でそこに坐っていてはだめ。具合が悪いのなら、ちゃんと早退しなさい」《ヨルガオ館》の顔なのよ」きっちりと釘を刺す。

「すみません、ミス・ジェイムズ」ナンシーは懸命に気力を奮いおこし、笑みを浮かべてみせた。「ちょっと洗面所で、鼻に白粉《おしろい》を叩いてきます。そうしたら、もうだいじょうぶですから」

「そうね、それがいいわ。ちゃんとなさいね」

メリッサはちらりと笑みを向けると、そのまま出口へ向かった。いまのやりとりが、どうも気にかかる。友だちだと思ってほしいと、持ちかけたのはメリッサだった。普通なら、悪い気はしないはずなのに、なぜかナンシーはひどく動揺していたではないか。ひょっとして、ガードナー夫妻に何か言われた？　それとも、このホテルの経済的な苦境について、何か知ってしまったのだろうか。

もうナンシーのことは考えまいと、きっぱり頭を切りかえたというのに、メリッサにはさらなる難題が待ちうけていた。車に戻ると、そこに男が立っていたのだ。待ち伏せされたのだと悟り、恐怖に力が抜けていくような感覚をおぼえる。男は背が低いながらがっちりとした身体つきで、身につけた黒っぽいスーツには、雨のせいでしわが寄っていた。ほとんど残っていない髪も、すっかり濡れそぼっている。ひげは剃ってあるのに、あごと上唇にはすでに青々とした影が浮かびあがっていた。こんな海辺の村にはまったく似つかわしくない、まるで出所したばかりの三流ギャングといった風情《ふぜい》だ。口を開き、東ヨーロッパ訛《なま》りで話しはじめる以前から、どこか外国の出身だろうことははっきりとわかる。

「こんばんは、メリッサ」男は声をかけてきた。

「サイモン！ びっくりしたわ。来るなら、知らせてくれればよかったのに」

「行くと言ったら、きっとあなたはどこかに雲隠れしてしまうでしょうからね」男は冗談めかしてにっこりした。だが、けっして冗談などではなく、まさにその言葉が真実であることは、ふたりともわかっていた。

「いやね、あなたにはいつだって喜んで会うのに」メリッサは明るく返した。「でも、知らせてくれればよかったと言ったのはね、いまはちょっと、あなたと話している時間がなくて……」

「五分でいいんですよ、メリッサ」

「わたし、帰らなきゃいけないの、サイモン。今夜はフランシスとオペラに行くのよ」

「そう言わないでくださいよ。こちらはあなたに会うために、ロンドンから五時間も車を飛ばしてきたんですから。五分くらい割《さ》いてくれたっていいでしょう」

口論をするわけにはいかなかった。こんな、ホテルの玄関前で。いつ泊まり客が出入りするかわからないのに。それに、いっそこの件もここで片づけてしまうべきなのかもしれない。メリッサは降参したというように両手を挙げてみせ、笑みを浮かべた。「それもそうね。じゃ、バーへ行きましょう。今夜は《ヨルガオ館》に泊まるの？」

「ええ」

「残念だけれど、お酒は出せないの。ほら、例のくだらない酒類販売許可法がうるさくて。でも、誰かにお茶を淹れさせるから……」

ふたりはいっしょにホテルに戻った。

サイモン・コックスというのは、言うまでもなく男の本名ではない。この国に来てすぐ、元の名を英国ふうに変えたのだ。本来はシメオンとかシェムイェーンとか、何かそんな呼びにくい発音ではなかったか。この男と出会ったのは、メリッサのエージェントからの紹介だった。保険や銀行といった分野で成功した実業家で、次は映画制作へ乗り出そうと考えているという。そんな人種とは、これまでも何度となく顔を合わせてきた。とはいえ、公平に見て、たしかにサイモンは、そうした連中よりも積極的に動いていることはまちがいない。実際に原作の映画化権を取得し、脚本まで作らせているのだから。そして、主役をメリッサに演じてほしいというのだ。

その映画は『王妃の身代金』という、十二世紀を舞台とする歴史冒険物語だった。メリッサが演じるのは、英国ではエレナー・オブ・アクイテインとして知られるアリエノール・ダキテーヌ。一一五二年にノルマンディ公と結婚し、後に夫がヘンリー二世としてイングランド王に即位したため、イングランドの王妃となる。この映画はアリエノールとその最愛の息子、リチャード獅子心王との関係に焦点を当て、王太后だったときのアリエノールが、第三回十字軍遠征の後に囚《とら》われの身となったリチャードを助けるため、巨額の身代金を集めようと奮闘した故事を描く。撮影は二ヵ月かそこらのうちに始まる予定で、必要な契約はすべてまとまっているものの、メリッサ自身の契約書だけはいまだ署名しないまま、机の上に置きっぱなしになっていた。

この映画に出るのはやめようと、メリッサは心を決めていたのだ。

最初は、なかなかすばらしい企画だと思っていた。かつては歴史の教師で、ロイ・ボールティングやアンソニー・アスキスに専門的知識を提供するテクニカル・アドバイザーを務めていたという人物が自ら筆を執《と》った脚本も、なかなかよく書けている。物語の中心となるのは、まさにアリエノールだった。実のところ、ほとんどの場面で出ずっぱりなのだ……こうした役を演じれば、映画賞の季節にはきっと批評家たちの目を惹くにちがいない。メリッサが英国の映画に最後に出演したのは、もう何年も前のことになる。たしかに、この作品はどちらかといえば低予算ではあるけれど、メリッサのファンはきっと狂喜することだろうと、エージェントは請けあった。映画界復帰にこれ以上の作品はあるまいと、サイモンはこの作品を売りこんできたのだ。

だが、残念ながら、この映画の撮影スケジュールは、いまメリッサが主演したいと願っているアルフレッド・ヒッチコックの作品と完全にぶつかってしまうことが明らかとなった。『ダイヤルMを廻せ！』（たしか、こんな題名だっただろうか）のほうがはるかに豪華な大作で、世界各国で公開され、出演料も高いにちがいない。こちらは米国で、陽光をたっぷり浴びながらの撮影となる——うらぶれた退屈なシェパートンのスタジオではなく。バーの壁ぎわで革張りの長椅子にかけているサイモン・コックスを眺めているうちに、ふいにメリッサはどうしようもない苛立ちが突きあげてくるのを感じていた——サイモンにだけではなく、自分に対しても。いったい何を血迷って、何の経験もない、無名のプロデューサーの作品に、自分の名前を使わせようなどと思ってしまったのだろう？　この男だって、よくもまあ、図々しくここまで乗りこんできたものではないか。メリッサに用があるのなら、ロンドンかニューヨークのエージェントを通すべきだろうに。何か言いたいことがあるのなら、エージェントに対して言えばいいのだ。

　こうなったら、できるだけ早くこの件を片づけてしまおう。どうせ、この男と会うことは二度とないのだろうから、とメリッサは自分に言いきかせた。

「メリッサ――」サイモンが口を開く。

「ごめんなさい、サイモン」メリッサはそれをさえぎった。「わたしたち、こんなふうに話しあうべきじゃないと思うの。そもそも、場所が不適切よ。時間もね」

　サイモンは驚き、まじまじとこちらを見つめた。「どういう意味です？」

「話の進めかたがまちがっているのよ。映画業界の経験があれば、当然わかっているはずのことだけれど。俳優とじかに交渉してはだめ！　エージェントを通すべきでしょう」

「しかし、エージェントに連絡したら、必要なものはすべてあなたに送ったと言うし、あなたからは何の連絡もないし。まったく、梨のつぶてじゃありませんか！　もう、撮影開始まで三ヵ月を切っているというのに――十週間ですよ。何もかも、すでにそろっているんです、あなたをのぞけばね。契約書はどこにあるんです？　いったい、なぜ監督との打ち合わせにも、衣装合わせにも、脚本の読み合わせにも来てくれなかったんですか？」

　こんな押し問答は、いますぐ終わらせなくては。「ごめんなさい。いろいろ事情が変わってしまって。わたし、やっぱり『王妃の身代金』には興味が持てないの」

「何ですって?」まるで顔に一発食らったかのような表情だ。

「わたし、『王妃の身代金』には出ません」

「メリッサ……!」

「とってもいい脚本よね。すばらしいところがたくさんあって。でも、わたし向きの作品じゃないと思うの」

「だが、これはあなたのために書きおろした脚本なんですよ! あなたのエージェントだって、まさにぴったりの作品だと言っていたのに!」

「これを演じられる女優は、ほかにもたくさんいるわよ」もう、このへんで席を立って帰りたかったけれど、サイモンはいまだ、じっとこちらをにらみつけている。「あの契約書には、まだ署名していないの。本当のことを言うと、もっとすばらしい仕事の依頼があったから、こちらは見送ることにしたのよ。とはいえ、わたしもこの映画が成功することを心から祈って――」

「わたしを破滅させるつもりだな!」怒りのあまり、言葉が喉に引っかかって出てこない。サイモンは懸命に言葉をつないだ。「あなたの名前を出して、わたしは資金を集めてきたんだ。監督も、美術スタッフも、スタジオも、脚本も、ほかの出演者たちも、みんなそろってる。舞台となる宮殿も、塔も、エルサレムの壁も、すでに製作が終わってるのに……何もかも、あなたの出演を前提に進められてきたんですよ。いまさら出ないと言われたら、わたし、もう終わる!」怒りがつのるにつれ、英語の文法があやしくなっていく。

「わたしが言いたいのはそこなのよ。映画業界の基本を知っていさえすれば、こういうことはけっしてめずらしくないって、あなたにもわかっていたはずなのに。人間、気が変わることはよくあるの。わたしも気が変わったのよ！」少しは相手の気持ちにも寄り添わなくてはと、メリッサは言葉を選んだ。「わたしのエージェントは、かなりの有名女優も何人か抱えているのよ。よかったら、わたしから口を利いて――」

「かなりの有名女優なんて、どうだっていい。出てほしいのはあなたなんですよ。あなただって同意してくれたのに」

「わたしは何も同意なんかしていないわよ。さっきから、何度も言っているとおりにね。本当に、サイモン、こんなやりかたはまちがっているの。こんなところに来たりしてはいけないのよ。こんなふうに、わたしに圧力をかけたりして」

サイモンは、いまにも心臓発作を起こしそうな顔をしている。メリッサは、もうこれ以上つきあうつもりはなかった。相手の視線を振りはらうようにして、席を立つ。

「ロンドンに帰って、急いで代わりの女優を探したほうがいいわ。お願いだから、二度とわたしに連絡してこないで」

そう言いすてて、メリッサは出ていった。

サイモン・コックスは、その場から動かなかった。まるで、椅子に沈みこんでしまったかのようだ。両手はテーブルの上に伸ばしていたが、やがて、その指がゆっくりと丸まり、こぶしとなる。車のドアがばたんと閉まる音、そしてエンジンが静かに回りはじめる音が、外から聞こえてきた。それでも、サイモンは動かない。

誰かがバーに入ってきた。フロントにいた娘、ナンシーだ。いかにも心配そうな目で、サイモンを見つめている。「何かお持ちしましょうか、お客さま?」

「いや。いや、けっこうだ」

サイモンは立ちあがり、ナンシーとぶつかりそうなほど近くをすり抜けて、ホテルを出た。男女ふたり連れが入ってこようとして、あわてて道を空ける。

後になって、あの男の目には殺気が宿っていたと、ふたり連れは証言することになる。

ナンシー・ミッチェルはフロントのカウンターの後ろで、メリッサ・ジェイムズと映画プロデューサーの会話をほとんど逃さず聞いていた。これは、けっしてナンシーを責めるわけにはいかない。別に盗み聞きするつもりではなくても、扉が開いていて、周囲に誰もいない状況では、《ヨルガオ館》は実に音がよく響く。ミス・ジェイムズがバーから出てきて、ホテルの玄関から出ていくのを、ナンシーは目にとめた。バーの様子を見にいくと、宿帳にコックスと署名した小柄な男もまた、同じように外へ出ていった。好奇心から後を追って外に出ると、男はちょうどずんぐりした黒い車に乗りこみ、道に出ていくところだった。車が向かったのは、トーリーを出て《クラレンス・キープ》へ続く道だ。ひょっとして、ミス・ジェイムズを追いかけていくのだろうか?

でも、自分には関係のないことだ。車が視界から消えるまで、ナンシーはじっと見送った。

いつしか雨は止んでいたけれど、木立からはいまだに水がしたたり落ち、ホテルの敷地内の道はすっかり水たまりに覆われている。腕時計にちらりと目をやり、ナンシーはフロントに戻った。あと十五分で夕方六時、勤務交代の時間だ。夜間責任者が出勤してくる十時までは、ガードナー夫人がフロントに坐ることになっている。

ナンシーは手鏡を取り出し、ミス・ジェイムズに言われたことを思い出しながら、自分の顔を映してみた。髪はまだちょっと乱れているものの、これなら泣いていたことは誰にも勘づかれまい。どうか——ほかの人間はさておき——ミス・ジェイムズにだけは、泣いていたことを知られずにすんでいますように。それにしても、〝わたしを友だちだと思って〟とは、また！裕福な有名人であるメリッサ・ジェイムズについては、トーリーの村人たちが夢にも思わないようなあれやこれやを、ナンシーはこれまでも耳にしてきた。あの人は親切なふりをしているだけだ。本当は、そうではないのに。

とはいえ、ナンシーはいま、これまでになく友人を必要としている。そう思うだけで、また涙が目にあふれてきた。どうして、みすみすこんな窮地に足を踏み入れてしまったのだろう。よくもまあ、こんなに馬鹿なことができたものだ。

コリンズ医師の診察を受けてから、もう二週間になる。診療所の予約を取ったことは、両親にも言わずにおいた。父親は生まれてこのかた、ただの一日も病気になどなったことがなく、ほかの誰もが同じだと思っている。ナンシーもたいしたことだとは思っていなかったので、コリンズ医師の診断を聞いたときには仰天したものだ。

「きみにとって嬉しい知らせかどうかはわからないがね、ナンシー。妊娠しているよ」

それは、ほとんど耳にしたこともない言葉だった。ましてや、そんな言葉を男性から――たとえ医師であっても――かけられるなんて。いままでおぼろげにしか理解していなかった世界が、ふいに目の前に開けてしまった。こんなふうに何もかもが変化してしまって、自分はまだ、そんなことを考えはじめてさえいなかったのに。「ありえないわ！」ナンシーはささやいた。

「どうしてそう思うのかな？　きみは、まさか……男性といっしょにいた経験がないわけではないんだろう？」

ナンシーは答えられなかった。自分の頬が、熱く火照《ほて》るのがわかる。

「もしも誰かつきあっている男性がいるのなら、その人には話さないといけないよ。きみがどういう結論を出すにせよ、相手の男性にもかかわることだからね」

いったい、どうしたらいいのだろう？　もしも、このことが父親に知れてしまったら？　ありとあらゆる疑問が、頭の中を駆けめぐる。答えの出ない疑問が。もちろん、この診断がまちがっていれば、話は別だ。そう、まちがっている可能性だってあるはず。

「たった一度だけのことだったんです」いまにも涙がこぼれ落ちそうになるのをこらえながら、ナンシーはうちあけた。医師の目を見ることができず、視線を床に落としながら。

「一度でも、できてしまうことはある」

「まちがいないんですか、コリンズ先生？」

「百パーセントたしかだよ。ひょっとして、きみは家内と話すほうがいいかな？　こういうことは、女どうしのほうが話しやすいかもしれないね」

「いやよ！　誰にも知られたくないんです」

「そうはいっても、すぐにみなが知ることになるよ。もう、いくらかお腹が目立ちはじめているし、あと一ヵ月もしたら……」

目立つ！　ナンシーは思わず両手で腹部を抱えこんだ。

「あと何度か検査をしなくてはいけないのでね、できればバーンスタプルの病院に行ったほうがいい。きみは若いし、ごく健康だから、何も心配することはないだろうが……」

それどころか、心配だらけだ。ほかのことなど、何ひとつ思いつかないくらい。

「赤ちゃんの父親について、わたしに何か話しておきたいことはあるかね？」

「ありません！」こんなこと、誰にも言えるはずがない——まず、本人にうちあけるまでは。でも、はたして本人にうちあけることなどできるのだろうか？

「その男性とふたりでここに来てくれたら、いろいろ力になれることもあるんだが」ナンシーがどれほど打ちひしがれているか、コリンズ医師は見てとった。温かい笑みを浮かべて尋ねる。

「その男性の名は？」

「ジョン」ナンシーは衝動的にそう答えた。「地元の子なんです。ビデフォードで会って。わたしたち……」言いかけて、唇を嚙《か》む。「本当に一度だけだったんです、先生。まさか、こんな……」

「お茶を淹れようか？」

ナンシーはかぶりを振った。涙がぼろぼろと頬を伝いおちる。

コリンズ医師はナンシーに歩みより、その肩にそっと手を置いた。「子どもができるというのはすばらしいことだよ。家内は奇跡と呼んでいる、新しい生命を創り出すのだからね。それに、まちがいを犯した若い女性はこれまでも大勢いたんだ、けっしてきみひとりじゃない。心を強く持たなくてはいけないよ……赤ちゃんのためにね」

「誰にも知らせるわけにはいかないんです！」

「まあ、当然のことだが、ご両親には話さなくてはならないね。やはり、ご両親には最初に知らせておかないと。そうしたら、きみがしばらく親戚の家に滞在するよう手配してくれるかもしれない。いろいろ手の打ちようはあるんだよ、ナンシー。赤ちゃんを養子に出したら、きみはまた、何もなかったかのように元の生活に戻ることができる」

その翌日、ナンシーはビデフォードの図書館へ行き、いろいろ医学書を読みあさってみたものの、知りたいことは見つからなかった。どうにかして、赤んぼうが生まれてこないようにする方法を調べたかったのに。ジンをがぶ飲みすればいいという話は、どこかで耳にはさんだおぼえがある。あの酒が〝母の破滅《マザーズ・ルーイン》〟と呼ばれるのは、それが理由じゃなかった？　さらに、《赤獅子》亭で働いている女の子からは、とびきり熱い風呂に入るといい、と聞いている。次の土曜の夜、両親が映画に出かけた隙を見はからって、ナンシーは両方やってみた。オールド・トムの壜を半分空けて、さらに服を着たまま、湯気の立つお湯にしばらく首まで浸かっていたのだ。その夜遅く、ひどく気分が悪くなったので、きっとこれでうまくいったのだろうと思ったのに、ふたたびコリンズ医師の診察を受けてみると、事態は何も変わってはいなかった。

そんなわけで、子どもの父親、医師の前でジョンと呼んだ男性に、ナンシーは手紙を書いた。あなたが父親であること、ほかに相手などいないことをはっきりさせながらも、相手を追いつめないよう言葉を選ぶ。きっと秘密は守ると、ナンシーは相手に約束した。ただ、いまはどうにも怯えていて、誰も頼る人がいないからこそ、力を貸してほしいと。

翌朝、返事が届いた。タイプで宛名が打ってある封筒の分厚さ、重さにナンシーは驚いたものだ。きっとすごく長い手紙を書いてくれたにちがいないと思いながら封を切ってみると、中から出てきたのは五ポンド札が十二枚、紙切れが一枚。そこには、ロンドンのベイカー街で開業している医師の名と住所が記されていた。

こんな残酷な仕打ちがあるだろうか？　その紙切れさえタイプで打たれていて、署名はない。本人の筆跡を隠し、差出人をたどれないようにしてあるというわけだ。ナンシーの気持ちに寄り添ったり、思いやったりしようとした形跡はどこにも見あたらない。話しあう余地さえ与えてはくれないのだ。さっさと始末をつけろ——なんと明快な意思表示だろう。金の包みかたにさえ、なんともいえない独特の怖ろしさがある。必要な額を——六十ポンド——きっちり計算して、使い古しの五ポンド紙幣で支払うとは。いくらかかるのか、医師に問い合わせたのだということが、ナンシーにはわかっていた。もしも非合法な堕胎が六十ポンド二シリングかかると言われたら、あの人はきっとひとつかみの硬貨を封筒に追加しただろう。

この手紙が、すべてを変えてしまった。

それまでは、ナンシーはひたすら自分を責めていた。すべては自分が悪かったのだと思いこんでいたのだ。しかし、いまやそんな気持ちは根底から覆ってしまった。子どもの父親を名指しできないのはわかっている。ひどい醜聞になったあげく、ナンシーだけが割を食って、まちがいなくトーリーを追い出されるはめになるだろう。とはいえ、反撃の手段が何もないわけではない。あの人には、きっと自身の行いのつけを払わせてやる——六十ポンドよりも、はるかに大きな痛手となる形で。

フロントに坐り、廊下の時計の分針がゆっくりと真上に向かって動いていくのを見つめながら、ナンシー・ミッチェルは心を固めていた。お腹の子の父親は、金であっさりとナンシーを片づけられると思っている。それがまちがっていたことを、思い知らせてやらなくては。

4　秘密と影

《クラレンス・キープ》では、フィリス・チャンドラーが出かける準備の仕上げとして、最後に口紅を塗っているところだった。フィリスは息子と使用人用の住まいに暮らしており、ここは自分の寝室だ。東棟はすべてふたりが使っていいことになっていて、主人夫妻の住まいとは厚い壁と頑丈な扉で仕切られている。厨房の後ろから裏階段を上がっていくと、寝室がふたつ、浴室がひとつ、ソファとテレビのある居間、そして小さな台所があるのだ。本棟へはアーチ天井の廊下が通じているが、ミス・ジェイムズが在宅のときは、厚いヴェルヴェットのカーテンが引かれている。女主人の寝室は廊下を抜けてすぐ左にあり、フィリスがシーツを交換したり、掃除をしたりするには都合のいい配置だ。この割り振りは、文句の出ようのない完璧な取り決めだった。チャンドラー家の母子は、広さに余裕のある、くつろげる空間をあてがわれている。その代わり、主人夫妻には音も届かない、視界にも入らない位置に引っこんでいる、というわけだ。

フィリスは姉との約束に遅れるのではないかとじりじりしていた。姉のベティには、七時にはそちらに着くと言っておいたのに、もうそろそろ六時になってしまう。かといって、ミス・ジェイムズが帰宅する前に家を出るわけにはいかない。車を借りることになっているのだから。

エリックは居間で、『アップルヤード家の人々《ジ・アップルヤーズ》』を観ている。子ども向けのドラマだが、これがエリックのお気に入りなのだ。外から、車が速度を落として近づいてくる音がした。奥さまのお帰りだ！ フィリスは帽子が曲がっていないか確認すると、出迎えるために部屋を出た。

屋敷の裏から表へは細い廊下が走っていて、それぞれ突きあたりには窓がある。廊下の壁にはトーリーの絵や写真の額が並んでいた――灯台、砂浜、ホテル。フィリスは私道が見える表向きの窓に向かうつもりだったが、部屋を出てすぐ、何かが目にとまった。以前にも、同じことに気づいたのを憶えている。フィリスはいつも、細かいことを見のがさない注意力を自慢にしているのだ――パイ生地のしわの寄りかたとか、タオルのかけかたとか。

何かがおかしい。

眉をひそめ、不審に思いながら、フィリスは確かめようとそちらに近づいた。廊下の後ろで居間の扉が開き、母親の一挙一動をエリックがじっと見つめていることには気づかないまま。

車の音を、フランシス・ペンドルトンも聞きつけていた。これでもう十一回め、それとも十二回めか、窓の外に目をやったものの、何も見あたらない。メリッサはどこへ行ってしまったのだろう？ ガードナー夫妻と三十分ほど話してくるだけだと言っていたのに、出かけてからもう一時間以上は経っていないか？ もう、とっくに帰ってきてもいいころだ。腕時計をちらりと見やる。初めての結婚記念日に、メリッサが買ってくれたロレックスのオイスター・エレガンテだ。いまの時刻は五時五十五分。これ以上メリッサを待ちつづけたら、バーンスタブルで上演される『フィガロの結婚』に遅れてしまう。でも、そんなことはどうでもよかった。いまはオペラを観たい気分ではない。どうしてもメリッサを待たなくては。

フランシスは居間に入り、MGMスタジオのお偉がたの名でメリッサに贈られた銀のタバコ入れから一本取り出した。蓋にはスタジオのロゴと、かの有名な標語〝芸術のための芸術《アルス・グラティア・アルティス》〟が刻まれている。《クラレンス・キープ》には、こうした映画関係の記念品、賞品、贈呈品といったものがあふれていた。いまフランシスがかちりと火を点《つ》けたライターも、ハンフリー・ボガートが『カサブランカ』で使ったといういわくつきの品だ。

タバコを吸いながら、フランシスの視線はいつしかピアノの上にごたごたと並んだ白黒写真に吸いよせられていた。ロサンジェルスにいるメリッサ。メリッサとウォルト・ディズニー。『運命の人質』の撮影現場にいるメリッサ。この最後の写真を見ていると、初めて出会ったときのことを思い出す。メリッサはまさにスターだった。その付き人という仕事を引き受けたのは、けっして金が必要だったからではない。映画を制作する現場をじかに見るのは、きっと楽しい経験だろうと思ったからにすぎなかった。

だが、初めてメリッサが部屋に入ってきた瞬間、フランシスはまるで射すくめられたかのように動けなくなった。もちろん、顔は元から知っている。知らないものなど、この国にはいまい。だが、生身のメリッサが発散している美しさ、晴れやかさがどれほどまばゆいものなのか、まったく予期していなかったのだ。けっして、染みひとつない肌、美しく輝く青い瞳、いたずらっぽい笑みだけの力ではない。世界の憧れを一身に集める女優としての自信、というだけでも説明がつかない。とにかく、夢中にならずにいられないその魅力を目にしては、女優とその付き人という立場や十歳の年齢差といった不釣り合いなど、とるに足りない問題にすぎなかった。どうしてもこの女性を自分のものにしなくてはと、フランシスは心に誓ったのだ。

メリッサが何を好きで、何が嫌いか、フランシスはすぐに憶えこんだ。浴室には《フローリス》のオレンジの花の香りの石鹸を置く。バラは大好きだが、けっしてカーネーションを飾ってはならない。タバコはデュモーリエにかぎる。権限のない写真家に撮影は許さない。雨が降ったら、傘を差しかけること。一九四六年にはまだ何もかもが配給制だったが、それでもメリッサの米国のエージェントやスタジオの力を借りれば、ほしいものは何でも調達できた。メリッサはただ、望みを口に出すだけでいい。昼だろうと夜だろうと、いつでもフランシスに電話してかまわないと、メリッサのほうもすぐに呑みこんだ。いつだって、フランシスは自分のためにそこにいてくれる。

やがて、自分の若く献身的な付き人が、思っていたよりはるかに重要人物であるとメリッサが気づいたころから、ふたりの関係は変わりはじめた。フランシスはまぎれもない英国貴族の一員であり、中世までさかのぼれる家系の次男なのだ。フランシスはそのことを自分からは口にしなかったものの、まちがいなくメリッサが気づくよう、それとなく仕向けてはいた。《クラレンス・キープ》が売りに出たとの広告にメリッサが目をとめ、いっしょに見にいったときのことを、フランシスはいまでもよく憶えている。現地を案内されている間じゅう、ここがメリッサひとりだけのものではなく、ふたりが暮らす家となってくれればと、夢を描いていたものだ。

　思い出にふけりながら、映画『ヨルガオ』の監督から誕生日に贈られたクリスタルの灰皿に、タバコの灰を落とす。言うまでもなく、フランシスの誕生日祝いではない。この屋敷には、フランシス自身の持ちものは驚くほど少ないのだ。部屋の中を見まわすと、妻が大金を叩《はた》いて買ったもののたまにしか弾かないピアノ、妻が読みかけのまま放置してある数々の本、妻しか写っていない写真といったものばかりが目について、フランシスはまるでよそもののように思える。メリッサと結婚することによって、フランシスは自分の望むものすべてを手に入れた。ただ、それには代償もあったということだ。いまとなっては、どんな角度から見ても、自分は無色透明な存在となってしまっている。

　もっとも、そのこと自体はさほど気にならない。あまりに太陽の近くに立てば、自分はただの影となってしまっても文句は言えないことを、フランシス・ペンドルトンはよく理解していた。いまや、この姓さえ奪われてしまったようなものだ。いまも変わらず妻はメリッサ・ジェイムズのままだし、ペンドルトン家の人々も、フランシスを見限った。「女優と結婚するとはな！」こんな短いひとことに、あれほどの軽蔑はそうそうこめられるものではないが、父親のペンドルトン卿にとってはいとも簡単なことだ。これも、フランシスにとってはさほど驚きではなかった。父親は他人の意見にけっして耳を傾けようとしない意固地な気どり屋で、映画館に足を運んだこともなければ、〝わが家〟と呼ぶ先祖伝来の巨大な城に、テレビなどを持ちこもうとは夢にも思わない。色の褪せた革表紙のディケンズやスモレットを読むのが、父親の好きな時間のすごしかたなのだ。娯楽ではなく、文化を。一族にとっては、紋章に刻まれているにも等しい言葉だ。フランシスには何ひとつ相続させないと、父親はきっぱり言いわたした。この先は、もうメリッサに頼って生きていくほかはない。

追い打ちをかけるかのように、この一年は何もかもがうまくいかなかった。満月にひたひたと満ちてくる潮のように、静かながらも容赦なく経済的な不安が押しよせてきたのだ。《クラレンス・キープ》の修復費用は、とめどなくふくれあがる。ホテルも赤字続きだ。投資アドバイザーを名乗るアルジャーノン・マーシュという男と、メリッサは長すぎるほどの時間をすごしているが、勧められて投資した事業からは、これまでのところ一ペニーの利益も上がってはいない。何より深刻なのは、どうやらメリッサ自身の市場価値がすっかり下がってしまったらしいことだ。いまや、誰もメリッサに役を振ろうとはしない。アルフレッド・ヒッチコックに会うといっても、打ち合わせに行くわけではないのだ。オーディションを受けにいくにすぎない。これは見すごせない変化ではないか。五年前なら、こんなことはありえなかったはずなのに。

フランシスはタバコを揉み消した。ふいに衝動に駆られて立ちあがると、奥の壁ぎわの書きもの机に歩みよる。いちばん下の引き出しには、古い請求書や納品書がぎっしり詰まっていた——メリッサはけっして見るはずがないとわかっていて、フランシスはあの手紙をここに隠しておいたのだ。引き出しから、手紙を取り出す。くしゃくしゃに丸められていたものを、丁寧に伸ばした一枚の紙だ。濃紺のインクも、ひと目で特徴を見てとれる筆跡も、メリッサのものにまちがいない。あまりに何度も目を通し、いまや一言一句そらで憶えているくらいだったが、フランシスは自らを奮いたたせ、もう一度それを読みなおした。

二月十三日

愛しい愛しいあなた、

わたしはもう、こんなふうに自分を偽っては生きていけません。どうしても無理。こうなったら思いきって、わたしたちの運命を、お互いにとってどれほど大切な存在なのかを、世間に明らかにすべきだと思うの。もちろん、いちばんわたしたちの近くにいる人たちを、傷つけてしまうことになるのはわかっているけれど。わたしとの関係がもう終わりだということは、フランシスも気づいているのよ。わたしは米国に戻り、また女優として復帰したいと願っていて、その旅路を、ぜひあなたといっしょにたどりたいの。あなたの気持ちはわかっているけれど

最後のほうの文章は、棒を引いて消してある。長い線を引くときにペン先が引っかかったらしく、いくつかインクの染みが広がってしまった。そこでメリッサはこの紙を諦め、丸めて寝室のくずかごに放りこんだのを、後からフランシスが発見したというわけだ。どうして破って捨てなかったのだろう？　ひょっとしたら、これを夫に読ませて真実を伝えたいと、無意識下かどうかは知らないが、メリッサは望んでいたのかもしれない。メリッサはよく、デビューし

て間もないころにしばしば出演していた、安っぽい映画の登場人物のようなふるまいをする。この手紙さえ、〝運命〟などという大げさな言葉づかいや、〝愛しい〟を二度くりかえしているところは、いかにもメロドラマめいているではないか。

その手紙を手にしたまま、フランシスは息をするのも苦しいような気分を味わっていた。これを見つけたことを、まだメリッサには話していない。いまこそぶちまけてやりたいと思った瞬間は何度あったかしれないが、その結果がどう出るかが怖かったのだ。誰に宛てて書いた手紙なのかを知りたくはあったが、相手が誰だろうと、そこはさして重要ではないという気がする。何よりつらいのは、メリッサが自分から離れようとしていること、捨てられた先の人生が、どれほど空虚なものになってしまうかを思うことだった。

とはいえ、もうこれ以上は先延ばしにできないのはわかっている。この件について、メリッサとしっかり話しあわなくては。いまとなっても、まだ遅すぎはしないのではと、フランシスは希望を持っていた。引きとめるためなら、どんなことだってするつもりだ。

どんなことだって。

夜の七時半。

エドワード・ヘア主任警部は、机の向かいの壁にかけられた時計に目をやった。その瞬間、分針がかちりと重々しい音をたて、もう十二の位置までふたたび昇っていく力は残っていないとばかりに真下を指す。

ヘア主任警部は自分の執務室で残業をしているところだった。ウォータービア・ストリートにあるこの建物に、エクセター警察署が入ってもう七十年になる。窓に打ちつける雨粒が、向かいの壁に涙のような影を落としていた。主任警部はこの部屋が好きだった。居心地のいい薄暗さ、本の並んだ棚、何もかもがあるべき場所に納まっているという感覚。ここを出たら、きっと恋しく思い出すことだろう。

まだ正式に発表されてはいないものの、この署は市の東側、もっと新しい建物の並ぶヘヴィツリーに移転することになっている。大戦が終わってからというもの、ヘア主任警部にとってはものごとの移り変わりがあまりに速すぎて、取り残されまいと努力はしているものの、一抹《いちまつ》の悲しさが胸の奥にわだかまっていた。ウォータービア・ストリートのこの警察署は、実に個性的な建物なのだ。灰色のレンガ造りで、窓は縦に細長く、円筒形の塔がそそり立つ様子は、たとえばバイエルン地方の駅、あるいは民話に登場するお城を思わせる。ヘア主任警部の執務室は、魔法使いのとんがり帽子のような屋根のすぐ下にあり、自分が警察官になって間もなく開業した《ウォルトン食料品店》を窓から見おろせるのだ。新しい建物の完成予想図も見せられたが、予想どおりいかにも味気ない、効率だけを考えて設計された今出来のしろものだった。もちろん、いまより便利な機能が備わっていることはたしかだ。電灯のおかげで、目もさほど疲れなくなるかもしれない。それでも、そんなところで働かずにすむことが、ヘア主任警部は嬉しかった。

この仕事について三十年、五十五歳という年齢となり、主任警部はもうすぐ退職するのだ。

一介の巡査から主任警部という地位にまで昇ったのだから、自分の足跡をふりかえれば、それなりの満足をおぼえてしかるべきだろう。だが、主任警部はどうしても、ある種の敗北感を拭い去ることができずにいた。上司からは、頼りになる、勤勉な、安心してまかせておける部下だと思われているのは知っている。だが、こうした評価も煎《せん》じつめればどうなる？　結局は、若かりしころの輝かしい可能性を、ついに実現できないまま終わってしまったということにすぎない。その日が来れば、退職祝いのパーティが開かれるだろう。何杯かのワインと楊枝《ようじ》を刺したチーズがふるまわれ、みなの前で挨拶をして、記念品の時計が贈呈される。それで、すべてが終わりだ。自分はここを去ることになる。

ため息をつくと、ヘア主任警部は眼鏡をかけなおし、読んでいた書類に視線を戻した。いまは、この同じ建物の中で行われる裁判の準備をしているところだ――裁判所と警察署は、隣りあって同居している。裁判に出廷するのはこれが最後になるだろうから、事実をすべて把握しておいたうえで、よどみなく主張を述べたい。

そのとき、電話が鳴った。

最初に感じたのは驚きだった。いったい、こんな遅い時間に、誰が電話をかけてきたのだろう？　おそらく辛抱強い妻のマーガレットが、夫はどこに行ってしまったのだろうと心配してかけてきたにちがいない。説明してやらなくてはと、主任警部はあわてて受話器を引っつかんだ。だが、受話器の向こうから聞こえてきた声が、思いちがいを正してくれる。それは、本部長補からの電話だった。

「きみと連絡がついてよかった、ヘア。遅くまでご苦労だな」

「はい、本部長補」

「気の毒だが、きみの夜の予定に割りこませてもらうことになった。殺人が起きてね。トーリー・オン・ザ・ウォーターという村だ。知っているかね？」

その名前は、おぼろげながら知っている。ここから六十五キロ以上離れた、デヴォン州の西海岸だ。おそらく、被害者は誰か重要な人物なのだろうと、ヘア主任警部は推測した。さもなければ、わざわざ本部長補が電話をかけてくるわけがない。

「現地に行ったことはありませんが」そう答えつつも、おそらく一度、妻と娘たちを連れて、あのあたりの砂浜で休日をすごしたことがあるのを思い出す。いや、あれはインストウだったか？

「そこに女優がいてね。メリッサ・ジェイムズという名だ。自宅で絞殺されていた」

「押込みのしわざですか？」

「詳しいことは、まだわからんのだよ。地元の警察から連絡があって、それをきみに伝えているだけなのでね。きみには、この事件に速やかにとりかかってもらいたい。メリッサ・ジェイムズはきわめて有名な人物でね、取材記者がどっと押しよせるだろうからな」

「本部長補、わたしが来月には退職することはご承知でしょうか？」

「ああ、わかっている——実に残念に思っているよ。だからこそ、いっそうこの事件に真剣にとりくんでくれることを願うばかりだ。結果を出してくれ、ヘア、早ければ早いほどありがたい。わたし自身はあまり映画を観にいくほうではないが、どうやらミス・ジェイムズは大スターだったらしいからな。著名な住民が殺されたとあっては、早く手を打たないと、うちの州の評判が地に落ちてしまう。進展は、わたしにじかに報告してくれ」

「ご指示のとおりに」

「いや、まったく、頼んだぞ！　これは、きみにとっても千載一遇《せんざいいちぐう》の機会かもしれんよ、ヘア。ここしばらく、そっちはずいぶん平和だったからな。うまくやれば、きみも退職にあたり、まさに花道を飾れるというものだ。幸運を祈る！」

電話は切れた。

受話器を置きながら、ヘア主任警部は上司の言葉を嚙《か》みしめていた。たしかに、何もかもそのとおりだ。メリッサ・ジェイムズの映画は、この地元で撮影した作品を含め、主任警部自身も何本か観ている。あの作品はなんといったかな？　そうそう、『運命の人質』だ。妻を連れて映画館に行って、物語自体はいかにも作りものめいた印象を受けたものの、主演女優の演技にはなるほど抜きんでて光るものがあった。あれだけ知られた女優が殺され、その犯人がなかなか逮捕されないとなると、警察にも非難が向けられることはまちがいない。

そして、自分自身にとっては、まさにこれは千載一遇の機会かもしれない。子どもたちにも、父親を自慢に思ってもらえる。一度くらい、新聞の見出しに名前が載るのもいい気分のものだろう。新聞は、いつだって逮捕された犯罪者のほうに興味津々で、ヘア主任警部はほとんど無視されてきたのだから。

主任警部は身を乗り出して受話器をとり、ダイヤルを回した。誰かに命じ、署の車でトーリーへ送ってもらわなくてはならないが、その前にまず妻に電話して、自分のぶんの夕食はオーヴンへ戻しておいてくれと伝えなくては。今夜は家で食事をとれそうにない。トーリーに泊まることになるだろうから、その支度も必要だ。

5　ルーデンドルフ・ダイヤモンド事件

アティカス・ピュントは蝶ネクタイの形を整えながら、あらためて浴室の鏡に映る自分を眺めた。けっして自惚《うぬぼ》れの強いほうではないが、目に飛びこんできた姿には、なかなか満足がいく。いまの自分は、全体としてすばらしく良好な状態だ。痩せぎすではあるが健康で、いまだ老いの兆《きざ》しも見えてはいない。これまでどんな経験をくぐり抜けてきたかを思えば、とうてい信じられないが。先の大戦に加え、さらにずっと苛酷《かこく》な試練を、ピュントは生きのびてきた。生きて翌朝を迎えることはないかもしれないと、何度となく覚悟しながらもどうにか無事に終戦を迎え、当時は想像もつかなかった成功を収めている。

つい笑みがこぼれると、まるで同意するかのように、鏡の中の自分も笑みを返した。ごく若いころに髪を失ったのも、かえってよかったのかもしれない。おかげで六十二歳という年齢が、灰色の髪によって暴露される心配もないのだから。ピュントは生まれてから人生の大半をドイツですごしてきたが、身体に流れるギリシャの血のために、肌は地中海人種らしくやや浅黒い。考えてみると、これは奇妙なめぐりあわせではないか。生まれた瞬間から、ピュントは異邦人だった。ロンドンで暮らすいまも、依然としてよそもののままだ。だが、これも自分向きの境遇だったということだろうか。ピュントは事件捜査の専門家、すなわち探偵だ。これまで会ったことのなかった、そして事件が終われば二度と会うことはない人々を相手に、いつもその人間関係の外側に立ったまま真相を探ることで生計を立てている。これがピュントの職業であり、同時に生きかたでもあるのだ。

目尻のこれは、新しくできたしわだろうか？　ピュントは手を伸ばし、金属縁《きんぞくぶち》の眼鏡をかけてみた。昨夜はあまりよく眠れず、新しいベッドと〝エアフォーム〟とやらのマットレスを選んだのはまちがいだったのだろうかと思っていたところだ。〝微細な気泡の作りあげるふわふわした雲の上で、ぐっすりとお休みいただけます〟と広告は謳《うた》っていたのだが、あんなものを信用しなければよかった。妻を亡くしてからはずっとひとりで寝ているが、広すぎるベッドにひとり横たわる夜にこそ、妻恋しさはいっそうつのる。もっと狭く質素な、学校の寮で使っていたようなベッドのほうがいいのかもしれない。そうだ。その思いつきは、ピュントの心を動かした。明日、ミス・ケインに話しておかなくては。

腕時計に目をやる。六時十分。七時までにグレシャム・ストリートへ歩いていけばいいのだから、まだ時間はたっぷりあった。めったにないことではあるが、今夜は講演をする約束になっている。自分の仕事について文章を書くことと、人前で話し、ときとして秘密をうちあけるはめになることは、まったく別ものといっていい。そこが、なんとも困るところだ。これまでの経験から、探偵の仕事をめぐる抽象的な理論について——ピュントがいま書いている本『犯罪捜査の風景』は、まさにそれを主題に据えているのだが——一般の人々はまったく興味を持っていない。もっとどぎつく具体的なあれこれを、みな知りたがるものなのだ——血まみれの指紋、硝煙の上がる銃、これから犯行におよぼうとしている殺人犯の様子。ピュントは殺人事件の捜査をゲームだと思ったことはないし、ましてや解くべきパズルとして見たこともない。この仕事は、このうえなく暗い場所で必死にあがく、人間の心の考察なのだ。なぜそこに至ったかを理解して、初めてその事件を解決することができる。

ふたつの点を考慮したうえで、ピュントは本来なら断っていたであろう講演の依頼を引き受けることにした。まず、今回はきちんとした団体からの招きだったことが大きい。ロンドンの歴史あるギルド、ほかならぬ金銀細工師組合から、年に一度の晩餐会《ばんさんかい》でぜひ来賓講演をとの申し出だ。探偵という仕事に関係のあることなら、内容は何でもかまわない、という。さらに、三十分の講演の返礼として、すばらしい料理と一級品のワインをふるまわれるばかりか、ピュントが熱心に支援しているロンドン警視庁・市警察遺児基金に、かなりの額の寄付もしてくれるというのだ。

頬にコロンをひかえめに吹きつけると、ピュントは浴室の明かりを消し、寝室に入った。椅子の背に、ディナー・ジャケットがかけてある。ミス・ケインが清書してくれた講演の原稿は、ベッドの上。まっさらな十二枚の紙にまとめ、クリップで留めてある。表紙には、題名が大文字で記されていた——『罪と罰』。ピュントはジャケットをはおり、原稿を丁寧に折りたたんで内ポケットに入れると、隣の部屋へ向かった。

ファリンドンの洗練されたアパートメントが建ちならぶ一角、タナー・コートの八階の部屋に引っ越してきたのはつい最近のことで、まだこの住まいに慣れていない。家具はドイツの骨《こつ》董品ばかりだ。

戦後に英国へ渡ってきたとき、持ちこんだものが多い。だが、それ以外の何もかもが、ピュントにとってはいまだよそよそしく感じられていた。通常の倍は高い天井のおかげで、どの部屋もあまりに広すぎるような気がする。真新しい絨毯《じゅうたん》とカーテンを選んだときには、どちらもあまりに高価なこと、それなのに自分にはいまや簡単に買えてしまうことに、ただただ呆然としたものだ。台所はあまりに美しく光り輝いていて、使うのも怖ろしい気がする――といっても、ピュントは自炊はしない。昼はサラダを食べる。夜は、たいてい外食だ。

壁の隅にかけてある、父親のものだった振り子時計に、ピュントは目をやった。十九世紀、エアハルト・ユンハンスによって作られたもので、もう百年近く経っているというのに、いまだ一分たりとも狂ったことがない。まだ、出かけるまでに時間はある。ピュントはグラスにシェリー酒を少しばかり注ぎ、ソブラニーの黒いタバコを一本、黒檀《こくたん》のタバコ入れから取り出した。このタバコ入れは、ある依頼人からの感謝のしるしだ。それを言うならこのアパートメント自体も、つい先日のこと、ある事件を解決したことへの謝礼として、ピュントに贈られた報酬で購入したものだった。タバコに火を点《つ》けて腰をおろし、まだ慣れない部屋でくつろごうと努めつつ、なんとも奇妙ながら、さまざまな意味で自分のもっとも偉大な功績ともなった、ルーデンドルフ・ダイヤモンド事件のことを、ピュントはあらためてふりかえった。

一見して、その盗難事件はとうてい不可能なことのように思えたものだ。そこで使われた魔術のようなトリックは、英国の警察や一般国民を煙《けむ》に巻いたばかりか、件《くだん》のダイヤモンドをはじめとして、ほかにも宝石が何点か、そして総額十万ポンドにもおよぶ現金と株券を盗まれた失意の被害者を、ただただ途方にくれさせるばかりだった。

　被害者の名は、チャールズ・パージター。石油産業で財をなし、ニューヨークとロンドンのナイツブリッジに自宅をかまえる大富豪だ。妻のエレインは社交界で数々のパーティを主催、芸術を後援し、いくつもの団体に理事として名を連ねていることでも知られる、きわめて美しい女性である。この盗難事件が起きたのは昨年、クリスマス直前のことだった。

　パージター夫妻はとあるパーティから帰宅した際、自宅が何ものかに押し入られた形跡があることに気づいた。明らかに、熟練した人間の手口だ。警報装置はあらかじめ切られ、一階の窓が割られていたのだ。自宅はまったくの無人というわけではなかった。その日は土曜で、召使のうちふたり——料理人とメイド——は休みをとっていたという。執事は邸内にいたものの、もうすぐ七十歳になろうという年齢で、事件当時はずっと眠っていて気づかなかったそうだ。パージター夫妻が帰宅したときは、事業の提携相手であり、友人でもあるジョン・バークリーを伴っていた。バークリーの証言によると、邸内に入る前から割れた窓には気づいていたという。

　当初、チャールズ・パージターはさほど心配していなかった。もともと慎重な性格でもあり、自宅の三階には金庫を設置していたのだ。それも、けっしてただの金庫ではない。およそ金で買えるかぎり最高級の品といえるだろう——米国《セントリー》社の製品で、耐火性能を備えた重さ九十キロ以上の堅牢な鋼鉄製の箱を、床にねじで固定している。けっして物理的に破壊できないよう強化されたダイヤル錠は、内部に七枚の円盤が組みこまれており、つまり七つの数字を正しく組みあわせないかぎり扉は開かない。鍵となる暗証番号を知っているのはわずか三人――チャールズ・パージターとその妻、そして弁護士のヘンリー・チェイスだけだ。その隣には第二の錠もあり、これを開けるのに必要な鍵は、たった一本しか作られていない。その鍵は、チャールズがつねに肌身離さず持ち歩いていたという。その金庫は、間口が狭く奥行きのある暗い納戸《なんど》の突きあたりの壁に、ぴたりとくっつけて設置されていた。こうした邸内の情報を知らないかぎり、泥棒は金庫に行きつくことさえできないはずだったのだ。

帰宅した三人――チャールズ・パージター、エレイン・パージター、そしてジョン・バークリー――は、暗い邸内へいっしょに足を踏み入れた。その時点では、三人はどうにか帰宅が間に合って、まだ何も盗まれていないものと思いこんでいたという。だが、チャールズが寝室の照明を点けた瞬間、怖ろしい事実が衝撃とともに明らかとなった。金庫の扉は大きく開かれ、中身はすべて持ち去られていたのだ。

エレイン・パージターが警察に通報する間、ジョン・バークリーは友人を階下へ連れていき、グラスにたっぷりとウイスキーを注いでやった。三人とも、どこにも触れないよう気をつけていたという。警察は――ギルバート警部補とディッキンソン巡査部長のふたりが――すぐに到着し、さまざまな質問をした後、空っぽの金庫を調べた。金庫からも、割れた窓からも、指紋はひとつも検出されなかったそうだ。

この盗難事件について新聞で読んだときのことを、ピュントはいまでも憶えている。いったい何が起きたのか、国じゅうが興味津々で捜査の進展を見まもっていた――それには、ふたつの理由がある。ひとつは、その金庫がまさに難攻不落とされていたからだ。米国の製造元は、事件後すぐに英国へ飛んできて、現物をじっくりと調べた結果、この製品には何ら欠陥はなかったと発表した。ダイヤル錠は、けっして無理やりこじ開けられたわけではない——これを開けたのは、正しい暗証番号を知っていた人間にほかならない、と。そうなると、容疑者はふたりに絞られることとなる——チャールズ・パージターとその妻だ。鍵となる暗証番号を知っていたもうひとりの人物、弁護士のヘンリー・チェイスは、事件の夜は海外にいたことがわかっている。もちろん、暗証番号を共犯者に教えることは可能だったかもしれないが、それでも内側の錠を開ける鍵の問題もあった。一本しか存在しないその鍵を、チャールズはいつも使っているキー・リングに通し、けっして手もとから離すことはなかったという。パーティに出席していたときも、その鍵は身につけていたし、事件後に駆けつけたギルバート警部補に渡して、まちがいなく金庫の鍵穴に合う鍵だったことも確認されている。誰かがその鍵の複製を作ることはできたのだろうか？　それもけっしてありえないと、製造元は主張している。この鍵は複製のできない独特な形状をしており、特許も取っている製法なのだと。記者会見を開いた製造元は、パージター夫妻は保険金詐欺をねらい、こうした虚偽の申し立てをしているのではないかと、思いきった推論をほのめかしさえした。だが、これもまた、どうにも考えにくい。チャールズ・パージターは現在、金銭的な問題など何も抱えてはいないからだ。それどころか、事業はいまも順調に発展しつつある。いまや、世界でもっとも裕福な人間のひとりといっても過言ではない。

とはいえ、世間の人々の心を何よりがっちりとつかんだのは、かのルーデンドルフ・ダイヤモンドだろう。よく夢物語やお伽噺《とぎばなし》に登場するような、貴重な宝石は世界に多々あるが、このダイヤモンドもそのひとつだ。傷ひとつないしずく形のダブル・ローズカット・ダイヤで、三十三カラット、百四十面体という逸品。インドのゴールコンダという、かの有名なコ・イ・ヌールを産出したのと同じ地域で発見されたものだ。かつてはロシアの貴族、アンドレイ・ルーデンドルフ公が所有していたが、公は決闘によって生命を落とした。決闘の相手に殺されたのではなく、自分の手にしていた銃が暴発し、目に金属片が飛びこんだのだ。ダイヤモンドは公とともに埋葬されたが、どうやら悲嘆にくれてばかりはいなかったらしい未亡人が、ふたりの墓荒らしを雇って盗掘させたのだという。チャールズ・パージターはニューヨークで、この宝石を個人的に購入した。価格は明らかにされなかったものの、一部で二百万ドルという数字が報じられている。実際には、それよりさらに高かったかもしれない。

だが、いまやそのダイヤモンドが消えてしまった。それればかりか、チャールズは現金と株券も失っている。妻は真珠とダイヤモンドのネックレス、指輪をそれぞれ何点か、そしてティアラをひとつ金庫に保管していた。さらに、夫妻のパスポートと出生証明書までもが金庫から消えていたのだ。だが、これらのものはみな、しょせんルーデンドルフ・ダイヤモンドに比べれば些末なことだというのが、世間のとらえかただった。ピュントの見るところ、いっさい暴力を使わず、かくも鮮やかにこれだけのものを盗みおおせた泥棒のほうに、世間はむしろ賛嘆の目を向けていたようだ。いっぽう、チャールズ・パージターに同情するものはほとんどいなかった。これだけの莫大な富を抱えていれば、ねらわれるのも当然であり、被害者というよりむしろ犯罪をそそのかした側ではないかと、世間の人々は感じていたのだ。

とはいえ、チャールズ自身はけっして不愉快な人物ではなかった。オールド・メリルボーン・ロードにあったピュントの探偵事務所を訪れたチャールズ・パージターは、もの静かでひかえめな印象を与えたものだ。豊かな銀髪に眼鏡、ダブルのスーツとネクタイを完璧に着こなした姿は、どこかハーバード大学の教授を思わせた。そのときチャールズが口にした一言一句を、ピュントはいまでもよく憶えている。

「ミスター・ピュント」立ったまま手を後ろで組み、チャールズは切り出した。「あなたこそ世界最高の探偵だと、部下たちから聞きました。わたし自身、あなたの経歴を見て、ルーデンドルフ・ダイヤモンドをとりもどすことができるのは、あなたをおいてほかにはいないと確信したんです」米国訛《なま》りで、実際に口に出す前に一語一語じっくりと吟味しているかのような、慎重な語り口だ。「わたしがどうしてここにうかがったのか、その理由を説明させていただきたい。まず、あなたもすでにお気づきでしょうが、この一見して不可能とも思われる犯罪に対して、警察はいまだ納得のいく説明を何ひとつ提示できていません。警察にはくりかえし訴えてきました——あなたにも、同じことをはっきりとお伝えしておきますが——金庫の暗証番号を知っていた人間はたった三人で、残るふたりを、わたしは生命をも賭けられるほど信頼しているんです」

「ほかには、誰にも暗証番号を伝えたことはないのですね？」話をさえぎり、ピュントは尋ねた。

「ええ」

「それでは、暗証番号をどこかに書きとめたことは？　たとえば、念のための覚え書きとして？」

「ありません」

「しかし、暗証番号はたしか七つの数字の組みあわせでしたよね」

「記憶力には自信がありましてね」

「それでは、別のことをお尋ねしましょう。その暗証番号は、あなたが選んだものですか？　ひょっとして、たとえばあなたの人生の記念日にちなんだものだったりはしませんか？　あなたの誕生日とか、あるいは奥さんの誕生日であるとか？」

「いえ、まったく。あの金庫は、初めから暗証番号が設定された状態で届くんですよ。それと、訊かれる前にお答えしておきますが、《セントリー》には社の規定による保安手続きがありましてね。どの金庫をわたしが購入するか、それぞれの金庫がどこに設置されるか、知る人間は社内に誰もいないんです。金庫は米国からコンテナ船で運ばれてきました。わたしは作業員にサウサンプトン港で荷物を受けとらせ、ロンドンの自宅に運ばせたんです。暗証番号は、それから数日後に郵便で届きました」

「ありがとう。それでは、先を続けてください」

チャールズ・パージターはひとつ息をついた。ふだん、人に頼みごとをすることなどめったにないのだろう。仕事では部下に指示を出し、それをきっちりと守らせる毎日だろうから。これから言おうとすることを、おそらくチャールズはあらかじめ何度か練習してみたのだろうという印象を、ピュントは受けていた。

「わたしがルーデンドルフ・ダイヤモンドを買ったのには、いくつもの理由がありました」チャールズは切り出した。「まず、とてつもなく美しく、十億年以上もの昔から、この世に存在していること。考えてもみてください！　そんなものは、ほかに類を見ないでしょう。そのうえ、奇妙にも感じるでしょうが、賢い投資でもあります。そして、正直にうちあけるなら、ミスター・ピュント、自分の虚栄心を満足させるためという側面もあったかもしれません。人間というやつは、幸運にも巨額の富を築くことができたとき、何らかの形でそれをはっきりさせたいという誘惑に駆られてしまうものなんですよ。世間に対してというより、自分自身に対してね。自分は成功したのだと、心底から実感できるものがほしくなるんです。

だからこそ、この盗難事件により、わたしはありとあらゆる意味で傷ついたんです。あのダイヤモンドを盗んだやつは、わたしを愚弄《ぐろう》したんですよ。これまで、わたしはずっと英国人が好きでしたから、今度のことが起きたとたん、みながわたしの敵側に回ったことには、正直なところ驚きました。《パンチ》誌には、わたしを笑う漫画まで載ったんですよ。あなたもご覧になったかもしれませんが」

そんなものは見ていないというように、ピュントはかぶりを振ってみせたが、実は漫画の内容までよく憶えていた。チャールズらしき大金持ちがパジャマ姿で朝食の席につき、殻の中にダイヤモンドが隠れているゆで卵を食べている、という絵だ。下にはこんな台詞《せりふ》が記されている――〝おやおや、どうしてここを探さなかったんだろう？〟

「中には、わたし自身がこの盗難事件の糸を引いている、といったほのめかしもありました」チャールズ・パージターは続けた。「とてつもなく馬鹿げているばかりか、実害もある言いがかりです。つまるところ、わたしは英国じゅうの人々の前で恥をかかされたわけですよ。正直に言って、あの宝石を失ったことと同じくらい、それがわたしにはこたえまして。そんなわけで、本題に入らせてもらいますがね。いったい何があったのか、あなたに捜査していただけるなら、謝礼は言値《いいね》でお支払いします。犯人は誰で、いったいどんな手を使ったのか、そこをどうしても知りたいのです。そして、盗まれたものを取り返していただけたら、さらに割増金を五万ポンド。こんなふうに直截なもの言いで申しわけありません、ミスター・ピュント。あなたがお忙しいのはわかっています。あなたのお気持ちを聞かせていただければ、これ以上お時間をとらせるつもりはありません」

実のところ、チャールズ・パージターがこの部屋に入ってきたときから、ピュントはすでに心を決めていた。この事件に、好奇心をそそられていたからだ。これはいっさいの暴力抜きで実行された、非常にまれな犯罪の事例であり、純粋に知的な難問として解くことができる。また、ピュントにとってはまさに絶好の時機でもあった。いまのアパートメントと事務所の賃貸契約は、もうすぐ切れてしまう。新しい住まいを探していて、ファリンドンに理想的な部屋を見つけたのだが、そこは予算をはるかに上回っていたのだ。運命や宿命といったものは信じない。だが、もしかしたらチャールズ・パージターは、ピュントの祈りに対する答えとして送られてきたのかもしれない。

翌日、チャールズがよこしたお抱え運転手の運転する銀のロールス・ロイスで、ピュントはナイツブリッジへ向かった。パージター夫妻の自宅は《ハロッズ》に近い閑静な裏通りのひとつにある。このあたりではめずらしく、近隣の建物とはゆったりと距離をとり、周囲を低いレンガ塀と花壇で囲んで、砂利敷きの私道を通した屋敷だ。ピュントはまず、玄関から建物の側面に回ったところにある、割られた窓を調べた。ここで、すでに不審な点が見つかる。新聞で読んだこととも、聞かされた話とも、どうにも辻褄《つじつま》が合わない。それから玄関へ通されて、ピュントの到着を待っていたチャールズ・パージターとその妻に迎えられる。妻のエレインはすばらしく優雅な女性で、夫よりも背が高く、カシミアのセーターにスラックスというすっきりした装いだ。屋敷自体には、とりたてて目を惹くところはなかった。ピュントの見たかぎりでは、邸内はすばらしい絵画が壁にかけられているわけでもなく、みごとな銀器が棚に並んでいるわけでもない。ニューヨークの自宅のほうは、もう少し飾りたてているのかもしれないが。

「コーヒーでもいかがですか、ミスター・ピュント？」エレイン・パージターが尋ねた。「よかったら、こちらの応接間で……」

「かまわなければ、まずは上階を拝見したいですね、パージター夫人。最初に、問題の金庫を見せていただきましょう。製造元によると、たしか……〝難攻不落〟の。この言葉で合っていましたか？」

「ご案内しますよ」と、チャールズ・パージター。

階段を上りながら、ピュントは先ほど屋敷の外で抱いた疑問を尋ねてみた。「どうもわからないのですがね。盗難事件の起きた夜、あなたがたはかなり夜遅く、パーティから帰ってきたのでしたね？」

「ええ。真夜中の一時ごろでした」

「あなたがたは三人連れだったと」

「そうです。ジョン・バークリーはわたしの旧友でしてね。《シェル・トランスポート&トレーディング》の副社長をしています。実をいうと、われわれは大学の同級生でね。ジョンはたまたま数日ロンドンに滞在していて、そういうときは、いつもうちに泊まるんですよ。ホテル代の節約にね」

「窓が割れているのに気づいたのはどなたですか？　車から降りて玄関へ向かうとき、お屋敷の側面の窓は見えないのではないかと思うのですが」

「わたしでした」エレインが口を開く。「私道にガラス片が落ちているのに、ジョンが気づいて。月光を浴びて、きらきら光っていたんです。おかしいと思って、屋敷の脇へ回ってみると、窓が割れているのが見えました」

「それで、まっすぐ上階へ？」

「わたしは、エレインには車に残っていてほしかったんです」チャールズが答えた。「ひょっとして、中にはまだ侵入者がいるかもしれなかったし。妻を危険な目に遭わせたくはなくて

――」

「そんな心配はご無用よ！」エレインが叫ぶ。

「そういうことです。それで、われわれ三人はいっしょに中に入ったんですよ。警報が切られているのを見て、これは絶対におかしいと思いました。うちの執事はハリスというんですが、その男は使用人棟でぐっすり寝ていました。しかし、それでも本棟の警報を切ることはないはずなんですよ。そんなわけで、われわれは主寝室へ急いだんです。わたしにとって価値のあるものはすべて、もちろんあのダイヤモンドも含めて、あそこの金庫に保管してありましたからね。ポケットに手を入れると、いつものとおり鍵が入っていたのを憶えています。それなのに、まさか金庫が開けられていたなんて、夢にも思いませんでしたよ」

三人は階段を上りきり、廊下を横切って、どこか中国めいた内装の部屋に足を踏み入れた。壁紙は暗赤色《あんせきしょく》で、窓からは裏庭が見晴らせる。屋敷のほかの部分と同じくこの部屋も、もっとも印象的なのは家具調度ではなく、その大きさだった。巨大なベッド、劇場のようなカーテン、骨董品らしい化粧台。浴室に通じる扉もある。もうひとつの扉を開けると、そこには狭い廊下が延びていて、両側に衣装簞笥《いしょうだんす》が並んでいた。三メートルほど進むと、衣装簞笥の列が終わる。突きあたりの壁には小さく引っこんだ空間があって、円天井に覆われている。ここは、奥の壁に接して置かれている金庫のために造られた場所なのだろう。

大富豪とその妻は、ピュントが歩みよって金庫を調べるものと期待していたかもしれないが、残念ながらそのそぶりはなかった。探偵はその場に立ちつくしたまま、軽く眉をひそめ、まるでその場の空気を感じとろうとしているかのように動かない。ややあって、ようやく口を開く。

「この部屋に入ったとき、明かりは点けましたか?」

「ええ、寝室はね。この納戸の明かりは、点けていません」

「どうしてです?」

「自分たちの足跡や指紋を残してはいけないと思いましてね。ただ、ここは明かりを点けなくても、何もかも見えたんですよ。金庫の扉は開き、中はすっかり空っぽになっていました。あのときは、すぐ隣にジョン・バークリーがいてくれて、本当によかった。わたしはけっして感情的な人間じゃありません。きっと、感情を抑えておくことに慣れているからでしょうが。それでも、あのときばかりは気分が悪くなりましたよ。いまにも気を失うかと思うくらいに。昨日お話ししたわたしの気持ちは、いまもまったく変わってはいません、ミスター・ピュント。それでもそのときは、自分はいったいどれだけのものを盗まれたのだろうと、そればかり考えていましたよ。わたしが失った金は何百万ドルにもおよびますが、しかし、どう考えてもそんなことは不可能だったんです。くそっ、たった一本しかない鍵は、わたしの手もとにあったんですから! この手に、しっかりと握っていたんです」

「それで、どうしました?」

「そんな状況では、中へは入れませんからね。ここが犯行現場なんですから。どんな証拠も、うっかりだいなしにしたくはなかったんです」

「実に賢明な判断ですね」

「ジョンがその場をとりしきってくれました。エレインに警察へ通報させ、わたしを階下へ連れていって、スコッチをたっぷり飲ませてくれてね。それから執事のハリスを起こし、何か聞こえなかったかと尋ねたんですが、何の収穫もありませんでしたよ。実のところ、ハリスはもう執事の職には年をとりすぎているんですが、あまりに長いこと仕えてくれたのでね、やめさせるに忍びなくて。わたしとしては、ハリスが自分から引退すると言い出してくれるのを、ひたすら待っているんですよ」

「その執事は、信用できるんですね？」

「あの男はもう、うちに三十年も仕えているんですよ、ミスター・ピュント。いつか引退したときには、われわれが面倒を見ることになるでしょう。ハリスにも、それはわかっています。あの年齢の人間にとって、あんなダイヤモンドを手に入れたからって、何ができるというんです？　ハリスがからんでいたとは、とうてい考えられませんね」

ピュントはうなずいた。「それでは、ちょっと失礼して……」

そうチャールズに断ると、衣装箪笥の間の通路を歩き、金庫のかたわらにしゃがみこんで、鋼鉄の表面に片手を置く。重さが九十キロ以上もあるにしては、思っていたより小ぶりな造りだ。ちょうどトランプの箱のような形の直方体で、奥行きより高さのほうが寸法がある。外側はつるりと平らで、ついているものといえば、扉の取っ手とダイヤル錠、そしてその隣の鍵穴だけ。天辺には、製造元の社名が刻まれていた。扉はぴったりと外側の枠に納まっていて、かなてこの先はおろか、紙一枚たりともその隙間に差し入れることはできないだろう。全体は灰色に塗られている。寝室と同じ中国ふうの暗赤色の壁紙に三方を囲まれ、まるで劇的効果をねらったかのような配置だ。ピュントは金庫を動かしてみようとはしなかった。ねじでしっかりと留めつけられていることが、ひと目で見てとれたからだ。

「開けてみていただくことはできますか？」

「もちろん。まあ、いまは空っぽですがね」

「警察も、この金庫を調べましたか？」

「ええ。実に細心に調べていましたよ。指紋はなし。こじ開けようとした形跡もなし。何も見つかりませんでした」

チャールズは手を伸ばし、ダイヤル錠を回しはじめた。左に十六、右に五、そしてまた左に二十二……それぞれ独立した七つの動きを重ね、ようやく内部の円盤がそろう。それから鍵穴に鍵を差し入れ、チャールズは取っ手を引いた。その後ろから、ピュントはたしかに内部が空っぽであることを確かめた。

チャールズに代わって金庫の扉を何度か開け閉めし、その重さ、頑丈さを自分の手で感じとる。金庫自体は、これ以上とくに調べるところはなさそうだ。ピュントは立ちあがり、周囲の壁に注意を移した。まるで秘密の通路を探しているかのように、こぶしでそこかしこを軽く叩いてみる。その様子をエレイン・パージターは寝室から見まもっていたが、その表情からして、あまり感心してはいないようだ。壁紙の小さな破れ目を、ピュントは指でそっと撫で、それから親指でこすり、じっと考えに沈んでいる。やがて、金庫の扉の鍵を閉めると、三人はまた階下に戻った。

応接間に腰をおちつけると、今度はピュントもコーヒーをありがたくいただくことにした。コーヒーを運んできたメイドは、事件の夜は休みをとっていて、どうやらこの大騒動にはいまだ気づいていないらしい。パージター夫妻は、向かいのソファに並んで坐っている。教会から持ち出してでもきたような、骨董品の背の高い椅子にちょこんと腰をかけると、ピュントは夫妻よりわずかに目線が高くなった。

「ご友人であるバークリー氏にも、お話をうかがえればと思うのですが」ピュントは切り出した。

「さあ、何か役に立つ情報があるかどうか」チャールズは答えた。「すでに警察で何から何まで供述していますし、もうニューヨークに帰ってしまいましたしね。まあ、ご希望なら《シェル》に電話を入れることはできますよ」

「警察といえば……」ピュントはコーヒーをひと口すすり、膝の上に載せたソーサーに注意ぶかく下ろした。それから、エレインに向きなおる。「あなたでしたね、パージター夫人、電話で事件を通報したのは」

「ええ、そうなの。三十分ほどで、ギルバート警部補が駆けつけてくれました。若くて感じのいい巡査部長を連れてね。そのころにはもう真夜中の二時になっていて、ふたりは夜勤についていたんです。わたしたち、この同じ部屋で、とってもたくさんの質問に答えました。ふたりは上の部屋も見て、屋敷の脇の、窓が割られたあたりも調べていましたよ。わたしたちはあの納戸に入らないよう言われて——結局、ジョンの指示は正しかったってことよね。朝になると、ロンドン警視庁からどっといろんな人が押しよせました——鑑識や、カメラマンや、ありとあらゆる係がね！」

「ちょっとお訊きしたいのですが、どこかの段階で、このダイヤモンド盗難にはあなたがた自身がかかわっているのではないかと、警察がほのめかしたことはありますか？」

「いいえ、とんでもない」チャールズが答えた。「それどころか、ふたりとも最後まで実に礼儀正しかったですよ。ふたりが興味を持っていたのは、あの金庫の仕組みや開けかたでしたね。鍵も調べていましたよ——どうやら、あんな種類の鍵は見たことがなかったようで」言葉を切り、やがて続ける。「もっとも、わたしのほかに誰が暗証番号を知っていたか、それは訊かれました」

「わたしに話してくださったとおり、警察にも答えたということですね」

「そのとおり。あの暗証番号を知っているのは、世界に三人だけでした。妻、わたし自身、そしてわたしの弁護士と」

「それは真実ではありませんね、ミスター・パージター」

「どういう意味です？」反論され、チャールズはむっとしたように言いかえした。

「わたしたち以外には、本当に誰も知らないのよ」妻も口を添える。

ピュントは目を閉じた。「左に十六、右に五、左に二十二、右に三十、左に二十五、右に十一、左に三十九」そして、目を開く。「これで合っていませんか？」

パージターの頬が紅潮した。「わたしが開けるところを見ていたんですね！」

「ええ、まさしくそのとおりです」

「なるほど、なかなかみごとなものですがね、ミスター・ピュント、あなたが何を言おうとしているのか、わたしにはさっぱりわかりませんな。あの部屋に入ったことがあるのはわたしと妻だけですし、言うまでもなく、さっきはあなたが肩ごしに見ているのを、わたしは知っていましたからね。たしかにあなたは優れた記憶力をお持ちのようだが、そんな番号はさっさと忘れてしまったほうがいいですよ。もう意味がないわけですから。よく聞く諺《ことわざ》にあるとおり、馬はもう逃げてしまったというわけでね。あの金庫はもう処分して、別のを買う予定です」

「そう、それだ！〝馬が逃げてから、厩舎《うまや》の扉を閉めても遅すぎる〟——こんな諺でしたね」

ピュントはにっこりした。「わたしに言わせれば、扉を開いたのはあなただったのですよ！」

「何ですって？」

ピュントは立ちあがった。「あといくつか確認しなくてはなりませんがね。ただ、ルーデンドルフ・ダイヤモンドとそのほかの品々が、誰の手で、どうやってあの金庫から盗まれたのか、わたしにはもうわかっています。あと数日、英国にとどまっていただけますか？」

「必要なら、いつまででもかまいませんよ」

「そう長くはありません、ミスター・パージター。そのときに、すべてを明かしましょう！」

犯人が逮捕されたのは、四日後のことだった。ダイヤモンドをはじめ、そのほかパージター夫人のすべての宝石も、盗まれた金のほとんどもチャールズの手もとに戻ってきた。そして、チャールズのほうも、最初の約束をきっちりと守ったのだ。真新しい居間に腰をおちつけ、ピユントはシェリー酒とタバコを楽しみながら、手短な感謝の言葉とともに届いた小切手、ここ五、六年で自分が稼いだ総額よりも多い金額に思いを馳《は》せていた。このタナー・コートのアパートメントの手付を打ったのは、まさに小切手が届いたその日のことだ。美しいビーダーマイヤー様式の机も含め、家具も買いそろえた。事務作業をまかせる秘書も雇ったのだ。そういえば、あのベッドを処分するよう、秘書のミス・ケインに伝えるのを忘れないようにしよう。あれを選んだのは失敗だった。

ところで、犯人は？

チャールズ・パージターの大学時代からの友人、ジョン・バークリーが深刻な金銭問題を抱えていることをつきとめるまで、さほど時間はかからなかった。そもそも、そのことはチャールズ自ら明かしていたではないか。ホテル代を節約するため、ジョンは友人の屋敷に泊まっていた、と。さらにいくらか調べてみると、ギルバート警部補（離婚の手続き中）とディッキンソン巡査部長（競馬好き）があの夜一時半にナイツブリッジ署にいたのは、けっして偶然ではなかったことがわかった。ふたりは通報があることをあらかじめ知っていて、夜勤を自らかって出たのだ。この三人がそろってこそ、世界でもっとも難攻不落な金庫を突破することが可能になった。ピユントにしたところで、けっして犯行の詳細まで何もかもわかっていたわけではなかったが、この犯行を成立させるには、たったひとつの方法しか存在しなかったのだ。

中心となったのはジョン・バークリーだった。屋敷に残るのは老いた執事ひとりであり、犯行の間はずっと眠っていて気づかないであろうことを知っていて、バークリーはパージター夫妻とともに出かけた。三人が屋敷を空けている間に、ディッキンソンが窓を割り、中に侵入して警報装置を切った。そこから、盗みの下準備をする時間はたっぷりあったことだろう。まず、一枚のパネル――演劇の背景に使う平たい板で、中国ふうの暗赤色の壁紙が貼ってある――を、金庫の前に置く。そして、見た目は完璧に《セントリー》製の金庫を模しているものの、はるかに軽い材料――塗装した木の板――で作られた第二の金庫を、扉を開けはなち、中が空であることを見せつけるようにして、その前に置いたのだ。

パージター夫妻とともにパーティから帰ってくると、バークリーは私道に落ちていたガラスのかけらを〝発見〟してみせた。パージター夫妻が邸内に入る前に、泥棒に入られたことを認識させるのは、計画を成功させるための重要な手順だったのだ。それを意識することにより、夫妻のその後の行動も変わってくるのだから。もちろん、夫妻はまっすぐ金庫のもとへ駆けつけた。だが、またしてもここでバークリーが主導権を握る。どんな言葉を使ったかは、チャールズ・パージターが語ったとおりだ。〝ここは犯行現場だから〟と、納戸の明かりを点けるのを制止する。そして、中へ入らないほうがいいと、夫妻に助言したというわけだ。三メートルの距離があり、寝室から射しこむ明かりだけで見るなら、目くらましは完璧に成立していた。偽の壁は、みごとに実際の壁と一体化していたのだから。ほんものの金庫は、その後ろに隠れていた。扉が開けはなたれ、中が空っぽだったのは、木でできた金庫のほうだったのだ。

どうしてこんなことになったのか、まったく見当もつかないまま、パージター夫妻はとにかく盗難に遭ったと信じこんでしまった。バークリーは友人を階下へ連れていき、介抱するふりをして、実際はチャールズが金庫をじっくり調べないよう見はっていたのだ。もちろん、この時点でパージター夫妻が偽の金庫を見破っていたとしても、バークリーやその共犯者には何の危険もない。すべては奇妙ないたずらとして片づけられていたことだろう。どんな計画が背後にあったのか、誰も気づかなかったにちがいない。

実際にことが起きたのは、ギルバート警部補とディッキンソン巡査部長が来てからのことだ。現場でどんなやりとりがあったのかは、まざまざと目に浮かぶ。〝それでは、金庫の暗証番号を教えていただけますか？〟チャールズ・パージターは疑うこともなく、すぐに番号を口にしただろう。なんといっても、相手は警察官なのだ。しかも、馬はすでに逃げてしまっている。〝おそれいりますが、鍵も見せてもらってかまいませんか？〟ここでも、チャールズはあっさり鍵を渡した。すでに何もかも盗まれてしまったと信じこんでいたからだが、実際に盗難が起きたのは、自分が階下の応接間で事情聴取を受けている最中だったのだ。警察官の片方が――おそらくディッキンソン巡査部長だろう――急いで上の主寝室に駆けもどり、ほんものの金庫を開けて、中身をすべて出した。そして、それらの財宝と偽の金庫、壁紙のパネルを、裏口から外へ持ち出したのだ。納戸には空になったほんものの金庫が残り、パージター夫妻が帰宅して見たのと同じ状態となった。

ただ、そのときに、犯人はひとつだけ小さな失敗を犯した。壁の窪《くぼ》みにはめこんでいたパネルを外そうとして、ほんものの壁紙をわずかに破ってしまったのだ。その破れ目にピュントが気づいた瞬間、パズルのすべてのピースは、本来あるべき場所に納まった。

ピュントは時計を見やった。六時半だ。そろそろ出かけなくては。グラスのシェリー酒を飲みほし、タバコを揉み消すと、けっして歩くのに必要だからというわけではなく、愛着ゆえに持ち歩いている紫檀材の杖を手にとる。最後に一度、鏡に映る自分の姿を確かめると、ピュントは講演の原稿が入っている内ポケットのあたりを軽く叩き、部屋を出た。

6　罪と罰

《ゴールドスミス・ホール》には、三百人の出席者が集まっていた。女性はロングドレスを身にまとい、男性は黒いタイを締めている。四卓の長いテーブルに、全員がずらりと着席したこの会場は、ピュントがこれまで足を踏み入れたどんな場所よりも壮麗だった。はるか高い天井を支える柱、堂々たるシャンデリアに加え、ここに集《つど》う人々がこれらを生み出してきたのだと考えずにはいられない、数々の黄金の装飾。ひょっとしたら、ピュントは外国人であるからこそ、この古くからの英国の伝統にひときわ感銘をおぼえるのかもしれない。中世に結成されたこのギルドは、それから六百年後のいまもなお、同業者たちに教育と支援を提供しつづけているのだ。料理はすばらしかったし、会話もはずむ。来てよかったという思いを、ピュントは噛《か》みしめていた。

講演も、聴衆には喜んでもらえたようだ。内容は、ドイツの秩序警察《オルドヌングスポリツァイ》で警察官として働いていたときの経験、そして組織がナチスの統制下に入ったとき、いったい何が起きたかについてで、三十分間にわたって話すことになっている。だが、原稿の最後の数ページに、ピュントはそこまでとは別の方向の話を組みこんでいた。何を話すかは自由だと、せっかく主催者から言ってもらっているのだ。だとしたら、ここでどうしても話しておきたいことがある。

「前首相が設置した、死刑に関する王立委員会については、これから数ヵ月のうちに、みなさんも報道などで目にする機会があることでしょう。完全な死刑廃止にまでは至らないにしても、これで間もなく法律が改正されることを、わたしは心から願い、信じているのです。けっして、かのティモシー・エヴァンズ事件や、今年の初めに処刑が行われたデレク・ベントリー事件のような、冤罪《えんざい》の可能性だけを憂慮しているわけではありません。われわれがナチズムから、先の大戦から何か学んだことがあるとするなら、それは生命の尊さではないかと考えるからです——それが、たとえ犯罪者の生命であっても。

すべての殺人犯は、必ず死をもって償《つぐな》うべきなのでしょうか？　ほんの一瞬の激情に駆られ、口論のあげくに妻や親友を殺してしまった人間と、自分の利益のために冷血な計画を練りあげて殺人におよんだ人間を、はたして同列にあつかっていいものでしょうか。殺人にもさまざまな種類があることを踏まえ、それぞれにふさわしい刑を考えるときがきたのではありませんか？

裁判官たちでさえ、もはや死刑執行に躊躇《ちゅうちょ》しつつあるのです。今世紀前半では、一千二百十件の死刑判決のうち、五百三十三件が減刑されました。近年、さらにその割合は増えつつあります。わたしはこれまで、多くの殺人犯と相対してきました。その所業《しょぎょう》には嫌悪をおぼえるものの、犯人が苛酷《かこく》な環境により罪を犯すよう追いつめられていた場合には、幾許《いくばく》かの同情を禁じえないことも多々あるのです。つまるところ、殺人犯もまた人間なのですから。

殺人犯を殺すということは、相手と同じ水準まで墜ちるということでもあります。王立委員会がどんな結論を下すか、興味を持って見まもりたいですね。それはきっと、新たな時代の幕開けにつながると、わたしは信じているのです」

こんな話は観客に響かないかもしれないと、ピュントは危ぶんでいた。だが、話を終えて着席すると、湧きあがった温かい拍手はなかなか止まなかったほどだ。もっとも、食後のポートワインと葉巻が回ってくるころになって、臨席のいささか厳格な顔つきをしたギルドの会計係の男性が、こう話しかけてきた。「メリッサ・ジェイムズの事件の記事は、まだ読んでおられないのでしょうな？」

「数日前に、デヴォン州で殺された女優のことですか？」

「ああ、それですよ。失礼だが、ミスター・ピュント、先ほどあなたが述べられたお考えを、そのままこの事件にも適用できるかどうか、わたしにははなはだ疑問でしてね」

「たしか、警察はまだ犯人を特定していないのではありませんか」

「まあね、だが、わたしの見るところ、あれは旦那の犯行でまちがいないようですよ。生前、最後に会っているのは旦那なんです。首を絞めるというのも、いかにも近しい間柄の殺しかたじゃありませんか。それに、ありとあらゆる状況から見て、これは米国人のよく言う〝痴情のもつれ〟というやつにまちがいありませんよ。やれやれ、あんなにも美しく才能のある、世界じゅうから愛されていた女性がねえ。すばらしい映画に何本も出演していたのに。家内もわたしも、あの女優の大ファンだったんですよ。この事件の犯人も許されるべきだと、あなたはお考えですかな？」

「寛容であることと許すことは、けっして同じではありませんよ」

「本当にそうお思いですか？　わたしに言わせれば、そんなことは世間一般の誤解を招くだけですよ。かっとして自制心を失ってもいい。妻を殺したっていい。裁判官もきっとわかってくれる、とね！」

ピュントはまったく同意できなかったが、そんな思いは胸の内にしまっておいた。依頼された講演は無事にやりおおせたのだから、これはもう終わったことだ。とはいえ、翌日の朝食を終え、執務室へ入ったときにも、ピュントはまだ会計係の男の言葉を思いかえしていた。秘書はぴったり九時に出勤して、すでに郵便の整理をしているところだった。

「昨日の講演はいかがでした、ミスター・ピュント？」秘書は尋ねた。

「実にうまくいったよ、わたしとしてはね、ミス・ケイン」ギルドから受けとった小切手を、秘書に渡す。「これを警察遺児基金に送っておいてくれないか」

ミス・ケインはその紙片を受けとり、額面に目をやると、眉を吊りあげた。「これはまた、ずいぶんはずんでくださったんですね」

「それなりにまとまった寄付になるね」ピュントもうなずいた。

「そのためにご自分の時間を割《さ》いて、すばらしいことをなさいましたね、ミスター・ピュント」

アティカス・ピュントはにっこりした。評判の斡旋所《あっせんじょ》から紹介された、このマデレン・ケインという女性は、まさに完璧な秘書だったという思いを、あらためて噛みしめる。採用にあたっては三人の女性に面接をしたのだが、このミス・ケインはもっとも堂々としていて、ピュントの質問にも、いまの仕事ぶりそのままの有能さでてきぱきと答えたのだ。年齢は四十五歳、チェルトナム・レディーズ・カレッジを卒業しており、独身でシェパード・ブッシュにあるアパートメントに暮らしている。これまで、何人かの年輩の実業家の個人秘書を務めてきたが、その全員が、みごとな仕事ぶりを褒めちぎる推薦状を出していた。真っ黒な髪、その――どこまでも質素な――服装、角縁の眼鏡のおかげで、最初はいささか威圧的な印象を相手に与えるかもしれない。だが、ときとして温かい思いやりも見せてくれる。ここに勤めはじめてからはまだ三ヵ月だが、ミス・ケインはピュントのため、骨身を惜しまず働いてくれていた。

「ひとつ質問をしてもかまわないかね、ミス・ケイン？」

「ええ、もちろん、ミスター・ピュント」

「昨夜のわたしの講演内容について、きみの感想を聞かせてもらえるかな？」

「講演について？」

「ああ」

「そうですね、それはわたしなどがあれこれ申しあげる筋合いかどうか」ミス・ケインは眉をひそめた。あの原稿はミス・ケインにタイプで打ってもらったのだから、言うまでもなく内容はよく知っているはずだ。「でも、四〇年代のドイツの状況については、とても興味ぶかく思いました」

「では、死刑に対するわたしの意見については？」

「それは、本当になんとも。そんなこと、これまで真剣に考えたことがなかったものですから。事件によっては、寛容を示すのも正しいことだと思います。ただ、罪を犯しても罰せられずにすむと、人々に思わせてしまいたくはありませんよね」ふと、そこで話題を変える。「十一時にアリンガム夫人が来訪の予定です。ご主人のことで相談したいとか」

「ご主人がどうかしたのかね？」

「秘書と駆け落ちしてしまったんだそうです。よかったら、わたしも同席しましょうか？」

「それは、実にすばらしい提案だね」

ミス・ケインはすでに郵便の封を開け、話しながらも次々と中身に目を通しているところだった。そこで、ふと一通の手紙に目をとめる。「ニューヨークからお手紙が来ていますよ」

「ヘル・パージターからかな？」

「いえ、ちがいます。芸能エージェントからですよ」その手紙を、ミス・ケインはピュントのほうへ押しやった。

手にとると、上質な紙にタイプで打たれた文章が目に飛びこんでくる。便箋の上には、〝ニューヨーク、ブロードウェイ一七四〇《ウィリアム・モリス・エージェンシー》〟と印刷されていた。ミスター《Mr.》の後のピリオドが抜けているのは、急いでタイプを打ったからだろうか。内容は次のとおりだ。

親愛なるミスター・ピュント

わたしはエドガー・シュルツ、ニューヨークの《ウィリアム・モリス・エージェンシー》の共同経営者です。著名な映画女優にして、魅力あふれるお人柄でもあったミス・メリッサ・ジェイムズの代理人を務めてきたことは、わたしの誇りでした。あのかたの逝去の知らせを受け、わたしたちがどれほど衝撃を受けているか、あなたにもご理解いただけるものと思います。

この手紙を書いている時点で、デヴォン州にあるミス・ジェイムズの自宅で、はたして一週間前に何があったのか、明確な答えは得られていません。けっして英国警察を貶《おとし》めるつもりはありませんが、わたしと当事務所の共同経営者たちは、あなたにこの事件を捜査していただきたいと願っております。

ジャドソン6－5100のわたしの執務室へお電話をくださって、ぜひとも詳しいご相談をさせていただければ幸甚です。

エドガー・シュルツ

ピュントは注意ぶかく手紙を読み、やがて便箋を置いた。「奇妙なこともあるものだ」そっとつぶやく。「つい昨日、この事件のことが話題になったところなのだよ」

「いまや、誰もがメリッサ・ジェイムズの話をしていますからね」ミス・ケインがうなずいた。

「まさに、そのようだな。これだけ世間の関心を集めている事件だからこそ、この依頼は好機ともいえるが、まったく予期していなかったからね。だが、考えてみると、デヴォン州はここからあまりに遠いし、わたしの知るかぎり、しごく単純な事件のように思えるが。まだ警察が解決していないことに驚くよ」

「きっと、あなたの手助けが必要なんですよ」

「それはよくあることだ。だが、あんなところまではるばる出かけていくのは……」

「おっしゃるとおりです、ミスター・ピュント」ミス・ケインはしばし考えこんだ。「でも、ミス・ジェイムズは本当にすばらしい女優さんだったし、いまのところ、とくにお仕事は何も入っていませんよね」

「アリンガム夫人の件はどうする？」

「あれは、考えてみるといささか俗っぽい話ですよね。こちらのほうが、ぜひあなたの手がけるべき事件ではないかと思いますよ」

ピュントはにっこりした。「そうか、そのとおりかもしれないね」心は決まった。「そうだな、こうしよう。きょうの午後、英米間通話を予約しておいてくれ。この手紙をくれたヘル・シュルツがどんな申し入れをしてくるのか、まずは聞いてみなくては」

「かしこまりました、ミスター・ピュント。手配しておきますね」

電話は午後三時につながることになった。ニューヨークでは午前十時だ。交換手とのやりとりはミス・ケインが行い、シュルツ氏の執務室につないでもらう。相手が電話口に出たのを確認して、秘書は受話器をピュントに差し出した。耳に当てると、まずは低い雑音が流れ、それから思いがけないほど明瞭に、ニューヨークのきついブルックリン訛《なま》りが聞こえてくる。

「もしもし？　そちらはミスター・ピュント？　聞こえますか？」

「ええ、そうです。聞こえますよ。ミスター・シュルツでいらっしゃいますね？」

「お電話いただき、感謝しますよ。ここニューヨークには、あなたのすばらしい手腕に魅了されている人間がたくさんいましてね」

「それはそれは、ご親切に」

「とんでもない。もしもこれまでの功績について本を書きたいとお考えのときは、ぜひうちと契約をお願いしますよ」

いかにもニューヨークのエージェントが言いそうなことだと、ピュントは思わずにいられなかった。顧客のひとりが亡くなった件について話そうというときに、新たな顧客の勧誘にかかるとは。その誘いに応えず、ピュントは口をつぐんだままでいた——しばしの沈黙に、相手も自分がうっかり不謹慎なことを口走ってしまったと気づいたようだ。

「ミス・ジェイムズが亡くなって、われわれはみな打ちひしがれているんですよ」シュルツ氏は熱心な口調で続けた。「ご存じかもしれませんが、ミス・ジェイムズはしばらく女優業を休んでいましてね。ようやく復帰しようというときに、こんなことになってしまって、映画界にとってはまさに多大なる痛手ですよ。ロンドンでじかにお目にかかって話せればよかったのですが、お電話で本当に申しわけありません。どうか、米国にいるわれわれのために、お力を貸していただけませんか。いったい誰のしわざなのか、どうしても知りたいんですよ。いったい、何があったのか。それをつきとめるのが、ミス・ジェイムズのためにわれわれができる、せめてものお返しだと思っているんです」

「わたしが真実をつきとめたとして、その後はどうするおつもりですか？」

「まあね、それは英国警察におまかせするしかないでしょう。ただ、われわれとしては、何もせずに静観していることなど、とうてい耐えられなくてね。何かできることはないかとじりじりしていたところ、うちになかなか切れる若い《ブライト・スパーク》のがいるんですが、その男があなたにお願いしたらどうかと言ってくれましてね、さっそくご連絡をさしあげたんです。たまたま社員に今週ロンドンに出張するものがいましてね、その男にわたしの手紙を持たせて、そちらで投函させたんですよ。時間を無駄にできないことは、あなたもきっと同意してくださるでしょう。みすみす犯人を取り逃がしてしまいかねませんからね」

「たしかに、犯罪捜査というものは、始めるのが早いほど効果が上がりますからね」ピュントはうなずいた。

「そちらの規定の料金をお支払いしますよ、ミスター・ピュント。よかったら秘書のかたに、うちの経理部へ連絡するようおっしゃってください。あなたのご協力が得られたらどれほどありがたいか、とうてい言葉では伝えきれないほどですよ。この業界は油断のならない連中が――男女を問わず――うようよしていましてね。だが、わたしが幸運にも近づきになれた人々の中でも、メリッサほど親切で思いやりのある人物はいませんでしたよ。どれだけ成功しても自惚《うぬぼ》れることなく、けっしてファンのことを忘れない女優でした」

「最後にミス・ジェイムズと話したのはいつです、ミスター・シュルツ？」

「何ですって？　どうも、電話が遠くて」

「最後にミス・ジェイムズと話したのはいつでした？」

「二週間ほど前でした。新しい映画の契約について話しあっていたところだったんですよ。ミス・ジェイムズは巨額の富を手に入れるはずでした——ひょっとしたら、それが今回の事件と何か関係があったのかもしれないと、ふと思いましてね」

「そうですね、たしかに、その可能性もあります」ピュントは曖昧な答えを返した。

「まあ、そうした推理はあなたにおまかせしますよ。あなたは捜査を引き受けてくださったと、うちの共同経営者たちに話してもかまいませんか？」

「わたしがその方向で考えていると、お伝えくださってかまいませんよ」

「ありがとうございます。心から感謝していますよ。よい知らせをいただくのを楽しみにしています」

電話が切れる。しばらく、ピュントは口をつぐんだままでいた。

「どんなお話でした？」ミス・ケインが尋ねた。ずっと向かいの机に坐っていたものの、聞こえるのは電話口のこちらの会話だけなので、じりじりしていたらしい。

「なかなかおもしろい体験だったよ」と、ピュント。「これを引き受けるとなると、長距離電話で依頼を受けた初めての事件となるな！」

「本来なら先方が飛行機で駆けつけて当然と、あなたはお思いなんでしょうね」ミス・ケインは鼻を鳴らした。

「まあね」

「引き受けるおつもりですか?」

ピュントは手紙を裏返し、まるで言葉の裏に隠れているものを追い出そうとするかのように、指でとんとんと紙を叩いた。ややあって、その問いにうなずく。「ああ。つい昨夜、この事件のことで話しかけられたと思ったら、きょうは本当に依頼が来たわけだからね。エージェントからのこうした申し出には、なかなか興味をかきたてられるものがあったよ。すまないが、一等列車の切符を二枚予約しておいてくれ。行先は……たしか、村の名はトーリー・オン・ザ・ウォーターだったね? どこか居心地のいいホテルを探して、宿泊先も確保しておかないと」

ミス・ケインは立ちあがった。「すぐに手配します」

「礼儀として、われわれが行くことを地元の警察にも連絡しないとならないだろうね。それから、後でヘル・シュルツに電話をかけなおして、わたしがこの事件を引き受けることにしたと伝えてくれ」

「かしこまりました。契約条件と報酬についても、先方と話しあっておきますね」

「頼んだよ。きみも同行してくれると思ってかまわないね?」

「もちろんですとも。帰ったら、すぐに荷造りします」

「ありがとう、ミス・ケイン。すぐに列車の切符が取れるようなら、出発は明日だ」

訳者紹介　英米文学翻訳家。ホロヴィッツ『カササギ殺人事件』『メインテーマは殺人』『その裁きは死』、ギャリコ『トマシーナ』、ディヴァイン『悪魔はすぐそこに』、キップリング『ジャングル・ブック』など訳書多数。

検印
廃止

ヨルガオ殺人事件　上

2021年9月10日　初版
2021年12月3日　4版

著　者　アンソニー・ホロヴィッツ

訳　者　山《やま》田《だ》蘭《らん》

発行所　(株)東京創元社
代表者　渋谷健太郎

162-0814/東京都新宿区新小川町1-5
電　話　03・3268・8231-営業部
　　　　03・3268・8204-編集部
URL　http://www.tsogen.co.jp
DTP　キャップス
暁印刷・本間製本

乱丁・落丁本は、ご面倒ですが小社までご送付ください。送料小社負担にてお取替えいたします。

ISBN978-4-488-26511-3　C0197

ミステリを愛するすべての人々に――

MAGPIE MURDERS◆Anthony Horowitz

カササギ殺人事件◆上下

アンソニー・ホロヴィッツ

山田 蘭 訳　創元推理文庫

◆

1955年7月、イギリスのサマセット州の小さな村で、
パイ屋敷の家政婦の葬儀がしめやかに執りおこなわれた。
鍵のかかった屋敷の階段の下で倒れていた彼女は、
掃除機のコードに足を引っかけたのか、あるいは……。
彼女の死は、村の人間関係に少しずつひびを入れていく。
余命わずかな名探偵アティカス・ピュントの推理は――。
アガサ・クリスティへの愛に満ちた
完璧なオマージュ作と、
英国出版業界ミステリが交錯し、
とてつもない仕掛けが炸裂する！
ミステリ界のトップランナーによる圧倒的な傑作。

名探偵の優雅な推理

The Case Of The Old Man In The Window And Other Stories

窓辺の老人

キャンピオン氏の事件簿 I

マージェリー・アリンガム
猪俣美江子 訳　創元推理文庫

◆

クリスティらと並び、英国四大女流ミステリ作家と称されるアリンガム。

その巨匠が生んだ名探偵キャンピオン氏の魅力を存分に味わえる、粒ぞろいの短編集。

袋小路で起きた不可解な事件の謎を解く名作「ボーダーライン事件」や、20年間毎日７時間半も社交クラブの窓辺にすわり続けているという伝説をもつ老人をめぐる、素っ頓狂な事件を描く表題作、一読忘れがたい余韻を残す掌編「犬の日」等の計７編のほか、著者エッセイを併録。

収録作品＝ボーダーライン事件，窓辺の老人，
懐かしの我が家，怪盗〈疑問符〉，未亡人，行動の意味，
犬の日，我が友、キャンピオン氏

探偵小説黄金期を代表する巨匠バークリー。
ミステリ史上に燦然と輝く永遠の傑作群！

〈ロジャー・シェリンガム・シリーズ〉

アントニイ・バークリー

創元推理文庫

毒入りチョコレート事件 ◎高橋泰邦 訳

一つの事件をめぐって推理を披露する「犯罪研究会」の面々。
混迷する推理合戦を制するのは誰か？

ジャンピング・ジェニイ ◎狩野一郎 訳

パーティの悪趣味な余興が実際の殺人事件に発展し……。
巨匠が比肩なき才を発揮した出色の傑作！

第二の銃声 ◎西崎 憲 訳

高名な探偵小説家の邸宅で行われた推理劇。
二転三転する証言から最後に見出された驚愕の真相とは。

永遠の光輝を放つ奇蹟の探偵小説

THE CASK◆F.W. Crofts

樽

F・W・クロフツ
霜島義明 訳 創元推理文庫

◆

埠頭で荷揚げ中に落下事故が起こり、
珍しい形状の異様に重い樽が破損した。
樽はパリ発ロンドン行き、中身は「彫像」とある。
こぼれたおが屑に交じって金貨が数枚見つかったので
割れ目を広げたところ、とんでもないものが入っていた。
荷の受取人と海運会社間の駆け引きを経て
樽はスコットランドヤードの手に渡り、
中から若い女性の絞殺死体が……。
次々に判明する事実は謎に満ち、事件は
めまぐるしい展開を見せつつ混迷の度を増していく。
真相究明の担い手もまた英仏警察官から弁護士、
私立探偵に移り緊迫の終局へ向かう。
渾身の処女作にして探偵小説史にその名を刻んだ大傑作。